KB114316

여미의구슬 1

초판 1쇄 펴낸 날 | 2017년 6월 1일

지은이 | 정오찬
펴낸이 | 서경석

편집책임 | 조윤희 편집 | 이은주 디자인 | 신현아
마케팅 | 서기원 경영지원 | 서지혜, 이문영

임프린트 | (MUSE)
주소 | 경기도 부천시 부일로 483번길 40 서경B/D 3F (우) 14640
전화 | 032-656-4452 팩스 | 032-656-4453
이메일 | roramce@naver.com 블로그 | bolg.naver.com/roramce
홈페이지 | http://www.chungeoram.com

발 행 처 | 도서출판 청어람
출판등록 | 1999년 5월 31일 제387-1999-000006호
어람번호 | 제11-0054호

ⓒ 정오찬, 2017

ISBN 979-11-04-91313-6 04810
ISBN 979-11-04-91312-9 (SET)

뮤즈는 도서출판 청어람 단행본사업본부의 임프린트입니다.
저작권법에 의해 보호를 받는 저작물이므로, 무단 전재 및 유포·공유를 금합니다.

※ 파본은 구입하신 서점에서 교환하여 드립니다.
※ 저자와 협의하여 인지를 붙이지 않습니다.

도서출판 청어람은 언제나 여러분의 소중한 작품 투고와 도서 출간 기획 등 다양한 제안
을 기다리고 있습니다. chungeorambook@daum.net

1

여미의 구슬

정오찬 장편소설

MUSE

목차

1. 도깨비 씨앗

　서씨 가문의 삼남 서신율이 식솔들을 이끌고 이탈산을 벗어나고 있었다. 감히 인간의 접근을 허락하지 않는 이탈산은 하늘을 뚫을 기세로 높이 솟아 보는 사람을 위협했다.

　산세는 험준하고 그 대부분이 바위인지라 산을 오르는 인간들은 쉽게 미끄러져 크게 다치곤 했다. 하나 험준한 만큼 이탈산 곳곳엔 갖가지 진귀한 식물들이 자라난다.

　이탈산에서 나는 약초와 식물은 인간의 약학으로 구현할 수 없는 신비한 힘을 가졌다. 그 효과는 가히 도깨비구슬을 웃돈다고 하여 부적을 쓰는 이나 주술사들이 많이 찾았다. 누구든 이탈산에서 약초를 캐 오면 큰 부자가 될 수 있다.

　그러나 보통 인간들은 감히 우뚝 솟은 이탈산에 오를 생각을 하지 못한다. 왜냐하면 이탈산에는 사람을 해치는, 무시무시한 이탈도깨비들이 살고 있기 때문이다. 가끔 헛된 치기로 이탈산에

도전하는 젊은이들은 이탈도깨비들의 기괴한 외형과 그들의 으름장에 기가 질려 초입도 버티지 못하고 도망간다.

하나 서신율은 달랐다. 그의 뒤로 도겸을 비롯한 서씨 가문 식솔들이 줄줄이 따랐다. 누군가 그들의 행렬을 보았다면 깜짝 놀라 눈앞에 펼쳐진 광경을 믿지 못했을 것이다.

신율 일행은 이탈산에서 도망쳐 나오는 것이 아니라 이탈산을 통과하고 있었다.

가솔들은 창과 검을 비롯한 무기를 팽팽하게 집어넣은 포대 자루를 등에 졌다. 모두들 지친 기색이라곤 하나도 없었다. 이탈산을 관통했다고는 믿을 수 없을 만큼 힘이 넘쳤다. 창을 짊어진 하인의 어깨에 힘줄이 불끈 솟았다.

그들을 이끄는 신율은 푸른색 도포를 입고 높은 신분을 상징하는 넓은 갓을 썼다. 갓 아래로 푸른 비단만큼이나 맑은 눈동자가 보였다. 콧날은 서늘하게 뻗었고, 그 아래 입술은 적당히 붉어, 보는 사람을 홀렸다. 도포 자락 아래로 드러난 손은 무사의 손치고는 놀랍도록 희고 가늘었다.

신율의 외모에서 무엇보다 특별한 것은 그의 눈매였다. 신율은 노력하지 않아도 보는 사람을 홀리게 만드는 다정한 눈매를 가졌다. 신율의 눈매를 본 이는 누구든 그를 믿고 의지하게 된다. 신율은 어렸을 때부터 그 사실을 잘 알았다.

서신율, 그는 환국 최고 도깨비 사냥꾼 가문인 서씨 가문의 삼남이었다. 그가 이탈산에 출현했다는 건 대단한 사건이었다. 서씨 가문의 적자들은 큰 사냥감이 아니면 쉬이 움직이지 않는다. 서씨 가문의 적자 서신율이 움직였으니, 누구든 그가 이탈산에서 무슨 도깨비를 잡았는지 궁금해할 것이다.

식솔들이 힘겹게 끌고 있는 거대한 수레에 사람 여덟 명이 한데 붙은 것만큼 길고 굵은 흰 뱀의 시체가 묶여 흔들렸다. 수레 끄는 걸 감독하고 있던 하인 도겸이 신율에게 물었다.

"이무기 도깨비는 어찌할까요?"

"구슬로 만들 것이다."

신율은 산들바람처럼 상쾌한 목소리로 대답했다. 도겸은 방금 전 이무기 도깨비를 사냥할 때 그가 얼마나 광폭하게 날뛰었는지 기억했다. 도겸은 신율의 상쾌한 목소리가 선뜻 적응되지 않았다.

그를 모신 지 오래되었기에, 신율이 언제 어디서나 목화솜처럼 부드러운 얼굴을 한다는 걸 알지만 그가 언제든지 날 선 무인으로 변할 수 있다는 사실 또한 알았다. 도겸은 이무기를 향한 신율의 살기가 사라졌음을 느끼고 안심했다.

"마을의 주술사를 수배해 놓겠습니다."

"확실히 내가 해체하는 것보다야 주술사를 고용하는 것이 훨씬 빠르겠지. 그런데 우리가 갈 마을에 주술사가 있더냐?"

주술사는 매우 귀한 인재로 큰 도시에나 몇 명 있을 뿐이었다. 산의 도깨비들이 종종 산 바깥으로 나오는 이탈산 주변엔 작은 마을들밖에 없었다. 이렇게 작은 마을에 그 귀한 주술사가 있을지 걱정이었다. 도겸은 고개를 숙이며 대답했다.

"이탈산에 들어오기 전에 확인했습니다. 작은 마을이나 이탈산 가까이에 있어 도깨비가 수시로 출현하는 탓인지 주술사가 있더군요."

"그래, 잘했다."

도겸을 칭찬한 신율은 다시 한 번 이무기의 시체를 보기 위해 말고삐를 잡아당겼다.

그런데 말고삐를 잡아당기는 순간 손목에 따끔하고 작은 이물감을 느꼈다. 도포 소맷자락 안쪽이었다. 설마 이탈산에서 잡귀를 달고 온 것인가 싶었지만, 신율은 도깨비 사냥에서 절대 실수하는 법이 없었다.

"모두 멈춰라. 확인할 게 있다."

신율은 신중하게 소매를 움켜쥐고 식솔들에게 명령했다. 잡귀 따위야 신율에겐 문제가 되지 않지만 마을 사람들이나 그를 따르는 식솔들에게 해를 끼칠지도 모른다. 식솔들이 어리둥절해 멈춰서는 동안 신율은 짙은 남색으로 마감된 도포 소맷자락을 걷었다.

손목을 따갑게 하던 것의 정체가 드러났다. 신율은 조금 황당한 기분으로 '그것'을 떼어냈다. 옆에서 덩달아 숨죽이며 지켜보고 있던 도겸이 말했다.

"도깨비…… 풀이로군요."

이무기의 피에 젖은 소매 안쪽에 도깨비풀 하나가 꽉 매달려 있었다. 민들레 꽃씨 정도 되는 작은 크기에 갈색 지지대를 가지고 있고, 끝에는 발처럼 보이는 세 갈래 갈퀴가 보였다. 숨만 훅 불어도 날아갈 작은 갈퀴로 신율의 소매 안쪽에 달랑 붙었다.

"도깨비와 싸우는 중 도깨비풀이 붙다니, 재미난 우연이구나."

신율은 이무기의 소굴로 들어가는 도중 도깨비바늘 꽃을 지나친 기억이 났다. 기괴한 식물들 틈에 노랗게 피어 있는 것이 어여뻐 잠시 시선을 주는 틈에 소매에 매달린 모양이었다. 분명 이무기와의 싸움으로 주변이 엉망이 될 만큼 격렬하게 움직였는데, 용케도 떨어지지 않았다.

"이탈산에서 나온 것입니다. 아무래도 불길하니 버리는 것이 어떻습니까?"

도겸이 신율의 눈치를 살피며 말했다. 신율은 고개를 저었다.

"내가 여섯 살이 되던 해부터 도깨비 사냥만 이십 년을 해왔다. 이런 평범한 도깨비풀이 이탈도깨비일 리가 없다."

이탈도깨비들은 기이한 외형을 가진 걸로 유명하다. 그들은 식물 도깨비에도, 동물 도깨비에도 속하지 않는 돌연변이 도깨비들이었다. 신율이 잡은 것처럼 이무기나 사악한 두억시니 등, 이탈산에는 괴수 형태의 도깨비가 살았다.

신율은 도깨비풀이 뭉그러지지 않도록 살짝 손에 올렸다. 도깨비풀을 만지자 따뜻하고 발랄한 기운이 전해져 왔다. 마치 갓 태어난 아기가 단풍잎 같은 작은 손으로 신율의 엄지를 잡고 꼬물대는 느낌이었다.

"게다가 매우 작아 이대로 내버리기 불쌍하지 않느냐."

도겸이 당황한 얼굴로 신율을 올려다보았다.

"자개 장식함을 가져와라."

도겸이 은색 선학 무늬 사이로 오색 빛을 내뿜는 고아한 함을 가져왔다. 신율은 붉은 천으로 마감된 자개함 안에 도깨비풀을 넣으며 걱정스러워했다.

"물과 흙이 없어 본가에 가는 중 시드는 것은 아닌지 염려되는구나."

"괜찮습니다. 이것은 꽃이나 잎이 아니라 씨앗이니 잘 버틸 겁니다."

"그렇다면 다행이다."

신율이 웃었다. 깨끗하고 눈부신 미소였다. 도겸은 놀랐다. 십칠 년이 넘는 긴 세월 주인을 섬겨왔지만 신율이 무언가를 가엾이 여기는 것은 처음 보았다.

서씨 가문의 삼남이자 대륙 최고의 무사인 신율은 다정한 생김새와 달리 얼음처럼 차가운 속을 가진 사내였다. 아장아장 걷던 시절에도 결코 동물이나 식물, 하다못해 집 안 연못에서 키우는 잉어에도 관심을 준 적이 없었다. 그걸 알지 못하고 달려든 많은 여인들이 피눈물을 삼키며 아픔을 맛보았다.

이상한 끌림이었다. 움직이지도 못하고 그저 소매에 붙어 있는 게 전부인 작은 풀인데 신율은 알 수 없는 어여쁨과 가엾음을 느꼈다.

마치 도깨비풀이 살아 있는 소녀라도 되는 것처럼 말이다.

신율은 스스로가 도깨비풀을 보고 느끼는 감정이 이상하다는 걸 자각했다. 그러나 큰일이라고는 생각지 않았다. 그는 육 년 전에 약관이 지났고, 오히려 여태까지 애착 가는 대상이 없었다는 것이 신기한 일이었다. 신율은 이무기 도깨비와의 혈전을 치르고 자신이 약간 감정적이 된 거라 생각했다.

"한낱 식물이지만 이것도 인연이니 내 너를 본가로 가져가 심어주겠다."

신율은 이탈산 가까이에 있는 마을로 일행을 이끌었다. 마을이 매우 작았지만, 그럭저럭 신율의 식솔들이 머물 만큼은 되었다.

신율이 가져온 커다란 이무기 도깨비 시체를 본 마을 사람들이 경외감에 가득 차 그가 가는 길에 엎드려 절했다.

마을 주술사의 도움을 받아 이무기 시체를 구슬로 바꾸는 동안 신율은 마을에서 가장 큰 기와집에서 하룻밤 머물기로 했다. 이무기 사냥으로 지친 식솔들이 하룻밤 쉬고 나면 내일 바로 수도에 있는 본가로 출발할 예정이다.

신율은 오랜만에 들떴다. 아무도 잡지 못했다는 이무기를 잡아서가 아니었다. 작은 자개함 속에 있는 도깨비풀을 본가 마당에 심을 생각을 하니 기분이 좋아졌다. 자개함은 다른 귀한 짐들과 함께 가장 안쪽 방에 두었다.

밤 사이 자개함이 떨어지기라도 할까 가장 안쪽에 밀어 넣고 세 번이나 확인한 후에야 발걸음을 돌릴 수 있었다.

'감정이 이리도 뒤흔들릴 만큼 이무기 사냥이 큰일이었나.'

스스로도 이상하긴 이상하다 생각하며 신율은 잠을 청했다.

여미는 의식을 가지기 시작한 순간부터 자신이 도깨비라는 걸 알았다.

도깨비는 모두 그렇다. 도깨비는 어디서든 태어난다. 나무, 바위, 풀, 동물, 심지어는 인간의 꿈이나 감정에서도 태어난다. 무엇이든 인간이 아닌 것에 의식이 깃들고, 아주 오랜 시간 동안 의식이 성숙하면 그것은 도깨비로 다시 태어난다. 본체에 의식이 깃드는 순간 도깨비들은 자아를 깨닫고 완전한 형체를 얻어 도깨비로 태어나길 숨죽여 기다린다.

여미는 도깨비풀에 깃든 의식이었다. 몇백 년간 의식을 쌓아온 여미는 탄생을 코앞에 둔 상태였다. 여미는 서서히 밝아오는 시야를 인식하며 생각했다.

'이제 나도 도깨비로 깨어날 때가 된 건가?'

그런데 사방이 좁았다. 답답하고 숨이 막혔다. 여미는 몸을 이리저리 부딪쳐 보았다. 멋모르고 날뛰다가 머리를 박았다. 알 수 없는 푹신한 물체에 휩싸인 여미는 한참을 고생했다.

기와집에서 가장 안쪽에 있는 방, 선반 위, 자개함 속에서 여미는 몸을 웅크리고 끙끙 앓았다. 아침까지만 해도 도깨비 산 안쪽 안전한 곳에 있었는데 지금은 감옥 같이 작고 답답한 곳에 갇혀 있었다. 중간에 서늘하고 아늑한 비단에 탄 듯, 꿈결 같은 기분이 들어 정신을 놓고 있었더니 멋모르고 들짐승의 털에 붙어 이동한 모양이다.

탄생이 얼마 남지 않았는데 이런 봉변을 당할 줄이야. 도깨비 수장의 기운을 받지 못한 도깨비의 탄생은 인간으로 치면 난산과 같다. 밀려오는 고통에 몸을 이리저리 뒤집으며 여미는 고통을 참았다.

"아프다, 아프단 말이다!"

여미는 비명을 질렀다. 작은 도깨비풀의 비명은 상자 안을 벗어나지 못하고 사그라들었다. 여미는 몸의 뼈가 뒤틀리는 고통을 겪으며 신음을 내뱉었다. 사방에 산재한 부적과 인간의 기운이 여미의 탄생을 방해했다.

"이걸 부수어야 내가 살겠구나!"

여미는 자개함에 새겨진 인간의 문자를 부수었다. 그러자 조금 심신이 편안해졌다. 동시에 탄생이 급격히 진행됐다.

달보다 진한 황금색을 띠는 신비로운 눈이 뜨이고 아담하고 오똑한 코와 보드라운 뺨이 드러났다. 다리를 모으고 양팔로 어깨를 감싼 여미의 몸은 가녀리고 말랐지만 품위가 있었다.

마침내 길고 풍성한 머리카락까지 완성되었을 때, 여미는 도깨비로 각성했다. 여미는 답답한 상자를 박차고 나왔다.

"어지럽다. 여기는 대체 어디기에 균형을 잡기가 이리도 힘든가?"

상자를 나오자마자 여미는 갈지(之)자로 휘청거리며 방 안을 돌아다녔다. 중간에 한 번 넘어져 장식장을 와르르 무너뜨렸다. 몇 분이 지나자 제법 균형을 잡으며 걸을 수 있게 되었다.

초식동물들은 태어나자마자 일어서서 걷고 뛸 수 있다. 포식자로부터 달아나기 위해서다. 도깨비도 마찬가지였다. 도깨비에게 인간들은 포식자와 같다. 도깨비들이 인간들의 소굴에 들어가면 감각의 혼란을 겪으며 약해진다.

인간들의 소굴 한가운데서 태어난 여미는 위험에서 벗어나기 위해 본능적으로 자신의 능력을 모두 신체에 집중했다. 걷기에 집중하느라 도깨비가 부릴 수 있는 도술의 많은 부분을 포기해야 했지만 지금은 이곳을 벗어나는 게 최우선이라 어쩔 수 없었다.

여미가 박차고 나온 상자는 무참히 부서져 상자 안에 있던 붉은 천이 어지럽게 흩어졌고 조개 장식은 조각조각 나뒹굴었다. 여미는 미련 없이 상자를 치우고 주위를 둘러보았다.

"설마 했지만 정말로 인간 소굴이로구나!"

여미가 있는 곳은 커다란 기와집의 가장 안쪽 방이었다. 조심스레 창호지를 바른 문턱을 흔들어 보니 문도 세 겹이다. 사방이 인간들의 기운으로 가득 차 있었다.

여미는 두려워졌다. 인간과 도깨비는 서로 섞일 수 없다. 인간들은 집 안에 들어온 도깨비를 보면 분노해서 거칠게 쫓아낸다. 운이 나쁘면 이 집안사람들이 '도깨비 사냥꾼'을 부를 수도 있었다. 도깨비 사냥꾼이 온다면 여미는 틀림없이 죽은 목숨이다. 도깨비 사냥꾼은 갓 태어난 도깨비들에게도 거대한 공포의 대상이었다.

"나가야겠다, 어서 나가야겠어."

여미는 발을 동동 구르며 초조해하다가 문을 열고 바깥을 빼꼼 내다보았다. 밤인 모양인지 사위가 어둡고 아무도 없었다. 인간들은 밤에 잠을 잔다고 했다. '잠을 자느라 아무도 없는 것이로구나' 하고 생각한 여미는 안심하고 밖으로 나왔다. 그러나 몇 발자국도 가지 못해서 얼음처럼 굳었다.

"오늘 셋째 도련님의 활약이 어마어마하지 않았어?"

"말이라고 하니. 본가로 올라가면 첫째, 둘째 도련님은 물론 가주께서도 놀라실 거야."

"셋째 도련님은 그리 강하시면서 다정하시기까지 하니, 내가 귀한 가문에서 태어났다면 셋째 도련님께 시집갈 수도 있었을 텐데."

"얘, 너 말고도 환국 여자들이 줄을 섰단다."

이어서 꺄르륵거리는 인간 여자들의 웃음소리가 들렸다. 여자들의 웃음소리를 들은 여미는 온몸에 소름이 쭈뼛 돋았다. 제가 알 수 없는 이야기를 떠들고 소란스럽게 웃는 것이 마치 제 존재를 다 알고 있는 것 같았다.

여미는 그림자 속에 숨어서 한 걸음 한 걸음 이동했다. 겨우겨우 기와집을 벗어나자 너른 마당이 나왔다. 첩첩산중으로 마당에는 등을 밝히고 두런두런 이야기를 나누는 남종들이 포진해 있었다. 오늘 기쁜 일이 있었는지 남종들은 마당 중앙에 모여 와자하게 고기를 굽고 술을 즐겼다.

"이무기 도깨비의 구슬을 얻은 건 서씨 가문에서도 이번이 처음 아닌가?"

"그렇지, 역시 막내 도련님이야. 서씨 가문에서 최고의 무술 실력을 가지고 계시지."

"이번 대 서씨 가문은 복이 참 많구먼. 첫째 도련님은 도깨비 수장도 때려잡을 수 있는 뛰어난 사냥꾼이시고, 둘째 도련님의 주술은 신묘하기가 환국 최고라 하고, 셋째 도련님의 무술은 따라올 자가 없으니 말이야."

사냥꾼과 주술과 무술이라니! 세 가지 다 도깨비에겐 치명적인 것들이다. 여미는 여종들의 웃음소리를 들었을 때보다 더한 공포에 사로잡혀 필사적으로 탈출구를 찾았다.

뒤를 돌아보니 뒷마당은 텅텅 비어 있었다. 여미는 재빨리 마루에서 뛰어내렸다. 밤이슬이 맺힌 풀이 발바닥을 간지럽혔다. 여미는 끙끙거리며 돌담을 넘었다. 손이 까져 피가 조금 나왔지만 인간들 소굴에서 탈출한 대가라고 생각하니 하나도 아프지 않았다.

여미는 뿌듯한 마음으로 고개를 들었다. 인간들 소굴을 벗어났으니 이제 당당하게 도깨비 산으로 가면 된다. 그러나 담을 넘은 여미의 눈에 들어온 것은 담 안쪽보다 훨씬 많은 인간들이었다.

세상에, 마을 전체가 축제를 벌이고 있었다. 환국의 변방인지

인구는 적었지만 모두 나와서 횃불을 밝히고 떠들썩하게 춤판을 벌이니 여미가 빠져나갈 틈이 없었다. 인간들은 연신 기쁨의 노래를 흥얼거리고 거리거리 상점마다 불빛을 환하게 밝혀놓았다.

"떡 드시오! 오늘은 우리 마을을 괴롭히던 광증 걸린 용이 없어진 기념으로 떡이란 떡은 모조리 쪄냈소이다! 백설기, 무지개떡, 가래떡, 시루떡, 팥떡, 말만 하시오!"

불을 환하게 밝힌 상점 중에 갓 쪄낸 따끈따끈한 떡을 파는 좌판이 보였다. 여미는 침을 꿀꺽 삼켰다. 새삼 부화하고 나서 아무것도 먹지 못했다는 것을 떠올렸다. 배 속에서 꼬르륵 소리가 났다.

인간과 도깨비는 많은 것이 다르지만 먹지 않으면 힘을 쓰지 못한다는 사실은 똑같았다. 여미는 눈을 반짝이며 좌판을 바라보았다. 저 떡이라는 것에선 어찌 이리 맛있는 냄새가 난단 말인가.

"특히나 꿀떡! 우리 가게의 자랑 아니요? 꿀떡 드실 분은 얼른 이리 오시오!"

상인이 좌판 가운데에서 참기름을 발라 윤기가 자르르 흐르는 꿀떡을 들어 올렸다. 쑥을 넣은 녹색 꿀떡, 쌀가루 그대로 하얗게 쪄낸 하얀 꿀떡, 진달래 꽃잎을 갈아 넣어 예쁘게 만든 분홍색 꿀떡까지. 여미의 목구멍으로 침이 꿀떡꿀떡 넘어갔다.

"아니야, 안 된다. 인간의 수작에 넘어갈 뻔하다니, 도깨비 체면이 말이 아니구나."

여미가 고개를 흔들고 양 뺨을 두드려 정신을 차렸다. 떡을 보니 더 배가 고파 힘이 빠졌지만 최선을 다해 꾸준히 걸음을 옮겼다. 인적이 드문 곳에 도달하자 여미는 담벼락 그림자에서 벗어나 냅다 뛰기 시작했다.

멀지 않은 곳에 숲이 보였다. 도깨비 산과 연결된 숲은 아니지만 그럭저럭 몸을 감출 수 있을 것이다. 그러나 여미가 마을을 벗어나기 직전, 무언가가 그녀의 발목을 잡아챘다. 작은 돌부리였다. 아직 걸음에 서툰 여미는 달리다가 돌부리에 걸려 넘어졌다.

요란한 소리가 나며 여미가 땅 위로 넘어졌다. 떡 바구니를 지고 마을 쪽으로 가던 아낙네 하나가 여미를 발견하고 비명을 질렀다.

"저것이 웬 어린애인가?!"

여미는 엉덩이 아래까지 내려오는 긴 머리카락을 추스르며 일어섰다. 아낙네가 걱정스러운 표정으로 다가왔다. 아낙네의 얼굴에 도깨비에 대한 적대감은 없었다. 여미는 그제야 무언가 이상함을 느끼고 자신의 몸을 내려다보았다.

여미의 몸은 인간들의 몸과 똑같았다.

도깨비는 여러 가지 형태로 태어난다. 이탈도깨비들은 기상천외한 모습을 하고 여와도깨비들은 식물의 모습을 한다. 치우도깨비들은 커다란 짐승의 모습을 취한다.

여미는 당연히 자신이 인간과 다른 모습을 하고 있을 거라 생각했다. 하지만 아낙네의 반응과, 제가 관찰한 것들로 미루어보건대 자신은 인간과 똑 닮은 모습으로 태어난 도깨비인 것 같았다.

"길을 잃은 것인가? 이거 참, 기쁜 축제날에 봉변을 당했구먼, 아가. 그런데 머리카락은 왜 새하얀 색인감?"

잘하면 아낙네 하나 정도는 속일 수 있을지도 몰랐다. 여미는 겁먹지 않은 척하고 당당하게 아낙네를 돌아보았다. 그 순간 아낙네가 들고 있던 떡 바구니를 떨어뜨렸다. 바구니에서 흰 송편이 와르르 굴러 나왔다. 여미가 아낙네에게 말했다.

"나는 숲으로 가려고 한다. 그러니 너도 상관 말고 갈 길을 가도록."

아낙네는 비명을 질렀다.

"에그머니나! 숭해라! 이것이 뭔 일이야!"

여미는 어리둥절했다. 분명 자신은 인간과 비슷한 모습이다. 검은 머리카락을 가진 인간들과 달리 머리카락이 하얗게 걸리긴 했지만, 인간들 틈에서도 종종 특이한 색깔의 머리카락을 가진 이가 나오니 문제없다고 생각했다. 그런데 아낙은 여미의 앞모습을 보고 온 동네가 떠나가도록 소리를 질렀다.

여미는 아직 어리다. 태어난 지 세 시간도 지나지 않은 어린 도깨비이다. 도깨비풀 형상으로 떠돌아다녔다곤 해도 여미가 알 수 있는 지식에는 한계가 있었다. 여미는 인간들의 가장 중요한 풍습을 알지 못했다.

"뉘 집 딸내미기에 그 꼴로 여태까지 돌아다닌 것이야?"

여미는 지금 알몸이었다. 여인의 말을 듣고도 문제점을 알아차리지 못한 여미는 그저 큰 소리에 놀라 뒷걸음질 쳤다. 아낙네는 옷을 다 벗고 돌아다니는 불쌍한 여자아이를 도와야겠다는 일념을 불태우며 여미에게 다가왔다.

"오지 마라, 오지 마! 나는 숲에 간다니까!"

"아이고, 신발도 안 신었네! 그 상태로 숲에 가면 발바닥 다 까진다!"

두 사람이 벌이는 소동에 잔치를 즐기던 이들의 이목이 하나둘
씩 집중되었다.

"뭐야, 무슨 일이야?"

"이 목소리는 떡집 부인 감씨 아닌가?"

"횃불을 붙여 봐!"

"기다리게! 우리 집에 있는 걸 가져갈 테니까."

우락부락한 남자가 횃불을 들었다. 여미는 불을 보고 공포에
질렸다. 여미는 도깨비풀에서 유래한 도깨비다. 풀 도깨비들에게
불은 저항할 길 없이 몸을 태우는 재앙이었다. 횃불을 보고 본능
적인 공포로 이성을 잃은 여미는 허겁지겁 인간들을 피해 달아나
기 시작했다.

"도망친다!"

"머리카락이 하얀색인데?"

"맨다리구만! 뛰게 됐다가 넘어지기라도 하면 큰일이야!"

"옷이랑 짚신 좀 가져오게!"

마을 사람들은 여미에게 줄 옷과 신발을 줄줄이 챙겨 여미를
따라오기 시작했다. 그들의 마음은 순수한 걱정과 호의였지만 여
미에겐 그렇게 보이지 않았다. 여미에겐 인간이라는 시커멓고 커
다란 괴물들이 떼가 되어 자신을 뒤쫓고 있는 것처럼 보였다.

여미는 정신없이 달렸다. 숲 초입에 도착했을 때 마을 남정네들
이 횃불을 들이대는 바람에 비틀거리다 넘어졌다. 최고급 명주실
처럼 가볍고 하얀 머리카락이 여미의 몸을 덮어 횃불로부터 그녀
의 알몸을 가려주었다. 여미는 어린 초식동물처럼 다리를 떨며 일
어났다.

"어린 여자애구만! 남자들은 다 물러가요!"

떡집 감씨 여인이 아낙네들을 이끌고 오며 소리쳤다. 아낙네들이 횃불을 받아 들고 남자들을 몰아냈다. 의도는 선했으나 횃불이 있는 한 여미는 괴로울 뿐이라는 걸 그들은 알지 못했다.

여미는 불꽃이 너무 밝아 눈을 감았다. 횃불이 아프게 눈 속을 파고들며 눈물을 짜냈다. 강한 빛으로 엉망이 된 시야 속에서 여미는 무조건 익숙한 방향으로 뛰었다. 신생아와 마찬가지라 세상 모든 것이 낯설었지만 단 한 곳 희미하게 익숙한 기운이 풍기는 곳을 느꼈다. 여미는 생리적으로 흘러나오는 눈물을 훔치며 그곳을 향해 뛰었다.

"에그, 저곳에 함부로 들어갔다간 경을 칠 텐데!"

여미의 몸이 커다란 문을 지났다. 아낙네들은 여미가 서씨 가문의 도련님이 묵고 있는 기와집의 문턱을 넘자 더 이상 쫓아오지 못했다.

서씨 가문의 위세는 대단하다. 아무리 불쌍한 아이를 돕기 위해서라고 해도 서씨 가문의 식솔들이 머무는 집에 함부로 출입할 수 없다. 아낙네들은 대문을 두드려 서씨 가의 식솔들을 부른 후 사정을 설명했다.

그사이 여미는 인간의 기운이 가장 적은 곳으로 달렸다. 뒤뜰로 가니 횃불이 없어 점점 마음이 진정됐다.

계속 달렸더니 여러 겹 겹쳐 놓은 종이가 북 찢어지는 소리가 나며 인적 없는 곳에 도달했다. 여미는 눈물을 떨구고 숨을 헉헉 들이쉬며 눈을 떴다. 이상한 곳이었다. 인간들이 서식하는 깔린 맨들맨들한 바닥과 달리 발아래 거친 밀짚이 촘촘히 깔려 있다.

구조도 이상했다. 인간들은 추위를 많이 타서 사방을 닫아놓고 지낸다 했는데 이곳은 벽은커녕 폭 넓은 울타리뿐이 없고 좌우는 아예 뚫렸다. 여미가 찢고 들어온 노란색 종이가 바람에 흔들렸다. 노란 종이 위에 이상한 붉은색 글자가 보였다.

울타리 안쪽으로 고개를 돌리자 갈색 말들이 우물우물 건초를 씹고 있는 모습이 보였다. 여미는 이곳이 인간들의 '마구간'이라는 걸 알지 못했다. 그저 인간이 아닌 동물이 있다는 것에 안심했다.

"배고프구나."

여미는 밀짚 사이에 털썩 주저앉으며 말했다. 밀짚이 따가워 무릎을 모으고 엉덩이만 땅에 붙였다. 신세가 처량하기 그지없었다. 원래대로라면 도깨비 산에서 수장의 기운을 받아 건강하고 영리한 도깨비로 태어났어야 하는데, 인간의 기운이 가득한 상자 안에서 부화한 탓에 반푼이가 되었을 뿐 아니라 인간들 틈에 똑 떨어져 오도가도 못 하는 상황이 되었다.

"그것이 맛있느냐?"

여미는 당근이 섞인 건초 더미를 씹는 말을 보며 물었다. 등에 흰색 점이 박힌 순한 말은 큰 눈으로 여미를 물끄러미 바라보며 콧김을 뿜었다. 말의 콧김에 여미의 머리카락이 날렸다. 여미가 눈살을 찌푸렸다.

"멋대로 바람을 불지 마라! 그렇지 않아도 고생했는데 네 입김에 날아가기라도 하면 책임질 것이냐!"

본체가 도깨비풀이었던지라 여미는 작은 바람에도 이리지리 날려 다니곤 했다. 하나 지금은 엄연한 성체라 날아갈 위험이 없다.

하지만 몇백 년 넘게 도깨비풀의 모습으로 떠돌아다닌 습성은 쉽게 사라지는 것이 아니다. 여미는 말이 내뿜는 콧김에 날아가지 않도록 울타리를 꽉 쥐었다.

여미는 대담하게 울타리 안으로 손을 집어 갈색 말이 먹고 있는 당근을 하나 집었다. 당근을 뺏긴 말이 사납게 고개를 휘저었다. 여미는 말의 고갯짓에 튕겨 나가 밀짚 속을 뒹굴었다.

"감히 동물 주제에 도깨비를 해하느냐!"

여미가 화를 내며 건초를 쥔 주먹을 마구 흔들어댔다. 말은 푸릉, 하고 콧방귀를 끼고는 다시 건초에 집중했다. 여미는 괘씸한 마음에 저 갈색 짐승을 크게 혼내주기로 결심했다. 도술을 부려서 혼이 빠지게 만들어 버릴까? 아니다, 태어나서 바로 걷는 데 온 기운을 투자해 도술은 좀 모자라다. 둔갑술을 통해 무섭게 변한 다음 호통을 쳐야겠다. 여미는 말에게 다시 가까이 가려고 밀짚 속에서 일어섰다.

일어서려고 했다. 그러나 촘촘히 깔린 밀짚은 여미의 온몸에 엉켜 쉽사리 풀리지 않았다. 거기다 여미의 긴 머리카락까지 밀짚 사이에 얽혔다. 여미는 거미줄에 걸린 나비처럼 바동댔다. 그 와중에도 말이 먹다 남긴 당근을 손에 꼭 쥐고 놓지 않았다. 배고 프니까.

여미가 한참 동안이나 씨름하고 있을 때 주변이 점점 소란스러워졌다. 동네 사람들이 서씨네 식솔들을 설득하는 데 성공했다. 이제 서씨 일가의 식솔들까지 합세하여 여미를 수색하기 시작했다.

서씨 식솔들이 머무는 기와집이 불가사의한 소녀의 침입으로 들썩거리는 동안, 신율은 방 안 꼴을 보며 어리둥절해하고 있었다. 방 안은 어린애가 어지른 것처럼 난장판이었고 도깨비풀을 담아둔 자개함은 조각나 바닥을 나뒹굴었다.

분명 도깨비풀을 이곳에 넣어두었는데, 도깨비풀에 발이라도 달린 것인가? 손가락 한 마디도 되지 않는 도깨비풀에 발이 달렸다 해도 조개 장식에 단단한 목으로 마감한 상자를 부수고 나올 수 있었을 깃 같지는 않았다.

'도깨비 비애의 짓인가?'

업이 도깨비 사냥꾼이다 보니 원한을 품고 그를 따라다니며 해를 끼치는 도깨비들이 많았다. 신율은 혹여 그들 중 하나가 제 애착을 알아차리고 도깨비풀을 가져간 것은 아닐까 생각했다.

심각한 표정이 된 신율은 부서진 상자 주변의 기운을 추적했다. 둘째 형님만큼 주술에 뛰어나진 않지만 그의 주술도 도깨비의 기운을 추적할 정도는 되었다. 그러나 그 어디에도 신율을 노리는 강력한 도깨비의 기운은 느껴지지 않았다. 그저 잔향처럼 향긋한 숲 내음이 남아 있을 뿐.

한숨을 쉬었다. 놀랍게도 신율이 처음 느낀 감정은 아쉬움이었다. 이무기 도깨비와의 격렬한 싸움 속에서도 그의 옷소매에 꼭 달라붙어 있던 도깨비풀이다. 그 작은 모습이 기특하고 대견하여 금세 어여삐 여겼다. 본가에 가서 방 앞에 심어줘야겠다고 생각할 정도였다.

쉽게 어딘가에 정을 붙이는 성격이 아닌데 소매에 붙어 있던 도깨비풀에게는 정을 붙였던 모양이다. 신율이 조각난 자개함의 일부를 들고 방 안에서 고민하고 있을 때 밖에서 하인들이 요란스레 움직이는 소리가 들렸다.

창호지 문 바깥으로 분주히 움직이는 횃불이 보였다. 남종들은 무어라 소리치며 집 안 곳곳을 뒤졌고 여종들은 마을 사람들을 통제했다.

무슨 일이 일어났기에 이 밤중에 소란인가. 신율은 밀랍을 바른 굵은 실로 가죽을 꿰어 만든 신발을 신고 밖으로 나갔다. 서씨 가문의 문양이 새겨진 그의 신발을 보고 여종들이 급히 고개를 숙였다.

"이게 대체 무슨 소란이냐."

도겸이 헐레벌떡 다가왔다. 그도 손에 활활 타오르는 횃불이 들었다.

도겸이 보기에 신율의 안색이 좋지 않았다. 아까 도깨비풀을 자개함에 넣을 때만 해도 매우 기분이 좋아 보였는데, 밤중에 일어난 소란으로 잠이 깨어 심기가 불편하신가 보다고 생각했다.

"마을 사람들의 제보가 있었습니다. 이 집으로 흰 머리카락을 한 기이한 소녀가 들어왔다고 합니다. 아무래도 보통 사람이 아닌 것 같아 가솔들을 풀어 찾고 있습니다."

도겸은 고개를 조아리며 간결하게 보고했다.

"흰 머리카락의 소녀라?"

신율은 입가에 손을 대고 생각했다. 인간들 중에서도 색다른 색의 체모를 가진 이들이 종종 나오고는 한다. 그러나 그것은 어디까지나 주술의 부작용으로, 붉거나 푸를 뿐 흰색은 없었다. 서역인은 타고난 체모의 색이 특이하다 하지만, 이런 작은 마을에

서역인이 있을 리 없다.

"이탈산에서 온 도깨비인가?"

"그렇게 보기는 또 애매한 것이, 마을 주민들의 제보로는 아주 가늘고 어린 소녀였다 합니다. 게다가 갓 태어난 사슴처럼 비틀거리는 걸음으로 도망치기까지 했답니다. 이탈산의 도깨비들은 하나같이 강력한 데다가 모두 전설 속의 신수와 같은 외모를 가지고 있지 않습니까."

"묘한 일이로구나."

신율은 신중하게 대답했다. 그는 함부로 결단을 내리지 않았다. 도깨비가 연관되면 인간이 상상할 수 없는 온갖 기묘한 일들이 일어난다. 지금으로서는 소녀가 이탈산에서 온 것인지 아닌지, 인간인지 도깨비인지조차 확신할 수 없었다.

신율은 마당을 살폈다. 마당 안이 횃불과 창 부딪치는 소리로 가득 찼다. 제법 큰 기와집이라 식솔들은 여자아이를 찾기 위해 부산히 움직였다. 그 와중 신율이 등장하자 가솔들이 모두 그를 바라보았다. 신율은 천천히 마당으로 나아가며 위엄이 담긴 맑은 목소리로 말했다.

"모두 멈춰라."

"도련님! 이상한 도깨비가 이 집에 숨어들어 왔다고 합니다."

신율은 가장 가까이에 있던 남종이 들고 있던 횃불 쪽으로 손을 뻗었다. 신율의 사정거리 안에 있던 횃불들이 모두 꺼졌다. 남종은 저절로 불이 꺼져 쉭쉭거리는 소리를 내는 횃대를 멍하니 바라보았다. 신율은 손을 거두고 말했다.

"보고를 들어보건대 이 집에 침입한 자는 아주 겁이 많은 듯히

다. 침입자가 도깨비든 사람이든 섣불리 겁을 주면 큰일이 날 수도 있어. 내 짐작 가는 곳이 있다. 너희들은 담의 경계를 강화해라. 내가 침입자를 찾아낼 때까지 그 누구도 이 집을 벗어나지 못하도록 해라."

마당에 나온 순간부터 신율은 마구간 쪽에서 풍겨 나오는 청량한 기운을 느꼈다. 방 안에서 느꼈던 것과 똑같은 기운이다.

종들과 식솔들이 당황한 표정으로 담의 경계를 강화하러 흩어졌다. 신율은 뒷짐 진 손을 꽉 쥐었다. 이곳에 침입한 자가 신율이 어여삐 보관하던 도깨비풀과 관련이 있을 거라는 생각이 들었다.

'만일 침입자가 도깨비풀을 훔쳐간 것이라면 용서하지 않겠다.'

식솔들에겐 침착하라 했으면서 신율은 답지 않게 성급한 생각을 했다. 그는 마구간 쪽으로 발걸음을 옮겼다. 그가 지나간 자리마다 무거운 기운이 남았다.

여미는 미칠 지경이었다. 바깥이 한참 소란스럽고 무시무시한 횃불이 다시 피어오르나 싶더니 갑자기 조용해졌다.

"도련님, 이쪽은 저희가 수색하겠습니다."

마침내 인간들이 마구간 앞에 도달했다. 여미는 팔다리를 휘저어 보았지만 밀짚과 머리카락은 포승줄처럼 점점 더 조여올 뿐이었다. 도술을 부릴 수 없는 여미는 너무 겁이 나 당근을 쥔 손을 부들부들 떨었다.

수군수군, 소름끼치는 인간들의 목소리가 울렸다. 눈물을 잔뜩 흘린 여미가 모든 걸 포기하고 축 늘어졌을 때, 다른 인간들과 확연히 다른 목소리가 들렸다.

"여기 있어라, 내가 가보겠다."

여미는 눈을 번쩍 떴다. 청명하다. 머리가 맑아지는 고운 목소리다. 태어난 이후 온통 무서운 것들뿐이었지만 벽 너머로 들리는 목소리만큼은 여미에게 안정감을 주었다. 여미는 몸부림을 멈추고 목소리의 주인을 기다렸다.

신율과 하인늘은 종이조각처럼 갈기갈기 찢어져 있는 부적을 앞에 두고 고민에 빠졌다.

원래 인간보다 동물들이 도깨비에 홀리기 쉽다. 도깨비들도 인간보다 동물들 주변에서 더 많이 맴돈다. 때문에 도깨비들 천지인 이탈산에 다녀온 직후 말들에게 신경을 썼다. 마구간 문에 부적을 일곱 겹이나 붙여놓은 것도 혹시 모를 사태를 위해서였다.

마구간에 붙여둔 부적은 그런저런 동네에서 구한 허술한 부적이 아니었다. 이탈산에 데리고 갈 말들을 위해 서씨 가문에서 직접 가져온 부적이었다. 게다가 부적에 한해서는 환국 최고라는 서씨 가문의 차남이 직접 쓴 것이었다. 보통 도깨비는 물론 환상급 도깨비까지 막을 수 있는 부적인데 그런 강력한 부적이 이리도 엉망으로 찢어졌다. 하인들의 얼굴이 창백해졌다.

"도, 도깨비가 아니라 인간일 수도 있지 않습니까."

"그 말이 맞습니다. 인간이라면 부적에 영향을 받지 않으니까요."

"인간이 아니다."

신율은 단호하게 말했다. 신율이 마당에서 느꼈던 청량한 기운의 진원지는 마구간이었다. 신율은 기운을 자세히 느끼기 위해 눈을 감았다. 인간이라 하기에는 너무나 요사스럽고, 도깨비라 하기에는 또 너무나 순수하다. 신율은 마구간 앞으로 걸음을 옮기며 말했다.

"여기 있어라. 내가 가보겠다."

신율은 하인들을 물렸다. 만일 마구간에 있는 도깨비가 둘째 형님의 부적을 찢을 만큼 강력한 도깨비라면 적어도 이무기 도깨비보다 급이 높다는 뜻이다. 다른 식솔들을 지키며 싸울 여유가 없다.

신율은 혼자서 마구간 속으로 발걸음을 옮겼다. 시들어 축 늘어진 나뭇가지처럼 덜렁거리는 부적 쪼가리가 그의 옷깃을 스쳤다. 부적에 담겨 있던 기운과 신율의 기운이 충돌해 푸른 불꽃이 튀었다.

둘째 형님의 부적은 제대로 작동한다. 오작동으로 찢어진 게 아니다. 말들은 평화롭게 건초를 씹었다. 도깨비가 말들을 괴롭힌 흔적은 없었다. 검집에 손을 대고 마구간 안쪽을 둘러보았지만 언뜻 봐서는 아무것도 보이지 않았다. 감이 잘못된 걸까? 신율이 의문을 품었을 때 바닥에 깔려 있는 건초 더미 안에서 작은 목소리가 들려왔다.

"게 누구냐……?"

아무리 높게 잡아도 열다섯을 넘기지 않았을 것 같은 말라깽이 소녀가 당근을 양손으로 꼭 쥐고 그를 올려다봤다. 신율은 당황해서 칼집에서 손을 내리고 여자아이를 내려다보았다.

눈처럼 새하얗고 잡티 하나 없는 피부에 동그랗게 뜬 눈은 황금색으로 빛났다. 눈썹을 비롯해 머리카락과 체모 모두 흰색이다. 그림 속에서나 볼 법한 신비로운 외모에 신율은 한순간 숨을 들이켰다. 소녀는 신율을 올려다보며 커다란 눈을 깜빡였다.

"나를 좀 구해다오."

소녀는 울먹거리며 말했다. 신율은 그제야, 소녀가 머리카락과 밀짚에 엉켜 꼼짝 못 하는 상태라는 걸 알아차렸다. 그물에 걸린 인어 같았다. 소녀가 바닥에 팔꿈치를 대고 끙끙대며 몸부림쳤다.

소녀는 알몸이었다. 하얀 어깨는 한 번 쥐면 바스라질 것같이 말랐고 밀짚 사이로 드러난 종아리는 매끈한 곡선을 그렸다. 이름난 화공의 붓 솜씨처럼 유려하게 떨어지는 종아리 끝 발목에는 앙증맞은 복숭아뼈가 존재감을 뽐냈다. 머리카락과 밀짚이 아슬아슬하게 소녀의 엉덩이와 등을 가리고 있었지만 계속 움직인다면 알몸이 다 드러날 것이다.

신율은 눈을 떠야 할지 감아야 할지 몰라 당황했다. 정작 소녀는 알몸인데도 전혀 부끄럼 없이 당근을 들고 눈을 댕그랗게 뜬 채 신율만 바라봤다. 짧은 시간 동안 온갖 생각을 한 신율은 결국 고개를 다른 곳으로 돌렸다.

"누구십니까?"

신율이 그녀에게 말을 걸었다.

인간이라고 단정하기 어려운 외모였다. 그러나 도깨비라 하기도 애매했다. 밀짚조차 이기지 못하고 버둥대는 소녀는 너무 약했다. 인간인지 도깨비인지 모르겠지만 하나는 확신했다. 신율이 모른 척하면 소녀는 혹독한 환경을 이겨내지 못하고 죽을 기다.

짧은 시간 동안 신율은 인생에서 처음으로 겪는 종류의 선택을 해야 했다.

지금 손을 내밀면 신율은 이 소녀를 받아들여 살리고, 보호하고, 또 보살펴야 한다. 신율은 단 한 번도 무언가를 책임져 본 적 없었다. 그는 사냥꾼이고, 사냥꾼의 본분은 사냥하여 죽이는 것이지 무언가를 보호하는 게 아니다.

"나는……."

소녀의 입에서 가느다란 신음 소리가 새어 나왔다. 신율은 사냥꾼의 본분과 정반대의 선택을 했다. 신율은 천천히 몸을 숙이고 소녀에게 손을 내밀었다. 자신의 입으로 구해달라 말했지만 막상 신율이 손을 내미니 소녀는 흠칫 뒤로 물러난다.

"혹시 제가 무서운 겁니까?"

신율이 물었다. 소녀는 대답하지 못했다. 황옥 같은 눈동자로 신율을 올려다보기만 했다. 신율은 자신이 낼 수 있는 가장 다정한 목소리로 말했다.

"당신이 누구인지는 모르겠지만 나는 나쁜 사람이 아니니 이리 오시지요."

소녀는 여전히 두려워했다. 신율은 어떻게 하면 소녀의 두려움을 해소할 수 있을지 고민했다. 이곳은 서씨의 삼남이 머물고 있는 곳이다. 신율이 있는 한 환국의 그 어떤 사악한 존재도 이 집에 있는 이들을 해하지 못한다.

"이 집에 들어온 이상 손님으로 대접하겠습니다."

"저, 정말이냐?"

소녀가 살며시 신율의 눈치를 살폈다. 조금, 아주 조금 신뢰가 보였다. 신율은 안도의 한숨을 내쉬었다. 소녀가 자신을 믿게 만들어야 한다. 그래서 자신 곁에 두어야 한다. 소녀를 만난 지 한 시간도 되지 않았지만 소녀를 놓쳐서는 안 된다고 본능이 울부짖었다. 타고난 사냥꾼이자 무사인 신율의 본능은 한 번도 틀린 적이 없었다.

"이름을 알아야겠군요."

신율은 소녀에게 물었다.

"이름을 대가로 지불해야 풀어주겠다는 것인가? 역시 인간, 악랄하구나."

신율은 소녀의 엉뚱한 해석에 당황했지만, 당황하지 않은 척, 소녀의 대답을 기다렸다. 소녀의 이름을 듣고 싶었다. 소녀의 작은 분홍빛 입술을 통해 그녀의 이름을 듣고, 그녀의 이름을 몇 번이고 부르고 싶다.

"여미다."

신율의 인내심이 바닥나 슬슬 위험하다고 생각할 즈음, 소녀가 기막힌 때에 입을 열었다. 여미는 자신의 이름을 요구하는 악랄한 인간을 올려다보며 입술을 오므리고 불퉁거렸다.

"여미라 불러라."

"여미."

신율이 여미의 이름을 불렀다. 깨끗한 계곡물처럼 맑고 시원한 남자의 목소리가 그녀의 이름을 부르자 여미는 온몸에 소름이 오소소 돋았다.

'추워서 그런가?'

여미는 자신의 몸이 이상하다 생각하며 밀짚 속으로 웅크렸다.

아까까지만 해도 빨리 밀짚을 벗어나고 싶다고 생각했는데 눈앞의 남자가 자신의 이름을 부르니 어딘가로 숨어들고 싶은 기분이 되었다.

신율은 더없는 만족을 느끼며 계속해서 그녀의 이름을 불렀다. 여미, 여미, 여미. 소녀와 어울리는 앙증맞은 이름이었다. 이름을 부를수록 여미는 밀짚 속으로 꼬물거리며 기어들어 갔다.

"여미라고 하는군요."

신율은 다시 한 번 여미의 이름을 부르며 밀짚을 걷었다. 여미가 화들짝 놀라 새처럼 푸드득거렸다. 그 탓에 밀짚이 그녀의 머리카락을 잡아당겼다. 여미는 아픔에 신음을 흘리며 자신의 머리카락을 양손으로 쥐었다. 신율이 여미의 옆에 주저앉았다. 그리고 한 올 한 올 여미의 머리카락을 밀짚에서 풀어주기 시작했다.

"뭐 하는 것이냐!"

"밀짚에서 풀어드리고 있습니다."

여미는 신율의 손길이 제 머리카락에 닿을 때마다 참을 수 없는 감각에 휩싸였다. 도깨비는 인간과 달리 머리카락에 닿는 물체도 느낄 수 있다. 여미는 비명을 질렀다.

"왜 내 머리카락을 집요하게 괴롭히는 것이냐! 간지럽다, 그만해라!"

"이렇게 곱고 예쁜 머리카락인데, 상하기라도 하면 아깝지 않습니까."

머리카락을 자르면 쉽게 밀짚에서 벗어날 수 있었지만 신율은 그녀의 머리카락을 자르고 싶지 않았다. 그래서 한 올 한 올 공들여 엉킨 머리카락을 풀었다. 여미는 신율의 정성을 전혀 다른 뜻으로 오해했다.

"무엇이라? 내 이름에 이어 머리카락까지 가져갈 속셈이구나!"

"예?"

여미는 다시 눈물을 그렁그렁하게 매달고 말했다.

"머리카락을 잘라가려고 한 올 한 올 세고 있는 것이 아니냐아."

머리카락을 잘릴 생각을 하니 서러운지 말끝이 늘어졌다. 신율은 웃음을 터뜨렸다. 이무기 도깨비 사냥에 나선 지 삼 개월이다. 삼 개월 만에 처음으로, 신율은 소리 내어 웃었다.

"아닙니다. 절대 아닙니다."

신율은 여미의 머리카락에서 밀짚을 모두 떼어냈다. 한 손에 쥐고 있던 여미의 머리카락을 놓자 마치 은실로 가득한 폭포수처럼 여미의 머리카락이 쏟아져 내렸다.

이제 그녀의 몸을 밀짚 더미에서 꺼낼 차례다. 신율은 눈을 천장에 두고 여미의 허리와 무릎 아래 손을 넣어 번쩍 들어 올렸다. 밀짚 대신 흰색 머리카락이 그녀의 가녀린 알몸을 가렸다. 갑자기 높아진 시야에 여미가 신율의 옷을 꼭 붙들었다. 여미의 손이 마치 갈퀴처럼 그에게 달라붙었다. 익숙한 느낌에 신율이 탄성을 내뱉었다.

"아, 그랬군요."

여미가 제 몸에 손을 대는 순간 신율은 소녀가 바로 그 도깨비풀임을 알았다.

"그래서 그랬던 거였어."

신율은 도포를 벗어 그것으로 여미를 감쌌다. 머리카락이 길어

몸은 모두 가리는 채였지만 그것만으론 안심이 되지 않았다. 도깨비풀을 떼어 장식함에 넣어뒀더니 사라졌다. 이번에도 손에서 놓으면 어딘가로 사라질 것 같았다.

순식간에 도포에 휘감긴 짐짝 신세가 된 여미는 못 미더운 눈으로 신율을 올려다보았다. 이름과 머리카락을 빼앗아가려는 나쁜 인간인 줄 알았는데 아무것도 요구하지 않고 자신을 밀짚 더미에서 꺼내준 걸 보니 착한 인간인 것 같다. 그러나 자신을 꽁꽁 싸맨 건 마음에 들지 않았다.

답답했다. 여미가 손을 빼내 신율의 가슴팍을 밀어내며 내려가고 싶다는 의사를 전달했다. 그러나 신율은 알아듣지 못하고 '아직도 제가 무섭나요? 조금만 참으면 따뜻한 방 안에 데려다 드리겠습니다'라고 말할 뿐이었다.

역시 인간과 도깨비는 소통이 어렵다. 여미는 신율에게 자신의 불편함을 전달하는 걸 포기하고 얌전히 그의 품에 안겼다.

마구간을 나가자 신율을 기다리고 있던 하인들이 우르르 몰려들었다.

"아니 이렇게 어린아이가 왜 여기 있는 겁니까?"

하인들이 여미를 보고 횡설수설했다.

"분명 도깨비라고 하지 않았나?"

"그러고 보니 머리색이 특이한 것 같기도 하고……."

"생긴 건 완전히 사람인데!"

"길을 잃은 거냐, 꼬마야?"

저들끼리 쑥덕거리다 결론을 낸 하인들이 여미와 신율을 방으로 안내했다. 신율은 방바닥이 아직 차가운 걸 보고 혀를 차더니 여인들을 불러 장작을 지피라 했다. 불을 싫어하지만 추운 것도 싫은 여미는 신율의 품 안에 고대로 안겨 가만히 있었다.

신율은 방바닥이 적당한 온도로 달아오르고 나서야 여미를 놓아주었다. 여미는 신율의 손에서 놓여나자마자 작은 짐승처럼 쪼르르 달려가 방 모서리에 찰싹 달라붙었다. 신율은 깊은 아쉬움에 잠겨 방금 전까지 여미를 안고 있던 자신의 손을 내려다보았다.

'이상한 일이다.'

이탈산에서 발견한 도깨비풀에 정이 든 것은 사실이다. 그러나 그것은 어디까지나 미물에 대한 감정이었다. 도깨비풀에서 태어난 여미를 보니 속절없이 커지는 이 감정의 정체가 무엇인지 신율은 알 수 없었다.

"이리 오시지요."

신율이 점잖게 말했다.

"인간은 싫다!"

여미는 신율의 옷으로 몸을 더욱 꽁꽁 감싸며 경계심 가득한 목소리로 말했다.

"당신을 구해준 저도 인간인걸요."

논리 정연한 신율의 반박에 일순 여미의 말문이 막혔다.

"당신은 도깨비입니까? 그래서 인간을 싫어하는 겁니까?"

"나는……."

여미는 갈등했다. 신율이 둘러준 옷을 꽉 잡으며 방 안을 살펴보았다. 비싼 자개함과 갖은 도깨비 사냥을 위한 도구들이 보였다. 여미의 얼굴이 창백하게 질렸다. 이것이 모두 저 남자의 것인가? 그렇다면 눈앞에 있는 남자가 제일 무서웠다.

"어쨌든 인간이 싫다! 나를 마구 때리고 박대하지 않았느냐!"

정확히 말하자면 여미를 때리고 박대한 사람은 아무도 없었다. 그녀를 걱정한 마을 사람들이 도와주기 위해 우르르 몰려온 것이고, 여미 혼자 넘어져 바닥에 이마를 박은 것이었지만 신율은 굳이 정정하지 않았다.

갓 태어난 도깨비는 예민하다. 그것도 태어나자마자 인간이 잔뜩 있는 난장판 속에 휩쓸렸으니 여미가 경계하는 것은 당연하다. 신율은 어떻게 하면 이 작고 흰 도깨비의 경계심을 무너뜨려 제 마음대로 할 수 있을까 고민했다.

신율은 마구간 안에서 여미가 생명 줄처럼 쥐고 있던 당근을 떠올렸다. 마구간에 남은 당근은 여미의 손에 들린 것 하나뿐이었다. 말들에게 줄 간식으로 남겨둔 것을 여미가 모두 와작와작 씹어 먹어버렸다.

"배고프지 않으십니까?"

여미의 목구멍에서 커다랗게 꿀꺽, 하고 침 넘어가는 소리가 들렸다. 신율이 허허 웃으며 여종을 시켜 간단히 간을 한 흰 죽을 내오게 했다. 방 가운데 죽 그릇이 놓이고 여미와 신율이 대치했다. 여미는 고소한 냄새를 풍기는 죽 그릇에 끊임없이 시선을 던지면서도 신율 때문에 한 발자국도 움직이지 못했다. 신율은 옷자락을 탁탁 털고 일어섰다.

"저는 나가보겠습니다. 편히 드시지요."

"저, 정말이냐?"

여미가 믿기지 않는다는 듯 죽 그릇과 신율을 번갈아 보았다.

신율은 성큼성큼 걸어 정말로 문을 닫고 나갔다. 그는 방문을 닫고 마루에 걸터앉았다. 방 안에서 여미가 살금살금 죽 그릇으로 접근하는 소리가 들렸다. 신율은 느긋하게 기다렸다. 방 안에 있는 여미가 도망갈 수단은 없다. 그러니 신율도 초조해할 이유가 없다.

"설마 독이 들은 것은 아니겠지?"

여미는 고소한 냄새가 올라오는 죽 그릇 앞에서 안절부절못했다. 인간들은 믿을 수 없다. 그러나 철저히 따져 계산하기엔 너무 지쳤다. 태어나는 데 기력을 다 쓴 데다가 태어나서 당근밖에 못 먹고 도망치기만 했다. 여미는 그릇 옆에 가지런히 놓인 숟가락을 무시하고 양손으로 그릇을 들어 죽을 들이켰다.

"앗, 뜨, 뜨거!"

죽은 혀를 델 만큼 뜨거웠다. 하지만 맛있었다. 버섯을 송송 썰어 넣고 향긋한 간장으로 간을 한 죽이 여미를 노곤노곤하게 녹였다. 여미는 죽 그릇을 비우고 입맛을 다셨다. 도깨비들은 위장이 크다. 죽으로는 배가 다 차지 않았다.

"이것도 드셔 보시지요."

때맞춰 신율이 김 나는 소쿠리를 가져왔다. 이번에는 달콤한 냄새가 났다. 떨리는 손으로 소쿠리를 열어 보니 윤기가 자르르 도는 떡과 약과가 보였다.

"그래, 잘 가져왔구나. 얼마나 배고팠는지 모른다!"

이제 경계심 따위는 천 리 밖에 던져 버린 여미가 꼬리라도 흔들 기세로 신율에게 돌진했다.

"다만."

여미가 신율에게 도달한 순간 신율이 약과 소쿠리를 높이 치켜 들었다. 순식간에 떡과 멀어진 여미가 상황을 파악하지 못하고 눈만 동그랗게 떴다.

"이걸 드시고 싶다면 제 질문에 먼저 대답해 주셔야 합니다."

화낼 정신도 없는지 여미는 소쿠리만 쳐다보며 동그래진 눈으로 침을 꼴깍꼴깍 삼켰다. 신율은 당장에라도 떡 하나를 그녀의 앙증맞은 입안에 넣어주고 싶었다. 신율은 곤란한 미소를 지었다. 그 전에 물어봐야 할 것이 있다.

"사람은 아니면서 어찌 부적을 찢고 마구간에 들어갔습니까?"

여미가 벼락을 맞은 것처럼 펄쩍 뛰었다.

"내가 사람이 아닌 걸 어떻게……!"

신율은 한숨을 쉬고 싶은 심정과 웃고 싶은 마음을 동시에 느꼈다.

"그 정도는 처음 보는 순간부터 알고 있었습니다."

여미는 살금살금 뒷걸음질 치기 시작했다. 그럼에도 눈동자는 신율이 들고 있는 소쿠리에 고정된 채다. 여미가 도깨비라는 건 거의 확실하지만 확답을 받아야 한다.

인간과 다르다고 해서 전부 도깨비인 건 아니다. 가끔 환국에는 도깨비가 아닌 영물이 등장하기도 한다. 영물이라면 신에게 돌려보내야 한다. 영물이 아니더라도 사람 중에 머리카락과 눈 색이 특이한 돌연변이가 나타나곤 한다. 만일 여미가 사람이라면 마땅히 집을 찾아주어야 한다.

신율은 여미가 도깨비이길 바랐다. 영물이어도 사람이어도 곁에 둘 수 없다. 도깨비 산에서 외따로 떨어진 힘없는 도깨비라야 신율의 곁에 구속할 수 있다.

"여와산에 사는 풀 도깨비입니까?"

"비록 도깨비풀에서 태어나긴 했지만 나는 풀 도깨비 따위가 아니다!"

도깨비는 바깥 사정에 무지한 대신 긴긴 세월을 거치며 자기 자신에 대한 인식을 끝없이 확장한다. 갓 태어난 도깨비들이 다른 도깨비들과 어려움 없이 소통하고 자신의 고향 산(이탈도깨비들은 이탈산, 치우도깨비들은 치우산, 여와도깨비들은 여와산)을 찾아가는 것도 태어날 때부터 자아를 확장하는 도깨비의 능력 덕분이다.

여미 또한 자신에 대해 잘 알았다. 인간들 틈에서 무리하게 태어나느라 다른 도깨비들처럼 해박한 지식을 가지지는 못했지만, 자신이 여와도깨비가 아니라는 것은 안다.

"역시 사람이 아니었군요."

"무, 무엇이라?"

"방금 전 질문은 당신이 도깨비인지 아닌지 확인하기 위함이었습니다."

영물과 도깨비는 거짓말을 하지 못한다. 사람이라면 굳이 도깨비라 거짓말할 이유가 없다. 그러니 도깨비냐 물으면 여미의 정체를 알 수 있다. 그제야 제가 유도신문에 넘어간 것을 깨달은 여미가 불같이 화를 냈다.

"내가 도깨비라는 사실을 소문내면 내 네놈을 소리 소문 없이 죽여 버릴 것이다!"

여미는 신율을 겁주려고 노력했다. 나름대로 이도 드러내고 양팔을 크게 벌려 '크앙!' 하고 외쳤다. 하나 아무리 보아도 위협적인 도깨비보다는 머리에 꽃을 달고 뛰노는 어린아이다. 신율은 필사적으로 웃음을 참기 위해 고개를 돌리고 어깨를 부들부들 떨었다. 여미는 그의 떨리는 어깨를 보고 제 위협이 먹혀들었다 생각했다.

"나의 무서움을 제대로 알았다면 내가 도깨비라는 사실을 입도 벙긋하지 말거라!"

여미가 거들먹거리며 말했다.

"여부가 있겠습니까. 뜻대로 하지요."

신율의 다짐에 여미의 긴장이 탁 풀렸다. 여미는 다리를 벌리고 앉아 소쿠리를 끌어왔다. 의복에 익숙지 않아 신율이 둘러주었던 도포 자락이 흘러내렸다. 희고 둥글고, 잘 빚은 떡처럼 윤기 나는 어깨가 드러난다. 신율은 눈앞에 드러난 맨 어깨에 당황했다. 한참을 망설이던 신율이 손을 뻗어 여미의 어깨를 가려주었다.

떡을 한꺼번에 입안에 넣고 우물우물 씹느라 여미의 볼이 터지기 직전이었다. 신율은 오늘만 세 번째로 파안대소하고 싶은 욕망을 억눌렀다.

떡이 들어갈수록 여미의 눈동자가 노곤하게 풀린다. 따뜻하지, 편하지, 배부르지, 달콤하지. 잠들기 더없이 좋은 조건이다.

"여와도깨비가 아니면 이탈도깨비입니까."

신율은 때를 놓치지 않고 물었다.

"모른다. 이탈산에 있었던 기억은 희미하다. 여와산에 속하지 않는다는 사실은 확실하고, 아마 치우도깨비도 아닐 것이다. 아닌 건 확실히 아는데, 정작 내가 어떤 도깨비인지는 도무지 종잡을 수가 없구나."

여와와 치우가 아니라면 남은 것은 이탈과 환상도깨비뿐이다. 이탈산에서 나왔으니 이탈도깨비라고 생각하는 게 편하지만, 평범한 도깨비풀에서 태어난 걸 보면 이탈도깨비일 가능성은 낮았다. 가장 가능성 높은 건 환상도깨비인가.

"여기는 이상한 곳이다. 도깨비란 모름지기 푸르른 산과 영기 속에서 태어나야 하는데 나는 답답하고 조그마한 상자 속에서 태어났다."

여미는 제 사정을 이야기하다가 감정이 북받쳤는지 울먹이기 시작했다. 여미를 상자 안에 둔 건 그였다. 하지만 신율은 현명하게도 아무 말도 하지 않았다.

도깨비는 원래 모든 곳에서 유래한다. 길거리에 돋아나 있는 풀, 하늘의 구름, 먹다 남은 뼛조각에서도 도깨비가 태어날 수 있다. 깃드는 장소는 상관없지만 태어나는 장소는 중요하다. 도깨비들은 반드시 도깨비 수장의 정기를 받을 수 있는 도깨비 산에서 태어나야 한다. 산에서 태어나지 않은 도깨비들은 다른 도깨비들보다 훨씬 허약하여 인간에게 금방 사냥당한다. 여미가 자기 자신의 정체를 모르는 것이나 도깨비의 힘인 도술, 둔갑술 등을 전혀 쓸 수 없는 이유도 도깨비 산이 아닌 인간들 틈에서 부화했기 때문이다.

"이상한 곳에서 부화해 버렸으니 어찌할지 막막하다."

여미의 목소리가 더욱 서러워졌다. 사람으로 따지면 갓 태어나 걸음마를 시작한 아기가 시장통 한가운데에서 어미를 잃어버린 꼴이니 서러울 만하다.

"바깥에는 횃불을 들고 나를 쫓는 무서운 인간투성이구나. 그나마 친절한 인간은 너뿐이다. 떡도 가져다주고 죽도 주었다."

신율은 마을 사람들은 그저 여미를 돕고 싶었을 뿐이며, 떡과 죽을 가져다준 건 여미의 입을 열기 위한 미끼였으며, 바로 자신이 인간들 중에서 가장 무서운 도깨비 사냥꾼이라 말하려다 그만두었다.

팽팽하게 부풀어 있던 여미의 볼 위로 눈물이 흘렀다. 여미가 양손에 고개를 파묻고 엉엉 울기 시작하자 안 그래도 아슬아슬하게 걸쳐 있던 도포가 점점 아래로 내려갔다.

신율은 아까 마구간에서 여미를 처음 발견했을 때보다 열다섯 배쯤 더 당황했다. 눈앞의 도깨비 소녀를 어떻게든 달래어 울음을 멈추게 해야 하는데 도포가 내려가 뽀얀 어깨가 드러났고, 스르륵 떨어지며 귀를 자극하는 비단 스치는 소리와 함께 아래로 아슬아슬하게 분홍빛이 도는 가슴이 보여 손을 댈 수가 없다.

"여미⋯⋯."

어서 옷을 추스르라고 여미의 이름을 부르려던 신율이 멈칫했다. 여미를 어떻게 불러야 할지 모르겠다. 일단 존대를 해주고 있지만 존칭까지 붙이기엔 애매했다. 무엇보다 여미는 도깨비가 아닌가. 도깨비 중에서도 가장 약하다는 풀 도깨비로 보이는 여미에게 존칭까지 쓰기에는 신율의 지위가 너무 높았다. 여미는 우는 와중에도 신율의 망설임을 귀신같이 알아내고 소리쳤다.

"쓸데없는 생각 말고 여미 님이라고 불러라!"

여미의 옷이 속절없이 흘러내리고 있는 급박한 상황만 아니었다면 신율은 웃음을 터뜨렸을 거다.

"여미 님, 옷을 추스르시지요."

여미는 대답이 없었다. 신율이 자신에게 반말을 하려던 사실을 알아채고 기분이 상했는지 방 모서리를 뚫을 기세로 파고들어 갔다. 신율이 가벼운 한숨을 쉬었다. 여미가 육식동물을 마주친 초식동물처럼 긴장하고 있으니 신율은 아무것도 할 수 없다.

"아니면 제가 추슬러 드리오리까?"

신율이 방석을 끌고 아주 조금 가까이 다가갔다. 여미는 기겁하더니 반쯤 일어서서 옷을 꽁꽁 감싸고 퇴로를 확보하려는 듯 주변을 두리번거린다. 신율은 다시 물러났다. 여미가 옷을 제대로 입게 한다는 소기의 목적은 달성했지만 어쩐지 아쉽다. 신율은 멀어진 거리를 재며 여미를 살살 달랬다.

"이리 오시지요. 아직 과자가 남았습니다."

도포 자락 속에 숨어 있던 여미의 머리가 쏙 나타났다. 여미가 눈동자를 굴리며 신율 앞에 있는 약과를 바라보았다. 침이 꼴깍 넘어가는 소리가 신율에게까지 들렸다. 다 됐다고 생각했을 때 도포 자락 속으로 여미의 머리가 쏙 사라졌다. 여미는 도포 뭉텅이가 되어 꼬물꼬물 움직일 뿐 나올 생각은 하지 않았다. 여미가 아무리 순진하더라도 과자로 꾀는 건 불가능할 것 같다.

신율이 다른 방법을 강구하려 할 때였다. 도포 안에서 여미의 가느다란 팔이 쏙 나왔다.

"……뭘 하는 겁니까?"

여미가 팔을 파닥파닥 휘저었다. 그제야 신율은 여미의 뜻을 알아차리고 그녀의 하얀 손바닥에 약과 하나를 올려주었다. 약과와 팔이 도포 속으로 사라졌다. 신율은 긴장한 채로 기다렸다. 도포가 꾸물꾸물 몇 번 움직이더니 목구멍으로 약과를 삼키는 꼴깍 소리가 났다.

"이게 무엇이냐?!"

"약과라는 겁니다."

여미는 도포 속에서 얼굴만 내밀고 약과를 쏙쏙 집어먹었다. 신율은 오물오물 약과가 끝도 없이 들어가는 여미의 입을 흐뭇하게 바라보았다.

"너는 원래 이곳에 사는 인간이냐? 왜 밖의 인간들이 널 경외하느냐?"

"제가 그들의 주인이기 때문입니다."

신율이 거느린 서씨 가문의 식솔들은 물론, 마을 사람들도 신율이 도깨비를 잡아준 것을 감사하게 생각하고 서씨 가문에 주기적으로 재물을 바치기로 약속했으니 대충 맞는 말이었다.

망설임 없는 신율의 대답에 여미는 반쯤 베어 문 약과를 뚝 떨어뜨렸다. 여미의 머리가 팽글팽글 돌아갔다. 각 산의 도깨비들은 산을 지키는 수장 도깨비를 따르며 산다. 수장 도깨비는 엄청나게 힘이 세며 산에 사는 모든 도깨비들이 덤벼도 상대가 되지 않는다. 신율이 아무렇지 않게 '주인' 운운하니 여미는 신율이 수장 도깨비 같은 존재라 생각하게 되었다.

"네, 네놈은 인간들의 수장이냐?"

여미가 퍼렇게 질린 채로 물었다. 신율이 고민했다. 서씨 가문은 현재 황가와 비등한 위세를 떨쳤다. 그러나 수장이라 할 수는 없다.

"수장이 아닙니다."

"아까 이곳의 주인이라 하지 않았느냐."

"정확히 말하면 이 땅의 주인은 아닙니다. 이 집에 제가 거느린 사람들이 있단 뜻이었습니다."

"그럼 너는 왜 네 땅도 아닌 곳에 있는 것이냐?"

"아버지의 명령을 받아 외딴 곳에 왔습니다."

여미가 약과를 다시 주워들었다. 그녀의 안색이 서서히 돌아왔다.

"외딴 곳에 가는 일이 잦으냐?"

"인생의 절반 넘는 시간을 외딴 곳에서 일하며 보냈습니다."

신율이 외딴 마을을 전전하게 된 것은 다름이 아니라 도깨비들의 분포 때문이다. 강하고 희귀한 도깨비일수록 환국 수도에서 멀리 떨어진 외딴 곳에 산다. 신율은 도깨비 사냥꾼들 중에 가장 강했기에 강한 도깨비가 있는 외딴 곳을 전전했다.

"휴우, 다행이구나."

여미는 신율의 말을 전혀 다른 의미로 받아들였다. 수장 도깨비는 산의 중심에 산다. 수장 도깨비로부터 동심원을 그리며 힘 순서대로 도깨비의 자리가 정해진다. 강한 도깨비일수록 산의 중심 가까이 살고, 약한 도깨비는 산의 외곽에 산다.

"너는 정말 약하구나!"

외곽에 사는 도깨비들 중에서도 한곳에 정착하지 못하고 이리 저리 쫓겨 다니는 도깨비는 산에서 가장 약한 도깨비다. 여미는 신율이 가장 약한 도깨비 처지라고 이해했다. 신율은 여미가 펼치는 상상의 나래를 알 길이 없었기에 그저 점잖은 미소만 지었다.

"괜찮다. 부끄러워할 것 없다."

여미는 큰 선심을 쓰듯 말했다. 그녀는 약과를 입안에 넣고 오물거리며 신율을 바라보았다. 풍채 좋고 풍기는 기운이 범상치 않아 겁먹었는데, 약한 인간이었다니. 그것도 외곽을 전전할 만큼 약한 인간이었다니! 겁을 먹은 게 억울해졌다.

여미가 약과를 꿀꺽 삼켰다. 겁을 먹었던 게 억울하긴 하지만 저 혼자 착각한 것이니 용서해 주기로 했다. 신율이 약하다고 생각하는 것이야말로 여미 인생 최대의 착각이었지만 그녀는 알지 못했다.

"여태까지 그런 모진 수모를 당하며 살아온 게냐?"

여미는 신율을 향해 안타까운 표정을 지었다.

"예?"

신율은 여미가 무슨 말을 하는지 몰라 어리둥절하여 반문했다.

"쯧쯧. 입에 담기도 싫을 만큼 힘들었나 보구나. 내 너를 이해한다. 말하고 싶지 않다면 말하지 않아도 좋다."

고사리같이 약한 인간. 여미는 생각했다. 호리호리하고 손가락도 길면서 자신을 잡아챌 때는 또 부드러운 것이 산 속의 고사리를 닮았다.

"네놈은 몇 살이나 되었느냐?"

신율은 웃음을 참으며 대답했다.

"올해로 스물여섯 살이 됩니다."

"나보다 한참이나 어리구나! 내가 몇 살인지 아느냐? 난 칠백 살도 훨씬 넘겼다!"

정확히 말하면 도깨비풀로 떠돌아다닌 시간이 칠백 년 이상이라는 뜻이다. 도깨비풀이었을 때는 아직 완전한 의식의 각성을 이루지 못했으니 그 시절까지 합쳐 나이로 세는 것은 비겁하다. 그러나 여미는 시치미를 뚝 떼고 콧대를 높였다. 신율은 그런 여미의 허풍을 아는지 모르는지 웃기만 했다.

'나보다 칠백 살이나 어리다니, 내 이제부터 너를 고사리라 부르겠다.'

여미는 속으로만 생각했다. 눈앞의 인간이 별것 아니라는 것은 알았지만 그래도 고사리라고 대놓고 놀리기엔 여미의 간이 작았다.

"그렇습니까."

신율이 넙죽 맞장구를 쳤다. 제 위엄에 두려움에 떨어야 할 신율이 어쩐지 빙글빙글 웃고 있었지만, 여미는 그가 두려움에 정신을 놓은 거라 생각하고 너그럽게 용서해 주기로 했다.

"알았다면 이제부터 나를 제대로 받들어 모시어라. 나는 약과도 좋지만 아까 인간들의 소굴에서 본 꿀떡이라는 것도 먹고 싶느니라!"

"예, 곧 꿀떡도 들이라 하겠습니다."

신율은 곧장 문을 열고 하인을 불렀다.

"여봐라."

여미에게는 강아지풀 살랑이듯 부드럽게 말하던 것과 달리 다른 이를 부를 때는 딱딱하고 위엄이 넘쳤다. 여미는 좀 쪼그라들었지만 곧 신율이 하는 말을 듣고 안심했다.

"여미 님이 꿀떡이 먹고 싶다 하시는구나. 어서 꿀떡을 사오거라."

"이 밤에 말입니까?"

"내가 알기로 아직 축제가 끝나지 않아 늦게까지 떡집을 연다고 들었는데."

"있긴 있습니다만, 배탈이 나지 않을까 하여……."

"내가 옆에 있으니 괜찮다. 어서 다녀오래두. 여미 님이 기다리시지 않느냐."

꿀떡 이야기가 나오니 침이 꿀떡꿀떡 넘어간다. 여미가 침을 삼키는 소리에 신율이 웃음을 참을 수 없어 미소를 지었다. 여미는 반짝이는 눈으로 하인을 바라보았다. 하인은 여미와 신율을 번갈아 보더니 고개를 숙였다.

"최대한 빨리 다녀오겠습니다."

서씨 가문 셋째 도련님의 명령에 떡집은 아닌 밤중에 난리가 났다. 차마 서씨 가문의 도련님께 식은 떡을 바칠 수 없어 새로 떡을 쪄냈다. 덕분에 떡집 이웃들은 깊은 밤 딱 출출할 시간에 솔솔 풍겨오는 꿀떡 냄새를 맡아야 했다.

"다녀왔습니다."

하인이 곱게 싼 꿀떡을 들였다. 신율이 하인에게 수고했다 치하하며 꿀떡을 받아 들었다. 떡을 받아 들고 문을 닫는데 뒤에서 강렬한 시선이 느껴졌다. 신율이 고개를 돌리니 여미가 벽을 뚫어버릴 듯 강렬한 눈빛으로 꿀떡을 바라보고 있었다. 신율은 시험 삼아 꿀떡이 든 소쿠리를 슥 옮겨 보았다. 여미의 눈도 그것을 따라 옮겨간다. 눈뿐만 아니라 고개며 몸 전체가 꿀떡을 맹렬히 원했다.

신율은 오랜만에 기분이 좋아졌다. 매개체가 한낱 꿀떡일지라도 여미가 온전히 저에게 집중하고 있다는 사실이 좋았다. 여미는 아직도 지푸라기를 모두 떨어내지 못한 초라한 도깨비일 뿐인데 대체 무엇이 신율의 마음을 이리도 자극하는 걸까.

"여미 님, 꿀떡을 드시려면 이리 가까이 오셔야죠."

신율이 소쿠리를 공중에 든 채 말했다. 약과에도 흔들리지 않던 여미였지만 갓 쪄낸 꿀떡은 너무나도 유혹적이었다. 이미 신율을 고사리로 단정 지은 여미는 경계심 없이 도포 자락을 끌고 신율 옆에 다가갔다.

"이리 내놓아라."

여미가 팔을 휘저었지만 신율이 치켜든 소쿠리에는 닿지 않았다.

"앞으로 제가 부를 때마다 언제든지 곁에 온다고 약속하면 드리지요."

신율은 미소를 지으며 말했다.

"말도 안 되는 소리!"

도포를 벗어던진 여미가 벌컥 소리쳤다. 신율은 갑자기 드러난 여미의 알몸에 깜짝 놀랐지만 가까스로 소쿠리를 놓치지 않았다. 신율은 재빨리 고개를 돌리고 험험 헛기침을 했다.

"여미 님, 옷을 입으셔야죠!"

신율의 지적에 여미가 멀뚱히 자신의 몸을 내려다보았다. 하얗고 탐스럽지만 아직 덜 여문 가슴과 납작하게 들어간 배, 그리고 빈약한 골반이 보였다. 여미는 고개를 갸웃했다. 아까 저를 보고 기겁하던 띡집 아낙네도 그렇고, 인간들은 왜 이 백지 같은 몸을 가리지 못해 안달인 건가.

혹시 가슴에 달린 두 개의 붉은 점 때문일까? 그러고 보니 유독 그 부분이 시선을 사로잡는다. 여미가 제 가슴을 빤히 내려다보는 기상천외한 행동을 하고 있는 것도 모르고 신율이 계속 헛기침을 하며 말했다.

"여미 님, 빨리 옷을 입으셔야 꿀떡도 드실 수 있습니다."

"흐응."

신율이 움찔했다. 겁먹은 눈을 데굴데굴 굴리며 신율의 눈치만 보던 여미가 콧소리를 냈다.

"내가 옷을 입으면 꿀떡을 줄 테냐?"

"예?"

"내가 옷을 입어야 한다는 조건이랑, 네가 부를 때 언제든 네 곁에 가야 한다는 조건 중 하나만 걸어라."

신율은 아차 싶었다. 여미의 육신은 갓 태어난 신생아이지만 정신만큼은 도깨비풀 속에서 몇 백 년간 조금씩 자라왔다. 도깨비들은 태어날 때부터 걷고 말한다. 신율은 여미를 완전히 아기 취급하고 있었기에 그 사실을 깜빡 잊었다. 방심했다는 말이 옳다.

이번만큼은 여미에게 졌다. 신율은 고개를 끄덕였다.

"제대로 도포를 걸치시면 꿀떡을 드리겠습니다."

"좋다!"

여미가 도포를 꿰어 입는지 사르락 사르락 천 스치는 소리가 났다. 신율은 도포 앞에 달린 옷고름을 매주며 아침이 밝는 대로 여미에게 제대로 된 옷을 사줘야겠다는 생각을 했다. 이 이상 도포만 입힌 채로 내버려 뒀다간 제가 휘둘려 거꾸로 털릴 것 같다.

게다가 아무렇지 않게 인간 앞에서 옷을 벗어젖히는 여미를 보니 걱정이 앞섰다.

여와, 이탈, 치우, 환상도깨비들은 각자 생김새도 다르고 성격도 다르지만 단 한 가지 공통점이 있다. 바로 인간의 관습을 따르지 않으며 옷을 걸치지 않는다는 것이다. 여미 또한 도깨비인지라 본능적으로 옷을 불편해했다.

신율 앞에서는 괜찮지만, 혹여 낯선 이 앞에서 옷을 벗어던지면 큰일이 날지도 모른다. 여미의 체형은 아직 어린아이라 풍기문란으로 처벌을 받진 않겠지만 신율의 마음이 편치 않을 거다. 여미가 다른 사람 앞에서 무방비하게 맨몸으로 있는 걸 상상하기만해도 도깨비 피를 뒤집어쓴 것처럼 불쾌하다.

여미는 신율의 속마음도 모르고 꿀떡이 든 소쿠리를 양손으로꽉 잡고 코를 박을 듯이 고개를 숙였다. 그녀가 꿀떡 향기를 음미했다.

"소쿠리에 있는 것을 통틀어 꿀떡이라고 부르는데 왜 각기 색깔이 다른 것이냐."

여미가 녹색, 흰색, 분홍색 꿀떡을 가리키며 물었다. 상념에서빠져나온 신율은 친절히 꿀떡의 유래와 재료를 설명해 주었다. 그러자 여미는 인생에서 최고로 진지한 자세로(비록 태어난 지 하루도되지 않았지만) 세 가지 색깔의 꿀떡 중에서 무엇을 먼저 먹을지고민했다.

"분홍색, 역시 분홍색이 예쁘구나!"

여미가 검지와 엄지로 꿀떡 하나를 집어 들었다. 그리고 날름삼켰다. 쫄깃한 떡의 식감을 즐기자마자 달콤하고 부드러운 꿀이 쏟아져 나온다. 여미는 두 눈을 크게 뜨고 번개 맞은 도깨비처럼 놀랐다.

"인간들은 이리도 맛있는 떡을 매일 먹는단 말인가?"

여미는 허겁지겁 분홍색 꿀떡을 삼킨 이후 녹색 꿀떡과 흰색 꿀떡도 꿀떡꿀떡 삼켰다. 신율은 소쿠리에 빠져들 듯이 고개를 숙이고 꿀떡을 먹는 여미를 물끄러미 바라보았다.

환국에서 도깨비와 인간의 대립은 변방 오랑캐와 본토의 분쟁보다 심하다. 우락부락하고 기괴한 형상을 한 도깨비들은 수시로 인간들의 땅을 습격한다. 빼앗긴 삶의 터전을 되찾아 인간들을 몰아내고 전 환국을 숲과 산으로 만들겠다는 게 그들의 명분이었다.

인간들은 인간들대로 땅을 빼앗기지 않기 위해 싸운다. 인간과 도깨비는 서로가 진정한 환국의 주인이라 싸우며 오랫동안 대립했다. 처음으로 영토 분쟁이 일어나고 몇 백 년이 지난 지금은 환국이 원래 누구의 땅이었는지 잊혔다. 오로지 서로가 땅을 차지하기 위해 싸운다는 사실이 중요할 뿐이었다.

"신율 님, 감사합니다. 신율 님이 사나운 치우도깨비를 사냥해 주신 덕에 우리 마을이 살았습니다."

"요악한 환상도깨비에 홀린 우리 아들을 구해주셔서 감사합니다."

"도깨비를 해치워 주셔서……."

"……서씨 가문 덕분에 환국이 평화롭습니다."

신율은 자신의 일평생을 무시무시한 도깨비들을 사냥하는 데 바쳤다. 서씨 가문에 태어나, 뛰어난 무공을 가진 자라면 당연히 해야 할 일이라고 생각했다.

도깨비를 사냥하는 일이 나름 마음에 들기도 했다. 도깨비를 사냥하여 주술사에게 맡기면 도깨비의 힘이 깃든 신묘한 구슬을 얻을 수 있는데, 그것이 또 보물 취급을 받아 비싸게 팔렸다.

신율이 살아오면서 본 것은 흉악하게 굴며 인간을 위협하는 도깨비이거나 아니면 무생물의 값비싼 구슬이 된 도깨비들뿐이었다.

"꿀떡이라는 것은 이게 끝이냐?"

여미가 몇 개 남지 않은 꿀떡을 양손에 쥐고 아쉬운 듯 눈을 맑게 떴다. 처음부터 인간들 사이에서, 그것도 신율이 직접 봉한 자개함 속에서 태어난 여미는 다른 도깨비들과 확연히 달랐다.

조심조심 꿀떡을 입으로 가져가는 여미를 보니 신율의 마음속에서 어떤 강렬한 감정이 피어올랐다. 여미를 제 품에 꼭 안고 싶다. 여미의 자리는 제 곁이다. 신율은 자신의 기를 여미에게 나누어주기라도 한 것처럼 그녀와 붙어 있고 싶었다. 단순히 도깨비 산에서 만난 우연한 인연이라 치부하기엔 너무나 깊은 뿌리를 가진 감정이었다. 이 감정은 차라리 피에 새겨져 있다고 하는 편이 낫겠다.

신율이 신중히 자신의 감정을 추적해 가는데 그의 눈앞에 여미가 불쑥 튀어나왔다.

"뭘 그리 심각하게 생각하느냐. 혹시 내가 꿀떡이라는 맛난 것을 혼자 다 먹어서 심통이 난 게냐?"

"아니, 그런 건······."

환국 최고의 무가이자 최고의 부호 서씨 가문의 삼남이 고작 꿀떡을 못 먹어서 삐졌다니. 아무것도 모르는 여미가 아니면 할 수 없는 상상이었다. 신율은 눈앞에 있는 여미의 얼굴을 보고 웃음을 터뜨렸다.

"왜? 왜 웃는 것이냐?"

여미는 영문을 모른 채 물었다. 신율은 여미의 얼굴을 한 번 더 쳐다보고는 허리를 숙여가며 박장대소했다. 다정한 눈매에 어울리지 않게 웃음 없기로 소문이 자자한 서씨 가문의 삼남이 여미를 만나고 몇 번째인지 모르는 웃음을 터뜨렸다. 문 앞을 기웃거리던 식솔들이 고개를 갸우뚱했다.

"여미 님, 얌전히 드셔야죠."

신율이 제 볼을 톡톡 두드리더니 여미의 볼을 가리켰다. 누가 빼앗아가기라도 할까 봐 급하게 꿀떡을 집어넣은 탓에 여미의 볼은 다람쥐처럼 부풀었다. 게다가 꿀떡에서 비어져 나온 깨 한 알이 여미의 입가에 붙었다.

"알아듣게 말해라."

여미가 볼을 움직이며 꿀떡을 삼켰다. 신율은 복잡한 표정으로 여미를 바라보았다. 고뇌가 시작되었다. 신율은 자신의 감정을 냉정히 관찰할 줄 아는 부류의 사람이었다. 자신은 분명 지금 정상이 아니다. 여미 앞에서 시도 때도 없이 크게 웃는 등, 저답지 않은 행동을 계속했다.

약하디약하지만 여미는 도깨비다. 도깨비 사냥꾼인 자신이 여미에게 정을 주어도 되는 것일까?

"신율 님, 이무기 도깨비 때문에 더러워진 옷을 세탁해 왔습니다."

하인이 들었다. 그가 들고 있는 비단 옷을 보자 신율과 여미의 눈이 동시에 커졌다. 여미는 당장에라도 저 옷에 달려가 몸을 내던지고 옷으로 몸을 동그랗게 감싸 안정감을 느끼고 싶은 강렬한 충동에 휩싸였다. 신율은 자신의 옷에서 희미하게 느껴지는 여미의 기운에 당황했다.

"나도, 나도 옷이 입고 싶다! 저 옷을 나에게 주어라!"

방금 전까지 옷이라곤 질색하던 여미가 반색을 했다. 신율은 자신의 사냥복에 무언가가 있음을 알아차렸다.

여미는 부화하기 직전 사냥복의 소매에 매달렸다가 신율의 자개함 속에 들어갔다. 연유는 모르겠지만 도깨비 산으로 향하던 도깨비가 본능을 포기하고 붙어올 만큼 신율의 옷에 끌렸다. 신율의 사냥복이 마치 자궁과도 같은 역할을 한 것이다.

하인이 의아한 표정으로 여미를 돌아보았다. 그러고는 에그머니나! 소리를 내며 옷을 떨어뜨렸다.

"아니, 도련님! 이 어찌 된 일입니까! 왜 도포만 걸친 어린 여자가 도련님의 방에……!"

서씨 가문 식솔 모두가 여미를 보고 놀랐다. 마을 사람들로부터 어린 여자아이가 집에 숨어들었다는 말은 들었지만, 설마 그 여자아이가 남사스러운 옷차림으로 둘째 도련님의 방 안에 있을 줄은 아무도 몰랐다.

하인이 옷을 떨어뜨리자마자 여미가 자리를 박차고 뛰어나갔다. 여미의 속살이라 해봐야 채 여물지 않고 삐쩍 말라 볼 것도 없었지만 일단 여자다. 휘날리는 도포 자락 속에 비치는 여미의 알몸을 보지 않기 위해 하인과 신율이 동시에 손으로 눈을 가렸다.

여미는 바닥에 떨어진 신율의 옷을 주워 들었다. 이거다. 포근하고, 그립고, 따뜻하고 마음이 안정된다. 인간들이 입는 옷이라 도깨비인 여미에게 격이 맞지 않지만 자신이 수태한 곳이니 끌리는 건 어쩔 수 없다.

여미는 눈을 가리고 얼음처럼 굳어 있는 하인이 옷 입은 모양을 참고하여 자신도 옷을 입으려 끙끙거렸다. 소맷부리에 발을 집어넣으며 낑낑거리던 여미는 결국 쿵 소리를 내며 넘어졌다.

"어이쿠, 세상에!"

"괜찮으십니까?"

여미가 넘어지는 소리에 깜짝 놀란 신율이 다가왔다. 신율에게도 여미에게도 다행히 그의 옷이 워낙 커서 여미의 몸 전체를 덮었다. 신율은 조심스레 자신의 옷으로 여미를 감싸 일으켰다.

여미는 신율의 품에서 꼼지락거리며 반항했다.

"놓아라! 이 옷은 내 것이다."

"이 옷은 사내의 것으로 여인의 몸에는 맞지 않습니다."

"그래도 가지고 싶다!"

"도포가 마음에 드는 것이라면 비슷한 남복을 준비시키겠습니다."

여미는 작은 손을 꼭 말아 쥐고 신율의 가슴팍을 두드리며 말했다.

"아니다! 저 옷이라서 마음에 드는 것이다."

그러고는 분으로 빨개진 얼굴에 그렁그렁한 눈으로 신율을 올려다본다. 하얗고 작은 볼이 너무 익은 복숭아처럼 붉게 물들었다. 모습을 보고 신율은 한숨을 쉬었다.

"옷이라면 몇 십 벌이든, 아니 몇 백 벌이든 사 드리겠습니다. 그러니 제발 저를 자극하지 마세요."

마지막 말은 낮게 깔려 나왔다. 신율은 다시금 여미가 도깨비라는 사실을 자기 자신에게 환기시켰다. 여미의 그렁그렁한 눈에 마음이 흔들려, 신율은 하마터면 자신의 사냥복을 내어줄 뻔 했다.

조심해야 한다. 여미가 도깨비로 밝혀진 이상 여미의 정체를 속속들이 알기 전까지는 여미와 거리를 두어야 한다. 신율은 자연스레 '정체를 알아낸 후에는' 여미의 가까이 다가가도 된다고 생각했다. 하지만 신율은 자신의 생각을 알아차리지 못했다.

"여미 님, 안 됩니다."

신율의 박력에, 여미는 바동거리던 걸 멈추었다. 멈추고 나서 이상한 기분이 들었다. 이상하다. 어째서 도깨비인 자신이 고작 인간, 그것도 고사리에 불과한 신율의 말에 겁먹는 것인가? 신율의 도포는 너무 커서 여미가 일어서도 밑단이 남아 바닥에 끌렸다. 여미는 도포 자락을 주섬주섬 주워 자신의 몸을 감쌌다. 그리고 서글픈 눈으로 신율을 바라보았다.

신율은 애써 여미의 모습을 외면했다. 사냥복을 든 하인과 함께 밖으로 나간 신율은 여자 하인을 불러 여미에게 옷을 입히라 명령했다. 신율이 처마 밑에서 깊은 한숨을 내뱉는데 사냥복을 든 하인의 눈초리가 이상했다. 신율은 평소와 다른 하인의 표정을 보고 물었다.

"무슨 일이냐, 도겸?"

그는 신율의 측근인 도겸이었다. 도겸은 눈을 어디 두어야 할지 몰랐다. 그가 송구해하며 대답했다.

"정말 죄송합니다, 도련님. 이 도겸 눈치가 없어 도련님의 선호를 미처 파악하지 못했습니다. 그래서 항상 도련님이 여흥을 즐길 때 기루에서 가장 풍만한 여인만 부르라 일렀습니다."

신율이 눈썹을 치켜 올렸다. 안에 있는 여미에게 신경을 쓰느라 마음이 어수선해졌는데 그의 가장 가까운 하인인 도겸은 또 무슨 말을 하고 있는 건가.

"설마 도련님이 풍만한 여인에게 흥미를 보이지 않던 것이 저런 이유 때문이었을 줄은…… 많이…… 어리지만 너그러운 가주님과 감씨 부인이라면 분명 허락해 주실……."

"아니다."

"그치만 저 안의 처자, 아니, 아이는……."

"아니래도."

신율은 지끈지끈 머리가 아파왔다.

"그저 어린아이가 옷도, 돈도 없이 곤경에 처해 있기에 도와준 것뿐이다."

주인의 취향에 대해 심오한 걱정에 빠져 있던 도겸의 표정이 확 밝아졌다.

"그럼 옷이랑 돈을 들려 떠나보내는 겁니까?"

"아니."

생각보다 말이 먼저 나왔다. 여미를 떠나보낸다는 말을 듣자

울컥 이상한 감정이 치고 올라왔다. 여미는 정체를 알 수 없고, 위험할지도 모르고, 결정적으로 도깨비이기까지 했지만 여미를 품에서 놓는다는 생각은 할 수 없었다.

"일단 본가로 데려갈 생각이다. 그곳에서 허드렛일이라도 시키면 앞으로 먹고 살 걱정은 없지 않겠느냐."

신율은 저도 모르게 거짓말을 했다. 도깨비인 여미를 본가에 데려갈 순 없다. 부모님과 형님들도 그렇지만 일단 화린이 가만히 있지 않겠지.

신율은 자신의 둘째 형을 떠올렸다. 둘째 형은 본가에 붙어 있는 법이 없고 환락을 찾아 전국을 유람하니 본가에 가기 전에 행방을 잡을 수 있을 것이다. 무술에만 능통한 신율과 달리 서씨 가문의 차남은 전설과 부적에 해박한 지식이 가졌다. 둘째 형이라면 여미의 정체를 알아내어 적절한 조치를 취할 수 있을 거다.

주인의 대답을 들은 도겸은 또다시 백팔 번뇌에 버금가는 고뇌를 겪었다.

"도련님, 이 어리석은 도겸이 쓸데없는 말을 하는 것이 아닌가 걱정되지만, 그럼에도 불구하고 한마디 올려도 되겠습니까."

도겸은 덜렁거리고 말이 많지만 결코 거짓된 말을 이르는 법이 없다. 신율이 도겸을 가까이 두는 것도 그의 진실한 마음을 아는 탓이었다.

"말해라."

"제 눈엔 아무래도 저 아이가 평범해 보이지 않습니다."

"평범하지 않다 함은?"

신율이 목소리를 낮추어 물었다. 도겸은 송구한 듯 고개를 조아렸다.

"도련님이 특이한 취향을 가지게 되어서 어린아이를 들인 것이 아니라면……."

'특이한 취향' 부분에서 신율이 획획 고개를 저었다.

"하여간 그런 것이 아니라면 저 어린아이가 어디서 튀어나왔겠습니까. 도련님이 오시기 전에 제가 이 마을에 있는 모든 가구를 조사했습니다. 머리색이 특이한 아이가 있다는 말은 없었습니다."

신율이 침묵했다. 도겸의 입안이 바짝 말랐다. 새삼스레 주인이 풍기는 강력한 위압감이 도겸을 짓눌렀다. 신율은 충언하는 부하를 벌하는 자가 아니다. 도겸은 주인의 성품을 알기에 나머지 말도 충실히 전했다.

"저 도겸, 이십 년 넘게 서씨 가문에 붙어 있던 몸종으로 서씨 가문의 규칙은 누구보다 잘 안다 자신할 수 있습니다. 도련님, 가주께서 말씀하시길 도깨비는 견즉필살입니다."

견즉필살. 도깨비를 보는 순간 도깨비를 죽여라. 서씨 가문이 도깨비를 보는 족족 죽여왔기 때문에 환국의 인간들이 도깨비에게 땅을 빼앗기지 않았다. 그리고 서씨 가문이 부흥할 수 있었다.

"저 어린아이가 도깨비라는 건가."

이미 답을 알고 있으면서도 신율은 여미가 도깨비라는 말을 하지 않았다. 주인의 마음을 헤아린 도겸은 더 대꾸하지 않고 그저 고개만 숙였다. 신율이 돌아서려 할 때 도겸이 자신 없는 목소리로 덧붙였다.

"저는 신율 도련님을 섬깁니다. 그러나 본가에 가면 큰 도련님과 둘째 도련님의 세력이 있을 타입니다. 특히 큰 도련님은 견즉필살의 법칙을 철저히 지키시는 분입니다."

발걸음을 떼던 신율은 그 자리에서 멈춰 섰다. 큰형은 서씨 가문의 적장자이자 후계자로, 누구보다 도깨비 사냥에 충실한 남자다. 신율은 밖에 나가기 위해 갓을 쓰며 고민에 빠졌다. 큰형과 화린이 여미를 만나서는 안 된다.

"도련님, 본가로 가는 길을 늦출 수는 없습니다. 환국 최초의 이무기 사냥이고 환국 최초의 이무기 구슬입니다. 이미 소문이 파다하게 퍼져 도련님의 행보가 조금이라도 늦으면 쓸데없는 소문이 돌까 이 도겸은 두렵습니다. 게다가……."

도겸이 말끝을 흐렸다. 신율이 물었다.

"무엇을 말하고 싶으냐."

"이탈산에 들어가기 전부터 도련님의 뒤를 쫓고 있는 존재가 있지 않습니까."

앞에 있는 본가 식구들뿐만 아니라 자신의 뒤를 쫓고 있는 비애에게도 생각이 미쳤다. 상황이 복잡하다. 신율은 고민에 빠졌다. 단 한 가지 확실한 건, 여미를 본가에 데려가선 안 된다는 것이다.

여미를 본가에 데려가지 않겠다는 신율의 다짐은 외출 이후 더욱 굳건해졌다.

"이게 대체 어찌 된 일이냐?"

신율의 물음에 여종들이 당황하여 일제히 바닥에 머리를 조아렸다.

여미는 보통 여자아이들이 입는 밝은 저고리와 낙낙한 치마를 입었다. 맨발로 마루 아래 숨어들어 오들오들 떨고 있다는 것만 빼면 더없이 정상적인 모습이었다.

"도련님이 왜 나가셨냐고 묻기에……."

"무어라 대답했나."

"주술사를 만나러 갔다고 했습니다."

여종들은 환국에 살면서 주술사가 무엇인지도 모르는 여미를 신기하게 여겼다. 삐쩍 마른 아이의 몰골과 환국의 외진 시골에서 홀로 떠도는 모습을 보고, 여종들은 여미가 제대로 보살핌을 받지 못한 고아라고 생각했다. 갈 곳 없는 고아를 거둬 재우고 먹일 생각을 하신 신율 도련님에 대한 찬사가 오갔다. 여종 하나가 멍하니 서 있는 여미를 위해 주술사가 무엇인지 설명했다.

"도깨비를 죽여 가죽을 벗겨내는 자라 했다고."

신율이 탄식하듯 말했다. 도깨비 사냥과 연이 없는 이들이 할 수 있는 가장 정확한 설명이긴 했다. 주술사는 도깨비 시체에서 영기를 벗겨내 구슬로 만든다. 눈으로 보기에 그 과정이 짐승 가죽을 벗겨내는 것과 흡사하다. 보통 사람들은 주술사를 도깨비 가죽 벗기는 자라고 부른다.

주술사 이야기가 나오기 전까지 여미와 여종들은 그럭저럭 잘 지냈다. 여종들은 겁먹어 자꾸 뒤로 내빼는 여미를 구슬리기 위해 달달한 사탕을 잔뜩 가져왔고 여미는 알면서도 덫에 걸려드는 새끼 동물처럼 여종들이 주는 사탕을 날름날름 받아먹었다.

"그런데 주술사에 대한 이야기를 듣자마자 펄쩍 뛰며 놀라더니 도련님이 왜 주술사를 만나러 갔냐고 묻더군요."

"허어."

기어코 신율에 대한 이야기가 나왔다. 갈수록 태산이었다. 신율은 여종을 꾸짖지 않기 위해 애쓰며 물었다.

"그래서 무어라 대답했느냐?"

"도련님이 환국 최고의 도깨비 사냥꾼이니 이번에 잡은 도깨비 가죽을 벗기러 주술사를 찾아갔다고……."

신율이 밖에 나간 건 조용한 곳에서 홀로 여미에 대한 생각을 정리하기 위해서였다. 사실 이탈산에서 잡은 이무기 도깨비에 대해서는 까맣게 잊어버렸다.

"여미 님, 이리 나오시지요. 옷이 더러워집니다."

마룻바닥 밑 어둠 속에서 여미의 황금색 눈동자가 반짝였다. 신율의 모습을 본 여미는 더욱 기겁하여 눈을 꼭 감고 양팔로 무릎을 감싸 안았다. 몸집이 하도 작아서 웅크리고 있으니 하얀 공 같다.

신율은 겁먹은 고양이를 달래듯이 마루 아래로 손을 뻗어 조심스레 여미에게 다가갔다. 여미의 등에 신율의 손이 닿았다. 신율의 손이 닿는 순간 여미는 자신이 마루 아래 있다는 것도 잊고 펄쩍 뛰어올랐다.

"괜찮습니까?!"

쾅 소리를 내며 마루에 머리를 부딪친 여미를 보고 신율이 기겁해서 물었다. 여미는 혹이 솟은 머리를 감싸 쥐고 끙끙대며 신음을 흘렸다. 눈물이 핑 돌았다.

보통 도깨비는 고통의 역치가 인간보다 훨씬 높다. 연약한 식물 모양의 여악도깨비라면 모를까 동물 형태를 한 도깨비들은 마루와 부딪치면 마루를 뚫고 나온다. 반면 여미는 약하게 태어나서 맷집도 약했다.

"건드리지 마라, 이 무서운 인간!"

여미가 알고 있는 욕이 있다면 이 순간 다 퍼부었을 것이다. 자신의 손을 두려워하며 멀어지는 여미를 보고 신율의 가슴이 울컥 조였다. 이미 상황은 신율이 손쓸 수 없을 만큼 나빠졌다.

"여미 님, 영원히 마루 아래에서 안 나올 겁니까."

여미가 끅, 하고 울음 참는 소리를 냈다. 저가 생각해도 무섭고, 서럽고, 아픈지 머리를 감싸 쥐고 끙끙댔다. 신율은 최대한 목소리를 다듬어 다정하게 말했다.

"춥고 아프지 않습니까."

신율은 여미의 발바닥을 보았다. 여종들이 옷은 입혀놨지만 신발은 신기지 못했는지 흙으로 까맣게 더러워진 맨발이었다. 신율이 손을 내밀었다. 이번엔 여미를 건드리지 않고 마루 앞에 손을 내민 채 인내심 있게 기다렸다.

"바닥이 거칠어 발이 아플 겁니다. 어서 나오시죠."

발바닥이 아픈 건 사실인지 여미가 움찔 놀랐다. 여미는 한층 다정해진 신율의 목소리에 고개를 빼꼼 돌리고 입술을 내밀었다. 여미가 신율의 눈치를 살폈다. 신율이 눈을 휘며 웃었다. 서씨 가문이 자랑하는 미려하고 다정한 눈매가 온화함을 뿜어냈다. 신율의 정체를 아는 환국 여인들도 졸도할 판인데 여미가 홀랑 넘어가지 않을 수 없었다.

"물러나라."

여미의 손을 잡을 수 없어 아쉬웠지만 신율은 내색하지 않고 마루에서 떨어졌다. 여미는 손으로 바닥을 짚고 엉금엉금 기어

나왔다. 빛이 닿는 곳에 오자 눈부신지 동공을 좁히며 눈살을 찌푸렸다. 손을 털고 일어선 여미는 여전히 마루에 딱 붙은 채 신율을 경계했다.

"저기 몰려 있는 인간 여자들에게 다 들었다. 네놈이 도깨비 사냥꾼이라지."

신율의 표정이 한순간 얼음처럼 차갑게 굳었다. 그 누구도 알아차릴 수 없을 만큼 짧은 순간이었다. 순식간에 온화한 표정으로 돌아온 신율이 말했다.

"오해입니다."

신율 근처에서 발을 동동 구르고 있던 여종들과 하인들이 눈을 동그랗게 떴다. 그들의 주인 서신율이 도깨비 사냥꾼이 아니면 무어란 말인가! 하지만 여미를 안심시키려는 신율 앞에서 다시 도깨비 사냥꾼 이야기를 꺼낼 만큼 눈치 없는 하인은 없었기에 다들 눈만 도록도록 굴렸다.

"정말, 정말이냐?"

"정말로 정말입니다."

여미가 여종들을 바라보았다. '아까 분명히 도깨비 사냥꾼이라고 하지 않았느냐!'라고 눈으로 물었다. 여종들은 고개를 저으며 호들갑스럽게 신율은 도깨비 사냥꾼 아니라고 부정했다.

여미의 얼굴에 혼란이 어렸다. 그것을 본 여종들은 미약한 죄책감을 느꼈다. 전혀 상관없는 일을 하다 몰려온 하인들도 죄책감에 시달렸다. 서씨 일가가 모조리 한통속이 되어 아무것도 모르는 어린애를 속이는 것 같다. 아니, 실제로 속이는 중이었다.

"나를 우습게보지 마라! 내 태어난 지 얼마 되지 않았으나 도깨비 사냥꾼이 뭘 하는 작자들인지는 아주 잘 알고 있다."

한참 고민하던 여미가 버럭 호통을 쳤다. 자신이 도깨비 사냥꾼임을 부정하려던 신율은 입을 다물었다. 여미는 인간에 대한 여타 지식은 전무하다시피하면서 유독 도깨비 사냥꾼에 대해서만큼은 꽤 적절한 지식을 가졌고 두려움도 느꼈다.

이상한 일이었다. 도깨비 사냥꾼의 위협을 한 번이라도 받은 도깨비가 두려움에 떠는 건 이해가 간다. 하지만 여미는 아직 신율이 도깨비 사냥을 하는 장면을 본 적은커녕 도깨비구슬이 뭔지도 모른다. 이참에 여미의 속내를 알아내야겠다고 생각한 신율이 물었다.

"도깨비 사냥꾼이란 무엇을 하는 작자들입니까?"

"도깨비를 항아리에 가두고! 우물에 가두고! 그러고는 가죽을 벗긴 후 도깨비를 뼈만 남겨 죽이는 작자들이 아니냐!"

신율은 말문이 막혔다. 이 집에 항아리는 없고, 우물은 예전에 막혔으며 가죽을 벗긴다는 건 어디까지나 비유적인 표현이지 정말로 주술사가 도깨비의 가죽을 벗기는 건 아니다. 하지만 도깨비 사냥꾼이 도깨비를 죽인다는 것은 맞는 말이지.

"결코 아닙니다."

신율의 입에서 완전한 부정의 말이 흘러나왔다. 여미는 도리질 쳐 신율의 손을 떼어냈다. 신율이 억지로 잡는다면 약하고 어린 도깨비인 여미쯤이야 한 손으로 제압할 수 있다. 그러나 그는 여미가 제 손을 떨치는 대로 가만히 있었다. 여미는 경계심 가득한 얼굴로 신율을 바라보았다.

"처음에 내 본체를 무식하게 작고 답답한 상자에 넣어놨을 때부터 알아봤다. 역시 인간은 믿지 말았어야 했는데 잠시나마 고사리 너를 믿은 내가 바보다!"

신율은 난생처음으로 치밀어 오르는 초조함을 느꼈다. 자신이 없는 사이에 여미의 두려움을 자극한 이들에게 화가 났다. 생긋 생긋 웃으며 여미가 아무것도 모른 채로 있게 하려 얼마나 애썼던 가. 그런데 지금 신율의 정체를 알아버린 여미가 그의 손에서 벗어나려 한다.

"도망치고 싶습니까."

서늘하게 가라앉은 신율의 어조에 여미가 딸꾹질을 시작했다.

"어차피 사방이 막혀 있습니다. 당신은 나의 집 안에 갇혀 있어요. 당신이 나갈 수 있는 구멍은 어디에도 없단 말입니다."

"고사리 네놈, 화가 난 거냐?"

두려움에 굳어버린 여미가 울먹이지도 못하고 말했다. 여미의 황금색 눈에 공포가 어리기 시작하는 것을 보고 나서야 신율이 정신을 차렸다.

"아닙니다."

엉망이다. 신율은 생각했다. 다정하게 구슬릴 거면 완벽하게 속이든지, 단순히 곁에 붙잡아두고 싶은 거면 부적이나 밧줄을 써서 꽁꽁 묶어놓든지, 그것도 아니라 그저 정체가 알고 싶은 거라면 마을에 있는 주술사에게 당장 달려가든지 해야 한다. 그러나 신율은 갈피를 잡지 못하고 갈팡질팡했다.

"날 죽이지 않을 거냐?"

한참 동안 침묵이 계속되다가 여미의 작은 목소리가 새어 나왔다. 신율은 물론 하인들까지 덩달아 긴장했다. 신율은 고개를 끄덕였다.

"당연하지요."

다정하게 대해주자. 신율은 결정을 내렸다. 그것이 기만이건, 갓 태어난 도깨비 소녀의 눈을 가리는 일이건 상관하지 말자. 다 정하게 대해 노곤노곤하게 풀어준 다음 제 곁에 있는 것을 스스로 좋아하게 만들자.

신율은 제가 할 수 있는 가장 달콤한 미소를 지으며 여미에게 두 팔을 벌렸다. 여미의 눈에서 툭, 눈물이 터져 나왔다. 한순간에 긴장이 풀리자 쌓아뒀던 두려움이 통곡이 되어 흘러나왔다. 신율은 코가 빨개지고 눈이 퉁퉁 붓도록 눈물을 멈추지 않는 여미 때문에 당황했다.

"그만 우십시오. 너무 많이 울면 눈가가 쓰라립니다."

"흐, 흐윽. 나는 인간이, 흑, 아니니 괜찮다."

"지금도 쓰라려 보이는데요."

여미는 눈물을 닦으려 손으로 제 눈가를 벅벅 문질렀다. 신율이 여미의 손을 잡아 내렸다. 양손을 붙잡혀 눈물을 닦을 수 없게 된 여미는 퉁퉁 부은 얼굴을 신율에게 보여주며 속절없이 울었다.

신율은 자신이 입고 있는 비단옷의 소매로 여미의 눈가를 조심스레 찍어 주었다. 신율의 노력으로 여미의 얼굴이 조금 볼만해졌다.

"가서 약과와 꿀떡을 가져와라."

신율이 여종들에게 명했다.

"어제 마을 축제에서 남은 절편과 다식이 있습니다."

"아니, 꿀떡으로 가져와라."

신율이 단호하게 말했다. 여종들이 종종걸음 쳐 감씨 부인 댁에 꿀떡을 청하러 갔다. 다행히 약과는 남은 게 있어 바로 가져왔다. 신율에게 붙들려 있던 여미는 약과가 다가오자 눈물을 멈추고 슬쩍슬쩍 약과가 담긴 소쿠리를 곁눈질했다.

"약과가 드시고 싶습니까."

"그렇, 아니……."

그렇다고 긍정하기엔 자존심이 상하고 부정하기엔 너무나 약과가 먹고 싶다.

"여미 님을 울게 한 것에 대한 사죄의 의미로 드리는 것이니 부디 사양하지 말고 드시지요."

"그렇게까지 말하니 할 수 없구나."

여미는 못 이기는 척 약과 하나를 집었다. 입안에 넣고 오물거리더니 손을 뻗어 약과 하나를 더 집었다. 어느새 여미의 양 볼과 양손은 약과로 가득 찼다.

"조금 있으면 여종들이 갓 쪄낸 꿀떡도 가져올 텐데, 약과를 이리 많이 먹어서야 꿀떡을 맛볼 수 있겠습니까."

언제 울었냐는 듯 양 볼을 빵빵하게 부풀리고 있는 여미를 보니 신율은 조금 허탈해졌다. 약과를 꿀꺽 삼킨 여미가 물었다.

"정말로 도깨비 사냥꾼이 아닌 거냐? 날 죽이지 않을 거냐?"

"몇 번이나 말하지 않았습니까. 그보다 도깨비 사냥꾼에 대해서는 어떻게 아셨나요."

"내가 미각성 상태로 떠돌았지만 그쯤은 안다! 도깨비풀 속에 얌전히 몸을 웅크리고 있어도 사냥꾼의 악명은 다 들린단 말이다. 도깨비 사냥꾼들 중에서도 환국의 서씨 가문이라면 누구나 고개를 내젓는 피의 살육꾼이지. 그중에서도 검을 쓰는 놈이 제일 악질이라 하더라."

눈앞에 있는 신율을 두고 피의 살육꾼이라 막말한 여미는 여종들이 들여온 꿀떡을 보고 아무것도 모른 채 눈을 빛냈다.

신율은 신율대로 생각에 빠졌다. 부화하지 않은 의식 상태의 도깨비들도 서로 소통할 수 있다는 사실은 처음 알았다. 여미의 말투를 보면 대화가 아니라 주워듣는 것에 가까운 것 같았지만 말이다.

"만일 도깨비 사냥꾼이 가까이 온다면 어찌할 생각입니까."

"도망쳐야 하지 않겠느냐."

"그렇지만 여미 님은 도망치는 데 서툴지 않습니까. 그제 밤도 도망치다가 온 마을을 쑥대밭으로 만들어놓았지요."

여미의 볼이 달아올랐다. 하루, 이틀이 지나니 마을 사람들에 대한 공포는 옅어지고 서툴게 도망쳐 도깨비 망신을 시킨 부끄러움이 자리를 대신했다.

"그나저나 너는 자꾸만 도깨비 사냥꾼에 대한 이야기를 하는구나."

이번에는 신율이 멈칫했다. 재빨리 망설이는 기색을 거두고 태연하게 웃으며 여미에게 꿀떡을 권했지만 여미는 신율의 빈틈을 놓치지 않았다.

"혹시 네놈, 도깨비 사냥꾼은 아니지만 도깨비 사냥꾼과 연이 있는 것이 아니냐?"

여미가 여기저기 둘러보며 신율이 머무는 저택 내부를 살폈다.

하인들을 발견한 여미가 말했다.

"보아라, 여기 있는 남종들은 모조리 검을 차고 있다! 부적도 아니고 칼이라니. 백 보 양보해 다른 사람은 몰라도, 환국의 서씨 가문 칼 쓰는 놈만은 조심하라고 했다."

신율은 아차 싶었다. 이탈산에서 사냥을 마치고 돌아오는 길이라 무장한 하인들이 많았다.

"그자와는 마주쳐선 안 돼. 그자와 마주칠 가능성이 일말이라도 있다면 당장 여길 떠나 도깨비 산을 찾아가겠다!"

"저는 환국의 삼형제와 아무 상관도 없습니다. 검이 많은 건 저희가 떠돌이 무사님을 받드는 하인들이기 때문입니다."

진짜 하인들이 입을 떡 벌렸다. 졸지에 주인이 하인이 되었으니 식겁할 만했다.

"하인이라. 역시 네놈은 변방을 도는 약한 녀석이었구나."

"슬프게도 그렇습니다."

신율은 거짓말을 했다. 지금 여미는 꼼짝없이 잡혀 맘대로 떠나갈 수 없다. 그럼에도 그녀를 놓칠까 봐 거짓말을 하는 자신에게 놀랐다.

신율은 평생 거짓말과 연이 없는 사람이었다. 신율은 최고의 세도가에서 태어났고, 환국 최고의 무사였다. 그는 위기를 모면하기 위해 거짓말을 할 필요가 없었다. 육체적 위기는 칼로 헤쳐 나가면 되고, 정치적 위기는 가문의 이름으로 헤쳐 나가면 된다. 그밖의 골치 아픈 문제들은 그에게 도달하기도 전에 스러져 버린다.

여미에게는 칼도 가문의 이름도 쓸모가 없었다. 그녀를 잡아두기 위해선 뭐가 필요할지 도무지 감이 잡히지 않았다. 평소라면 이런 작은 도깨비 따위 무시하고 갈 길을 갔겠지만 품 안에서 꼼질거리며 약과를 베어 무는 그녀를 놓치고 싶지 않았다. 강한 열망이었다. 신율로서는 처음 느껴보는 진지한 욕망이었다.

꿀떡을 잔뜩 먹고 긴장이 풀어진 여미는 여종들의 손에 끌려 목욕통에 들어갔다. 마루 아래 숨어 있느라 거미줄이며 먼지가 흰 머리카락에 달라붙었기 때문이다.

"어휴, 셋째 도련님이 그토록 무섭게 화내는 건 처음 봤어요."

여종들은 여미의 흰 피부를 씻기며 종알종알 떠들어댔다. 여미가 고개를 갸웃했다.

"녀석이 누구를 꾸짖는 건 보지 못했는데?"

신율은 여종들에게 자초지종을 들었을 뿐 누구 하나 꾸짖지 않았다. 여미의 어깨에 살살 비누칠을 하던 여종이 몸을 부르르 떨었다.

"그렇죠. 저희가 고의적으로 커다란 잘못을 저지른 게 아니라면 도련님은 절대 꾸중하지 않습니다. 그래서 더 무서운 거예요!"

여종이 불쑥 여미 앞에 얼굴을 들이밀었다. 여미는 목욕물이 넘치는 것도 모르고 몸을 뒤로 쑥 뺐다. 거품을 내던 여종은 한 번 입을 열자 멈출 생각이 없는지 끝없이 말을 늘어놓았다.

"물론 사냥…… 아니, 남종들과 함께 위험한 일을 할 때는 잘잘못은 물론 사소한 명령 불복종까지 호되게 단속하신다고 들었습니다. 그래야지요! 목숨이 달린 일이니까요. 그런데 안살림을 맡은 저희는 도통 꾸짖지를 않으시니 언제나 도련님의 표정으로 그분의 심정을 헤아려야 한답니다."

여종은 말하면서도 여미를 씻기는 걸 멈추지 않았다. 여종의

손이 목욕통 안 가득 퍼져 있는 여미의 은사 같은 흰 머리카락에
닿았다. 여미는 머리카락에 비누가 칠해지는 생소한 감각에 여종
의 손에서 벗어나려 버둥거렸다. 옆에서 지켜보고 있던 여종들이
일제히 달려들어 여미의 몸을 잡아 고정했다.

"간지럽다!"

"아이, 조금만 참으세요. 머릿결이 좋으시니 금방 끝날 겁니다.
여미 님은 정말 환국 사람이 맞나요? 어쩜 이렇게 신비로운 흰색
을 가지고 계세요?"

"모른다. 그것보다 아까 하던 이야기나 계속 하거라."

"아까 하던 이야기라면?"

"고사리 이야기 말이다!"

여종들은 눈치로 '고사리'가 신율을 지칭하는 말이라는 걸 알
아차렸다. 여미의 대담한 별명 짓기에 여종들의 넋이 빠졌다. 가
장 먼저 정신을 차린 건 거품을 내고 있던 여종이었다.

"고, 고사리라니, 여미 님도 참. 하여간 평소 도련님의 표정을
하도 많이 보다 보니 저희 여종들은 도련님의 표정만으로 그분의
심기를 추측해 내는 데 도사가 되었답니다. 그리고 그중에서도
가장 노련한 이 려류가 장담하건대, 오늘 도련님은 생애 최고로
화가 나셨어요."

거품이 흘러 얼굴을 적시는 것도 모르고 여미가 목욕통 가장
자리에 다가왔다. 그녀가 려류에게 얼굴을 들이댔다.

"화가 났다고?"

"예. 여미 님이 진정하지 않으셨다면 그 자리에 모여 있던 저희
모두 경을 치를 뻔했습니다."

제 입으로 한낱 떠돌이 무사의 호위라 칭한 신율이 무슨 힘으로 하인들을 벌 줄 수 있는지가 모순이었다. 인간사에 무지한 여미는 저택 안에 존재하는 섬세하고 촘촘한 상하 관계에 대해 알지 못했다. 려류의 실수를 알아차리는 대신, 여미는 얼굴에 흘러내린 거품을 양손으로 닦아냈다.

"고사리가 왜 화를 내는 것이냐?"

"예?"

"나는 고사리를 만난 지 이틀도 되지 않았고, 사고를 친 것도 아니고 그저 마룻바닥 속에 들어가 있었을 뿐인데."

'그저 마룻바닥 속에 들어가 있었다'라는 건 여미의 활약을 상당히 축소한 발언이었다. 엉엉 울며 머리도 부딪치고 신율의 손길에 몸서리친 기억은 이미 아득한 저편으로 날아갔나 보다.

"고사리는 왜 내가 떠난다는 말에 그토록 화 낸 거지? 인간은 도깨비보다 연을 귀중히 여겨 한번 만난 자하고는 떨어지지 않는 게 풍습인가?"

"에이, 결혼이라도 할 사이가 아닌 이상 그렇진 않죠. 헤어질 때 아쉬움을 느끼긴 하지만 막아서진 않습니다."

"그럼 고사리는 왜?"

목용 용품을 들고 있던 여종들이 서로를 마주보았다. '그러고 보니 셋째 도련님은 왜 화를 내셨지?' 하는 궁금증이 일었다. 신율은 평소 물건이건 사람이건 특정한 대상에 집착하는 자가 아니었다.

"그건……."

"그러고 보니."

"그러니까……."

"아, 혹시!"

비누를 들고 있던 려류가 손바닥을 마주쳤다.

"처음 여미 님을 거둘 때 도련님이 '도무지 갈 곳 없는 아이이 니 잘 먹여 불편함을 느끼지 않도록 해라'라고 하셨습니다. 아무 연줄 없는 여미 님이 홀로 밖에 나갔다가 위험한 일을 당할까 걱정하신 거 아닐까요?"

다른 여종들도 고개를 끄덕였다. 제일 그럴듯한 추리였다. 측은 지심이 있는 인간이라면 누구나 홀딱 벗고 굶주린 여자아이를 보고 그냥 지나치지 못한다.

여종들은 모두 신율이 한 일을 인간의 도리라 여겼다. 실제로 여종들이 처음 본 여미의 몰골이 처참하기도 했다. 여종들이 명을 받고 신율의 방에 들어갔을 때 여미는 도포 한 자락만 걸친 채 양손에 반들반들한 참기름을 잔뜩 묻히고 있었으니까.

"나를 걱정했다고?"

반면 여미는 눈을 댕그랗게 뜨고 놀랐다. 여미에게 인간이란 적이며, 맹수이며, 목숨을 위협하는 괴물들이다. 인간들의 소굴에서 죽지 않고 탈출할 수 있으면 팔다리 한두 개 쯤은 기꺼이 내주어야 할 거라 생각했다. 그런데 신율이 자신을 걱정했단다. 여미는 복잡한 심경이 되었다.

"자아, 이제 다 됐습니다."

한참이나 여미의 피부를 문지르던 여종들의 손이 떨어져 나갔다. 여미는 안도의 한숨을 내며 목욕통에서 튀어나왔다. 여종들이 수건을 가져왔지만 미처 머리에 대기도 전에 야생동물처럼 몸을 푸르르 떨어 물기를 떨쳐냈다.

"여미 님, 수건으로 닦으셔야죠!"

"그게 무엇이냐, 또 옷이냐?"

수건과 옷 둘 다 천으로 만들어져 있었기에 여미 눈에는 그게 그거로 보였다.

"아이 참, 옷은 조금 이따 가져올 겁니다. 이리 오세요."

"나는 이걸로 충분하…… 흐업!"

다섯 명이 넘는 여종들에게 둘러싸인 여미는 속수무책으로 그녀들의 손길을 받아야 했다. 여종들은 머리를 털고 목덜미를 닦아내고 허리춤을 훔치며 정신없이 여미를 뽀송뽀송하게 만들었다. 일을 끝낸 여종들이 뿌듯한 표정을 지으며 새하얀 달빛처럼 빛나는 여미를 바라보았다.

"외딴 곳으로 나온 원정인지라 귀한 여성분을 위한 옷이 없습니다. 대신 저희 여종들이 입는 옷 중에서 가장 좋은 걸로 가져왔습니다."

여미는 옷이 불편했지만 또다시 알몸으로 돌아다녔다간 신율을 화나게 만들 것 같아 얌전히 입었다. 천과 피부가 닿은 곳에서 따끔따끔 마찰이 일어나며 거슬리는 통증이 일었다. 무시할 정도는 아니지만 그렇다고 난리칠 정도도 아니어서 여미는 꾹 참고 신율의 방으로 향했다.

방 안에서 책을 읽고 있던 신율은, 박박 씻어 새하얘지고 제비꽃 향내가 진동하는 채 곱디고운 연분홍 치마를 입은 여미를 보게 되었다.

"여미……."

달빛을 맞으며 장지문 앞에 서 있는 도깨비의 모습이 실로 사람을 홀릴 듯했다. 여미의 황금색 눈동자가 역광 속에서 번득이며 빛났다. 평소 그가 상대하는 괴팍한 치우도깨비들과는 전혀 다른 여미의 발랄함에 잠시 잊고 있던 사실을 되새겼다.

여미는 도깨비다. 그것도 환국 최고의 무사 신율에게 정체를 들키지 않은 비밀스러운 도깨비. 신율은 책장을 덮었다.

"무엇을 읽고 있었느냐?"

옷은 주는 대로 입었지만 앉는 법은 배우지 못했는지 여미가 치마를 풀썩이며 다리를 뻗고 털썩 주저앉았다. 신율은 여미의 자유분방한 태도에 신경 쓰지 않았다. 여미가 신율이 읽고 있던 책 위로 고개를 숙이자 은은하게 방 안을 채우던 제비꽃 향이 한순간 확 강해졌다.

신율은 괜히 입가를 쓸며, 고개를 숙이느라 드러난 여미의 하얀 목덜미를 보았다. 여미가 책을 살피며 요리조리 고개를 돌릴 때마다 옷깃 틈으로 살짝살짝 비치는 목덜미가 보는 사람의 애간장을 타게 했다.

"도저히 무슨 책인지 모르겠구나."

신율의 예상대로 여미는 인간의 글자를 읽지 못했다. 신율이 펼쳐 놓은 건 그림이 들어 있는 책이었는데, 여미는 인간들 사이에서 흔히 통용되는 화살표 등의 간단한 기호도 해석하지 못하는 듯했다. 한마디로 여미의 문자 해석 능력은 문맹보다 더 심각한 수준이었다.

"여미 님이 신경 쓰실 만한 책은 아닙니다."

신율이 서책을 덮어 옆으로 밀었다. 서책 위에 적힌 '환상산 도깨비의 생태와 기원'이라는 글자가 촛불을 받아 흔들렸다. 신율은 여미를 환상도깨비라 가정하고 서책을 통해 자료를 수집 중이었다. 워낙 시골 마을이라 구할 수 있는 책이 많지 않아 아직 괜찮은 단서가 나오지 않았다.

"오늘은 너무나 지쳤다!"

책을 치우고 반상마저 치우자 넓은 공간이 드러났다. 여미는 그곳에 풀썩 드러누우며 눈을 감았다. 신율은 남모르게 안도의 한숨을 쉬었다. 마당에서 있었던 실랑이 이후 그녀가 저를 꺼리게 될까 봐 내심 걱정했다. 그러나 신율 앞에 드러누운 그녀는 그를 꺼리는 기색이 전혀 없었다.

"음?"

여미가 눈앞에서 아른거리는 손가락 그림자에 눈을 떴다. 여미의 눈꺼풀을 더듬으려던 신율의 손이 갈 곳을 잃고 방황했다.

"뭐 하는 거냐. 내가 잠든 틈을 노려 눈을 찌르려 했던 것이냐? 넓은 도량으로 널 믿어주려 했더니만, 도무지 방심할 수가 없구나."

"아닙니다, 여미 님."

신율이 빙긋 웃었다. 여미는 촛불에 비친 신율의 반듯한 얼굴을 보았다. 도깨비들이 가진 미의 기준은 인간의 미추와 전혀 다르다. 그러니 신율의 미모를 보더라도 여미는 아무렇지 않아야 했다. 신율이 아무리 환국 최고의 미남이자 최고의 남자라 해도, 도깨비는 아무런 영향을 받지 말아야 했다. 하지만 촛불을 받으며 은은하게 눈을 내리깐 신율에게선 종족을 막론하고 거부할 수 없는 매력적인 분위기가 풍겼다.

여미는 괜히 위축되어 신율에게서 돌아누웠다. 돌아누웠지만 신경은 온통 등 뒤에 있는 신율에게 갔다.

"그새 잠들었습니까?"

신율이 조심스레 물어왔다. 여미는 입을 꾹 다물었다. 안 잔다고 대답하는 것도 웃기고 노골적으로 자는 척하는 것도 웃기다. 여미는 슬쩍 움직여 마루 아래에 있을 때처럼 몸을 동그랗게 말았다.

무엇을 고민하는지 신율이 한참 동안 여미를 들여다보았다.

"아."

이윽고 무언가를 깨달은 신율이 일어섰다.

'무엇을 하려는 것인가. 방 밖으로 나가려는 것인가?'

여미는 당연히 신율과 함께 잘 거라 생각했다. 그런데 곰곰이 따져 보니 인간과 도깨비가 한 방에서 잔다는 건 말도 안 되는 일이었다. 그러면 신율은 다른 방에서 자려나? 하지만 여종들이 하는 말과 신율의 행동으로 미루어 볼 때 이곳은 신율의 방이었다.

'설마 날 쫓아내려고?'

여미의 망상이 폭주하기 시작할 때, 사르륵, 고운 이불이 여미의 몸을 덮었다.

"여름밤이라 하여도 추울지 모릅니다."

신율의 나긋나긋한 목소리가 들렸다. 그는 여미가 잠들지 않았다는 걸 알았다. 여미는 꼼지락거리며 그가 덮어준 이불 속으로 들어갔다. 인간이 쓰는 천은 꺼끌꺼끌하고 기분이 나빠 피부를 성가시게 했지만 신율이 덮어준 이불은 그래도 좋았다.

"내가 춥건 말건 네가 무슨 상관이냐."

"무슨 상관이라뇨."

신율이 진심으로 섭섭해하며 말했다.

"여미 님이 춥지 않았으면 합니다. 제 옆에서 따뜻하고 편하게 지냈으면 좋겠습니다."

저 고사리가 무슨 말을 하는 것이냐. 여미는 도깨비이고, 신율은 인간인데! 비록 신율이 힘이 약하여 여미에게 꼼짝 못하고 있다 하더라도 인간과 도깨비는 서로를 걱정해 줄 만큼 사이좋은 종족이 아니다.

거기까지 생각했을 때 울컥, 어떤 감정이 치밀어 올랐다. 태어나서 처음으로 보살핌을 받은 것에 대한 감동이었다. 당장 죽을지도 모른다고 생각하며 살벌한 가시밭길 걷듯이 지내고 있던 여미에게 신율의 보살핌은 감당할 수 없을 만큼 따뜻했다.

'어쩌면 인간이란 것은 도깨비들이 생각하는 것처럼 무시무시한 놈들이 아닐지도 모르겠구나.'

아직 인간의 잔인함을 목도하지 못한 여미는 순진하게 생각했다. 신율이 덮어준 따뜻한 이불과 그가 밝혀놓은 등잔 아래 무엇이 있는지도 모른 채 여미는 긴장감을 풀었다.

"고사리, 너도 나와 같이 자는 것이냐?"

여미는 제 옆에서 미동도 하지 않고 자리를 지키는 신율에게 물었다.

"여기는 원래 제 방입니다. 여미 님이 저와 함께 자는 것이지요. 그리고 아까부터 신경 쓰였습니다만, 고사리가 뭡니까?"

"그것도 모르느냐? 너를 이르는 말이니라. 네 손이…… 고사리처럼 하느작거리고…… 부드러우니까."

여미의 문장이 띄엄띄엄 끊어지더니 고른 숨소리가 들렸다. 그녀는 쌔근쌔근 아기 같은 숨소리를 내며 태어나서 처음으로 깊고 달콤한 잠에 빠져들었다.

신율은 어둠 속에서 자신의 손바닥을 펼쳐 보았다. 보통 검을 다루는 무사라 하면 손이 거칠다. 그러나 신율의 손은 평생 난꽃만 그린 선비처럼 곱고 반듯했다. 신율의 둘째 형인 신라가 남는 건 미모뿐이라며 어렸을 때부터 신율의 손에 보호부를 칭칭 동여맨 덕이었다.

아무리 손이 곱다 해도, 신율의 이름을 아는 자는 감히 그를 무사가 아니라 칭하지 못했다. 신율은 열다섯에 황제가 주최한 무예대회에서 환국의 최정점에 올라섰고 그 이후로는 누구도 해내지 못한 도깨비 사냥을 연달아 성공하며 모든 무인이 동경하는 최고의 무사가 되었다.

"고사리라 하였습니까."

저절로 웃음이 나온다. 위세 높은 서씨 가문의 삼남이라는 지위를 차치하고라도 그 누가 신율을 고사리라 부를 수 있을까. 신율은 촛불을 끄지 않은 채 잠든 여미를 물끄러미 내려다보았다. 주황색 불빛이 비추는 여미의 모습은 어떻게 봐도 인간과 다르지 않았다. 새하얀 머리카락이 특이하긴 하지만 가끔 머나먼 대륙에서 온 이들 중에도 붉거나 환한 머리카락 색을 가진 이들이 있으니 대도시로 나가면 충분히 둘러댈 여지가 있다.

"이 정도 외모라면 도깨비인 것을 들킬 걱정은 없겠군."

신율은 잠든 여미의 얼굴 위로 시선을 기울였다. 촛불에 비친 흰 피부가 도자기처럼 매끄럽게 빛났다. 다 자라지 않은 몸과 얼굴은 하도 작아서 신율이 한 손으로 쥐면 부서질 것 같았다. 황금색 눈동자가 눈꺼풀 뒤로 숨자 여미는 온통 새하얬다. 속눈썹과 솜털까지 하얀색이다. 겨울에 본가에 머물 때 정원에 가득 쌓이곤 하던 눈송이가 떠올랐다. 여미의 외관은 아직 열넷에서 열다섯 즈음 되어 보이는 어린아이의 모습이라 미모가 두드러지진 않는다. 스무 살이 넘으면 빼어난 미모를 가지게 될 것이다.

'인간과 비슷한 외모를 가진 것처럼 인간과 비슷한 성장 과정을 거치려나?'

원래 도깨비의 외모를 보고 연령을 추측하는 것은 무의미한 일이다. 여와, 치우, 이탈 할 것 없이 도깨비는 인간과 전혀 다르게 생겼다. 하나 그렇다고 도깨비의 외형에 규칙이 없는 것은 아니다.

여와도깨비들은 식물의 형태를 하고 있는데 겉만 보아선 도깨비인지 그냥 식물인지 잘 구별할 수 없다. 움직임도 없거니와 성장 과정도 보통 식물과 같다. 그러나 능숙한 도깨비 사냥꾼이라면 어렵지 않게 여와도깨비와 그냥 식물을 구별할 수 있다. 여와도깨비는 강력한 독을 품어 뿌리가 보라색이다.

바닥에 붙어 움직이지 못하는 여와도깨비는 씨를 날리는 방식으로 환국의 땅을 빼앗으려 한다. 신율이 여미의 본체인 도깨비풀을 보고 가장 먼저 여와도깨비이냐 아니냐를 물었던 것도 여미의 태생이 여와도깨비와 같았기 때문이다.

치우도깨비들은 동물의 형상을 한다. 치우도깨비는 구별하긴 쉽다. 그들은 보통 동물보다 훨씬 크다. 흰색이나 푸른색 등 자연에선 볼 수 없는 털색을 가졌다. 또한 치우도깨비의 영롱한 눈에는 이지가 깃든다. 치우산에서 잘 벗어나지 않지만 한 번 벗어나면 앞뒤 안 가리고 폭주하여 골치 아픈 놈들이다.

신율이 이무기를 잡은 이탈산은 전설 속 형상을 가진 도깨비들이 사는 곳이다. 이무기를 비롯해 봉황, 해태, 용, 삼족오, 인면어 등 고대 사람들이 신수로 취급했던 도깨비들이 산다. 이들 대부분은 점잖은 성격을 가졌지만 가끔 광증이 도지면 주변 마을을 초토화시킨다. 여와, 치우, 이탈 중에서 이탈도깨비가 가장 까다롭고 강하다.

신율은 강하다고 소문 난 이탈산 이무기 도깨비를 잡아 엄청난 명성을 얻었다.

"식물도, 동물도, 전설도 아니니 남은 건 환상뿐이지."

여미의 가슴이 규칙적으로 오르락내리락했다. 신율은 등잔 위의 초를 들고 여미의 머리부터 발끝까지 훑어보았다. 반듯한 이마부터 새초롬한 발가락까지 인간을 닮지 않은 곳이 없다.

"환상도깨비의 일종인가."

여와, 치우, 이탈의 도깨비는 외형의 규칙이 있지만 환상도깨비만큼은 규칙이 없다. 환상도깨비는 무궁무진하다. 꿈인가 하면 도깨비이고 실연당한 여인의 구슬픈 노랫가락인가 하면 도깨비이며 십 년 전에 헤어진 아들인가 하면 도깨비이다. 환상은 인간을 혼비백산하게 만들며 네 도깨비 중에 가장 오묘하다.

아무리 능숙한 도깨비 사냥꾼이라도 직접 공격당하지 전까지 환상도깨비를 구별할 방법은 없다. 오죽하면 이름이 '환상'이겠는가.

"단 한 가지 의문점은……."

환상도깨비는 결코 인간이 사는 곳에 나오지 않는다. 환상도깨비의 탄생과 성장은 모두 비밀에 가려져 있으며 실체를 아는 이는 아무도 없다. 신율이 읽고 있던 서책도 추측과 가설로 이루어진 것일 뿐 진실은 없었다. 만일 여미가 정말로 환상도깨비라면 환국을 뒤집어 흔들 커다란 소식이다.

"당신을 어찌하면 좋겠습니까. 당신이 정말로 환상도깨비라면."

신율이 조심스레 손을 뻗어 여미의 새하얀 속눈썹을 건드렸다. 꿈을 꾸는지 여미가 신음 소리를 내며 눈꺼풀을 바르르 떨었다. 잠든 여미를 앞에 두고 있는 자신의 모습이 마치 아무것도 모르는 어린 짐승을 가둬 기르는 나쁜 사냥꾼 같아, 신율은 쓴웃음을 지었다. 나쁜 사냥꾼이 되고 싶은지, 여미에게 말한 대로 아무 힘없는 하인이 되고 싶은지 신율 자신도 모르겠다.

신율은 촛불을 껐다. 눕지 않고 벽에 기댔다. 눈을 감고 팔짱을 낀 신율은 장지문 너머 아스라이 들려오는 풀벌레 울음소리에 귀를 기울였다.

지금 단 한 가지 확실한 것은, 여미를 놓치고 싶지 않다는 마음이다. 신율은 자신의 마음을 비집고 은밀히 정복하는 비이성적인 감정을 놓치지 않았다. 여미의 정체를 조사하는 동시에 자신이 여미에게 끌리는 이유 또한 철저히 조사하리라.

여미가 깨기 전에 도겸이 조심스레 방문 앞에 섰다. 도겸의 기척을 알아차린 신율이 눈을 뜨고 그를 안으로 들였다.

"고민이 있으십니까?"

도겸은 황동 대야에 세숫물을 대령하며 물었다.

"무슨 연유로 그런 걸 묻느냐."

신율이 차가운 세숫물에 손을 담갔다. 도겸이 신율의 시중을 들기 위해 옆에 꿇어앉았다. 두 남자가 술렁술렁함에도 여미는 깨지도 않고 잘만 잤다.

"안색이 눈에 띄게 좋지 않습니다. 설마 밤을 샌 건 아니겠지요."

신율은 밤새 눈을 감고 있었다. 그러나 잠은 오지 않았다.

도깨비 사냥에 나설 때면 며칠 밤낮을 긴장 속에서 꼴딱 새는 경우도 많다. 도겸이 알기로 신율은 며칠 밤을 새며 도깨비를 쫓아도 전혀 지친 기색을 내비치지 않았다. 그런데 오늘은 어찌 하룻밤 사이에 안색이 바뀌었는가.

"저 아이 때문입니까."

여미는 도깨비가 아니다, 라고 신율이 딱 잘라 말한 이후 도겸은 여미를 철저히 인간 아이로 칭했다. 심복의 충실한 헤아림에 고마워하며 신율이 말했다.

"솔직히 고민이 된다."

신율은 새벽의 고요 속에서 세수를 마쳤다. 푸른빛이 도는 그의 맑은 눈동자가 생기를 되찾았다.

"보아라, 도겸."

도겸이 건네 준 수건으로 물기를 닦아낸 신율이 말했다. 신율이 문을 가리고 있던 천을 걷어 새벽빛이 방 안으로 들어오게 했다. 상쾌한 빛이 여미의 얼굴과 목덜미에 떨어졌다. 신율은 눈이 부셨다.

흰색이어서가 아니다. 그저 여미의 성정이 더없이 깨끗해서다.

성정이란 것은 마음속에 있지만 어쩔 수 없이 밖으로 드러나는 것이다. 성정이 어두운 이는 아무리 밝은 분을 칠해도 음울함을 감출 수 없으며 성정이 밝은 자는 아무리 검댕을 묻혀도 활기를 감출 수 없다.

나이를 먹을수록 인간은 자신의 성정을 감추는 데 능숙해진다. 교활한 성정을 가진 이에게 속아 넘어가는 사람이 있는 것도, 교활한 이가 자신의 성정을 감추기 때문이다. 서른을 넘으면 대부분의 사람들은 분칠과 검댕 없이도 자신의 성정을 무색무취로 꾸밀 수 있다. 악용할 수도 있다. 반면 갓 태어난 아이들은 자신의 성정을 감출 수 없다. 어린아이의 외면은 아이의 성정 그 자체다. 오늘 아침으로 태어난 지 삼 일이 된 여미의 이목구비는 그녀의 순수하고 깨끗한 성정을 그대로 드러냈다.

여미의 깨끗함은 특별하다. 말할 수 있고 걷고 뛸 수 있을 만큼 육체가 자랐음에도 아직 아무것도 없는 하얀 종이와 같은 갓난아기의 성정을 가지고 있기 때문이다. 심술궂은 이들은 무지하다 조롱하겠지만 성정이 제대로 박힌 자라면 무한한 애정을 느낄 수밖에 없는 깨끗함이었다.

"저 아이의 정체가 무엇이건 간에 상관없다. 누가 저리도 천진무구한 아이를 잔인하게 죽일 수 있단 말인가."

신율이 허공에서 여미의 목덜미를 덧그렸다. 검을 드는 순간 여미의 하얀 목덜미는 저항할 새도 없이 붉게 물들 것이다. 여미는 어린 성정만큼이나 몸도 약했다. 평균적인 인간만큼은 달리고 움직이지만, 도깨비 사냥꾼이자 환국 최고의 무사인 신율에 비하면 그녀는 그야말로 무력한 풀잎 한 장이었다.

"도겸, 네가 보기에도 내가 이상한가?"

도겸은 신중히 말을 골랐다.

"도련님은 평소 도깨비 사냥을 즐기지도 않으셨지만 꺼리지도 않았습니다."

"그건 도깨비들이 사람을 해치며 흉포하게 굴었기 때문이지."

도겸이 고개를 끄덕였다. 환국의 역사는 인간의 기록임과 동시에 도깨비와 인간의 끊임없는 영토 전쟁이다. 인간은 모두 도깨비를 싫어하고 도깨비는 모두 인간을 싫어한다.

"그러나 여미 님은 아직 누구도 해치지 않았잖은가."

신율이 말했다. 그는 자신의 말 속에 함정이 있다는 걸 깨닫지 못했다. 도깨비 사냥꾼은 이불 속에 손을 넣어 조심스레 여미를 깨웠다.

신율의 손에 깨어난 여미는 몸을 비틀며 불편해하다가 하루도 버티지 못하고 여종들이 입혀준 옷을 벗어던졌다. 인간의 천이 피부를 끊임없이 따끔따끔 찌르던 걸 생각해 보면 하루도 많이 버틴 거라 할 수 있겠다. 그러나 여미의 사정을 알 리 없는 신율은 기가 막힌 표정으로 여미를 바라보았다.

"여미 님, 옷을 입으셔야죠."

신율은 급히 찻잔을 내려놓고 고개를 옆으로 돌려 여미의 알몸에서 시선을 돌렸다. 여미는 발을 구르며 따끔따끔한 피부를 진정시켰다. 바닥에 흩어진 저고리와 치마는 이제 더 이상 못 입겠다. 작은 아픔이라 무시해 왔지만 작은 아픔이 계속되니 견딜 수 없이 성가시다.

"인간의 옷은 입기 싫다!"

"하지만 지금 당신은 인간의 옷이 필요한 상태입니다."

"그럼 처음에 둘렀던 펑퍼짐하고 편안한 덮개라도 주어라."

도포를 말하는 것인가. 그러나 어린애에게 성인 남성의 도포 한 장만 걸치게 할 수는 없다. 하물며 누가 봐도 신율의 것인 푸른 도포를 입히다니. 도겸이 했던 것과 같은 오해를 하는 자가 우후죽순으로 늘어날 것이다.

"아직 새벽인데, 춥지 않으십니까?"

결국 신율은 다른 방법을 강구했다. 온 장지문을 활짝 열어놓은 탓에 쌀쌀한 새벽 공기가 방 안을 가득 채웠다. 물론 시종들에겐 방 근처에 얼씬도 하지 말라 단단히 주의를 주었다. 신율 말고는 아무도 여미의 알몸을 보진 못했다.

여미는 자신의 팔을 쓸었다. 그러고 보니 추운 것 같기도 하다. 신율은 기척을 통해 여미의 반응을 자세히 관찰했다. 다른 도깨비들보다 맷집이 약할 뿐 아니라 추위도 탄다.

여미는 궁여지책으로 이불을 굴처럼 만든 후 그 안으로 쏙 들어갔다.

"자, 이러면 춥지도 않고 좋다."

신율이 여미를 돌아보았다. 이불로 만든 굴 속에서 여미가 머리만 빼꼼 내밀고 신율을 보았다. 신율은 다시 한 번 기가 막혔다.

"약과가 남았느냐?"

"예, 여기 있습니다."

신율은 일단 약과 바구니를 그녀에게 밀어주었다. 꿀떡도 몇 개 남아 있었지만 밤사이 굳었기에 도겸을 시켜 새로운 꿀떡을 쪄 오라 일러두었다. 팔을 쑥 빼고 약과를 집어먹던 여미는 자신을 뚫어져라 바라보는 신율의 시선을 느끼고 고개를 들었다.

눈이 마주쳤는데, 신율의 시선이 평소와 다르다. 여미의 맨살을 보면 눈을 내리깐 채 고개를 돌렸던 여태까지와 달리 그는 노골적인 시선으로 여미의 팔과 팔뚝 안에서 가슴으로 이어지는 선을 바라보았다.

"왜, 왜 그런 눈으로 보는 것이냐!"

인간에 대해 아무것도 모르지만 여미는 어쩐지 불안함을 느꼈다. 어젯밤 신율에게서 압도적인 기운을 느낀 것과 마찬가지로 종족을 초월하는 위협이 느껴졌다.

"불경한 놈!"

신율의 속마음에 대해서 아무것도 모르면서 내뱉은 말치곤 상당한 통찰력이 담긴 일갈이었다. 신율이 으흠, 하고 점잖게 헛기침을 했다.

"여미 님이 그토록 옷을 걸치기 싫어하는데 여미 님이 옷을 벗어버릴 때마다 제가 일일이 반응하면 저도 여미 님도 피곤하지 않겠습니까."

"그렇다고 그렇게 빤히 바라보는 것은……."

"싫으시다면 옷을 입으시지요."

신율은 강경책을 쓰기로 했다.

여미는 아직 신율에 대한 두려움을 완전히 없애지 못했다. 차라리 아무것도 몰랐던 처음에는 신율을 제 아래로 낮잡아보았는데 도깨비 사냥꾼이라는 쓸데없는 말을 주워듣고 나서는 그의 행동 하나하나에 깜짝깜짝 놀랐다. 여미가 자신을 무서워하는 틈에

버릇을 들여야겠다고 생각한 신율이 짐짓 매서운 눈을 해 보였다. 여미가 화들짝 놀라는 모습이 생각보다 귀여웠다.

"인간들은 원래 모두 이리도 불경한가?!"

여미가 이불 안으로 팔을 끌어당기며 물었다. 이불을 뒤집어쓴 게 아니라 벙벙하게 펼쳐 굴처럼 만들어놓았기 때문에 이불은 여미의 맨살을 다 가리지 못했다. 여미는 신율의 시선이 떨어지는 곳마다 알 수 없는 뜨거움을 느꼈다.

처음 느껴보는 야릇한 감각에 여미가 온몸을 배배 꼬았다. 반면 신율은 자신의 감정을 표면으로 드러내지 않았다.

신율은 여미에게 가까이 다가갔다. 여미가 좋아하는 약과는 저 멀리 치워 버렸다. 여미가 발을 동동 구르며 글썽글썽한 눈으로 약과를 바라보았지만 신율이 무서워 이불 굴에서 나갈 수 없었다.

"어째서 옷이 필요한지 이제부터 제가 하나하나 가르쳐 드리겠습니다."

신율이 나직하게 말했다.

신율은 이불 밖으로 나온 여미에게 옷 입는 순서를 가르쳤다.

"몸 위에 걸치고 있는 천이 없을 때 누군가가 바라보면 눈을 감으라고 하십시오."

일단 여미에게 저고리와 치마를 들게 한 후 가장 첫 번째 단계를 설명했다. 여미가 고개를 갸우뚱거렸다. 신율이 저 자신을 가리켰다. 지금 여미는 몸 위에 아무런 천도 걸치고 있지 않았고, 그녀의 앞에는 신율이 있었다. 여미가 그의 손짓을 끝까지 알아듣지 못하자 신율이 한숨을 쉬고 말했다.

"……감으라고 하시라니까요."

"지금? 고사리 너에게 말이냐?"

여미는 이해가 되지 않았다.

"여하튼 저에게 눈을 감으라고 하십시오."

"눈을 감아라."

신율은 얌전히 눈을 감았다. 두 손으로 눈앞을 가리는 시늉까지 해주었다.

"그럼 돌아서서 저에게 등을 향한 채 옷을 입으시지요."

여미가 꽁해 있는 것이 감긴 눈 너머로도 전해져 왔다. 여미는 사박사박 발소리를 내며 신율에게 등을 돌렸다. 신율은 눈을 가리고 있었지만 여미가 옷 입는 과정을 좋알좋알 보고한 덕에 그녀가 무엇을 하고 있는지 손가락 하나의 작은 방향까지도 알 수 있었다.

"이상하다. 이 끈은 앞에 있어야 하는 게 아닌가? 왜 등 뒤로 가지?"

신율은 여미가 저고리를 거꾸로 들었음을 눈치채고 한숨을 쉬었다.

"뒤집어서 반대로."

"이렇게 말이냐? 여전히 끈 장식이 뒤로 가는데."

"끈 장식은 옷고름이라 하는 부분입니다. 옷고름이 앞으로 오게 하셔야죠."

"이렇게?"

결국 여미가 폭발했다.

"너무 어렵다!"

저고리와 치마가 허공을 날았다. 여미가 내던진 치마가 그의 머리 위로 떨어졌다. 신율은 당황하지 않고 치마를 잡아채 바닥에 얌전히 내려놓았다. 신율이 저고리와 치마를 수습하는 사이 여미가 알몸으로 다다다 달려가 무언가를 잡아챘다. 신율이 말릴 새도 없이 여미가 푸른 도포를 휙 둘렀다.

"도포는 안 된다 하지 않았습니까."

신율의 엄격한 꾸짖음에 여미는 풀이 죽어 도포 소매를 만지작거렸다.

"그러나 싫다. 다른 옷은 피부에 닿으면 까슬까슬하고 낯설고 무섭다. 내게 익숙한 옷은 이 푸르고 커다란 것과 저번에 떡을 가져온 하인이 들고 왔던 사냥복뿐이다."

여미의 말을 들은 신율이 생각에 잠겼다. 도깨비인 여미가 인간의 옷에 아픔이나 거부감을 느끼는 건 충분히 있을 수 있는 일이다. 외모가 인간과 닮았다 해서 인간의 모든 문물을 거부반응없이 받아들일 수 있을 리 없다.

'인간의 옷은 그토록 싫어하면서 내 사냥복과 도포만은 포근해 한다?'

신율은 여미와 처음 만났던 과정을 역추적해 올라갔다. 여미가 부화하기 직전 붙어 있던 곳은 그의 사냥복 옷소매 속이었다.

부화하기 직전의 환경은 도깨비의 자아와 몸 형성에 가장 큰 영향을 미친다. 여미는 사냥복을 자궁 삼아 태어났기 때문에 그의 옷을 가장 편안히 여긴다. 사냥복이 아니더라도 신율의 자취가 조금이라도 묻어 있는 옷이라야만 안정감을 느꼈다.

신율 후우, 하고 깊은 한숨을 내쉬었다.

"당신이 옷을 입지 않으면, 저는 무섭게 할 수밖에 없습니다."

또다. 또 신율에게서 불가사의한 기운이 뿜어져 나왔다. 그는 여미를 지적하기라도 하듯 멋대로 도포가 벌어져 드러난 그녀의 발목을 바라보았다. 이상하게 신율의 시선이 닿은 곳이 뜨거웠다.

"무, 무섭다. 기분이 이상하다."

"당신도 제가 무섭게 하는 것은 싫으시겠죠. 여종들이 가져온 옷이 싫다면 새 옷을 사드리겠습니다. 몇 벌이라도 사드릴 테니 제발 도포 말고 다른 옷을 입으세요."

여미는 기가 죽었다. 신율이 이토록 강경하게 나오면 아무 힘도 없는 여미는 반항할 수 없다. 신율은 이미 여미와의 관계에서 압도적인 위치를 점했다. 그냥 억지로 옷을 입히면 될 것을 하나하나 달래가며 가르치는 것이 친절이라는 것쯤은 여미도 알았다.

'더 이상 고사리를 곤란하게 하기는 싫구나.'

그는 약과와 꿀떡을 주고 잠자리도 마련해 준 인간이다. 여미는 한 번쯤 친절을 베풀기로 했다.

"좋다. 밖에 나가서 옷인지 뭔지를 실컷 구경하자꾸나. 하지만 마음에 드는 옷을 찾을 때까지 이 도포는 벗지 않겠다."

신율은 미소를 지었다. 이 정도면 큰 수확이다.

여미의 외출을 준비하기 위해 여종들이 부지런히 움직였다. 일단 밖에 나가야 하니 신율은 사냥복을 가져오라 일렀다. 여미가 그 옷이 가장 편하다고 했으니까. 도포 위에 사냥복을 한 번 더 칭칭 둘렀다. 아침이 밝아오고 있어 여미가 덥다고 칭얼거렸으나 신율은 듣지 않았다. 도포를 입어도, 사냥복을 입어도 이상해 보일 테니 차라리 마구잡이 천으로 감싼 것처럼 둘둘 말아버리는 게 속편할 듯하였다.

여종들도 여미가 신율의 옷을 껴입고 뒤뚱거리는 것을 이상하게 생각하지 않았다. 실제로 신율이 머무는 저택 안에 여미를 위한 옷이 없었다. 어젯밤 여미가 입었던 저고리와 치마는 여종들의 옷이었다. 여종들은 신율이 손님 접대에 부족함이 없도록 하려고 여미가 여종의 옷을 입지 못하게 한 것이라 납득했다.

"신발은 신기 싫다. 약속은 도포를 걸친다 하나뿐이지 않았느냐."

마루를 벗어날 때가 되어서야 신율은 아차 싶었다. 신발에 대해서는 전혀 생각 못 했다. 여미는 마루에 걸터앉아 맨발을 흔들거리며 신율을 보았다. 신율은 잠시 고민하더니 어려움 없이 여미를 번쩍 안아 올렸다.

"무, 무, 무슨 짓이냐?!"

"신발 없이 돌아다닐 수는 없지 않습니까."

"그제는 잘만 돌아다녔다!"

맨몸으로 횃불을 든 마을 사람들에게 쫓기던 때를 생각하며 여미가 말했다.

"그건 돌아다닌 게 아니라 도망쳐 다닌 것이죠."

신율이 정곡을 찔렀다. 돌아다니는 것과 도망치는 것의 차이가 무엇인지 여미는 알지 못했지만 신율의 말에 거역할 수 없었다. 아무리 발버둥 쳐도 신율의 단단한 손아귀에서 벗어날 수 없었다. 여미는 꼼짝없이 신율의 목덜미에 손을 두른 채 저택을 나섰다.

"와아."

저택을 나서자마자 여미는 신율에게 서운했던 것들을 모두 잊어버렸다. 신율이 후후 웃었다.

"태어나서 처음으로 보는 아침 풍광이로군요."

그랬다. 여미는 밤에 태어났고, 신율에게 발견되고 나서 죽 서씨 가문 저택 안에서 지냈다. 아침의 세상은 여미에게 신세계였다.

밤에 보는 마을과 아침에 보는 마을은 놀랄 정도로 달랐다. 여미가 탈출을 시도했던 축제날 밤은 온갖 등을 매달아놓고 모든 사람이 흥청망청 떠들며 놀던 소란스러운 축제날이었다. 반면 오늘 아침은 정갈한 기운이 내려 마을 곳곳이 조용했다.

신율이 온다는 소식을 미리 전해들은 옷가게 주인만 바삐 움직이며 가게를 열었다. 옷가게가 포목점을 겸하고 있어 진열대 사이사이로 색색의 비단이 폭포처럼 일렁였다. 여미가 눈을 휘둥그렇게 떴다. 넋을 놓고 비단을 구경하는 여미가 귀여워 신율이 잔잔하게 웃었다.

"제 기운이 묻어 있지 않더라도 부드러운 비단옷을 입으면 기분이 나아질 겁니다."

신율은 여미가 넋을 놓고 있는 틈을 타 재빨리 그녀를 구슬리기 시작했다.

여미의 눈동자가 흩날리는 비단을 따라 하염없이 흔들렸다. 태어나서 처음으로 보는 색의 향연이었다. 햇살을 투과한 비단들이 무지개처럼 빛났다.

"무엇이건 마음에 드는 옷이 있으면 망설이지 말고 말씀하세요. 당신에게 가장 어울리는 옷을 사드리겠습니다."

여미는 비단들 사이에서 유난히 눈에 띄는 쪽빛 저고리를 향해 손을 뻗었다. 신율이 여미의 목표물을 알아채고 여미를 그리로 옮겨주었다. 여미가 쪽빛 저고리를 낚아챘다. 그녀가 저고리의 감촉에 놀라 눈을 동그랗게 뜬 순간 포목점 주인이 기다렸다는 듯 외쳤다.

"이건 머나먼 낭아산에서 나온 전설의 비단으로 만든 거죠!"

여미의 눈동자가 진정되고 그녀의 손이 저고리에서 떨어졌다. 신율의 품에 안긴 여미는 포목점 주인을 빤히 바라보며 물었다.

"낭아산? 그곳이 어디냐? 한 번도 들어보지 못했다."

순간 신율의 눈이 날카로워졌다. 이탈, 치우, 여와, 환상산에 대해 알고 있으면서 낭아산만 모른다니, 여미의 지식 체계가 이상하다. 신율의 의심은 찰나의 순간 속으로만 스쳤다 사라졌다. 때문에 여미도 포목점 주인도 신율의 표정이 굳는 걸 알아차리지 못했다.

"환국에 살면서 어찌 낭아산을 모르십니까? 낭아산은 이탈산이나 치우산같이 도깨비들이 사는 위험한 산과는 다른, 신들이 사는 지상 낙원입니다."

포목점 주인은 옷을 선전할 기회를 얻어 신나게 떠들었다.

"정말이냐?"

"그러엄믄요! 이 비단옷도 낭아산에서 신들이 입던 옷이지요."

신율은 눈살을 찌푸리려다 참았다.

낭아산은 오래전에 없어진 신화 속의 산이다. 낭아산에 사는 이는 모두가 부유하고 행복하며 영생을 누렸다 한다. 곳곳에 신선초와 영약이 자라고 선단이 열리는 천계가 낭아산이다. 낭아산에서 나는 것은 영생을 사는 신을 위한 것이라서 무엇이건 아름답고 영원하다. 그곳에 가면 신들의 보살핌을 받아 도깨비건 인간이건 평화롭게 살 수 있다.

그러나 낭아산은 전설일 뿐이다. 상인들이 상품을 팔기 위해 낭아산에서 난 것이라 허풍을 치곤 하지만 신율은 낭아산이 없다는 걸 알았다. 혹여나 전설이 진실이라 해도 낭아산은 먼 옛날 옛적에 사라져 버렸으니 없는 것과 마찬가지였다.

"그래, 낭아산이라는 곳에서 온 비단이로구나. 어쩐지 빛이 곱다. 내가 태어난 숲의 빛깔이구나."

허풍이긴 해도 비단의 질은 확실히 좋아 여미는 연신 기뻐했다.

쪽빛 저고리는 쉽게 여미의 품에 들어왔다. 여미는 순순하게 쪽빛 저고리를 받아 들고 만지며 신나 했다. 다른 옷처럼 따끔거리지 않고 포근했다. 여미는 저고리를 볼에 부비며 감촉을 느꼈다. 인간들이 왜 비단을 좋아라 하는지 이제야 이해했다.

신율은 속으로 안도의 한숨을 내쉬었다. 인간의 옷에 거부반응을 보이는 여미에게 맞는 옷을 찾으려면 한참이나 고생해야 할 줄 알았다. 한 번에 여미의 피부에 무리가 가지 않는 옷을 찾았으니 다행이었다.

"이번엔 치마를 고를 차례로군요."

신율이 쪽빛 저고리가 있던 칸을 눈으로 훑으며 말했다. 신율은 앞으로 어떤 일이 닥쳐올지 몰랐다. 그의 진짜 고생은 이제부터 시작이었다. 여미가 손을 뻗어 색색의 천으로 이어붙인, 다섯 살 여자아이나 좋아할 법한 치마를 골라 들었다.

"이게 마음에 든다!"

"여미 님?"

신율도, 포목점 주인도 당황했다.

"봐라, 화려하니 예쁘지 않느냐."

다섯 살짜리 옷을 집은 것치곤 뻔뻔할 만큼 근엄한 말투였다. 눈치 빠른 포목점 주인은 신율의 안색을 살폈다. 돈을 내는 건 신율이다. 신율의 기분을 맞춰야 장사가 될 테니 그가 어떤 반응을 보이는지 관찰해야 했다.

상인은 신율이 말도 안 되는 소리 하지 말라며 여미에게서 치마를 빼앗을 줄 알았다. 여미가 맨발을 달랑거리며 신율의 품에 쏙 안겨 있긴 했지만 열다섯은 충분히 넘어 보였다. 열다섯 먹고 머리에 쪽을 찌는 여자도 있는데 저런 색동옷을 입게 놔둘 리 없다. 하지만 신율의 반응은 포목점 주인이 상상했던 것과는 정반대였다.

"여미 님, 진심입니까? 한 번만 더 생각해 보시지요."

"나는 이것이 좋은데 고사리 너는 왜 표정이 좋지 않으냐? 설마 불만인 것이냐?"

"불만인 것이 아니오라……."

환국 최고의 세가 서씨 가문의 삼남이 어린 여자아이의 심기를 거스르지 않기 위해 곤란한 미소를 지으며 조곤조곤 설득했다. 신율은 허허 웃으며 옆에 있는 예쁜 다홍치마를 들어 올렸다. 다홍도 상당히 화려한 색이지만 여미가 집어든 색동치마에 비하면 얌전한 축에 속했다.

"그렇지만 이것이 더 여미 님의 품위에 어울리지 않겠습니까?"

"흐음."

"이것이 마음에 안 든다면 저것도 있습니다."

쪽빛 저고리 색깔에 맞추어 진달래색 치마를 들어 올렸다. 여미는 고개를 기울이며 한참을 고민했다. 눈이 아픈 다홍치마보단 은은한 기품이 있는 진달래색 치마가 좋다. 마침내 결정을 내린 여미는 마치 신율에게 더없는 성은을 내려주는 것처럼 호탕하게 말했다.

"좋다! 이걸 입을 것이다."

"당상 입어보시겠습니까?"

포목점 주인은 안방을 내어주며 말했다. 여미는 저고리와 치마를 양손에 하나씩 들고 망설였다.

'아직 입는 법을 모르는구나.'

신율은 자연스레 여미의 뒤를 따라 들어가려 발걸음을 옮겼다. 신율이 문턱에 발을 올리자 어디선가 따가운 시선이 느껴졌다. 포목점 주인이 경악 어린 눈으로 어린 여자아이의 탈의를 보러 가는 신율을 보았다. 이미 도겸에게 한 번 오해를 산 신율의 포목점 주인이 무슨 생각을 하는지 선명히 알 수 있었다.

"큼, 크흠."

신율은 크게 헛기침하며 뒷짐을 지고 물러났다. 그러자 포목점 주인의 눈이 가늘어졌다. 완전히 의심을 거두진 않았지만 불한당 보는 눈빛은 사라졌다. 신율은 여미가 스스로 옷을 입을 수 있을까 걱정하며 가게 앞을 서성였다.

몇십 분이 지나고 나서야 여미가 밖으로 나왔다. 삐뚜름한 옷고름을 제외하면 완벽한 차림이었다. 신율은 그녀의 학습 속도가 놀랍다고 생각하며 옷고름을 다시 정돈해 주었다. 신율의 손이 여미의 가슴 위쪽을 스치고 드디어 옷차림이 완성되었다.

"호오, 이건 꽤나……."

포목점 주인이 감탄을 내뱉었다. 포목점 주인뿐만이 아니었다. 아침이 밝아 일을 나서던 주민들도, 우물에 물을 기르러 가던 아낙네들도 한 번씩 여미를 돌아보았다.

여미는 신율에게 보여주기 위해 바닥을 박차 한 바퀴 빙그르르 돌았다. 여미의 새하얀 머리카락이 은실처럼 반짝이며 깊은 바다와 같은 쪽빛 저고리의 색과 어우러진다. 빙글 돌며 넓게 퍼진 치맛자락은 활짝 개화한 진달래 같다. 무엇보다 양팔을 벌리고 한껏 기뻐하는 여미의 모습이 눈을 즐겁게 했다.

입혀놓고 보니 보기 좋았다. 엊그제만 해도 초라한 행색으로 마을을 휘저으며 도망치던 여자아이가 발그레한 뺨을 하고 건강하게 웃었다. 마을 사람들은 흐뭇한 미소를 지으며 가던 길을 멈추고 여미를 한 번씩 돌아보았다.

"내 모습이 어떠하냐?"

"더없이 좋습니다."

신율은 자신의 품으로 뛰어드는 여미를 받아주며 말했다. 더없이 좋다고 말했지만, 신율은 위화감을 느꼈다. 인간의 옷인데 낭아산에서 왔다는 쪽빛 저고리만은 맞춘 듯이 어울리는 게 이상했다.

"정말 고맙다! 꿀떡 다음으로 좋은 것 같다!"

여미가 신율의 품에 파고들며 꾸밈없이 기쁨을 표현했다. 신율은 일부러 자신의 직감을 무시했다. 전쟁터에서 단 한 번도 틀리지 않고 신율의 목숨을 구해주었던 직감이었다. 그러나 그 직감이 여미를 의심하라고 말한다면, 무시할 것이다.

신율은 자꾸만 여미를 의심하여 그녀를 수상한 도깨비로 몰고 가고 싶지 않았다. 여미가 수상하면 수상할수록, 신율이 그녀를 멀리해야 하는 이유가 늘어나니까.

*

"나는 도깨비 산으로 갈 것이다. 여태까지 돌보아주어 고마웠다."

청천벽력 같은 여미의 선언이 떨어진 것은, 진달래색 치마와 함께 여미가 신을 꽃신을 구입한 직후였다. 여미와 함께 저택 안으로 들어서던 신율이 당황했다.

"그게 무슨 소리입니까?"

신율은 자신이 잘못 들은 것이길 바라며 여미에게 물었다. 꽃신을 신고 홀로 선 여미는 당당하게 신율과 시선을 맞췄다.

"고사리, 네게는 많은 신세를 졌다. 인간들 틈에서 죽을 뻔한 나를 구해주고 꿀떡이라는 맛있는 것도 주었다. 그러나 나는 도깨비야. 인간들 틈에서 살 수 있을 것 같으냐?"

신율의 숨이 턱 막혔다. 여미가 벌써 거기까지 생각하고 있을 줄 몰랐다. 그간 그녀가 보여준 천진난만한 모습들, 그리고 백지 같은 무지함을 보고 잡아두는 대로 잡힐 거라 생각했다. 하지만 여미는 신율이 생각하는 것과 달랐다. 신율의 도움 없이 금세 옷 입는 법을 깨우친 것처럼, 그녀는 자연스럽게 홀로 서려 했다.

"나는 도깨비다. 인간들이랑은 달라."

인간 아기는 태어나서 적어도 오 년간 보살핌을 받는다. 홀로 생존할 수 없기 때문이다. 반면 도깨비는 태어나자마자 홀로 생존이 가능하다. 여미가 불완전하다 해도 도깨비는 도깨비다. 홀로 서려는 본능이 남아 있는 것이 당연하다.

신율은 문가에 서서 잠시 동안 움직이지 않았다. 여미가 신율의 주변을 종종걸음 치며 심심함을 달래고 있을 때 그가 말했다.

"저는 본가로 올라갈 겁니다. 본가로 올라가면 여미 님, 당신이 살 수 있는 도깨비 산을 알아봐 드리겠습니다."

"내가 무슨 도깨비인 줄 알고?"

여미의 정체를 물었을 때 그녀도 자기 자신이 무슨 도깨비인지 모른다고 했다. 외형이 도깨비의 규칙을 따랐다면 그녀가 어느 산에 속하는지 알 수 있었을 테지만 여미는 도깨비가 아니라 인간의 모습을 하고 있다.

"도깨비 산은 다섯 개가 있지요. 여와산, 치우산, 이탈산, 환상산. 여와산에는 식물에서 태어난 도깨비가, 치우산에는 동물 도깨비가, 이탈산에는 용이나 일각수 등 전설 속 동물의 모습을 한 도깨비가, 환상산에는 상상 속에서나 볼 수 있는 기괴한 도깨비가 삽니다."

신율은 도깨비가 사는 산을 찬찬히 하나씩 꼽았다.

"다섯 개가 있다면서 왜 나머지 하나는 말하지 않느냐?"

"실수입니다. 다섯 개가 아니라 네 개입니다."

포목점에서 상인에게 들은 말이 아직 그의 머릿속을 떠다니고 있었나 보다. 신율은 무심코 낭아산을 포함시켜 말했다. 하나 여미는 신율의 변명을 받아들이지 않고 끈질기게 그를 쳐다보았다.

신율은 하는 수 없이 이실직고했다.

"마지막 산은 낭아산이나, 낭아산은 칠백 년도 더 전에 사라졌습니다."

"어째서 그리 되었느냐. 낭아산엔 신이 살고 있었다고 하지 않았던가. 신이라면서 어찌 그리 쉽게 사라지는가."

"낭아산에 신이 살고 있었다는 건 어디까지나 전설의 일부입니다. 추측이지요. 낭아산이 사라진 이유도, 어떤 이들이 살고 있었는지도 불명입니다."

신율이 여미의 눈앞에 검지를 세웠다.

"하여간 낭아산이 사라진 일은 중요한 게 아닙니다. 여미 님, 이탈산으로 가면 당신은 살아남지 못할 겁니다. 이탈산의 흉포한 도깨비들이 인간 냄새를 묻히고 온 여미 님을 가만두지 않을 겁니다."

여미가 고개를 끄덕였다. 낭아산은 몰랐지만 다른 네 개의 산에 사는 도깨비들 생태에 대해선 잘 알았다. 신율의 말대로 이미 인간의 냄새를 잔뜩 묻혀 버린 여미는 이탈산으로 갈 수 없다.

"치우도깨비들도 성정이 고약하니, 그럼 남은 건 여와산이구나. 마침 나의 본체가 풀이니 여와산에 가야 하는 건가?"

여와산은 서씨 본가가 있는 곳의 정반대편이다. 여미를 여와산에 보낸다면 이곳에서 헤어져야 한다.

"환상산은 도깨비 수장의 통치 아래 인간과 교류가 없고 분쟁도 없는 유일한 곳. 여와산보다 당신이 살기에 좋을 겁니다. 환상의 수장에게 부탁해 보도록 하죠."

신율이 황급히 말했다.

"도깨비 수장은 아무나 만날 수 있는 존재가 아니다. 인간이라면 더더욱 그렇다. 네가 어찌 환상도깨비의 수장을 만나려 하는가?"

신율은 고뇌에 빠졌다. 여미를 납득시키기 위해선 가문의 비밀을 말해야 한다. 아무에게도 말하지 않은 서씨 가문의 비밀이지만 여미를 붙들어야 한다는 마음이 더 컸기에 결국 입을 열었다

"환국의 사냥꾼 가문인 서씨 가문의 수장은 환상산에 있는 도깨비의 수장과 연이 있습니다. 서씨 가문의 수장에게 부탁하면 됩니다."

보통 사람이라면 서씨 가문의 대문 앞에서 얼쩡거리지도 못하겠지만 신율은 아니다. 그는 서씨 가문의 일원이니까. 그중에서도 장남이 사망할 경우 후계권을 계승하는 직계 혈통이다.

원래 가문에 들를 생각은 없었지만 이리된 이상 여미를 숨겨두고 아버지를 뵈어야겠다. 그리고 여미의 고향으로 추측되는 환상산에 대해 본격적으로 조사해야 한다. 어차피 가문에서 끌고 나온 말들과 하인들을 돌려보내야 하니 수도를 지나는 것도 나쁘지 않다.

'어디까지나 여미 님이 도깨비인 걸 본가 사람들에게 들키지 않는다는 전제하에서지만.'

신율이 이런저런 생각을 정리하고 있을 때 여미의 눈썹이 치켜올라갔다.

"네 분명 도깨비 사냥꾼 무리의 우두머리인 서씨 가문과는 아무런 연관이 없다고 하지 않았느냐?"

여미가 날카롭게 물었다.

"게다가 겨우 떠돌이 무사의 시종이라 했던 네가 서씨 가문의 수장을 만나? 네가 그렇게 큰 힘이 있단 말인가?"

"제가 모시는 떠돌이 무사님이 셋째 도련님과 특별히 잘 아는 사이입니다."

신율은 아차 싶어서 변명했다. 여미의 표정이 순식간에 풀렸다.

"검을 다루는 무사라더니 어찌어찌 그쪽의 삼남과도 연이 닿는 모양이구나."

평범한 호위라면 결코 서씨 가문에 연이 닿을 수 없다. 하지만 순진한 여미는 신율의 말을 넙죽넙죽 믿었다. 여미는 빠른 학습 능력과 날카로운 통찰력을 가지고 있지만 어디까지나 신율이 펼쳐 준 울타리 안에서다.

"그렇습니다. 분명 여미 님이 머물 만한 산을 찾을 수 있을 겁니다."

신율은 얕은 죄책감과 함께 묘한 기쁨을 느꼈다. 신율이 말하는 것을 듣고, 신율이 보여주는 것을 보고, 신율이 이끄는 대로 따라오는 순결한 여미라는 존재가 신기했다.

마을을 떠나기 전 마지막 밤이 되었다. 하인들은 말들을 다독이고 짐을 쌌다. 여종들은 식량을 점검하고 여미를 위한 잡다한 물품을 샀다. 다음 날 수도를 향해 출발하기 위해 모두가 눈을 감고 잠을 청한 깊은 밤, 신율은 홀로 눈을 떴다.

"준비는?"

"기다리고 있었습니다."

호롱불을 든 도겸이 장지문 앞에서 은밀히 신율을 불렀다. 신율은 옆에서 잠든 여미를 내려다보다가 규칙적으로 오르내리는 어깨를 한 번 쓰다듬어 주고 일어섰다.

신율은 푸른 도포를 걸친 채 갓을 쓰고 서늘한 여름밤 속으로 나왔다.

"내일 아침에 해도 되는 일입니다. 그저 주술사에게 맡긴 이무기 구슬을 찾아오는 일이지 않습니까."

"무슨 뜻으로 그런 질문을 하는가, 도겸."

신율은 서늘한 눈으로 도겸을 바라보았다. 그의 눈빛에 급히 머리를 조아리면서도 도겸은 꿋꿋이 말했다.

"여미 님 때문에 몰래 움직이는 것입니까."

그 말에 신율의 눈매가 한층 더 차가워졌다.

"여미 님께 도깨비구슬에 대해서는 가르쳐 주지 않으셨죠?"

도겸은 온몸에 쏟아지는 주인의 기백을 받아내며 말했다. 이것만큼은 물어야 했다. 처음에 환국의 땅을 가지고 인간과 도깨비가 소유권을 주장하며 다투기 시작했을 때, 평화를 주장한 세력이 없었던 게 아니었다. 그럼에도 불구하고 인간과 도깨비 사이에는 영원히 건널 수 없는 깊은 골이 생겼다.

그 골이 생긴 이후 도깨비와 인간 양측에서 평화를 주장하는 목소리가 쏙 들어갔다. 깊은 골, 인간과 도깨비의 사이를 갈라놓은 결정적이 이유, 그것이 바로 도깨비구슬이다.

"안내해라, 도겸."

그들은 부적과 호신부로 가득한 주술사의 집에 들어갔다. 서씨 가문의 둘째 주술사가 이름난 미남인 것과 달리 마을에 있는 주술사는 삐쩍 마른 노인이었다.

"오셨습니까, 서씨 가문의 삼남. 이름난 도깨비 사냥꾼 서신율 님."

노인의 목소리는 금방이라도 끊어질 거미줄 같았다. 그러나 신율은 노인을 얕잡아보지 않았다. 주술사의 힘은 근력이나 기타 외적인 것과 관계없다. 노인은 십년 넘게 광증 걸린 이무기로부터 마을을 지켜온 주술사다. 아마 상당히 큰 힘을 가지고 있을 거다.

"부탁한 것은?"

신율 내신 도겸이 나서서 물었다. 노인은 굼뜬 몸을 일으켜 구석에 들어가더니 어른 주먹만 한 무언가를 가지고 나왔다. 덮여 있던 천을 벗기자마자 어두운 방 안을 다 밝힐 정도로 맑고 흰 빛이 터져 나왔다. 노인은 기묘하게 번득이는 눈으로 자신의 손에 들린 완벽한 구체를 보았다.

이무기 도깨비의 시체를 난도질해 만든, 이무기 구슬이었다.

"대금을 치르겠소."

신율이 허리끈에서 금낭을 꺼내며 말했다.

"아닙니다!"

신율이 금을 꺼내는 순간 노인이 손사래를 쳤다. 노인의 눈 안에 잠들어 있던 기묘한 광채가 밖으로 나와 일렁였다. 그것은 일평생 마을을 괴롭히고 인간들을 죽여온 이무기 도깨비에 대한 깊은 증오였다.

"이 잡뱀을, 제 손녀를 죽인 원수를 잡아주신 것만으로도 노인네는 만족합니다. 구슬로 만드는 건 신율 님이 마을에 해주신 일에 비하면 아무것도 아니었습니다. 오히려……."

노인의 입이 벌어지며 누런 이빨이 드러나고, 환희로 찬 미소가 얼굴에 어렸다.

"이무기의 살을 파헤치고 놈의 마지막 비명을 듣는 일이 더없이 즐거웠습니다."

신율은 아무 말도 하지 않았다. 도겸이 대신 나서 미리 준비해 온 비단 주머니에 이무기 도깨비의 구슬을 갈무리했다. 이무기 구슬은 환국의 수도로 가 높은 가격에 팔릴 예정이다.

주술사의 집을 빠져나오기 직전, 신율은 어깨 너머로 노인의 집 안 깊숙한 곳을 바라보았다. 그곳에는 구슬을 만들고 남은 가죽들, 살점들, 그리고 시퍼렇게 뜬 이무기 도깨비의 샛노란 눈이 허공을 뚫어지게 바라보고 있었다.

2. 벽파(劈破)

이무기 마을을 벗어나 며칠을 꼬박 이동해야 큰 도시가 나온
다.

여미는 이동하는 내내 신율과 함께 걸었다. 같이 말을 타자고
했지만 그녀가 기겁하며 싫어했기에 신율도 말에서 내렸다.

"잔인하다. 어찌 이 녀석에게 몸뚱이를 얹어 나만 편히 갈 수
있단 말인가?"

여미가 짐수레를 끌고 있는 말의 콧잔등을 쓸었다. 인간들 중
에서도 동물에게 특별한 동정심을 품는 이가 없는 것은 아니다.
그러나 고삐가 채워진 인간의 말들에게 여미가 품는 감정은 동정
심과는 달랐다. 여미는 편자가 박힌 말발굽을 보더니 말했다.

"무릇 태어난 것은 본연의 성질을 가지고 본래 형태로 살아가
야 하는 것이거늘. 인간의 영역에서 태어난 것도 너의 운명이니
내가 무어라 할 순 없지만, 다른 곳에서 태어났다면 어떻게 자랐

을지 아쉬운 마음이 드는 건 어쩔 수 없구나."

여미가 느끼는 건 동정심이라기보다 인위적인 것에 대한 불편함이었다.

신율은 짐 깊숙한 곳에 넣어둔 이무기 구슬을 떠올렸다. 인위의 끝이라고 부를 수 있는, 인간이 도깨비의 시체로 만든 보물.

여미가 도깨비구슬의 실체를 알면 어떤 표정을 지을까? 신율은 말의 콧잔등을 쓰다듬으며 짐수레를 끄는 말과 함께 발걸음을 옮기고 있는 그녀를 살폈다.

'말의 발에 편자를 박은 걸 보았을 때와 같은 반응을 보일까?'

언뜻 보면 말을 돌보는 여미의 표정은 평온했다. 여미는 말을 동정하는 게 아니라 편자가 박히지 않은 본연의 모습을 그리워하는 것이기에 그녀는 말을 구해내려 하지도, 인간들을 비난하지도 않았다. 여미는 아직 침착했다.

동족인 이무기 도깨비가 처참한 꼴로 구슬이 되어 있는 걸 보고도 그 침착함이 유지될까? 그때도 말을 보는 것처럼 태평하게 넘길 수 있을까? 그렇게 신율은 마음속에 비밀을 하나 더 묻었다.

여미는 말에 타는 것을 마다하고 총총걸음으로 삼 일을 걸었다. 모든 것이 신율의 예정대로였다. 여미의 호들갑스러운 반응을 빼놓고는 말이다.

"이, 이, 이것이 정말 인간들의 본거지이냐?"

그들이 도착한 곳은 환국 서쪽에서 가장 큰 도시에 속하는 개락이었다. 이탈산이 위협을 끼치는 영역을 벗어나 평화롭고 풍족한 환국 내부와 연결되어 있는 개락은 상업 도시로 유명하다.

개락의 상인들은 이탈산 자락에서 나오는 진귀한 약초를 부유한 환국인들에게 팔고, 환국 내부에서 나오는 생필품을 열악한 환경 속 이탈산 주변 주민들에게 팔아 이중의 수입을 벌어들였다. 부가 쌓이는 족족 멋대로 길을 냈기에 도시가 넓어질수록 도시는 화려하면서도 복잡해졌다.

여미는 눈이 핑핑 돌아갈 만큼 휘황한 개락의 정문 앞에서 놀란 기색을 감추지 못했다. 신율의 가솔들과 지내며 인간에게 조금은 익숙해졌다고 생각했는데 새로운 두려움이 슬금슬금 올라왔다.

"왜 그러십니까. 개락에 가서 맛있는 떡을 드시고 싶다 하지 않았습니까."

옆에 있던 신율이 걱정스러운 어조로 물었다.

"그새 떡이 싫어진 것입니까?"

"아니다."

여미가 성급히 대답하며 그의 뒤로 숨었다. 신율은 어리둥절해서 자신의 소매를 꼭 붙들고 놓아주지 않는 여미를 바라보았다. 여미는 그렁그렁한 눈동자로 신율을 올려다보며 말했다.

"도시 안에서 이상한 기운이 느껴진다."

"이상한 기운이라 함은?"

"향기만으로 어지럽게 하는 이상한 액체가 있는데 인간들이 그걸 술이라 부른다. 투명한 액체를 입안에 들이부으며 서로 몰려서 주먹실을 하는 인간들도 있다. 느껴보아라, 저 안에 비명을 지르는 여인도 있구나."

개락은 위험과 풍요가 공존하는 불균형한 도시다. 온갖 사람들이 몰려드는 만큼 수상한 곳도 많은 곳이었다. 여미는 자신의 마음속을 파고드는 인간들의 고통에 몸을 떨었다. 신율의 커다란 손이 여미의 눈을 가렸다.

"쉿."

신율은 여미가 알아들을 수 없는 주문을 중얼거렸다. 신율의 짙푸른 목소리와 함께 여미의 마음속을 마구 침범하던 소음이 줄어들었다.

"무엇을 한 것이냐?"

"안전장치 겸, 여미 님이 길을 잃어도 걱정 없도록 표식을 해두었습니다."

"나에게 네놈의 표식을?"

여미가 제자리에서 빙글빙글 돌며 제 몸을 살폈지만, 눈이 미치는 곳에 신율의 표식은 없었다. 그러다가 뒷목이 따끔따끔하여 손을 가져다대니 딱 인간의 체온만큼 뜨뜻한 무형의 기운이 느껴졌다.

"이게 있으면 만일의 사태에도 여미 님이 제 소속이라는 걸 증명할 수 있습니다."

여미가 기운을 떼어내려 하자 신율이 그녀의 손을 잡아 막았다. 뒷목에 손을 댄 채로 신율에게 고정당한 여미가 고개만 올려 신율을 보았다.

"내가 인간의 기운을 계속 달고 있어야 한다는 말이냐?"

"이걸 떼어버리면 아까처럼 무서운 소리가 계속해서 들릴 겁니다. 제 기운은 여미 님에게 표식을 남기는 동시에 외부의 자극으로부터 보호하는 호부 역할도 하고 있으니까요."

여미는 마음을 파고들던 끔찍한 주먹다짐의 모습과 비명 소리들을 떠올렸다. 뒷목에 올라가 있던 손에 힘이 빠졌다. 신율이 잘했다는 듯이 여미의 손을 토닥거렸다.

"인간의 도시 중에서도 개락은 어지럽고 문란한 곳입니다. 무슨 일이 있어도 저와 식솔들에게서 떨어지지 마십시오."

신율은 식솔들을 시켜 가문 패를 꺼내게 했다. 나무로 깎아 진한 솔 내음을 풍기는 사각형 모양의 것들이 여기저기서 등장했다. 어미의 눈이 커졌다.

"여미 님은 어찌할까요?"

가문 패를 구경하며 손가락만 빨고 있는 여미를 보고 도겸이 물었다.

서씨 가문은 사용인과 식솔 한 명 한 명에게 가문 패를 나누어 준다. 환국 어디든 통과할 수 있는 귀한 물건이기에 제작과 관리는 철저한 보안 속에서 이루어졌다.

"여미 님에겐 통행 패가 없지."

통행 패가 없으면 환국의 어떠한 도시에도 들어갈 수 없었다. 마을을 벗어나 산 근처에만 가도 도깨비가 판을 치는 세상이다. 환국의 수도에서도 세 달에 한 번씩은 도깨비에게 납치당하는 처자가 생길 정도였다. 도시 밖에 도깨비가 우글거리는데 통행 패 없는 수상한 자를 들여보내 줄 리가 없었다.

"괜찮다. 내 개인 패를 쓸 거니까."

신율은 소매 속에서 식솔들이 가지고 있는 가문 패와 다른 색의 통행 패를 꺼냈다. 나무로 만든 보통 통행 패외는 달리 개인 패는 연둣빛 옥으로 만들었다.

"여미 님, 여미 님은 이것을 쓸 겁니다."

여미는 제 눈앞에 내밀어진 연둣빛 옥을 바라보았다. 네모지게 깎은 옥 가운데에 '서, 삼남 신율'이라는 글자가 떡하니 박혀 있었지만 여미는 고개를 갸우뚱했다.

"무엇이라 쓰인 것이냐."

여미는 글자를 읽지 못한다. 여미가 두려워해 마지않는 도깨비 사냥꾼, 서씨 가문의 삼남 신율은 보는 사람이 녹아내릴 만큼 부드러운 미소를 지으며 여미에게 제 개인 패를 쥐여주었다.

"이걸 들고 있으시지요. 곧 개락의 정문을 통과할 터이니."

도깨비 여미는 도깨비 사냥꾼의 패를 들고 개락에 들어섰다.

*

"이것도 보러 가고, 저것도 보러 가자. 아니? 저것은 무엇이냐?"

도겸은 이리저리 폴짝폴짝 뛰어다니는 여미를 감당하기 위해 인생의 모든 체력을 끌어냈다.

"여미 님! 천천히 갑시다."

도겸이 헉헉거리며 여미의 뒤꽁무니를 쫓았다. 신나게 뛰어다니던 여미는 떡집을 기웃거리며 도겸을 기다렸다.

삼십 년째 개락에서 떡집을 운영하고 있는 포씨는 웬 특이한 머리카락색을 지닌 여자아이가 금방이라도 침을 흘릴 것 같은 얼굴을 하고 갓 쪄낸 꿀떡에 눈독을 들이는 것을 보았다.

'길거리 아이…… 로는 보이지 않는군.'

혼자 있었지만 한눈에 보아도 비싼 비단옷을 걸쳤다. 포씨는 개락에서 삼십 년 넘게 수많은 사람을 보아온 장사꾼이다. 척 하면 척으로 눈앞에 있는 사람의 견적을 낼 수 있었다.

'길거리 아이는 분명 아닌데, 뭐 하는 아이인지 모르겠는걸.'

그러나 산전수전 다 겪은 포씨조차 여미만큼은 종잡을 수 없었다. 비단옷을 입고 있다고 해서 성급히 부잣집 아씨라고 단정 짓기도 어려운 것이, 여미는 부잣집 출신이라기엔 너무도 체통 없이 꿀떡을 뚫어져라 바라봤다.

저 정도 비단옷을 부담 없이 입을 정도라면 꿀떡은 물론 꿀떡보다 더 맛난 것을 달고 살 텐데 참으로 이상한 일이다. 포씨가 여미를 쫓아내야 하나마나를 고민하고 있을 때 도겸이 숨을 몰아쉬며 도착했다.

"아이고. 여미 님, 저는 신율 도련님처럼 날래지도 빠르지도 않답니다. 그러니 부디 천천히 갑시다."

시종으로 보이는 이가 도착하는 것을 보고 포씨는 적잖게 안심했다. 과하게 발랄한 부잣집 아가씨 쪽으로 포씨의 시선이 기울었다.

"저것이 드시고 싶은 겁니까?"

도겸이 꿀떡을 가리키며 묻자, 여미가 힘차게 고개를 끄덕였다. 도겸은 포씨를 한참이나 바라보더니 의심스러운 눈으로 꿀떡을 조사했다.

개락은 모든 상인이 모여드는 상업 도시이지만 동시에 모든 더러운 수작꾼들이 모여드는 곳이기도 하다. 아무리 밀쩡해 보여도 속을 알 수 없는 것이 개락의 상인들이다. 포씨도 개락을 들르는 여행자들이 갖는 의심을 알았기에 도겸의 꼼꼼한 조사에 불만을 내비치지 않았다. 그저 얼른 의심을 풀고 저 과하게 발랄한 아가씨를 데려갔으면 하는 바람이었다.

"어……."

과하게 발랄한 아가씨 생각을 하던 포씨의 입에서 얼빠진 소리가 새어 나왔다. 그 소리에 좌판을 보고 있던 도겸이 퍼뜩 고개를 들었다.

"무슨 일이오?"

"당신이 모시던 아가씨…… 아가씨가 맞소? 하여간 쪽빛 옷을 입은 하얀 머리 여자아이와 일행이 맞지?"

쪽빛에 하얀 머리카락, 여미다. 신율이 도겸에게 친히 여미를 신신당부했으니 아가씨라 불러도 될 것이다. 도겸이 고개를 끄덕였다.

"맞소만."

포씨가 두꺼운 손으로 도겸 뒤의 허공을 가리켰다.

"방금 전 서쪽으로 눈길을 돌리더니 다람쥐처럼 뛰어올라 사라졌소. 당신이 모시는 아씨 몸놀림이 과히 인간인지 사람을 홀리는 족제비인지 모르겠구먼."

"뭐라고?!"

도겸이 비명을 지르며 뒤를 돌아보았다. 사람으로 북적거리는데 여미만 없는 길거리가 도겸의 눈앞에 펼쳐졌다.

사실 도겸은 체력이 약한 편이 아니다. 신율의 사냥을 따라다닐 만큼 강하다. 하인이지만 어지간한 무사와 붙어도 이길 자신이 있다. 그런 도겸이 여미를 따라잡는 데 그토록 힘들어했던 이유는, 여미의 몸놀림이 신통방통했기 때문이다. 맷집은 약하지만 몸놀림 하나는 도깨비의 능력을 고대로 타고났는지 여미는 바람결에 흩날리는 도깨비풀처럼 이리저리 잘도 돌아다녔다.

"아이고, 여미 님!"

도겸이 비명을 질렀다.

인간의 거리는 신기했다. 처음에는 도시 곳곳에서 들려오는 고동에 찬 신음이 두려웠지만 신율이 기운을 둘러준 후 한결 편안해졌다. 편안해지고 나니 온갖 신기한 것들이 여미의 눈에 들어왔다.

해가 화창한 날인데도 색색의 우산을 파는 이가 있었고, 다홍색, 연두색 반죽을 넣고 나무틀에 찍어낸 예쁜 과자를 파는 이도 있었으며, 목청껏 소리 지르며 붉은 글씨가 쓰인 노란 종이를 파는 이도 있었다.

신나게 저잣거리를 뛰어다니던 여미가 마음을 빼앗긴 곳은 떡을 내놓은 좌판이었다. 여미답다면 여미다운 선택이었다. 여미는 저를 따라오느라 고생하는 도겸을 발견하고 기다렸다. 신율이 도겸을 붙여주며 홀로 다니지 말라고 신신당부를 했기 때문이었다.

"꿀떡이 드시고 싶습니까?"

여미 곁에 도착한 도겸이 좌판을 가리키며 물었다. 여미는 고개를 끄덕였고 도겸은 허리춤에 달아뒀던 금낭을 풀며 좌판 가까이 다가갔다.

'그 기운'은 도겸의 시선이 여미에게서 떨어지자마자 여미를 덮쳤다. 얌전히 꿀떡을 기다리던 여미는 서쪽에서 느껴지는 요상한 기운에 고개를 휙 돌렸다.

'우산도 아니고, 떡도 아니고, 그렇다고 붉은 글씨가 있는 이상한 종이 쪼가리도 아니다.'

여미가 생전 처음 느껴보는 기척이 서쪽에서 스멀스멀 기어 나오고 있었다. 여미는 얼른 주변에 가득 찬 인간들을 살폈다.

"아무도 신경 쓰지 않잖아?"

서쪽의 한기가 발목을 잡아채고 있는데도 인간들은 아무것도 모른 채 웃으며 좌판의 물건을 흥정했다. 여미의 심장이 발딱발딱 뛰었다. 꿀떡에 이끌리는 것과는 비교도 되지 않는 강한 끌림이 여미의 온몸을 동여맸다. 마치 풀 수 없는 동아줄에 묶여 끌려가는 것처럼 저절로 서쪽으로 발길이 향했다.

한참이나 서쪽으로 가니 노점이 줄어들고 주변이 한산해졌다. 여미가 기운의 진원지를 찾아 걷고 있을 때 걸걸한 목소리가 들렸다.

"여기요, 여기! 거 아가씨 여기 한번 보고 가시오."

왕씨는 한눈에 봐도 순진해 보이는 여미를 향해 손을 흔들었다.

왕씨가 취급하는 물건은 매우 고가인지라 살 사람을 찾기가 쉽지 않았다. 하여 장사꾼 왕씨는 물건을 팔기 위해 귀한 옷을 입은 이들은 다 한 번씩 붙잡았다. 그가 취급하는 물건들은 비싸긴 해도 환국에서 가장 인기가 좋은 물건이었다. 그래서 왕씨에게 붙잡힌 부자들은 대개 한 두 개씩은 물건을 샀다.

"이것이 무엇인가?"

여미가 두 아름 가득 펼쳐진 호화로운 좌판을 보고 물었다. 왕씨가 함박웃음을 지었다. 왕씨는 사십 년 넘게 개락에서 도깨비구슬을 팔고 있는 도깨비구슬 상인이었다.

"굳이 말씀드리지 않아도 알겠지요. 환국 사람이라면 누구나 가지고 싶어 하는 구슬입니다."

왕씨의 말에 여미는 좌판 위로 상체를 깊숙이 숙였다. 좌판 위에는 크고 작은 다양한 색의 구슬들이 들어차 있었다.

"호오."

여미는 저도 모르게 감탄을 내뱉었다. 불길한 한기를 잊어버릴 정도로 아름다운 구슬들이었다. 어른 남자 주먹만 한 구슬부터 어린이 약지 손톱만 한 구슬까지 크기가 각양각색이었다.

모든 구슬은 완벽한 구의 형태를 이루고 있었다. 가끔 찌그러지곤 하는 진주와 비교도 되지 않았다. 좌판 위의 구슬들은 보통 구슬이라 하면 떠오르는 일반적인 보석이나 패물 따위가 아니었다. 그것보다 훨씬 값비싼 것이었다. 대부분 여명과 같은 흰빛이었는데 종종 산홋빛이나 비췻빛, 홍옥빛의 구슬도 보였다.

여미가 구슬 쪽으로 고개를 더 가까이 가져다댔다. 신비로운 빛과 함께 은은한 향기가 퍼져 나왔다. 하나같이 다른 향기다. 단 하나도 똑같은 구슬이 없었다.

'신율에게 사달라고 할까?'

아니다. 금낭을 열어보니 신율이 무엇이든 사라며 넣어준 돈이 꽤 많았다. 여미는 스스로 구슬 하나쯤은 사서 신율에게 선물해도 좋을 것 같다고 생각했다.

여미는 입고 있는 쪽빛 저고리 고름을 만지작거리며 생각했다.

'신율은 떡이며 옷도 사주지 않았는가.'

여미는 도리를 아는 도깨비였다. 신율에게 무언가 보답해야 한다. 그런 여미를 보며 견적을 내던 장사꾼 왕씨가 대뜸 말했다.

"이런 어린 아가씨가 위험한 구슬 가게에 올 이유는 단 하나밖에 없습죠."

여미의 귀가 쫑긋 서는 걸 확인하며 왕씨가 막힘없이 물었다.

"좋아하는 남자가 있는 것이 아닌지?"

"나, 남자라고?"

여미는 당황했다. 신율을 생각하고 있었던 것을 딱 들켰다. 여미의 얼굴이 확 달아올랐다. 이 인간은 뭔가. 평범한 인간처럼 보였는데 사실 주술사였단 말인가?

"딱 맞았구먼."

왕씨는 은근슬쩍 말을 놓기 시작했다. 눈앞의 쪽빛 저고리 아가씨는 도깨비구슬을 처음 보는 것 같다. 개락은 한쪽엔 환국 중심지, 한쪽엔 이탈산이 있는 환국 오지와 맞닿은 중간 도시다. 아마 이 아이는 촌에서 갓 올라와 세상 물정 모르는 부자일 거다.

세상 물정 모르는 부자처럼 속이기 쉬운 존재는 없다. 왕씨가 두 손을 싹싹 비비며 여미 곁에 바짝 붙었다.

"꼬마야, 남자를 꼬실 때는 이 여우 구슬이 최고란다. 구미호 구슬은 아니지만 구미호만큼이나 살랑살랑 꼬리를 흔드는 놈에게서 빼낸 거지. 이걸 몸에 지니고 있으면 여우의 기운에 홀려 너에게 넘어오지 않는 남자가 없을걸."

왕씨가 구슬 가운데에서도 요망한 기운을 내뿜는 구슬을 집어 들었다. 눈알만 한 구슬 안쪽에는 신비로운 분홍색 기운이 느리게 소용돌이쳤다.

"신비롭구나."

여미는 느낀 그대로 감탄했다. 왕씨는 뿌듯한 표정을 지었다.

"물론이지. 우리 가게에서 파는 구슬들은 모두 서씨 가문에서 직접 사온 것이다. 다른 짝퉁 구슬들과는 차원이 달라요, 차원이."

"서씨 가문? 신율과 관계가 있는 구슬인가?"

신율이 이미 알고 있는 구슬이라면 선물로 깜짝 놀라게 하려던 계획이 무산된다.

"신율?"

왕씨는 어리둥절한 표정으로 지었다. 그 나름대로 여미의 말을 해석했다. 고민은 오래가지 않았다. 왕씨가 손바닥을 짝 내려치며 말했다.

"아, 서씨 가의 셋째 도련님? 꼬마 아가씨가 뭘 모르는군. 셋째 도련님이 용을 잡아 유명해지긴 했지만 예로부터 구슬 쪽은 둘째 도련님이 꽉 잡고 있었어요. 무에만 정통한 셋째 도련님과 달리 둘째 도련님은 부적과 함께 주술을 잘 쓰셔서 구슬 빼는 데 도사시거든. 뭐, 두루두루 균형 잡힌 실력을 가진 분은 첫째 도련님이지만 가문의 일 이외에는 손도 안 대시는 분이라."

"응?"

이번에는 여미가 어리둥절한 표정을 했다. 왕씨의 말이 너무 빠르고 복잡해 알아듣지 못하였다. 대관절 신율과 셋째 도련님과 무슨 연관이 있는 것인지 알 수가 없었다.

셋째 도련님? 둘째 도련님? 용을 잡았다는 건 무슨 소리고 부적은 구슬이랑 무슨 관련이 있는 것인가? 여미가 알아듣지 못하는 것 같아 상인도 덩달아 어리둥절해졌다.

"꼬마는 아직 어려서 잘 모르는가? 어쨌든 이 구슬은 서씨 가문에서 사온 것이야."

여미는 지루한 표정으로 알아듣지 못할 소리를 하는 왕씨를 밀어내고 구슬에 집중했다.

"이…… 이 구슬의 이름이 무어라 했더라?"

"여우 구슬."

"그래, 여우 구슬. 여우 구슬은 됐다."

여미는 금낭을 꺼내 펼쳤다. 금낭 안에 가득 들어찬 금덩이를 보고 왕씨의 입가에 침이 고였다.

"선물하려는 것이니 구슬 중에서 제일 좋은 구슬을 달라! 세상에 있는 모든 구슬 중에 최고의 구슬은 무엇이지?"

왕씨는 급격히 공손해진 태도로 여미의 질문을 받았다.

"어이쿠, 구슬 중 최고라면야 당연 낭아구슬이지요. 그러나 낭아구슬은 있는지조차 알 수 없는 전설 속의 구슬입니다."

"낭아?"

어디선가 들어본 어감이다. 여미가 곰곰이 기억을 뒤지자 옷을 산다며 신율과 실랑이를 벌였던 일이 떠올랐다. 그때 유일하게 마음에 쏙 들었던 저고리, 지금 입고 있는 쪽빛 저고리가 바로 신들이 사는 낭아산에서 나온 거라 했다.

낭아산의 것은 좋다. 쪽빛 저고리를 입고 몇번이나 편하게 잠들었다. 신율도 낭아구슬이라면 기뻐하며 받을 것이라는 생각에 여미의 얼굴에 화색이 돌았다.

"낭아구슬이라는 것이 여기 있나?"

"안타깝게도 여긴 없습니다!"

여미의 얼굴이 단박에 일그러졌다.

"설마! 이 저고리도 낭아산에서 온 거다."

왕씨는 알 만하다는 표정으로 여미의 쪽빛 저고리를 바라보았다. 그가 검지를 세워 좌우로 흔들었다.

"가끔 낭아산에서 나온 것이라며 이것저것 가짜를 파는 장사꾼들이 있는데 전 그런 양심 없는 놈과는 다릅니다요."

"그럼…… 어찌해야 좋은 구슬을 고를 수 있단 말이냐."

여미의 얼굴이 시무룩해졌다. 왕씨는 제가 죄를 지은 것도 아닌데 괜히 미안해졌다. 사실 왕씨도 가끔 낭아산과 상관없는 환상도깨비의 구슬을 낭아구슬이라 속여 팔아먹곤 했다. 그러나 순진한 눈을 말똥거리는 여미에겐 어쩐지 거짓말을 할 수 없었다.

"자, 자. 어디서 왔는지는 모르겠지만 부자 아가씨, 울지 마시고 이 왕씨의 말을 들어보십시오. 내 낭아구슬은 없지만 낭아구슬 바로 다음으로 좋은 구슬을 다섯 개나 가지고 있으니 걱정 마십시오."

이것 역시 거짓말이었다. 개락은 큰 도시이지만 왕씨는 큰 상인이 아니다. 비싼 도깨비구슬을 취급하고 있지만 정말 귀중한 구슬은 구하기도 힘들다. 왕씨가 가진 구슬은 대부분 구하기 쉬운 여와도깨비의 구슬로 개중 치우도깨비구슬이 몇개 섞여 있을 뿐이다.

왕씨는 신중하게 여와도깨비 구슬 네 개와 치우도깨비 구슬 하나를 골라냈다. 여미는 각각 붉은색, 푸른색, 노란색, 분홍색, 소나무색으로 빛나는 구슬들을 내려다보았다.

"이 다섯 개가 낭아구슬 다음 가는 구슬들인가?"

"그렇지요!"

차례로 여와도깨비 중 석류 도깨비, 강아지풀 도깨비, 개똥풀 도깨비, 섬초롱꽃 도깨비, 그리고 왕씨가 가지고 있는 구슬 중 드물게 치우도깨비에 속하는 사슴 도깨비의 구슬이었다. 네 개의 여와 구슬은 소소한 치료 효과를 가지고 있고 사슴 도깨비 구슬은 별거 아닌 정화 기능을 가지고 있어, 달여 먹으면 녹용의 다섯 배 효과를 볼 수 있다. 여하간 대단한 구슬들은 아니었다.

구슬의 가치를 모르는 여미는 낭아구슬 바로 다음이라는 왕씨의 말을 철석같이 믿고 신중하게 다섯 개의 구슬을 구경했다. 손도 뻗지 않고 눈으로만 한참이나 들여다보더니 후, 하고 결심의 숨을 들이킨다.

"단아한 기운을 내뿜는 이 구슬이 좋다."

여미가 가리킨 건 소나무색 빛을 내뿜는 사슴 도깨비 구슬이었다.

"아가씨, 보는 눈이 있으시구먼!"

왕씨가 호탕하게 말하며 손가락 다섯 개를 펼쳤다. 여미가 알아듣지 못하고 눈썹을 추켜올렸다.

"금덩이 다섯 개, 다섯!"

왕씨가 재촉하자 그제야 여미가 금덩이를 건네었다. 왕씨는 시세의 이십 배 가까운 가격에 사슴 도깨비 구슬을 넘기는 어마어마한 사기를 저질렀다.

여미는 왕씨의 음흉한 웃음에도 별생각 하지 않았다. 신율이 준 주머니에는 아직도 스무 개가 넘는 금덩이가 남아 있기 때문이었다. 게다가 신율이 여미에게 준 금덩이는 짐수레에 가득 차 있던 금덩이 중에 극히 일부였다. 여미는 도깨비구슬의 가치를 잘 모르는 것과 같이 금덩이의 가치 또한 알지 못했다. 그저 신율의 마차에 산처럼 쌓여 있으니 흔한 건가 보다, 하고 생각할 뿐이었다.

순식간에 일 년치 생활비를 번 왕씨가 뿌듯하게 웃으며 여미를 배웅했다.

"정말로 이걸 선물하면 그 고사리가 좋아할 것 같으냐? 웃는 얼굴에 바늘로 찔러도 피 한 방울 나올 것 같지 않은 그놈이?"

왕씨는 여미가 '고사리'라는 괴상망측한 별명으로 지칭하는 이가 대단한 권세의 서씨 가문 삼남이라는 걸 꿈에도 모른 채 자신 있게 대답했다.

"그럼, 물론이지요! 어떤 남자라도 이 구슬을 받고 좋아하지 않을 남자는 없을 겁니다."

여미가 헤실거리는 미소를 감추려 애쓰며 금낭 안에 사슴 도깨비 구슬을 넣었다.

금낭에 도깨비구슬을 넣는 순간 여미의 표정이 굳었다.

"왜 그러시오? 교환, 환불은 안 된다! 낙장불입! 무르기 없기!"

왕씨는 뒤늦게 자신의 사기 행각이 들킬까 봐 전전긍긍했다. 여미가 공기 중에 코를 킁킁대며 방금 자신을 스치고 지나간 희미한 자취를 좇으려고 애썼다.

"너에겐 안 들렸느냐? 아니, 느껴지지 않았느냐?"

"무엇을?"

"내가 이 구슬을 집어넣는 순간 어디선가 아득한 비명이 들려오지 않았느냐. 굳이 구별하자면 네 발 달린 초식동물의 비명 같았다."

돈을 돌려달라는 말이 아니라는 걸 알자마자 왕씨의 긴장이 풀렸다.

"무슨 헛소리인감. 여긴 사람으로 가득한 개락이니 들짐승이 내려올 리가 없어요. 집에서 키우는 개나 고양이라면 모를까."

여미가 고개를 갸웃했다. 주변을 둘러보니 층층이 담을 쌓은 기와집에서 컹! 하고 개 짖는 소리가 들렸다. 목 뒤에 있던 신율의 표식이 따스한 기운을 발했다. 여미는 신율이 외부 소음을 차단해 주겠다며 표식을 매달았던 걸 떠올렸다.

"그래. 아무래도 내 감각에 혼란이 있었던 모양이구나."

여미는 신율의 표식 때문에 그런 거라 생각하고 대수롭지 않게 넘겼다.

여미는 도깨비의 가죽을 벗기고 뼈를 들어내 만든 야만적인 도깨비구슬을 금낭에 소중히 넣고 신율이 있는 곳에 돌아갔다. 아무런 의도 없이 오로지 신율을 위해 진행한 일련의 행동이 그를 화나게 만들 거라는 것을 꿈에도 모른 채 말이다.

신율은 서씨 일가가 개락에 지어놓은 저택에 짐을 푸는 것을 감독하던 중에 도겸의 보고를 받았다. 헐레벌떡 뛰어온 도겸이 신율의 발치에 엎드려 죄를 청했다.

"도겸, 네가 표적을 잃어버리다니 이게 어찌 된 일인가."

"죄송합니다. 잠시 한눈을 판 사이……."

"되었다."

여미가 사라졌다는 말에 신율의 숨이 턱 막혔다. 도겸을 벌할 생각도 못 하고 일단 여미부터 찾기로 했다. 마당 안을 서성거리던 도겸이 퍼뜩 물었다.

"사야요의 기루가 개락에 있지 않습니까."

"그렇지."

"듣기로 둘째 도련님이 열하루 전에 본가를 떠났다고 했으니, 필시 둘째 도련님도 사야요의 기루에 있을 겁니다."

신율은 온 환국에 풍류랑으로 이름을 떨치고 있는 둘째 형 신라를 떠올렸다. 그는 개락에 오면 꼭 사야요의 기루에 들른다.

"여미 님이 혹…… 사야요의 기루에 잡혀 갔을 가능성은 없을까요?"

도겸이 조심스레 물었다.

"그럴 리가. 사야요의 기루에 들어갔으면 내가 붙여두었던 표식이 진즉에 알려줬을 거다."

말을 이어가던 신율의 표정이 꿈틀거렸다.

'표식, 그래 표식!'

개락에 들어오기 전 여미에게 붙여둔 제 표식에 생각이 미쳤다. 신율이 눈을 감고 여미의 목 뒤에 붙여둔 자신의 표식을 추적하던 참이었다.

"여미 님!"

저택 문을 지키고 있던 여종 려류의 목소리가 들렸다.

"대체 어딜 갔다 오신 거예요? 개락은 복잡해서 금방 길을 잃어요. 도겸이 얼마나 걱정했다고요."

"종알종알 말이 많구나. 돌아왔으니 된 거 아니냐. 알았으면 어서 들어가 고사리나 불러와라."

"고사리요?"

"그, 왜. 신율 말이다."

"아, 도련님을!"

마당 안으로 들어오던 여미가 차가운 눈을 한 신율과 마주쳤다. 여미는 신율의 서슬 퍼런 기운에 잠시 멈칫했다. 그러나 예쁜 구슬을 손에 넣어 들뜬 여미는 신율의 서늘한 기운을 아무렇지 않게 넘기는 실수를 저질렀다. 도겸과 려류는 일찌감치 주인의 상태를 눈치채고 슬금슬금 뒷걸음질 쳤다. 신율의 앞에는 신나게 금낭을 뒤적거리는 여미만 남았다. 신율이 먼저 입을 열었다.

"어디 갔다 이제 오는 겁니까, 내가 얼마나 걱정했는지……."

"화내지 마라. 내 너에게 줄 선물을 사왔다."

여미가 신율의 말을 성급하게 끊으며 금낭을 열어젖혔다. 금덩이들 사이에서 은은한 빛이 새어 나왔다. 신율이 눈살을 찌푸렸다.

"선물?"

여미는 신이 나서 신율에게 바짝 다가갔다. 단아하고 신비로운 구슬을 보면 신율도 좋아하고 용서할 것이다. 여미가 활짝 웃는 신율의 모습을 상상하며 구슬을 꺼냈다. 은은한 빛이 완전히 드러났다. 구슬을 잡은 손에 따뜻한 온기가 느껴졌다. 어딘지 서글픈 온기였다. 여미는 손 안에서 느껴지는 서글픈 감각을 애써 무시하며 신율이 기뻐하길 바랐다. 딱딱하게 굳어 있는 신율의 손에 구슬을 쥐여주었다.

구슬을 받아 든 신율의 표정은 더할 나위 없이 싸늘했다. 신율이 낮게 가라앉은 목소리로 말했다.

"이게 무엇으로 만들어진 구슬인지 압니까."

"무, 무얼 그리 무서운 표정을 짓느냐?"

신율은 아무 대답도 하지 않았다. 표정도 풀지 않았다. 상상했던 것과 전혀 다른 반응에 여미는 무서워졌다. 여미가 슬쩍 신율의 소매를 잡아당겼다. 신율의 눈치를 볼 때 여미는 소매건 손목이건 신율의 팔 부근을 건드리곤 했다. 반응이 없자 여미가 억울해하며 외쳤다.

"네 말대로 옷도 꽁꽁 싸매고 얌전히 굴었다. 길도 잃지 않고 제대로 들어오지 않았느냐. 인간들 방식대로 금속도 주고받았다. 무엇이 문제냐!"

"이건 도깨비로 만든 구슬입니다."

"도…… 뭐?"

신율이 길게 한숨을 내쉬었다. 영원히 숨길 수 있으리라 생각하진 않았다. 그러나 이토록 빨리 말해야 할 줄은 몰랐다. 아무 말도 하지 않고 기쁜 척 사슴 도깨비의 구슬을 받을 수도 있었다. 신율의 둘째 형인 신라라면 달콤한 미소를 지으며 여미를 속였겠지. 그러나 신율은 여미에게 도깨비 시체를 선물로 받을 만큼 악질이 아니었다.

"이것은 도깨비의 생명을 대가로 만들어진 겁니다."

"도깨비의 생명? 생명이라 하였느냐?"

여미가 신율의 손에 들린 구슬을 빼앗아 자세히 살펴보았다.

"생명의 기운이라곤 털끝만치도 느껴지지 않는다."

"그렇겠지요."

신율이 어두운 눈으로 여미가 들고 있는 도깨비구슬을 바라보
며 말했다.

"그건 이미 시체이니까 말입니다."

여미는 구슬을 떨어뜨리지 않기 위해 손에 힘을 꽉 쥐었다. 신
율의 입에서 '시체'라는 단어가 나오자마자 여미의 귓가에 무시무
시한 비명이 들리기 시작했다. 처음 개락의 정문에 들어섰을 때
인간 여인의 비명이라 생각했던 것은 사실 인간의 비명이 아니었
다. 바로 여미가 들고 있는 사슴 도깨비 구슬에서 흘러나오는 고
통에 찬 비명이었다.

"시, 신율. 귀가 아프다."

여미는 사슴 도깨비 구슬을 놓지도, 그렇다고 품에 안지도 못
하고 어정쩡한 자세로 서 있었다. 손을 타고 덜 식은 시체의 뜨뜻
미지근한 온기가 흘러들어 왔다. 신율이 길게 한숨을 내쉬고는
양손으로 여미의 귀를 막아주었다. 여미는 꼼짝도 하지 못하고
신율의 손길을 받아들였다.

"도깨비의 비명이 들리는 겁니까."

신율이 여미의 귓가 바로 옆에서 속삭였다. 그의 손에 귀가 막
혔지만 어째서인지 신율의 목소리만큼은 똑똑히 들려왔다. 여미
가 고개를 끄덕였다. 지금 듣고 있는 비명은 분명히 도깨비의 비
명이었다.

부적으로 휘감긴 화살이 사슴 도깨비의 살을 꿰뚫었다. 사슴
도깨비는 공포와 고통에 시달리며 달려 도망쳤다. 떼를 이룬 도
깨비 사냥꾼들이 앞에서 튀어나와 사슴 도깨비의 길을 가로막았
다. 사슴 도깨비는 마지막 힘을 쥐어 짜 하늘을 향해 길게 울부

짖었다.

"살려줘!"

그게 사슴 도깨비의 유언이었다.

"이탈산 근처의 마을에 주술사가 있던 걸 기억하십니까."

여미의 입술은 어느새 새파랗게 질렸다. 신율은 뭐라 표현할 수 없는 안타까운 표정으로 여미의 입술을 쓰다듬었다. 신율의 따뜻한 손길에도 여미를 덮친 한기는 가시지 않았다.

"주술사는 도깨비의 가죽을 벗기고 뼈만 남긴다고 하셨죠. 사실 도깨비구슬을 만드는 과정은 그보다 더 잔인합니다. 도깨비가 죽으면 그 시체로 만드는 것이 이 구슬입니다. 시체조차 남기지 않고 도깨비를 죽여 만든 구슬이란 말입니다."

죽은 도깨비가 잔인한 과정을 거쳐 구슬이 되면 도깨비의 순수한 영혼은 영원히 구슬에 갇힌다. 구슬을 손에 넣은 인간이 도깨비의 능력을 마음대로 희롱하고 꺼내 쓸 수 있다. 사냥꾼들이 짐승을 사냥하여 가죽과 고기를 취하는 것처럼, 도깨비 사냥꾼들은 도깨비를 사냥하여 구슬을 취한다.

"왜, 왜 나에게 숨긴 것이냐. 이런 구슬이 있다는 것을, 왜 나에게 숨긴 것이냐!"

여미의 눈에서 눈물이 뚝뚝 떨어졌다. 신율은 여미의 눈물을 닦아주려다 멈칫하고 손을 내렸다. 그의 눈이 어둡게 가라앉았다. 신율은 제 마음 속에서 끓어오르는 이상한 감각을 느꼈다.

그러게. 신율은 왜 여미에게 필사적으로 도깨비 사냥꾼의 존재와 도깨비구슬의 존재를 숨겼을까. 충언하는 도겸조차 물리치고 도깨비인 것이 분명한 여미를 곁에 두었다.

밤의 등잔 아래 드러난 여미의 흰 살결을 볼 때마다 불쑥불쑥 치솟곤 했던 욕망을 억누르며 무시해 왔지만 이제 더 이상은 모른 척할 수 없었다. 신율은 여미에게 소유욕을 느꼈다. 그것도 서씨 가문에 전해져 내려오는 아주 악질적인 소유욕을.

여미가 아무것도 모른 채로 자신만 바라보며 활짝 웃었으면 하는 마음이다. 자신이 저지른 수많은 도깨비 사냥(살해)과 자신이 만들어낸 수많은 도깨비구슬에 대해서는 하나도 모른 채 여미가 자신을 따르고 믿길 원했다.

신율은 자신의 마음을 꺼내 인정했다. 신율은 여미의 본체와 처음 만났던 순간을 떠올렸다. 여미의 본체는 신율의 소맷자락에 필사적으로 매달린 작은 도깨비풀이었다. 신율은 도깨비풀을 키우기로 결심했다.

사냥에 도움이 되는 사냥개 하나 기르지 않던 자신이 생전 처음 거두기로 결심한 생명이어서 그럴까? 그래서 소유욕을 느끼는 걸까?

신율은 고개를 저었다. 그런 이유가 아니었다. 신율은 소유욕의 근원에 대한 생각을 일단 뒤로 밀었다. 소유욕의 뒤편에 무엇이 있건 간에 지금 당장 여미에게 소유욕을 느낀다는 건 확실했다. 일단 소유욕에만 집중하자.

신율이 여미의 어깨를 잡아 움직이지 못하도록 만들었다. 여미가 꼼짝도 못 하는 걸 확인한 후에 신율이 낮은 목소리로 말했다.

"당신이야말로 왜 제 품을 벗어나 도깨비구슬에 대해 알아버린 겁니까."

여미의 손에서 힘이 빠졌다. 구슬이 미끄러져 땅에 떨어졌다. 산산조각 난 구슬 사이로 여미에게만 들리던 사슴 도깨비의 비참한 울음소리가 육성이 되어 퍼져 나왔다. 마당을 쓸던 여종들이 귀를 틀어막았다. 여미의 얼굴은 하얗게 질렸다.

"이게, 이게 대체⋯⋯."

"아셨습니까? 시체란 말입니다."

여미가 신율에게서 벗어나려 꼼지락거렸다. 그러나 여미의 힘으론 신율의 커다란 손을 빠져나갈 방법이 없었다. 한참이나 발버둥을 치던 여미가 퍼뜩 떠오른 것을 말했다.

"잠깐. 나에게 이걸 판 상인은 서씨 가문에서 구슬을 사왔다 했다."

신율의 손에 힘이 들어갔다. 여미는 아릿하게 죄어오는 고통에 신음을 내뱉으면서도 자신이 들은 것을 줄줄 말했다.

"서씨 가문이라 했다. 네가 모시는 무사도 서씨 가문과 연이 있다 했지. 너도 도깨비를 죽여 구슬로 만드는 일에 연관되어 있는 것이냐?"

여미의 눈동자는 평소처럼 맑았다. 그녀는 신율에게 진실을 요구했다. 아직 그녀가 가진 신율에 대한 믿음은 무너지지 않았다. 여미의 눈동자 안에서 자신에 대한 신뢰를 보는 순간 신율은 저도 모르게 여미를 구속하고 있던 손에서 힘을 풀었다.

"서씨 가문은 도깨비 산을 벗어나 광증에 걸린 도깨비만 죽입니다. 산에서 얌전히 살아가는 도깨비는 건드리지 않습니다."

"나는 지금 산 밖에 있다."

여미가 신율을 밀어냈다. 힘도 없고 작은 손이었지만 신율은 저항하지 못하고 물러났다. 밝고 명랑하게만 빛나던 여미의 황금색 눈동자가 처음으로 먹구름 낀 것처럼 음울하게 가라앉았다. 인간들 사이에서 태어나 차곡차곡 쌓여왔으나 억지로 억누르고 있던 걱정과 공포가 한밤에 들리는 귀곡성처럼 여미를 감쌌다.

"다른 도깨비를 한 번도 만나본 적은 없지만 내가 평범한 도깨비가 아니라는 것 정도는 안다. 도깨비라면 어찌 인간들 틈에서 들키지 않고 돌아다닐 수 있겠느냐? 도깨비들 기준으로 따지면 나는 광중 걸린 도깨비이겠지."

신율이 다시 손을 뻗었으나 차마 여미의 어깨를 쥐진 못했다. 여미는 신율에게서 한 발짝 떨어졌다. 신율은 누군가 자신의 심장을 인두로 지지는 것 같은 고통을 느꼈다. 여미가 신율을 올려다보았다. 그녀가 작은 얼굴을 찡그리며 묻는다.

"그러면 나도 죽일 생각이냐? 죽여서 시체로 구슬을 만들 것이냐?"

"여미 님, 결코 그런!"

신율이 성급하게 손을 뻗었다. 급한 탓에 힘이 들어갔다. 신율의 손이 허공을 휘저었다. 여미는 간발의 차이로 신율의 손을 피했다. 여미는 저를 향해 갈퀴처럼 휘둘러진 신율의 손을 믿을 수 없다는 듯이 바라보았다. 여미의 얼굴이 굳어지고 나서야 신율은 자신이 실수했음을 알았다.

"이미 늦었다. 내 너를 믿었거늘, 너는 내가 태어나고 자라 사리 분간을 할 때까지 도깨비구슬에 대해 한 마디도 해주지 않았구나."

"아닙니다!"

신율이 벌컥 언성을 높였다. 여미의 황금색 눈동자에 두려움과 분노가 일렁였다. 신율은 초조하게 양손을 꽉 쥐었다.

여미가 슬쩍 발을 뒤로 뺐다. 신율은 여미가 하려는 일을 눈치채고 번개처럼 손을 뻗었다. 그의 손이 여미의 신발을 잡아챘지만 그뿐이었다. 여미는 신을 포기하고 신율에게서 벗어났다. 여미는 체력도 약하고 맷집도 약하고, 심지어는 힘도 없지만 몸 하나는 날랬다. 인간들 틈에서 태어나 생존하기 위해 자연스레 그리되었다. 쪽빛 저고리에 매달린 옷고름이 안타깝게 신율의 다른 손끝을 스쳤다.

"당장 여미 님을⋯⋯!"

"나를 어떻게 하려는 것이냐. 잡아서 도깨비구슬로 만들 것이냐?"

신율이 말을 끝마치기 전에 담 위에 올라간 여미가 앙칼지게 외쳤다. 두 발은 물론 양손까지 사용해서 기와 위에 매달려 있는 여미는 겁에 질린 작은 짐승 같았다. 신율의 말문이 막혔다. 여미는 그 틈을 놓치지 않았다. 도깨비의 본능이 여미를 살렸다. 여미는 그렇게 신율의 저택을 빠져나갔다.

"젠장!"

신율이 드물게 욕설을 내뱉으며 담장 위로 뛰어올랐다. 신율은 여미와 달리 인간이었지만 어렵지 않게 담장 위에 올라섰다. 굳건한 두 발로 몸을 지탱하고 사방을 살폈다.

이미 여미는 사라진 뒤였다. 신율은 검을 꺼내 발아래 기와를 후려쳤다. 서씨 가문의 개락 저택에서 기와 깨지는 소리가 요란하게 들렸다.

그날 밤은 비가 왔다. 건조한 기후 탓에 여간해선 비가 오지 않는 개락이었다. 사 년 만에 내리는 어마어마한 폭우에 주민들이 발칵 뒤집혔다.

"빨리 거둬들여! 우리 상품은 물에 젖으면 끝장난단 말이다!"

"어이쿠! 이게 무슨 날벼락이람!"

여기저기서 서둘러 좌판을 정리하는 소리가 들렸다. 귀한 옥이 떨어져 깨지고 진흙탕을 구른다. 개락의 상인들은 하나같이 난감한 표정을 지었다. 혼잡해진 상가 속 유일하게 움직이지 않는 인영이 하나 있다.

"도련님, 빗물이 보통 찬 게 아닙니다. 우산이라도 쓰시지요."

"되었다."

신율은 얼음처럼 차가운 말로 도겸을 밀어냈다. 도겸은 아무렇지 않게 우산을 접었다. 주인이 비를 맞고 있는데 몸종인 도겸 혼자 우산을 쓸 순 없었다. 신율은 순식간에 험상궂게 변해 천둥과 번개를 번갈아 내리는 하늘을 바라보았다. 신율의 수려한 얼굴을 타고 빗물이 뚝뚝 떨어졌다.

신율은 무사로서는 환국 최고였지만 주술사로서는 그다지 빼어나지 않다. 이미 무술과 검으로 주술을 뛰어넘는 아득한 고수의 경지에 다다른 신율에게 주술은 거추장스러운 잡술이었다. 그 증거로 신율은 주술사의 도움 없이 검만으로 이무기 도깨비를 잡았다. 천하에 이름을 날린 수많은 주술사를 모두 한 입에 물어 죽인 이무기 도깨비였다.

그러나 감쪽같이 사라진 여미를 찾는 데 검술은 아무 쓸모가 없었다. 도깨비를 죽이는 것만 생각했지 한 번도 도깨비를 보호하는 일에 대해 생각해 본 적이 없었기에 일어난 참사였다. 거칠게 내리는 빗속에서 신율은 여미에게 남긴 자신의 표식을 놓쳐버렸다.

물리적인 방해물이 있을 때 주술은 쉽게 약해진다. 그중에서도 추적술은 유별나다. 중간에 담 하나만 있어도 기척이 흐릿해지는 것이 추적술이다. 신율의 주술 솜씨가 거대한 개락 전체를 추적할 만큼 뛰어나기는 했다. 그러나 예상치 못한 폭우가 신율의 주술을 산산이 찢어놓았다.

"도깨비를 다룰 때는 주술이 꼭 필요하지. 아우야, 검에만 매달리다가 후회할 날이 반드시 올 거다."

귓가에 둘째 형 신라의 목소리가 윙윙 울렸다.

딱딱하게 굳은 신율의 얼굴을 타고 빗방울이 끈질기게 흘러내렸다. 신율은 턱을 타고 흐르는 빗방울을 훔치지 않고 내버려 두었다. 도포가 젖어들어 남색이 진한 검은색이 되어갈 즈음 신율이 입을 열었다.

"이 도시를 다 뒤져라."

"도련님?"

"상가도 민가도 상관없다. 서씨 가문의 가문 패를 보고 수색을 거부할 수 있는 사람은 없다. 개락의 성주(城主)에게는 내가 직접 말하겠다."

도겸이 입이 벌어졌다. 많은 상인을 거느린 수전노답게 개락의 성주는 깐깐하기로 유명하다. 하지만 아무리 깐깐한 성주라도 서씨 가문의 가문 패 앞에서 명령을 거역할 수는 없다. 가문 패는 그만큼 대단한 것이다. 대단한 것이기에 함부로 꺼내선 안 되는 것이기도 하다.

"이 잡듯이 뒤져라. 개미 새끼 한 마리도 개락을 빠져나가게 해서는 안 돼."

"언제까지 말입니까?"

신율은 도겸을 빤히 바라보았다. 천둥이 쳤다.

"여미 님을 찾을 때까지."

하얗게 빛을 받은 신율이 말했다.

허리를 깊이 숙이고 양손을 머리 위로 올려 공손히 가문 패를 받아 든 도겸이 개락의 성주에게 명령을 전달하기 위해 떠났다. 신율은 끊어진 기운을 이어 여미의 자취를 찾아내려 애쓰며 빗속에 홀로 남았다.

어느새 장사꾼들도 모두 철수했다. 좌판에 널린 음식과 사치품, 비단 등으로 시끌벅적하던 개락의 뜰은 장사꾼들이 남기고 간 천막 조각과 값어치 없는 상품 따위로 어수선했다.

신율이 하늘을 올려다보았다. 우릉우릉 울부짖는 먹구름 사이로 날카로운 빗방울이 떨어져 신율의 얼굴을 따갑게 했다.

"나를 어떻게 하려는 것이냐. 잡아서 도깨비구슬로 만들 것이냐?"

여미의 본체는 도깨비풀로, 도깨비구슬로 만들 수조차 없는 약한 도깨비다. 신율의 추측대로 여미가 환상도깨비라면 이야기가 좀 달라질지도 모르겠지만 말 그대로 조금이다. 여와도깨비에서 환상도깨비로 바뀌어봤자 학자들의 흥미만 높아질 뿐 도깨비구슬로는 쓸모없다.

사람에게 해를 끼칠 수 있는 힘도 없고 그렇다고 특별한 능력이 있는 것도 아닌 여미는 도깨비 사냥꾼인 신율에게 하등 가치 없는 존재여야 맞다. 그런데 왜 여미에게 그리도 신경이 쓰일까? 소유욕 뒤편에 있던 감정이 슬그머니 고개를 들었다. 그녀가 풍기는 묘한 기운 때문에? 환상도깨비를 잡아 노쇠한 학자들 사이에서 파란을 불러일으키려고? 아니다. 이건 사냥 본능이 아니다.

그녀를 찾으면서 느끼는 이 애타는 간절함과, 그녀가 어딘가에서 해꼬지라도 당하지 않았을까 하는 호된 걱정은 사냥 본능이라고 하기에 너무 절절했다. 신율은 자기 자신에게 낯설음을 느꼈다.

"평생 그렇게 얼음에 목석처럼 살라지."

"화린, 얼음과 목석은 원재료가 전혀 다른데."

"말이 그렇다는 거야! 개떡같이 말해도 찰떡같이 알아들어야지, 서씨 가문의 잘난 삼남, 재랑 서신율!"

화린이 그를 향해 비꼬듯 내뱉던 말이 떠올랐다.

"후회하게 될 거다, 인간. 내 너를 통렬히 후회하게 만들어줄 테

다. 피를 토하며 나에게 자비를 구걸할 때까지!"

비애도 비슷한 말을 했다. 신율은 한숨을 내쉬었다. 기억 저편
에 묻어둔 두 여자의 말이 동시에 떠오른 이유는 무엇인가. 이건
마치……

*

신율의 명령에 의해 개락의 병사들이 민가며 상가를 샅샅이 뒤
졌다. 삼삼오오 모여 돌아다니는 병사들과 때 아닌 폭우로 개락
은 긴장감에 휩싸였다.

그 시각 여미는 폭우를 쫄딱 뒤집어 쓴 채 물에 빠진 생쥐 꼴
이 되어 뒷골목을 전전하고 있었다. 귀에 들어간 물을 빼내기 위
해 한쪽 발로 서서 폴짝폴짝 뛰었다. 정신없이 뛰던 여미의 귀에
인기척과 말소리가 들렸다. 세 명의 병사들이 민가 문을 두드리며
탐문 수사를 벌이는 중이었다. 여미는 폴짝폴짝 뛰던 걸 멈췄다.
신율의 집을 나오고 나서 갑자기 병사들이 많아졌다. 여미는 본
능적으로 위험을 느끼고 골목의 그림자 뒤에 숨었다.

"어린 여자아이라고 했네. 하얀 머리카락에 금색 눈동자를 가
졌다더군."

"흰 머리에 짐승과도 같은 금색 눈동자라고요."

여미의 몸이 부르르 떨렸다. 얼핏 보면 추워서 떠는 것 같지만
사실 겁나서 떠는 거다. 어렴풋이 예측하고는 있었지만 병사들의
목적은 여미였다. 창과 갑옷으로 무장한 수십의 병사들에게 쫓기

게 된 여미는 아득한 두려움이 발끝부터 올라오는 걸 느꼈다.

여미의 생김새를 들은 젊은 병사가 투덜거리며 물었다.

"사람 맞습니까?"

"쉿. 이번 일 뒤에는 도깨비 사냥꾼인 서씨 가문의 삼남이 있다는 소문이야."

인간인지 아닌지는 모르겠지만 일단 서씨 가문의 삼남이 얽혀 있다는 소리에 병사들이 얼어붙었다. 더 이상 파고들어 봐야 좋을 게 없다. 그들은 자신들이 찾는 게 그저 어린 여자아이라 생각하고 수색에 최선을 다했다.

"저 골목도 들어가야 하나?"

두 번째 젊은 병사가 여미가 숨어 있는 골목을 가리켰다. 여미가 바짝 굳었다. 지금 움직이면 바닥에 잔뜩 고인 물 때문에 찰박이는 소리가 병사들에게 들린다.

"성주님께선 구별을 두지 말고 다 뒤지라 하셨는데."

"예끼, 이놈. 큰일 날 소리."

소리를 감수하고 도망칠 준비를 하고 있을 때 가장 나이 많은 고참 병사가 말했다.

"성주님이 이번 명령을 내린 게 서씨 가문의 삼남 때문이라지? 저 골목에는 사야요의 기루가 있네. 괜히 들어갔다가 새우 등 터지지 말고 잽싸게 다른 곳이나 둘러보게."

여미는 '기루'가 뭔지 몰랐다. 그러나 젊은 병사 두 명은 잘 아는 모양이었다. '기루'라는 말이 나오자마자 고개를 주억거렸다.

"그 유명한 사야요의 기루가 저 골목 안에 있었던 말입니까."

"골목 구석구석에 매달린 붉은 등을 보게."

고참 병사가 선심 쓰듯 일러주었다.

"아하!"

젊은 병사가 감탄을 내뱉었다. 여미도 고개를 돌렸다. 골목에 낮게 늘어진 칙칙한 검은 줄에 때 이르게 핀 홍화처럼 붉은 장식 등이 점점이 빛났다.

"수색하는 척하며 들어가 보면 안 됩니까? 기루의 주인인 사야 요가 그토록 미인이라면서요?"

고참 병사가 어이없다는 표정을 지었다.

"기루의 주인 사야요가 몇 년이나 기루를 지배했는지 아는가."

"모르는데요."

"무려 십 년일세, 십 년."

"예? 하지만 듣기로 사야 기루의 주인은 스물 중반의 요염한 여인이라고……."

"자네, 개락에서 병사로 일한 지 얼마나 되었나?"

"십육 개월입니다."

"그럼 모르는 게 당연하군."

고참 병사가 큼큼 헛기침을 하고 말을 이었다.

"사야요의 기루는 단순히 유흥을 제공하는 곳이 아니네."

"그럴 리가요? 저번에 칠번대 대장님도 사야요의 기루에서 질 편하게 놀다 오시지 않았습니까? 기녀들 살결이 그토록 달다고 입이 마르도록 칭찬하던데요."

젊은 병사가 눈을 동그랗게 떴다.

"큼큼! 유흥도 제공하지만 유흥만 제공하는 곳이 아니라는 것 이네!"

고참 병사는 '기루'라는 곳에 대해 한참이나 설명했다. 여미가 알아들을 수 없는 말이 대부분이었다. '천하의 모든 정보'라거나 '어둠 속의', 혹은 '양귀비 가루'같이 여미에겐 아무 의미도 없는 단어가 몇번이고 반복되있다. 흥미로운 점은 고참 병사의 설명이 길어질수록 두 젊은 병사의 안색이 창백해졌다는 것이다.

"알아들었나? 그러니 우리가 수색을 명분으로 사야요의 기루에 들어갈 방법은 없단 말일세. 마지막으로 사야요의 기루를 수색한 것이 전대 성주 밍린 때 일이었는데, 기루 수사가 끝나자마나 성주가 바뀌었지. 개락의 현 성주가 사야요의 기루 앞에서 납작 엎드리는 게 다 이유가 있단 말이야."

젊은 병사의 얼굴이 백색 점토처럼 허옇다.

"성주를 갈아치운 게 사야요의 짓입니까."

"쉿, 우리가 할 수 있는 말은 여기까지야. 쓸데없는 생각 말고 수색이나 계속하지."

"하긴 그토록 위험한 기루라면 어린 여자아이가 들어갈 수도, 살아나올 수도 없겠죠."

가장 젊은 병사가 골목길을 벗어나며 중얼거렸다. 세 병사의 뒤 꼭지가 벽 너머로 사라졌다. 병사들이 사라질 때까지 숨을 멈추고 있던 여미가 참았던 숨을 후우욱, 하고 내쉬었다.

비는 점점 옅어졌다. 비가 얇아질수록 인간들의 수색이 수월해질 터였다. 방금은 운이 좋아 넘어갔지만 똑같은 행운이 계속되리란 법은 없다. 신율과 싸운 일로 여미가 인간에게 가지는 두려움은 이전과 비할 수 없이 극대화된 상태였다.

여미는 골목 안을 들여다보았다. 새빨간 종이로 만든 장식 등이 흔들거린다. 눈을 깜빡였다. 장식등이 너무 붉어서 눈꺼풀 안에 잔상이 생겼다. 골목 안으로 들어갈수록 장식 등의 숫자가 많아진다. 세 병사는 분명 새빨간 장식 등을 보고 물러났다. 무엇인지는 몰라도 골목 안에 인간 병사들이 꺼리는 유일한 곳이 있는 모양이다.

찰박―

여미가 걸음을 내딛자 바닥에 고여 있던 차가운 물이 여미의 발목을 휘감았다. 여미는 온몸을 부르르 떨었다. 마른 땅일 때는 맨발이 그렇게 편할 수 없었는데 비가 오니 고생스러웠다.

진창에 발목이 빠지는 걸 감수하며 앞으로 나아가자 벽에 기대어 늘어져 있는 인간들이 드문드문 보였다.

처음 벽을 붙잡고 헛구역질을 하는 인간을 보았을 때 여미는 깜짝 놀라 진흙 속에서 발을 빼고 벽에 나 있는 틈으로 숨어들었다. 인간의 몰골을 자세히 살펴본 여미는 곧 골목의 인간들을 두려워할 필요가 없다는 것을 깨달았다.

그들은 하나같이 흐리멍덩하게 풀린 눈을 하고 흐느적거렸다. 벽을 짚고 있어도 자꾸 쓰러지는 걸 보니 손아귀 힘도 없는 모양이다. 눈에 불을 켜고 여미를 찾던 개락의 병사들과는 다르다. 여미는 인간들에 대해 잘 알지 못했지만 눈앞에 있는 골목의 남자들이 다른 인간들보다 '느리고' '무심한' 개체라는 건 알 수 있었다.

골목을 횡단하려던 여미의 발을 멈추게 한 건 백발 남자가 흘리듯 전한 소식이었다.

"이봐, 개락의 성주가 병사를 풀었대."

"어린애를 잡으면 어마어마한 포상을 준다는군. 열여섯이라고 했던가."

남자들의 말투는 느릿느릿했다. 혀가 **뻣뻣하게** 굳은 것처럼 어려운 발음을 잘 하지 못한다.

"열여섯 즈음 되어 보이는 여자아이?"

백발 남자 옆에 있던 더벅머리 남자가 머리를 벅벅 긁었다. 백발 머리 남자가 구체적인 정보를 전달하기도 전에 더벅머리가 손을 내저었다.

"개락의 성주가 찾고 있다고? 그렇다면 관심 없어. 여기는 사야요의 영역이다."

"그건 그렇지."

적극적인 줄 알았던 백발 남자도 금세 축 늘어졌다. 남자 둘은 다시 벽에 기대더니 알 수 없는 가루를 코로 흡입하기 시작했다. 기분이 좋아진 더벅머리 남자가 킥킥대며 말했다.

"굴러들어 온다면 막진 않겠지만."

그걸 끝으로 두 남자는 눈을 감았다. 잔뜩 긴장해 딱딱하게 굳어 있던 여미의 어깨에서 힘이 풀렸다. 이들은 자신을 찾는 데 관심이 없다. 병사들이 들어가 봐야 헛수고라고 하더니, 이 골목 자체가 성주의 영향력이 미치지 않는 곳 같다.

여미는 고민했다. 이대로 나가도 되지만 남자가 이미 '열여섯의 여자아이'라는 정보를 들었다는 게 신경 쓰였다.

'열여섯만 아니면 되려나?'

인간들 틈에서 갑작스레 부화하느라 여러 가지 능력을 포기했지만 도깨비로서의 모든 걸 잃은 건 아니다. 여미는 시험 삼아 둔갑술을 시도했다.

"성공이다!"

여미의 의도대로 되었다. 키가 줄어들고 얼굴이 어려졌다. 신율의 곁에 있을 때는 열여섯 정도의 외관이었던 여미가 순식간에 열둘 정도의 외관으로 변했다.

"모든 술법을 잃어버린 건 아니로군!"

여미가 기쁨에 차 중얼거리는데 뒤에서 철벅거리는 소리가 들렸다. 고개를 돌리니 여미의 목소리를 듣고 걸어 온 남자 두 명이 있었다.

"설마 이게 개락의 성주가 찾고 있다는 여자아인가?"

"어이쿠, 박씨 자네 양귀비 가루를 그토록 들이마시더니 눈이 어떻게 된 거 아닌가. 개락의 성주가 찾는 여자아이는 열여섯 살이야. 눈앞에 있는 아이는 열두 살도 채 안 되어 보이는데."

열두 살보다 어려 보인다니, 둔갑할 때 약간의 실수가 있었던 모양이다.

남자들의 눈이 심상치 않다. 흐리멍덩하던 기운은 간데없고 여미를 향해 어두운 욕망을 숨김없이 내보였다. 흰 머리 남자가 입을 열었다.

"히히, 웬 어린애가 이곳에 들어왔는가. 하늘에서 떨어진 공짜 떡이군."

"떡?"

여미가 주위를 둘러보았지만 달콤한 꿀떡은 어디에도 없었다.

"어리면 어릴수록 좋지. 분해해서 팔기 수월하거든."

"분해라니?"

"네 예쁜 눈알과 창자를 뜯어내서 돈을 받고 파는 걸 말하는 거란다, 꼬마야. 세상에는 독특한 취미를 가진 사람이 많거든."

여미가 경악했다. 인간들의 말은 대체로 어려웠지만 방금 흰머리 남자가 한 말은 막힘없이 알아들었다.

"너희들도 도깨비구슬을 만드는 이들인가!"

"엉? 내가 주술사도 아니고 네가 도깨비도 아닌데 도깨비구슬을 어떻게 만들어. 아쉽지만 꼬마 네 몸은 도깨비구슬보다 훨씬 싸단다."

여미가 뒷걸음질 쳤다. 질척질척한 진흙이 여미의 종아리까지 튀었다. 남자들의 눈이 기묘한 빛으로 번득였다.

'위험하다.'

도깨비의 본능이 있는 힘을 다해 외쳤다. 신율에게선 느끼지 못했던 야만스러운 기운이 두 남자에게서 뻗어 나와 여미를 위협했다. 여미의 안색이 파리해지자 더벅머리가 킬킬거렸다.

"사야요의 영역에 들어올 때부터 이 정도 위험을 알고 있었던 거 아니었니? 자기 몸을 지킬 수단이 없다면 감히 사야요의 기루 앞에서 얼쩡거리지 말아야지."

여미는 병사들이 물러난 않은 이유가 이곳이 무척 위험하기 때문이라는 것을 뒤늦게 깨달았다.

"아!"

여미가 짤막한 비명을 질렀다. 더벅머리 사내의 손, 털이 숭숭 난 투박하고 두꺼운 손이 여미의 옷고름을 잡아챘다. 옷고름을 쥐고 저고리를 벗겨내려는 남자와 한참 몸싸움을 벌이던 여미가 진흙탕 속으로 내팽개쳐졌다. 바닥에 부딪친 머리가 찡하고 아파왔다. 뜨끈한 핏물이 관자놀이를 타고 간질간질 흘러내리는 게 느껴졌다.

"고사리가 사준 옷인데!"

여미는 상처를 돌보기 전에 신율이 사준 쪽빛 저고리부터 확인했다. 저고리는 엉망이었다. 원래의 깊은 쪽빛을 알아볼 수 없을 만큼 진흙투성이가 되었다. 게다가 구겨지기까지 해서 새로 산 옷이 아니라 십 년쯤 이리저리 더러운 곳을 굴러다닌 옷 같았다.

여미가 양손으로 저고리를 털어봤지만 더 구겨지기만 할 뿐이었다. 여미는 울상을 지었다. 왜인지 모르겠지만 넘어져서 아픈 것보다 옷이 망가진 것이 더 속상했다.

"이제 그만 포기해라. 아니, 애초에 포기할 것도 없었던가? 겁 없이 이 골목에 들어온 네 잘못이다."

더벅머리 사내의 손이 가까이 다가왔다. 여미의 얼굴 위로 그림자가 졌다. 여미의 눈동자가 공포로 커진 순간이었다.

"박척도, 그만. 내 사야요 님의 영역에서 인간 사냥을 허락한 기억은 없는데."

날카롭고 째지는 목소리였다. 박척도라 불린 더벅머리 사내는 사과를 먹다가 목에 걸린 사람처럼 켁켁거리며 말했다.

"청청약?"

골목 끝에, 비녀를 꽂아 남색 머리카락을 단정하게 쪽 찐 여성이 서 있었다. 곱게 칠한 붉은 입술과 날카로운 눈매가 강한 기운을 풍긴다.

"청청약, 네가 우리 일에 무슨 상관인가. 기루 앞에 오는 어중이떠중이들을 처리해 주는 대신 떡고물을 받아먹어도 된다고 한 건 네가 아닌가?"

"여자와 어린애는 예외라 하지 않았나. 그리고 그 아이는 너희들이 손대도 되는 존재가 아니다."

청청약이라는 여인이 대답했다. 여인의 기백에 질렸는지 사내들이 한두 걸음 뒤로 물러섰다. 여미는 풀어진 옷고름을 여밀 생각도 못 하고 새로 등장한 인간을 바라보았다. 신율에게서 풍기는 것과 비슷한 기운이 풍긴다. 서늘하고 시원한 동시에 위험한, 강자의 기운.

청청약이 소매에서 손을 꺼냈다. 그녀의 손톱은 길었다. 고운 제비꽃으로 물들여 보라색이었다.

"기루 앞에 있는 아이를 거둬오라는 사야요 님의 명령으로 나왔다."

"칫."

흰 머리 남자가 대놓고 침을 뱉었다. 사야요의 명령인 데다가 기루의 무술 담당인 청청약이 나왔다. 박척도와 자신이 아무리 날고 기는 건달이라 한들 환국의 숨은 고수 중에 하나인 청청약을 이길 순 없다.

"사야요가 눈독 들이는 아이인 줄은 몰랐소."

하얗게 머리가 샌 남자는 철없이 덤벼들려는 박척도의 뒷목을 잡아채며 말했다.

"그 애로 뭘 할진 몰라도 우린 포기할 테니 가져가시오."

두 남자가 사라졌다. 골목 안에는 청청약이라는 여인과 여미만 남았다. 여미는 멍하니 청청약을 올려다보았다. 두 남자에게서 느낀 것과 같은 적의나 악의는 느껴지지 않는다. 청청약의 기운은 너무나 담백해서 거의 무색무취였다. 청청약이 강하다는 것 말고는 아무것도 알아낼 수 없었다.

"이리 오거라."

"무, 무엇을 하려는 게냐? 도깨비구슬은 주지 않을 것이다."

청청약의 눈이 가늘어졌다.

"역시, 개락의 성주가 찾고 있는 아이가 너로구나. 사야요 님이 직접 명령을 내릴 때부터 짐작은 했다."

"나를 인간들에게 넘길 셈이냐!"

"마치 너는 인간이 아닌 것처럼 말하는군?"

아차, 하고 여미가 입을 다물었다. 급하게 다무느라 합 소리가 났다. 청청약은 차가운 미소를 짓고 여미를 이끌었다.

"나쁘게 하진 않을 테니 나를 따라와라."

여미가 거부할 수 없도록 말을 덧붙이는 것도 잊지 않았다.

"거기에 앉아 있다가 박척도에게 다시 노려지거나 병사들에게 붙잡혀 서씨 가문의 삼남에게 돌아가고 싶지 않다면 말이다."

"서씨 가문의 삼남이라니?"

처음으로 청청약의 표정이 무너졌다. 그녀는 놀란 듯 눈을 크게 뜨고 여미를 한참이나 바라보았다.

"너를 애타게 찾고 있는 남자가 누구인지 모르는 거냐?"

신율이 저를 찾는다는 것은 알고 있다. 하지만 청청약이 말하는 '남자'가 단지 신율을 가리키는 건 아닌 것 같았다.

"서씨 가문의 삼남을 모른다면 차남은 더더욱 모르겠군. 사야요 님을 알지 못하는 것도 이해가 간다."

"서씨 가문?"

여미가 되물었다. 아까 상인에게서 구슬을 살 때부터 계속해서 서씨 가문의 이야기가 나왔다. 처음에는 신율이 모시는 떠돌이 무사가 서씨 가문과 관련이 있기에 자주 들려오는 건 줄 알았다. 여미는 생각이 달라졌다. 단순히 간접적인 관계가 있다 치부하기엔 신율이 있는 곳마다 서씨 가문의 이름이 너무 자주 나온다.

"진실을 듣길 원하나?"

청청약이 차가운 눈으로 진흙투성이 여미를 내려다보며 말했다. 여미가 고개를 끄덕이려는 순간 골목 안쪽, 화려한 붉은 문에서 꺅꺅거리는 여인네들의 목소리가 들렸다.

"청청약 님, 건달들은 모두 물러갔나요?"

"그 아이가 바로 사야요 님이 직접 데리고 오라 한 아이예요?"

"어머나, 귀여워라!"

소리를 기점으로 살랑이는 비단옷을 걸친 여인들이 우르르 쏟아져 나왔다. 더럽고 우중충하던 골목 안이 여인들이 뿜는 고운 빛으로 가득 찼다. 소매로 입을 가리며 꺄르르 웃던 여인들 중 하나가 과감히 나와 여미의 팔을 덥석 잡았다.

"이, 이, 이게 무슨 짓이냐?!"

한 명이 아니었다. 머리를 틀어 올리는 데 사용한 비녀가 화려해 움직일 때마다 짤랑거리는 소리가 나고, 소매를 펄럭일 때마다 아찔한 향을 풍기는 여인들이 여미에게 일제히 달려들었다. 여미는 순식간에 대여섯 명은 되는 여인들에게 둘러싸였다.

"열두 살도 채 안 되어 보이네!"

"피부 좀 봐. 분을 바른 것처럼 하얘."

"윽. 피부를 보기 전에 진흙부터 씻어내야겠다."

여러 사람이 동시에 여미를 쓰다듬는 통에 그녀는 정신이 하나도 없었다. 도움을 청하려 고개를 돌렸지만 어느새 청청약은 사라지고 없었다. 눈 깜짝할 사이에 여미는 기루의 여인들에게 이끌려 거대한 붉은 문을 통과했다. 붉은 문 안엔 골목과 전혀 다른 풍경이 보였다. 여미는 달라붙는 여인들을 떼어내는 것도 잊어버리고 잠시 넋을 잃었다.

"후후, 아름답지?"

유난히 긴 머리를 높게 틀어 옥비녀를 꽂아 고정한 여인이 말했다.

붉은 문 안쪽에서부터 새로운 거리가 펼쳐졌다. 흙먼지가 이는 개락의 시내와 달리 마당 한가운데 거대한 인공호가 보이고 그 위에는 우아한 연꽃이 피었다. 인공호 옆은 잘 닦인 비석들을 깔아 평편하게 다져 놓았다. 여인들은 붉은 문 안에서 가장 큰 건물로 들어갔다. 기와에 색을 칠해 화려하게 꾸민 건물이었다. 문을 열자 챠르륵 소리가 나며 구슬발이 떨어졌다. 여인들은 익숙하게 발을 걷고 여미를 안에 밀어 넣었다.

"여기가 어디냐?"

여미는 낯선 환경에 겁을 먹고 몸을 움츠렸다. 옥비녀를 꽂은 여인이 다정하게 설명했다.

"괜찮다. 우리 기루는 사야요 님이 운영하시는 천하제일의 기루야. 환국의 어둠은 모두 이 기루를 거쳐 간다고 해도 과언이 아니지. 사야요 님은 갈 곳 없는 어린이를 먹여주고 재워주신단다."

여미는 자신을 내려다보는 여인들을 빤히 관찰했다.

"난 더 이상 인간들에게 속지 않는다. 여기서 몸을 숨기는 대신 내가 지불해야 할 대가는 무엇이냐?"

경계심 가득한 목소리가 나왔다. 여인들이 눈을 동그랗게 뜨고 서로를 마주 보았다. 잠시 동안 침묵이 흐르고 나서 그들은 약속이나 한 듯 동시에 웃음을 터뜨렸다.

"아무것도 바라지 않아. 호호, 너 같은 어린아이에게 뭘 바라겠니?"

"나도 사야요 님이 거둬주었단다. 어렸을 땐 엄청나게 꼬질꼬질했는데 기루에 들어와서 이렇게 예뻐졌지."

"나도 마찬가지야."

머리에 옥비녀를 꽂은 여인이 여미와 눈을 맞추기 위해 무릎을 굽혔다.

"개락의 성주가 하얀 머리카락을 가지고 금색 눈동자를 가진 어린 여자아이를 찾는다는 명을 내린 건 우리도 안다. 보아하니 사정이 있는 것 같은데 여기서 쉬었다 가렴. 사야요 님의 기루는 위험에 빠진 여자들을 위해 언제나 열려 있단다."

옥비녀를 꽂은 여인의 다정한 설명에 여미의 몸에서 긴장이 풀렸다. 완전히 경계심을 내려놓은 건 아니지만 적어도 기루의 여인들이 저에게 해를 끼치지 않으리라는 건 이해했다.

"정 뭐하면 잔심부름이나 하려무나. 심부름을 열심히 하면 재워주고 먹여주고 맛있는 간식도 줄게."

여미가 숨을 탁 내뱉었다. 주위를 둘러보니 비단옷을 입은 여자들뿐이었다. 병사들은 사야요의 기루를 두려워하며 피했다. 이곳에 숨어 있으면 개락의 성주도, 신율도 지신을 찾아내지 못할 것이다.

"고사리에게서 벗어날 방도를 찾을 때까지만 신세를 지도록 할까."

마침내 결정을 내린 여미가 큰 결심을 발표하듯 말했다.

옥비녀를 꽂은 여인이 호언장담한 대로 여미는 좋은 대접을 받았다. 여인들은 맨 먼저 진흙에 푹 빠져 온통 엉망이 된 여미를 박박 씻겼다. 피부 위에 굳어 있던 진흙이 떨어지며 여미의 흰 살결이 드러났다. 여미의 목욕통 주위로 더 많은 여인들이 몰려 와 탄성을 내뱉었다.

"아까도 짐작했지만 어찌 이리 하얄까?"

"얘, 나도 좀 만져 보자."

여인들의 손길이 앞다퉈 여미의 볼을 쓰다듬었다. 여미는 간지러움에 고개를 움츠렸지만 여인들의 손을 피하진 않았다. 여인들은 수건으로 여미의 몸을 닦고 참빗으로 머리를 정돈했다. 여인들의 손길을 느끼던 여미가 몽롱하게 말했다.

"기분이 아주 좋구나."

여인들의 보드라운 손길이 머리카락을 정돈해 주는 걸 느끼고 있자니 졸음이 솔솔 오며 노곤노곤해졌다. 신율에게 보살핌 받을 때와 비슷한 느낌이다.

여인들이 쿡쿡 웃으며 눈이 반쯤 감긴 여미의 앞에 다과상을 가져왔다. 하루 종일 굶었다는 여미를 위해 간단한 요깃거리를 올렸다. 여미의 눈이 번쩍 뜨였다. 여인들이 준비한 다과상에는 개락의 상가에서 구경만 했던 색색의 다식과 향긋한 차가 있었다.

"이게 다 어디서 난 건가?"

여미가 눈이 휘둥그레져 물었다. 기루 안쪽 깊은 곳에 있는 주방에서 가져온 음식들이지만 주방을 눈으로 본 적이 없는 여미에 겐 여인들이 요술을 부린 것처럼 느껴졌다. 음식의 출처를 찾으려 고개를 휘휘 돌리는 여미를 보고 여인들이 까르륵 웃음을 터뜨렸다.

"어디긴 어디예요. 개락의 가장 유명한 떡집에서 사온 것이지요."

여미는 개락의 상가에서 팔던 여러 가지 떡을 떠올렸다.

"나는 쌀떡도 먹고 싶다."

"어머, 어머. 그러신가요. 곧 꿀떡도 대령해 드리겠습니다."

여인들은 이제 여미의 말투에 맞춰 존대를 했다.

그들은 기루의 주인인 사야요 님이 여미를 구하라 내린 명령의 진의를 이해하지 못했다. 그러나 사야요의 기루에서 곤란에 빠진 여성을 구하는 일은 흔히 있는 일이었으므로 의구심을 가지지 않았다.

개락의 성주가 직접 수색령을 내린 아이다. 아마 어디 부잣집이나 귀한 집 따님일 거라 생각한 여인들은 굳이 여미의 하대를 신경 쓰지 않았다. 오히려 열두 살짜리 꼬마 여자아이가 당당하게 입술을 내밀고 이것저것 요구하는 것이 깜찍하여 장단을 맞추어주었다.

"사야요 님이 직접 명령을 내리셨다며?"

모든 여인이 친절한 건 아니었다. 여미가 양 볼에 다식을 가득 물고 다람쥐처럼 먹고 있는데 어디선가 뾰족한 목소리가 들려왔다. 목소리가 들린 곳으로 고개를 돌리자 똑같이 생긴 두 명의 여인이 보였다.

"저는 홍월입니다."

"저는 적월입니다."

뾰족한 목소리를 낸 건 적월 쪽이었다. 홍월은 다른 여인들과 마찬가지로 다정한 표정으로 여미를 반겼다.

똑같이 생긴 예쁜 아가씨 두 명이 눈가에 붉은 칠을 하고 요염하게 웃었다. 홍월과 적월은 손님을 접대하기 위해 다른 여인들보다 화려한 복장을 하고 완벽한 치장을 마친 채였다. 홍월과 적월은 손님에게 하듯 여미의 양쪽에 앉았다. 홍월과 적월이 풍기는 특별한 향기가 확 끼쳐 왔다. 반쯤 정신이 혼미해진 여미는 생전 처음 보는 화려한 치장에 넋을 놓고 그녀들의 소매와 장신구를 만지작거렸다.

"아름답구나."

그중 노리개가 특히 신묘했다. 마름모꼴로 곱게 다듬은 홍옥 안에 날갯짓하는 봉황의 모습이 들어갔다. 아래로는 홍월의 이름에 어울리는 붉은 술이 찰랑거렸다. 여미는 봉황 문양을 뚫어지게 바라보았다.

"어머, 가지고 싶은가 봐."

쌍둥이 중 언니 홍월이 노리개를 쥐고 놓질 못하는 여미를 보며 동생에게 속닥거렸다.

"이게 무엇이냐?"

"이건 장신구입니다. 여인의 미를 한층 더 돋보이게 만드는 도구이지요."

"너희 눈가에 있는 붉은 기운도 장신구인가?"

"아뇨, 이건 화장이랍니다."

홍월과 적월이 서로를 마주보고 꺄르르 웃었다. 말까지 더듬으며 그녀들의 치장을 감탄스럽게 바라보는 여미가 귀여웠고, 넋 놓은 감탄에 우쭐하기도 했다.

"노리개를 얻을 수 있는 방법을 알려드릴까요."

적월이 슬쩍 운을 띄웠다. 여미는 덥석 물었다.

"당연하지! 가지고 싶다! 어디서 구하면 되는 것이냐? 옷이나 꿀떡처럼 시장에서 사면 되는 거냐?"

꿀떡이란 말에 모여 있던 여인들이 한바탕 웃었다. 여미는 뭐가 웃긴지도 모른 채 홍월의 노리개만 쥐고 대답을 간절히 기다렸다. 유일하게 웃지 않는 적월이 뾰족한 목소리로 말했다.

"이건 기루에 오시는 손님들을 대접하고 나서야—"

"기루에 쌓인 노리개가 산더미이니 여미 님이 마음에 드는 걸로 가져가시지요."

홍월이 동생의 말을 끊으며 재빨리 끼어들었다. 적월은 언니에게 눈을 흘겼다. 오랜만에 굴러들어온 재미난 구경거리를 왜 못 보게 하느냐는 뜻이었다. 홍월은 동생의 귓가에 속삭였다.

'비록 우리들을 어렸을 때부터 기루에서 자라 손님을 받는 것에 거부감이 없지만 이 아이는 다르잖니. 신발도 없고 귀한 옷은 푹 젖은 걸 보니 집에서 급하게 도망쳐 나온 아이 같아. 우리가 돌봐주어야 한다.'

적월은 뾰로통한 표정을 지었지만 언니의 명령을 거역하진 못했다. 적월이 일어서 옆방으로 종종걸음 쳤다. 잠시 후 적월은 품한 가득 노리개와 장신구를 들고 왔다. 여미는 진주로 만든 패물과 조개껍질로 문양을 박은 함을 들춰내고 노리개들을 샅샅이 훑었다.

홍월은 기대에 찬 눈으로 여미가 마음에 드는 노리개를 찾아내 기뻐하길 기다렸다. 그러나 여미는 마지막 노리개를 꺼낼 때까지 제가 가지고 싶은 노리개를 찾지 못했다. 여미가 불퉁한 표정으로 고개를 저었다. 그리고 홍월이 매달고 있는 봉황 노리개를 가리켰다.

"이 문양이 들어간 게 가지고 싶다."

홍월의 표정이 당황으로 차올랐다. 홍월이 가진 노리개는 보통 노리개가 아니었다. 신수 중 하나인 봉황이 새겨져 있기 때문이다. 값으로 따져 비싼 것은 아니지만, 신수가 새겨진 노리개는 그 희소성 때문에 돈이 있어도 함부로 구할 수 없는 물건이다. 노리개 안에 전설의 신수를 새길 수 있는 자는 이름난 귀족 자제나 황실에서 인정한 빼어난 도깨비 사냥꾼뿐이다.

"이것은 돈으로 살 수도 없고 보통 시장에서 구할 수도 없는 것입니다."

기루의 여인들은 손님들에게 여러 가지 선물을 받는다. 그중 귀한 집안 자제나 도깨비 사냥꾼이 오면 받는 것이 신수를 새긴 노리개였다. 하지만 그들이 기루에 들르는 일은 거의 없기에 신수를 새긴 노리개는 여인들 사이에서 가치가 높았다. 귀한 손님을 모셨다는 증거니까 말이다.

여미는 단박에 풀이 죽었다. 귀와 꼬리가 있다면 힘없이 처진 귀와 씁쓸하게 바닥을 쓰는 꼬리가 보였을 거다.

"그럼 여미 님이 직접 신수 노리개를 구해보겠습니까."

쌍둥이 중 동생 적월의 목소리가 들렸다. 홍월이 눈치를 주었지만 적월은 공격적인 어조를 거두지 않았다. 여미에게 친절한 다른 여인들과 달리 적월은 여미가 마음에 들지 않았다.

어린 마음이라면 어린 마음이었다. 적월에게는 나름대로의 이유가 있었다. 홍월과 적월은 어려서 부모님을 잃고 못된 관리의 착취 아래에서 재산과 순결을 전부 빼앗겼다. 홍월과 적월은 이를 악물고 관리에게서 벗어나 사야요의 기루에 스스로 찾아왔다. 사야요는 이들을 거둬주는 대신 평생 기녀로 봉사할 것을 요구했다.

"여미 님도 사야요 님의 기루에 신세를 지고 싶으면 일을 해야 하지 않겠습니까."

"그렇지 않아도 내 할 일을 찾고 있었다."

여미도 공짜로 인간들의 밥을 받아먹을 생각은 없었다. 소통에 문제가 있다면 적월이 말하는 '일'과 여미가 말하는 '일'이 천 리, 만 리 떨어져 있다는 것 정도.

"적월!"

홍월이 호통을 쳤다. 그러나 적월은 지지 않고 맞대응했다.

"손님 중에 가장 얌전한 택 공자가 왔어. 택 공자의 방에 차 심부름을 가는 정도라면 저 아이도 할 수 있지 않겠어, 홍월 언니?"

적월이 손수 여미를 가리켰다.

"게다가 여미 님이 직접 하시겠다고 하잖아."

홍월과 적월이 대화하는 틈을 타 여미는 다식을 입안에 집어넣고 삼켰다.

"설마 제 입으로 꺼낸 말을 취소하지는 않겠지요, 여미 님? 여미 님도 염치가 있다면 사야요 님의 은혜에 보답해야 할 것이 아닙니까."

"그래. 나는 쩨쩨하게 했던 말을 번복하지 아니한다."

이쯤 되자 홍월도 동생을 말릴 수 없었다. 적월은 무슨 일이 있어도 여미에게 일을 시키고 말겠다는 의지로 활활 불탔다. 어설프게 말려 적월의 적개심이 더 심해지기 전에 가장 유순한 손님인 택 공자에게 여미를 보내, 간단한 심부름을 시키는 게 현명할 것 같았다.

"정말 일을 끝내면 신수 문양이 새겨진 노리개를 받을 수 있지?"

게다가 여미는 무척이나 갈망 어린 눈으로 신수 노리개를 탐냈다. 택 공자의 방에서 심부름을 하면 여미가 그토록 바라는 신수 노리개를 얻는다. 여미가 기뻐하는 모습을 보면 홍월의 마음이 좀 더 가벼워지고 적월의 적개심도 줄어들겠지.

"차를 나르기만 하면 됩니다."

적월이 여미를 간단하게 교육했다. 홍월이 다과상을 쥔 여미의 자세를 손수 고쳐 주었다. 여미가 완벽한 자세를 지니게 되자 그녀는 마지막으로 당부했다.

"방 안에서 무슨 일이 벌어져도 놀라지 마셔요. 여미 님은 기녀도 아니고 악사도 아니니 절대 입을 열어서도 안 됩니다. 그나마 택 공자는 기녀들의 몸을 생각해 주시는 몇 안 되는 귀족 중에 하나이니, 입만 다물고 있다면 큰일은 나지 않을 겁니다."

"노리개는 어떻게 얻으면 되는 건가?"

"택 공자가 볼일을 마치면 기녀들에게 장신구를 하나씩 선물할 거예요. 그때 여미 님도 공손히 나아가 두 손을 모아 노리개를 달라 청해보십시오."

두 손을 모아 공손히 청하라니! 그것도 인간에게!

여미 인생에서 이보다 더 큰 시련은 없었다. 그러나 여미는 신수가 그려진 노리개를 꼭 가지고 싶었다. 홍월의 허리춤에 매달려 있는 노리개의 봉황 문양을 보았을 때부터 알 수 없는 이유로 가슴이 마구 뛰었다. 아득한 그리움과 슬픔, 그리고 영문 모를 기쁨이 솟구쳤다. 마치 오래전부터 알았지만, 어쩔 수 없는 사정으로 헤어지게 된 친우의 초상화를 보는 것처럼 아릿한 기분이었다.

"다음은 여미 님 몰골을 어떻게 해야겠네요."

적월이 여미의 몸을 머리끝부터 발끝까지 훑어보며 말했다. 여미도 제 몸을 내려다보았다. 여인들의 손길에 힘입어 제대로 인간 꼴을 갖추고 있다고 생각했는데 아니었나 보다. 몸을 씻은 후 간신히 투박한 옷을 걸쳤을 뿐인 여미는 확실히 발끝까지 향기를 풍기는 이곳의 여인들과는 달랐다. 특히나 완전무장한 적월과 홍월에 비하면 여미는, 깨끗이 씻었음에도 아주 초라해 보였다.

"제가 손수 단장해 드리겠습니다."

적월이 씩 웃었다. 여미는 불길한 기운이 등을 내달리는 것을 느꼈다.

여미는 은밀한 속살을 파고드는 간지러운 느낌에 비명을 질렀다.

"이, 이, 이게 무슨 짓이냐!"

"가만히 계셔요. 자고로 이곳의 여인은 몸 안 속속들이 깨끗해야 하는 법입니다."

여미의 겨드랑이 사이에 무자비하게 향약을 바르던 적월이 짓궂게 미소를 지었다. 여미는 여린 살결 안에 들어차는 보드랍고 매끌매끌한 묘한 향기에 거의 정신을 잃기 직전이었다.

"간지럽다!"

"저항해도 소용없습니다. 이 과정을 거치지 않으면 절대로 손님이 계신 방에 들어갈 수 없어요."

적월이 심술궂게 말하며 여미를 목욕통 안으로 쑥 집어넣었다. 한참이나 물속에서 꼬르륵거리던 여미가 푸하! 하며 물을 박차고 올라왔다.

"못 하겠다! 못 하겠어! 간지럽단 말이다!"

여미의 저항에도 불구하고 적월은 꼼꼼한 손놀림을 멈추지 않았다. 겨드랑이에서 시작한 손은 어느새 앞으로 와 다 자라지 않은 가슴을 모아 쥐고, 납작한 배를 쓰다듬었다. 적월의 손이 지나가는 곳마다 향긋한 향수가 묻어났다.

그렇게 적월의 손이 여미의 몸 구석구석을 쓰다듬었다. 여미는 적월의 손에 저항하지 못하고 몸을 동그랗게 만 채 물에 젖은 토끼처럼 바들바들 떨었다. 향수를 바르는 게 끝나갈 즈음에 홍월이 들어왔다. 홍월은 손에 고운 비단옷과 갖가지 화장 도구가 들었다.

"피부가 하도 하얘서 분은 안 발라도 되겠네요."

홍월이 여미의 입술에 붉은 물을 찍어 발랐다. 여미는 입술에 묻은 달큰한 액체를 몇 번이고 혀로 핥았다. 홍월이 못 말리겠다는 듯이 웃으며 여미의 눈가에 은은한 붉은색 선을 그려주었다. 여미는 홍월이 내민 속곳에 몸을 끼웠다. 인간들의 옷이었지만 겉옷보다 훨씬 부드러운 재질로 만든 탓인지 그렇게 따갑지 않았다.

"이 옷은 버릴까요?"

속옷을 입고 있는데 적월의 목소리가 들려왔다. 고개를 드니 적월의 손에 들린, 진흙으로 엉망이 된 쪽빛 저고리가 보였다. 여미가 기겁해서 적월에게 달려갔다.

"안 된다. 그 옷은 소중한 옷이다."

"하지만 도저히 다시 입을 수 없을 만큼 엉망이 되었는걸요."

여미는 신율이 사준 쪽빛 저고리를 만지작거리다 우물우물 물었다.

"혹시 이걸 깨끗하게 만들 방법은 없느냐?"

홍월과 적월이 서로를 마주보았다. 사야요의 기루에 흘러들어오는 고아 중에는 부모님이 마지막으로 남긴 유품을 소중히 가지고 다니는 이들이 많았다. 그들은 유품이 낡고 헤져 못 쓰게 되어도 쉬이 포기하지 못했다.

'여미 님은 고아이신가?'

전혀 틀린 추측이었지만, 홍월과 적월은 여미의 저고리가 부모님의 유품이나 개인적인 보물이라고 생각했다. 부모님의 유품이라니. 신율이 들으면 이마를 짚고 쓰러질 이야기였다.

"물론이죠. 저희 기루에는 개락에서 제일 솜씨 좋은 침모가 네 명이나 있답니다."

적월이 웃으며 장담했다. 적월이 손짓하자 늙은 침모들이 욕탕 안으로 들어왔다. 욕탕은 넓어 여섯 명의 여인이 들어와도 선혀 좁지 않다. 침모들은 진흙투성이 쪽빛 저고리를 보며 혀를 차더니 빨랫방망이로 가차 없이 저고리를 내려치기 시작했다.

"잠깐! 그렇게 거칠게 다루면 안 되느니라!"

"옷에 관해서는 침모들을 따라갈 이가 없으니 맡겨두시지요. 그보다 여미 님, 단장이 끝나지 않았습니다."

홍월이 여미를 끌어당겨 무릎에 앉히고 머리카락을 하나로 틀어 올렸다. 여미의 머리카락은 길고 매끄러워 정돈하기 어렵지 않았다. 홍월이 짤랑거리는 삼각형 장신구로 여미의 머리카락을 고정하고 잔머리를 빗어 넘겨주었다.

여미는 홍월의 손질이 끝날 때까지 안절부절못하고 침모들을 바라보았다. 침모들의 솜씨는 과연 신기에 가까웠다. 몽둥이로 저고리를 무자비하게 내려치고 있으려니 어느 순간 흙물이 다 빠졌다. 바람과 같은 속도로 저고리에서 물기를 제거한 침모들은 바늘과 실을 꺼내 뜯어진 곳을 수선하기 시작했다. 여미의 잔머리가 다 정돈될 즈음에는 여미의 저고리도 원래대로 돌아왔다. 아니, 잘 보면 처음 샀을 때보다 상태가 더 좋다.

"기루의 옷을 입혀야 하지 않겠느냐."

쪽빛 저고리를 입은 채 신나 하고 있는 여미를 보고 침모 하나가 참견했다. 홍월이 반박했다.

"이 아이를 잠깐 돌보고 있다고 하나 기루의 아이가 아닙니다. 객들이 혹여 헷갈리기라도 해 이 아이에게 손을 대면 큰일이니 쪽빛 옷을 그대로 입히는 게 나을 것 같습니다."

여미가 제자리에서 한 바퀴 빙그르르 돌았다. 쪽빛 저고리와 맞추어 준비한 진달래색 치마가 넓게 퍼졌다. 머리에 꽂은 장식이 짤랑이는 소리를 내며 박자를 맞췄다. 홍월이 흐뭇한 미소를 지으며 말끔히 단장해 새 사람이 된 여미를 바라보았다.

"게다가 무척 어울리기도 하고요."

침모는 더 이상 참견하지 않고 제 일을 마치기 위해 안쪽으로 사라졌다.

택 공자를 위해 다과상 위에 알록달록한 다식과 차를 올렸다. 독하고 달콤한 술도 택 공자의 방에 들어갈 테지만 여미가 담당한 건 다과상뿐이다. 어린 여미에게 술을 나르게 하는 걸 모두 반대했다. 여미는 다과상을 들고 홍월과 적월의 뒤를 따라 복도를 걸었다. 복도에 면한 방 여기저기서 야릇한 한숨과 밀어를 속삭이는 달콤한 목소리가 흘러나와 바닥을 적셨다.

홍월과 적월은 유난히 시끄러운 방 앞에서 멈춰 섰다. 방 안에 적어도 대여섯 명의 여인들이 있는지 조잘조잘, 새 지저귀는 소리와 닮은, 여인들의 수다가 들려왔다.

"택 공자님, 홍월과 적월 들겠습니다."

홍월과 적월은 마치 한 사람인 것처럼 어긋남 없이 동시에 말하며 문 앞에서 절을 올렸다. 여미는 자신도 절을 올려야 하나 싶어 주춤했지만 다과상을 들고 있어 무릎을 굽히지 못했다. 홍월과 적월이 고개를 숙이고 있는 사이 드르륵 소리를 내며 장지문이 열렸다. 문 뒤에는 말로만 듣던 택 공자가 서 있었다.

택 공자는 과연 온화한 인상이었다. 벌써 술기운이 올랐는지 얼굴이 벌겋게 달아올랐는데 얼핏 보면 유약해 보이기도 했다.

택 공자 뒤로 여인들이 종종걸음 쳐 달려 나왔다. 여인들은 다 합쳐서 여덟 명이었다. 홍월과 적월까지 합치면 열 명. 정확히 기루가 어떻게 돌아가는지 모르는 여미의 눈에도 과하다 싶은 숫자였다. 택 공자가 욕심이 많아 기루의 여인들을 끊임없이 불러댄 것이다.

"이 여인들을 전부 너 혼자 감당할 생각이냐?"

저도 모르게 여미의 입에서 생각이 바로 튀어나갔다. 그녀를 발견한 택 공자의 처진 눈이 스리슬쩍 뜨였다.

"이 아이는 무엇이냐?"

고개를 숙인 홍월과 적월에게선 답이 없었다. 그제야 자신이 일어서는 걸 허락하지 않았음을 깨달은 택 공자가 뒤늦게 말했다.

"둘 다 일어서도록 해라."

"감사합니다, 공자님."

홍월과 적월이 두 손을 예쁘게 모아 인사했다. 여전히 다과상을 들고 있어 꼼짝도 할 수 없는 여미는 입만 벌린 채 홍월과 적월의 나비 같은 몸가짐을 지켜보았다. 인사를 끝내자마자 두 쌍둥이가 택 공자의 양팔에 들러붙었다. 그러나 택 공자는 두 쌍둥이에게 관심을 주지 않고 여미만 뚫어지게 바라보았다.

"내가 묻지 않았느냐, 이 아이는 무엇이냐?"

"기루에서 잠깐 거둔 아이입니다. 일손을 돕고 싶다기에 차 심부름을 시키는 중입니다."

택 공자의 눈이 가늘어졌다. 그는 허리 아래에서 찰랑이는 여미의 흰색 머리카락과 기루의 붉은 등 아래에서 오묘하게 빛나는 금색 눈동자를 바라보았다.

"청청약 또한 흔치 않은 남색 머리카락을 가지고 있다만, 이 아이는 더 특이하구나."

"어머, 택 공자님, 저를 보셔야죠."

쌍둥이 중 언니 홍월이 말했다. 그녀는 택 공자의 관심을 여미에게서 떼어내기 위해 애썼다. 택 공자는 홍월을 밀치고 여미에게 손짓했다.

"일단 너도 이리 들어오너라."

택 공자의 손짓에 따라 방에 들어간 여미는 주변을 휘휘 둘러보았다. 어쩐지 기분 나쁜 야릇함을 풍기는, 분홍색의 반투명 천이 여기저기 널려 있다. 여미는 아무 데나 다과상을 놓고 구석에 가서 섰다. 다른 기녀들과 달리 소극적인 여미의 모습에 택 공자가 한층 더 강한 흥미를 보였다.

"이리 오래두. 새로 들어온 아이라고? 그런데 기루의 옷을 입고 있지 않구나."

택 공자가 다짜고짜 여미의 팔을 잡았다. 느물느물한 손길이었다. 여미는 기분이 나빠 다과상을 발로 찰 뻔했다. 택 공자가 잔뜩 가지고 있는 노리개를 보고 간신히 참았다. 여미는 택 공자가 이끄는 대로 방 안에 들어갔다. 등 뒤에서 장지문이 닫히는 소리가 유난히 요란하게 들렸다.

"과자나 먹어라."

여미는 미리 적월에게서 배운 대로 다과상을 택 공자 앞에 내려놓고 과자를 끄르기 시작했다. 차를 우려내고 서툴게 찻잔에 담았다. 택 공자는 홍월의 가슴을 주무르며 여미가 하는 행동을 흥미롭게 지켜보았다.

"꼬마야."

여미는 그게 자신을 부르는 말인 줄 몰랐다. 차를 우리는 데 모든 집중력을 쏟아붓느라 택 공자의 말을 듣지 못했다. 택 공자가 한 번 더 불렀다.

"거기, 차를 우리고 있는 꼬마야."

"방금 나를 꼬마라고 부른 것이냐?"

당돌한 여미의 대꾸에 택 공자의 눈썹이 치켜 올라갔다. 홍월이 바짝 긴장했으나 택 공자는 여미가 길에서 굴러먹다 온 고아라 예의범절을 모른다고 생각해 금세 화를 거두었다. 홍월이 안도의 한숨을 내쉬고 있는데 택이 여미에게 손짓했다.

"너도 이리, 내 옆에 와보아라."

여미가 고개를 갸웃했다. 홍월의 말대로라면 자신의 임무는 차를 우리는 것뿐이다. 찻잔에 넘치지 않게 차를 따랐으니 이제 구석에 가서 택의 유희가 끝날 때까지 기다리면 된다. 그러나 택은 차를 우리는 것 이상의 일을 요구했다. 여미가 엉거주춤 일어서자 택이 혀를 차 쯧쯧 소리를 내며 다가왔다.

"이리 숙맥이어서야 어찌 사야요의 기루에 적응하겠느냐. 내 첫 손님으로 네 버릇을 단단히 들여주마."

택이 소매를 크게 추어올리며 말했다. 여미는 택의 앞섶이 방탕하게 열려 있는 것을 보았다. 저도 모르게 얼굴이 구겨졌다. 택은 여미가 드러내는 노골적인 불쾌함에 크흠, 헛기침을 했다.

"어차피 앞으로 신물 나게 보아야 하는 것이니라."

택은 대뜸 여미의 손목을 잡아 자신의 허리춤에 댔다. 다행히 양물이 있는 곳은 아니고 바지 끈이 있는 곳이었다.

"네 손으로 끌러보겠느냐?"

수위가 점점 높아졌다. 여미의 얼굴이 사색이 되었다. 신율과 함께 있을 때는 상상도 못 했던 저급한 언행이었다. 홍월이 만류하려 했지만 감히 귀공자의 몸에 손을 댈 수가 없어 발만 동동 굴렀다.

반면 적월은 흥미진진한 눈으로 여미를 바라보았다. 멋모르고 기루에 굴러들어 온, 물정 모르는 꼬마에게 호된 맛을 보여주려고 텃세를 부렸다. 홍월은 뒤늦게 동생의 미운 마음을 알아차리고 후회했지만 이미 늦었다. 택의 눈에 여미가 들어버렸다.

여미가 백을 떼어놓으려 했지만 힘의 차이가 있어 마음대로 되지 않았다. 여미는 한숨을 쉬다가 눈을 부릅떴다. 허리춤에 끈 말고 다른 것이 만져졌다. 두툼한 주머니인데, 여미는 보지 않고도 거기에 든 것이 노리개라는 걸 알 수 있었다.

"그러고 보니 노리개를 주는 사람이 너라고 했었지."

"노리개를 얻고 싶으냐?"

"그렇다. 봉황이 그려진 노리개를 받고 싶다."

"그럼 너도 이 방 안에 있는 여인들처럼 해야지."

여미가 고개를 주억거렸다.

'차를 나르는 간단한 일로는 노리개를 얻을 수 없는 것이었나.'

여미는 택의 말대로 하기 위해 주변을 둘러보았다. 여인들은 하나같이 바닥에 선녀처럼 앉아 각자 악기를 켜거나 술잔을 들며 교태를 떨고 있었다. 몇몇은 택의 어깨에 손을 얹고 달콤한 말을 속삭였다.

여미의 표정이 구겨졌다. 택의 어깨에 손을 얹고 '공자님은 너무 멋지시어요' 따위의 말을 하는 건 여미가 할 수 없는 일이었다. 그러면 앉아서 악기를 타는 여인들처럼 해야 하나.

"놓아라. 내 알아서 하겠다."

여미가 손을 흔들었다. 택은 여미가 무엇을 할지 궁금하여 손을 놔주었다. 여미는 구석에 있는 현에 눈독을 들였다. 피리는 한눈에 봐도 힘들어 보였다. 나머지 악기는 연주법조차 알 수 없을 만큼 난해했다. 그저 손가락만 눌렀다 떼는 현이 그나마 만만해 보였다. 여미가 현 쪽으로 걸음을 옮겼다. 그녀가 고려하지 못한 것은, 방 안에 가득 깔린 분홍색 반투명 천이었다.

여미는 홍월의 나긋나긋한 몸짓을 흉내 내며 발끝으로 걷다가 천을 밟고 거하게 넘어졌다. 쿵 하는 요란한 소리와 함께 여미가 바닥에 코를 박았다.

"어머!"

"어이쿠야."

"괜찮니?"

여미는 바닥에서 부르르 떨기만 할 뿐 대답하지 않았다. 한동안 방 안에 침묵이 돌았다. 홍월은 걱정이 치솟아 입술을 깨물었다. 택 공자 자체는 변변찮은 인물이라 해도 택 가문은 개락에서 내로라하는 부호였다. 발 넓은 택 공자의 심기를 거스르면 사야요의 기루의 드높은 명성이 떨어질 수도 있다. 모두가 예상치 못한 순간 침묵을 깬 건 택 공자였다.

"하하, 하하하하하!"

택 공자가 신나게 웃어젖혔다. 어찌나 웃는지 여미가 다 민망할 정도였다. 여미가 발딱 일어나 외쳤다.

"뭐가 그리 웃긴 것이냐!"

"무엇이 그리 소란스럽고 또 즐거운지, 나도 함께 나눠도 되겠는가?"

뒤의 말은 여미가 한 게 아니었다. 옆방으로 통하는 문이 열리고 거의 마력적이라 불러도 좋을 미성이 들려왔다. 택 공자는 웃음을 멈췄고 다른 여인들도 하나같이 굳었다.

여미는 머리를 문지르며 열린 장지문 사이를 바라보았다. 처음 보는 남자가 부채를 들고 서 있었다. 그 남자 역시 여미가 넘어지는 걸 보았는지 웃음을 참으려 애썼다. 심상치 않은 남자였다. 마치 신율을 처음 만났을 때처럼 여미의 심장이 두근거리며 위험을 알렸다. 또 한 번의 침묵이 방 안을 지배했다. 이번에도 침묵을 깬 건 택이었다.

"신라 님? 여긴 무슨 일로 오셨습니까."

하필이면 서신라가 들어오다니. 오늘은 운수가 터무니없이 나쁘다고, 택은 생각했다.

"무엇이 그리 소란스럽고 또 즐거운지, 나도 함께 나누려 왔지."

"신라 님!"

여인들이 황급히 바닥에 머리를 박았다. 택 공자는 어색한 미소를 지으며 신라를 보았다. 방 안에서 분위기를 파악하지 못한 자는 여미뿐이었다. 여미는 장지문을 열고 들어온 남자를 빤히 보았다. 신라도 여미를 보았다. 신라의 눈이 이채를 띠었다.

"새로 들어온 아이인가? 아니, 기루의 옷을 입고 있지 않구나."

신라라는 자는 그야말로 '미인'이었다. 곱게 단장한 기루의 여인들을 모두 합쳐도 신라라는 남자의 미모에 미치지 못했다.

오뚝하게 뻗은 콧대, 백자보다 매끄럽고 하얀 피부. 얇은 호선을 그리는 입술은 보는 이의 혼을 빼놓을 듯 요사스러웠으며 부채를 쥐고 있는 손은 어떤 여인에게도 뒤지지 않는 섬섬옥수였다. 화려한 자수가 수놓인 비단 옷을 몇 겹이나 입었는데 과하다는 생각이 전혀 들지 않았다. 모든 화려한 것들은 신라를 위해 준비된 것처럼 딱 들어맞았다. 신라는 의도하지 않았지만 그가 들어선 순간 그를 제외한 기루의 모든 것이 빛을 잃었다.

택 공자가 입맛을 다시며 말했다.

"신라 님이 개락에 계실 줄은 몰랐습니다."

"자네는 내가 온 게 못마땅한 모양이군."

"분명 세 달 전만 하여도 수도에 계셨는데, 이게 어찌 된 일인지……."

"가주께서 임무를 내렸다. 서씨 가문 자제들이 수도 밖을 돌아다니는 데 다른 이유가 있으려고."

"그런…… 가문의 임무라면 사야요의 기루는 왜 오신 겁니까."

"내가 사야요의 기루에 있는 것이 불만인가?"

평소라면 하늘같은 서씨 가문의 차남에게 말대꾸하지 않았을 거다. 그러나 지금 택 공자는 술에 많이 취한 상태였다. 택 공자의 입에서 솔직한 감상이 나왔다.

"신라 님이 들어오시면 여인들의 맛이 떨어집니다."

"여인들의 맛이 떨어져? 하하! 그것 참."

신라가 목을 젖히고 웃었다. 그와 함께 비단실 같은 그의 흑발이 미끄러져 내리며 흰 목덜미가 드러났다. 목덜미 또한 웬만한 여인보다 훨씬 곱고 요염했다. 턱 아래에 분명한 남성의 상징인 목젖이 보이는데도 택 공자는 침이 꼴까닥 넘어갔다.

신라가 부채를 펼쳤다. 청명한 소리가 나며 술에 취해 몽롱했던 택 공자의 눈에 생기가 돌아왔다. 그제야 자신이 내뱉은 발언의 심각성을 깨달은 그가 식은땀을 흘리며 안절부절못했다. 감히 서씨 가문의 도깨비 사냥꾼 서신라의 외모를 기루의 여인들과 비교했다. 신라가 분노해 팔다리 하나쯤 자른다 해도 택 가문에선 아무 말 못 할 정도로 큰 잘못이었다.

"말장난은 이쯤 하지."

신라가 입가로 부채를 가져가며 말했다. 부채 위로 보이는 신라의 눈이 날카롭다. 신라의 말과 함께 방 안의 분위기가 무겁게 가라앉았다. 신라는 아름답지만 결코 곱상하거나 약해 보이지 않았다. 키가 매우 크고 비단 옷 아래 감춰진 몸은 탄탄했다. 아름다움에 감탄해 넋을 놓고 있다 보면 신라가 뿜어내는 강한 기운에 압도되어 버린다.

신라가 방 안으로 한 걸음 들어왔다. 여미는 저도 모르게 바닥을 짚고 뒤로 물러났다. 신라의 비단 옷자락 아래에서 흰 천으로 곱게 만든 족의가 드러났다. 한결같이 고운 겉모습과 달리 신라가 한 발 한 발 내딛을 때마다 사람 숨 막히게 하는 압박감이 풍겼다.

"대체 이런 어린아이가 왜 기루의 일을 하고 있지?"

신라가 홍월을 보며 물었다. 홍월은 바닥에 박고 있던 이마를 잠깐 들었다가 신라의 형형한 기운에 다시 바닥으로 고개를 숙였다.

"노리개를 가지고 싶다 하여……. 간단한 차 시중만 들게 했습니다. 결코 기루의 일을 맡긴 것이 아닙니다."

홍월은 신라의 발끝도 쳐다보지 못하고 말했다.

"그런 것치곤 택 공자가 상당히 신났던데."

신라가 입술을 비틀며 웃었다. 택 공자는 자신이 여미에게 쏟아냈던 음란한 패설을 신라가 모두 들었다는 걸 깨달았다. 신라는 사야요의 기루를 제집 드나들 듯하지만 여인들에게 수작을 거는 공자들을 좋아하지 않는다. 굳이 따지자면 싫어하는 것에 가까웠다. 택 공자는 바닥에 머리를 찧으며 말했다.

"죄송합니다. 저는, 저는 그저 기루에 들어온 새 아이인 줄 알고 그랬습니다."

"흠."

신라가 여미에게 가까이 다가왔다. 여미는 신라를 피하려고 벽에 찰싹 달라붙었다. 그것이 패인이었다. 신라가 가까이 다가와도 등 뒤가 벽으로 막힌 탓에 더 도망갈 곳이 없었다. 신라가 여미 앞에 한쪽 무릎을 굽히고 앉아 눈높이를 맞추었다. 접은 부채로 입가를 톡톡 두드리던 신라가 말했다.

"노리개라면 나도 있다. 산호를 깎아 검은 현무를 새긴 귀한 것으로."

신라가 꺼낸 것은 간단한 마름모꼴에 매듭도 화려하지 않은 보통 노리개였지만, 재료는 귀하디귀한 검은 산호였고 가운데 있는 건 분명히 현무 문양이었다. 여미는 알 수 없는 그리움과 애틋함에 휩싸였다. 여미의 눈이 반짝 빛났고 신라의 눈에 다시 한 번 이채가 돌았다.

여미가 노리개를 잡으려 손을 뻗었다. 신라는 가벼운 몸놀림으로 여미의 손길을 피했다. 여미는 공중으로 도망간 노리개를 간절하게 보았다.

"이게 그토록 가지고 싶으냐?"

"그렇다."

"택 공자에게서 이걸 얻어내려고 기루의 잔심부름을 자처했고?"

여미가 노리개에서 눈을 떼고 신라를 보았다. 신라의 눈동자 안에서 신율과 비슷한 청색 기운이 일렁였다. 신율과 닮은 기운이 뜻하는 게 무엇인지 여미는 아직 제대로 알지 못했다.

"네놈이 마음에 들지는 않는다만, 그 노리개를 준다면 네놈의 소원을 하나 들어주지."

그녀가 대담한 제안을 했다.

"흐음, 좋다."

신라의 허락이 떨어졌다. 여인들이 긴장한 얼굴로 물러났다. 택 공자는 여미에게 미련을 버리지 못하고 주변을 얼쩡거리다가 말했다.

"신라 님. 저 아이의 하얀색 머리카락이 특이하긴 하나 몸이 삐쩍 말라 볼품없는 없는 아이입니다. 매일 사야요…… 아니, 기루 최고의 미인을 뵙는 신라 님의 눈에는 차지 않을 겁니다. 저에게 양보하심이?"

신라는 재미있다는 미소를 지으며 그를 바라보았다. 그냥 갈 줄 알았는데 저 어수룩한 공자가 여미에게 욕심을 낸다.

"자네가 그렇게 말하니 더 흥미가 돋는구나."

신라의 눈빛에 택 공자는 하마터면 바닥에 주저앉을 뻔했다. 신라는 그에게 차가운 눈으로 경고했다. '이제부터 이 이이는 내가 맡을 테니, 자네는 관여하지 말라'고. 택 공자는 고개를 바닥으로 하고 중얼거렸다.

"정말 궁금해서 묻는 것입니다. 기루의 여인들에게 무심하기로 소문 난 신라 님이 어찌 이 꼬마에게 관심을 가지는 것입니까?"

쥐꼬리만 한 소리였지만 신라는 모두 알아들었다. 신라는 아직까지 벽에 등을 대고 작은 짐승처럼 자신을 경계하고 있는 여미를 바라보았다. 신라의 눈빛이 달라졌다. 여인을 대하는 눈빛이 아니었다. 신라의 눈동자에 잠시 스치고 지나간 기운은 오히려…… 사냥감을 노리는 사냥꾼의 눈빛과 닮았다.

"자네가 알 것 없네."

결국 반항하던 택 공자도 바지춤을 추켜올리고 방 밖으로 나갔다. 방 안에는 홍월, 적월과 여미만 남았다. 여미는 신라의 말 한마디에 일사분란하게 움직이는 사람들을 신기하게 관찰했다.

인간들의 관계와 권력 구조에 대해서는 잘 모르지만, 인간과 도깨비를 막론하고 명령을 내리는 놈이 위라는 건 틀림없는 사실이다. 여미는 신라의 위치가 꽤 높다는 걸 눈치챘다.

만일 여미가 인간이었다면 여자들만 가득한 사야요의 기루에서 손님 신분인 신라가 어찌 이리도 큰 권력을 가질 수 있는지 한 번쯤 의심했을 것이다. 그러나 여미는 도깨비였기에, 그것도 태어난 지 한 달을 간신히 채운 풋내기였기에 별다른 의심을 하지 않았다.

"적월, 네가 해줄 일이 있다."

신라가 넓은 비단옷을 펼치고 여미 앞에 앉았다. 방구석에서 얌전히 앉아 있던 적월이 벌떡 일어나 신라에게 다가갔다. 신라는 부채를 펼쳐 살랑이며 말했다.

"'그녀'에게 전언이 있다. 좀 늦을 거라고 전해라."

그녀의 이름은 나오지 않았지만 적월은 신라가 말하는 '그녀'가 누구인지 잘 아는 것 같았다. 고개를 끄덕인 적월이 다른 여인들을 따라 방을 빠져나갔다.

"차를 좀 마시고 싶구나."

신라가 말했다. 홍월은 본능적으로 나서려다 몸을 멈췄다. 신라는 여미를 바라보며 말하고 있었다.

"뭐야, 나에게 차를 내오라는 것이냐?"

신라의 시선을 받은 여미가 말했다. 그녀는 택 공자에게 주려 했던 다과상을 끌어왔다. 앉은 자리에서 팔만 뻗어 끌어온 다음 다 식은 찻잔을 내밀었다. 신라의 눈썹이 꿈틀거렸다. 다른 사람에게 주려고 준비했던 다과상인 것도 모자라 다 식었다니. 서씨 가문의 차남은 어렸을 때부터 가장 좋은 것만 받았다. 다 식은 찻잔을 신라에게 건넨 건 여미가 처음이었다.

여미는 신라의 불편함에도 아랑곳 않고 재차 찻잔을 내밀었다. 홍월은 심각한 상황에서 튀어나온 희극성에 웃지 않으려 노력했다.

"그래, 일단 받아두마."

신라가 찻잔을 받아 방석 옆에 내려놓았다. 홍월이 눈치 빠르게 찻잔과 다과상을 치웠다. 신라는 부채를 펼쳐 입을 가리고 여미를 진득하게 관찰했다. 그리고 홍월에게 물었다.

"이걸 들여온 자가 누구냐?"

"청청약 님이……."

"이거?!"

홍월이 대답하기 전에 여미가 발끈했다. 택 공자도 그렇고 기루에 오는 남자들은 하나같이 여미를 '이것'또는 '저것'이라 불렀다. 아까는 다과상을 들고 오는 데 정신을 집중하느라 제때 반응하지 못했다. 여미는 자신을 보고 이것, 저것이라 부르는 건방진 인간을 향해 사나운 눈을 했다.

"눈빛이 꽤나 살벌하구나."

눈빛만이 아니었다. 얌전히 무릎을 꿇고 고개를 숙이고 있는 홍월과 달리 여미는 아주 편한 자세로 앉았다. 신라와 대작이라도 하려는 것처럼 양반다리를 하고 고개는 꼿꼿이 세웠다.

"죄송합니다. 고아인 것 같은데 들인 지 얼마 안 되어 아직 아무것도 모릅니다."

홍월이 대신 변명했다. 신라가 부채를 접었다. 종 부딪치는 소리가 나며 주변의 공기가 깨끗해졌다. 신라의 주술이었다. 그가 한쪽 입술을 비틀어 미소를 지었다.

"고아? 잘도 속였군."

신라의 눈이 번득였다. 동시에 여미는 등골이 오싹해졌다. 여미의 마음속에서 불안감이 솟구쳤다.

'설마, 설마 내가 도깨비라는 걸 들킨 건가!'

신라는 알쏭달쏭한 눈빛으로 가만히 여미를 바라보기만 했다. 여미는 귀를 쫑긋 세우고 긴장해서 신라의 눈빛을 맞받아쳤다.

"오늘은 기루의 여인을 안을까 한다."

한참 후에야 신라가 입을 열었다. 홍월이 헉 하고 숨을 들이켰다. 사내가 기루에서 기루의 여인을 안는 것은 흔한 일이다. 그러나 그 말을 한 사람이 신라이고, 지금 신라의 눈앞에 있는 아이가 여미라는 것이 문제였다. 신라의 눈빛은 아까부터 여미 하나에게 고정되어 움직이지 않았다. 그 말인즉슨, 그가 정말로 여미를 안겠다는 말이다. 홍월이 기겁해서 바닥에 이마를 찧으며 고했다.

"신라 님! 이 아이는 아직 열두 살도 안 된 아이입니다. 어찌 그런! 사야요 님도 허락하지 않으실 겁니다!"

"그래?"

신라가 여상하게 대꾸했다. 신라는 여미의 반응을 살폈다. 기겁하는 홍월과 달리 여미는 긴장한 채로 신라의 태세만 살필 뿐 아무 반응이 없었다. 뒤늦게야 신라는 여미가 '여인을 안는다'라는 말의 의미를 모름을 알아챘다.

"이렇게 말하면 겁을 먹을 줄 알았는데, 좀 허탈하군."

신라가 부채를 접어 손바닥을 탁탁 쳤다. 새파랗게 질렸던 홍월의 얼굴이 서서히 가라앉았다.

"그럼……."

바로 다음 신라가 꺼낸 말에 홍월의 얼굴이 다시 사색이 되었다.

"나에게 식은 찻잔을 건넨 죄로 기루의 여인들에게 내리는 벌을 받게 하면 어떨까."

'벌'이라는 단어는 여미도 알아들었다. 여미의 안색이 바뀌었다. 여미는 눈앞에 있는 요상한 미남이 자신을 벌할 수 있으리라곤 생각하지 않았다. 허튼 수작을 부리면 잽싸게 둔갑해 창문 밖으로 도망치면 그만이다. 그런데 왜 이리도 불안한 느낌이 드는 것인가. 왜 신라의 눈빛이 동아줄처럼 강력한 물리력으로 작용해 제 몸을 꽁꽁 묶고 있는 것인가.

"신라 님, 아무리 그래도 어린아이입니다."

기루의 여인들이 받는 벌의 잔혹함을 알고 있는 홍월이 다시 고개를 조아렸다. 하나 신라의 눈빛은 여미에게서 떨어지지 않았다. 관찰을 통해 여미의 정체를 파악한 신라는 코웃음을 쳤다.

"뭘 모르는구나. 이 아이는 너보다 적어도 몇백 살은 나이가 많다."

"몇백 살이요?"

홍월이 어리둥절해서 되물었다.

"정확한 나이는 나도 모르겠지만 그 정도는 되어 보이는구나."

신라는 귀찮다는 듯이 부채를 휘휘 휘저었다.

"이 아이와 둘만 있고 싶다."

홍월은 불안한 눈으로 신라와 여미를 번갈아 보았다. 신라에게서 '뭐 해, 어서 나가지 않고. 내가 사야요에게 일러 너를 벌하길 바라는 것이냐?'라는 말이 나오고 나서야 홍월이 비척비척 일어났다.

지금 이 방의 최고 권력자는 신라다. 홍월의 힘으론 여미를 구할 수 없었다. 그녀는 최대한 빨리 청청약에게 여미의 위기를 알리기 위해 방에서 나갔다. 문이 닫히고 보는 눈이 사라지자마자 신라는 턱을 괴고 흥미 가득한 눈으로 여미에게 시선을 돌렸다. 반쯤 상체를 숙인 그가 여미에게 가까이 다가갔다.

"징그럽게 뭐 하는 짓이냐."

여미는 신라가 다가온 만큼 뒤로 물러났다. 신라는 입술만 끌어올려 미소를 지으며 부채를 펼쳤다.

"네놈, 인간은 아니지?"

여미가 움찔했다. 신라는 그 틈을 놓치지 않고 말했다.

"혹시나 했는데 역시나인 모양이구나. 나는 네가 무엇인지 알아야겠다."

분명 아무것도 없었던 흰 부채에서, 신묘한 글자들이 얼룩 번지듯 나타나기 시작했다.

"개락의 성주를 움직일 수 있는 자는 임금이 아니면 서씨 가문뿐이지. 개락에 있는 내가 아무런 행동을 하지 않았으니 분명 고지식한 형 아니면 깜찍한 동생이 수색 명령을 내렸다는 건데, 내가 알기로 큰형은 지금 수도에서 가주의 명령을 수행하느라 바빠."

부채에 있던 글씨들이 살아서 움직이기 시작했다. 부채를 벗어난 글자들이 허공에서 엮이며 살(殺) 자와 박(縛) 자를 만들어냈다. 여미는 공중에서 춤추는 휘황찬란한 획들의 향연에 넋을 놓았다.

"그런데 이상하단 말이야. 내가 알기로 동생은 말하고 걷기를 터득하고 나서 스무 해 넘게 살도록 한 번도 살아 있는 것에 집착한 적 없거든."

신라가 웃으며 말했다. 살과 박이 단번에 여미에게 돌진했다.

"읏?!"

여미가 둔갑술을 펼칠 틈도 없었다. 살과 박에 있던 획수들이 하나로 풀어져 긴 끈을 만들더니 여미를 억압했다. 여미는 자신의 양 손목을 한데 모아 칭칭 감기 시작하는 박(縛) 자를 경악하여 바라보았다.

신라가 손을 휘두르자 살(殺) 자가 여미의 피부를 파고들기 시작했다. 여미는 피부가 타들어가는 고통을 느꼈다.

"순순히 정체를 털어놓는 게 좋을 거야. 나의 주술은 절대 깨어지지……."

"이게 무슨 짓이냐! 아프지 않느냐!"

머리끝까지 화가 난 여미가 손목을 묶고 있던 글자를 갈가리 찢어버렸다. 찢겨져 종잇조각처럼 흩날리는 자신의 주술을 본 신라가 얼빠진 표정을 지었다. 여미는 물기를 털어내는 짐승처럼 몸을 부르르 흔들어 피부를 파고드는 글자를 완전히 떼어냈다. 신라가 더더욱 얼빠진 표정을 지었다. 신라가 꾸며낸 주술이 바닥에 널브러졌다. 여미는 확인 사살로 먹물 글자들을 탕탕 밟고 때렸다.

"나를 어찌할 셈이냐! 이 빈대떡같이 느물느물한 놈!"

"빈대떡……."

신라는 상처받았는지 한참이나 말이 없었다. 곧 내상을 회복한 신라가 여미의 턱을 잡아 치켜들었다. 부적에는 쉽게 저항했지만 물리력에는 저항하지 못하는지 여미가 그대로 신라의 손에 딸려 왔다. 신라는 들짐승 제압하듯 여미의 목을 잡아 누르며 말했다.

"장안 제일의 미남에게 빈대떡이라니, 이거 참 상처인데."

신라는 능글맞게 말하면서도 눈을 날카롭게 빛냈다. 그는 삼형제 중 가장 주술을 쓰는 데 가장 뛰어난 이다. 여태까지 그의 주술을 벗어난 도깨비는 하나도 없었다. 여미를 얕보아 허공에 대충 그려낸 부적이라 해도, 신라의 부적이 이리 쉽게 찢길 리 없다. 신라의 부적을 찢으려면 그냥 도깨비가 아니라 낭아산에 산다는 신쯤은 되어야 한다.

뒷덜미를 눌려 바닥에 엎드린 여미가 켁켁거리며 신라의 손을 벗어나기 위해 발버둥 쳤다. 그러나 신라의 손은 너무 크고 강하여 여미의 힘으로 이길 수 없었다.

"신⋯⋯."

"뭐라고?"

"아니다, 아무것도 아니다!"

어째서 절체절명의 순간 신율의 이름이 떠오르는 것인가. 여미는 할 수민 있나면 자신의 머리를 콩콩 쥐어박고 싶었다. 신율은 도깨비구슬을 만드는 일과 연관이 있는 인간이다. 직접 도깨비구슬을 만들지도 모른다. 최악을 상상하자면 신율 자신이 도깨비 사냥꾼일지도 모른다.

"끝까지 숨긴다면 직접 확인하는 수밖에 없겠군."

여미가 말을 마치지 않자 신라는 흥이 빠진 얼굴로 말했다. 신라의 손이 여미의 쪽빛 저고리로 향했다. 여미는 필사적으로 도망쳤지만 곧 방구석에 몰렸다. 신율의 손이 여미의 옷고름을 잡아챘다. 옷고름이 속절없이 풀리고 저고리 천이 잡아당겨졌다. 시종 당당하던 여미가 처음으로 당황했다.

"안 된다! 이건 고사리가 사준 옷이란 말이다! 찢어먹으면 다시는 꿀떡을 얻어먹지 못할 거야!"

"고사리?"

신라는 다시 한 번 말문이 막혔다. 자존심 상하지만 '빈대떡'이 자신을 칭하는 말이라는 건 알 았다. 그런데 고사리는 또 누구란 말인가. 여미의 말버릇으로 보아 또 다른 사람을 지칭하는 말인 것 같은데⋯⋯. 흠, 신라는 눈썹을 찌푸리며 이런저런 가능성을 그려보았다. 그는 옷고름을 따라 손을 올려 여미의 뒷덜미를 다시 잡아챘다. 정신을 집중하자 익숙한 기운이 신라의 손을 타고 전해졌다.

"그러고 보니 너에게 재미있는 기운이 붙어 있구나."

표식이었다. 어깨 너머로 주술을 배운 자도 할 수 있는 간단한 재주이지만 주술사의 능력에 따라 고유한 개성을 내뿜는 것이 표식이다. 표식을 역추적하면 주술사의 정체를 어림할 수 있다.

표식은 주술사들 사이에서 농담 삼아 '악취미'라고 불린다. 다름이 아니라 주술의 유래 때문이다. 이 주술은 집착에 미쳐 연인의 일거수일투족을 감시하고 싶었던 어떤 여자 주술사가 만들어낸 재주다. 상대방에게 표식을 붙여두면 주술사의 힘에 따라 위치부터 감정까지 모든 것이 추적 가능하다.

여미에게 붙은 표식은 그렇게 수준 높은 건 아니었다. 고작해야 위치를 알아낼 수 있는 정도. 여미에게 큰 위험이 닥치면 뜨겁게 달아올라 시전자에게 소식을 알릴 것이다. 물리적 장애물이나 장벽에 약한 술답게, 밖에 우레같은 비가 쏟아지고 있는 지금은 기운이 빠져나가 힘이 약해졌다. 신라는 딱 이만큼의 주술 실력을 가진 남자를 알았다.

'아무렴, 아주 잘 알지.'

그 남자를 가르친 게 바로 신라이니까 말이다.

"말해보아라. 너에게 표식을 남긴 사내가 누구지?"

"고, 고사리다."

최선을 다한 대답이었다. 그것 말고 신율을 표현할 적당한 말이 떠오르지 않았다. 그러나 신라는 여미가 장난치는 거라 생각했는지 비뚤어진 미소를 지었다.

"나는 기본적으로 좋은 사람이야. 눈앞에 있는 수상한 생명체가 내 명령에 반항하지 않는다면 말이지."

신라의 손이 여미의 옷을 침범했다. 그의 커다란 손이 막무가내로 여미의 등을 타고 올라가 목덜미를 쥐었다. 여미는 신라의 차가운 손에 오싹함을 느꼈다. 신라는 솜털이 송송 일어선 여미의 목덜미를 쓰다듬으며 눈을 감고 표식을 느꼈다.

여미는 히끅히끅 새어 나오는 숨을 참을 수 없었다. 마치 차가운 얼음을 갑자기 가져다 댄 것처럼 간지러움과 소름이 뒤섞여 온몸을 찌르르 울렸다. 신라는 눈을 꽉 감고 양손으로 입을 막은 채 할딱이는 여미를 지긋이 바라보았다. 신라가 낮게 가라앉은 목소리로 명령했다.

"표식을 남긴 이가 누구인지 제대로 설명해라."

여미는 간지러움과 묘한 감각을 참지 못하고 이실직고했다.

"손가락이 길고, 눈은 푸른 옥처럼 맑으며 생기기는 도깨비도 홀릴 만큼 잘생긴 주제에 검술은 무지막지한 고사리 말이다."

"흠."

여미의 설명에 만족한 건지, 아니면 여기까지가 그녀가 가진 언어 능력의 한계라고 생각한 건지 신라가 손을 뗐다. 여미는 크게 한숨을 내쉬었다.

"도깨비를 홀릴 만큼 잘생긴 인간은 세상에 우리 서씨 가문에밖에 없는데."

신라는 부채로 턱을 두드리며 말했다. 여미가 방심한 틈을 타 신라가 여미의 목덜미를 다시 잽싸게 낚아챘다. 기겁하며 싫어하는 여미를 무시하고 표식에 코를 묻었다. 여미의 목덜미에서 향기를 빨아들인 신라가 말했다.

"기루의 향으로 감추려 했지만 완벽히 지우진 못했구나."

"고사리를 알고 있는 것이냐?"

신라가 부채를 펼쳐 입을 가렸다. 그의 눈이 야살스럽게 휘어졌다.

"네가 말하는 '고사리'가 신율이라는 남자를 지칭하는 말이라면, 알고 있지."

"어, 어떻게 알고 있느냐?"

신라가 부채를 접고 진지하게 여미의 얼굴을 들여다보았다.

"겉은 멀쩡한데 속이 덜 됐나? 이리도 눈치가 없어 어쩔꼬? 너에게 표식을 붙이고 너를 찾아 온 개락을 뒤지는 남자가……."

신라가 말을 마치기 전에 바깥에서 소란이 시작되었다. 여인들이 술렁이고 청청약이 무어라 소리치는 것이 들렸다. 여인들의 소란이야 자주 있는 일이지만 청청약의 다급한 외침은 흔치 않은 일이다. 신라는 여미를 뒤로 밀어내고 성큼성큼 나아가 장지문을 열었다.

"형님, 그 이상의 말은 하지 마십시오."

감정을 잔뜩 억누른 신율의 목소리가 들리는 순간 여미는 그대로 굳어버렸다.

겉으로 보기에 신율은 한없이 고요했다. 푸른 의복은 살짝 흐트러졌을 뿐이고 검은 머리카락에는 빗방울이 투명한 구슬처럼 매달려 있을 뿐이었다. 표정은 더없이 차분했으며 푸른 기운이 일렁이는 눈동자는 정갈했다. 신율을 잘 모르는 사람이 봤다면 홀류한 공자의 귀감이라 칭했을 테지만 여미는 손바닥 들여다보듯 신율의 기분을 알 수 있었다. 얼핏 봐도, 그는 지금 머리끝까지 화가 났다.

"어라, 둘째 형이라면 질색하는 우리 아우님께서 어찌 제 발로 둘째 형을 찾아오셨나."

신라는 재미있다는 표정으로 동생 앞을 가로막고 섰다.

"비키십시오."

신율은 끓어오르는 분노를 억누르며 말했다. 여미가 어깨를 흠칫 떨었다. 여미가 보기에 신율은 이제 한계에 다다랐다. 신라는 일부러 신율을 도발했다. 빈대떡같이 느물거리는 신라를 말려야겠다는 생각이 들었다. 여미가 쭈뼛쭈뼛 걸음을 앞으로 옮겼다.

"그만두……."

어라! 하고 기세 좋게 말할 생각이었던 여미는 자신의 손목을 잡아채 확 끌어당기는 신라 탓에 그대로 고꾸라질 뻔했다. 신라는 자연스레 여미를 일으켜 그녀를 제 품에 안았다. 여미는 순식간에 화려한 금박을 물린 신라의 비단옷에 휩싸였다. 발버둥 쳤지만 신라의 힘이 얼마나 센지 아플 뿐이었다. 여미가 양손으로 신라의 가슴을 팡팡 쳤지만 신라는 눈썹 하나 까딱하지 않았다.

"아우야, 뭘 찾으러 온 것이냐? 특별한 용무가 없으면 이 형님이 기루에 새로 들어온 아이와 좋은 시간을 보내려 하는데 비켜주지 않겠니?"

신라는 아무것도 모르는 척 물었다. 능구렁이도 저런 능구렁이가 따로 없다. 신라의 뻔뻔한 도발이 끝나자 신율의 기운이 달라졌다. 분노에 살기가 섞였다. 여미는 뒤쪽에서 느껴지는 흉흉한 기운에 몸을 떨었다. 당장 뒤돌아 신율의 얼굴을 봐야 하는데.

그러나 이 망할 빈대떡이 꽉 붙들고 놓아주지 않았다.

"놓아라, 잇!"

여미가 위로도 발돋움해 보고 아래로도 머리를 숙여봤지만 헛수고였다. 여미가 난리를 치고 있을 때 뒤에서 서늘한 목소리가 들렸다.

"형님. 어린 시절로 돌아간 것도 아니고 왜 심술을 부리시는 겁니까."

"내가 심술을 부리고 있는 것처럼 보이느냐?"

신라가 눈을 가늘게 떴다.

"서씨 가문의 차남이 되어 기루의 아이를 희롱하는 것이 무슨 큰 죄라고? 아니면 이 아이가 너에게 무슨 의미라도 있느냐?"

신라가 정확히 짚어냈다. 신라의 말이 신율의 분노를 부채질하는 촉발제가 되었다.

스르릉.

검이 뽑히는 소리가 들렸다. 여인들의 비명이 기루를 채웠다. 신율은 오로지 신라만을 노려본 채 검을 꺼냈다. 새파란 검에는 신율의 살기가 괴괴하게 흐르고 있다. 신라가 여미를 안고 한 걸음 물러섰다. 그러느라 옥죄고 있던 손의 힘이 풀어져 여미는 고개를 돌릴 수 있었다. 신라가 다급히 말했다.

"진정해라, 신율아. 네가 진심으로 무력을 드러내면 부적이 특기인 네 형은 수없이 당할 게 뻔하잖니."

신율과 여미의 눈빛이 공중에서 마주쳤다. 신율의 눈동자를 본 여미가 깜짝 놀랐다. 단순히 화가 난 것뿐이라 생각했는데, 신율의 눈동자에는 여미가 예상치 못한 감정들이 한가득 담겨 있었다.

그중 가장 강렬한 것은 사라진 자신을 찾아 헤매며 신율이 느꼈던 걱정과, 그리고 지금 눈앞에 있는 자신을 향한 강렬한 욕망이었다. 여미는 그 눈동자에 담긴 욕망이 무서워 제 발로 한 걸음 물러났다.

"어라, 꼬마 아가씨도 날 더 좋아하는군."

여미 딴에는 신율에게서 물러나려 한 일이지만 결과적으로는 신라에게 더 폭 안겨 버린 꼴이 되었다. 신율은 눈을 감았다. 여미는 침을 꿀꺽 삼켰다. 단정한 신율의 눈꺼풀 아래 감춰진 눈동자에서 어떤 감정이 들끓고 있을지 생각만 해도 그녀는 두려웠다.

여미는 어쩐지 억울했다. 자신을 속인 것도 신율이고 자신을 화나게 한 것도 신율인데 어째서 제가 겁을 먹어야 하는가. 게다가 자신을 보자마자 터져 나온 신율의 감정, 자신을 염려하는 신율의 마음은…… 아무리 생각해도 못된 술수다. 다시 만나자마자 그토록 애달픈 걱정을 받으면 그 누가 화낼 수 있겠는가.

그 순간 신라가 여미를 풀어주었다. 그러곤 신율 쪽으로 그녀를 밀었다. 여미는 엉거주춤 신율 앞에 다가섰다.

"아무 일도 없었으니 안심해라."

신라가 말했다. 그 말에 신율은 눈을 떴다. 여미의 모습을 눈에 새길 기세로 그녀의 머리끝부터 발끝까지 살피었다. 신율이 검을 놓았다. 바닥에 떨어진 검은 신경 쓰지 않고 여미 앞에 한쪽 무릎을 꿇고 시선을 맞췄다.

신율의 손이 조심스레 여미의 볼에 닿았다 떨어졌다. 시종일관 차가웠던 신라의 손과 달리 믿을 수 없을 만큼 뜨거운 손이었다. 빗속에 있었다고 하더니 감기라도 걸린 게 아닌가 걱정될 정도였다. 신율의 손이 닿았다 떨어진 곳에 화끈거리는 온기가 남았다.

"제가 당신을 얼마나 찾았는지 아십니까……."

신율의 말은 거의 탄식이었다. 여미는 말로 할 수 없는 감정에 휩싸였다. 분명 고사리에게 화가 나서 뛰쳐나온 건데, 갑자기 고사리의 집을 벗어나 겪었던 고초가 한꺼번에 떠오르며 울고 싶은 심정이 되었다. 도깨비구슬에 대한 이야기를 숨긴 건 분명 잘못이지만, 자신이 다치지 않기를 바라는 신율의 마음은 거짓도 잘못도 아니었다. 어쩌면 도깨비구슬에 대한 진실을 숨긴 것도 자신이 받을 상처를 생각해서였는지도 모른다. 거기까지 생각한 여미는 고개를 흔들고 양 뺨을 찰싹찰싹 때렸다. 신율의 애타는 눈빛에 잠시 모든 걸 용서할 뻔했다.

"그거야 네가 나에게 거짓말을 했기 때문이 아니냐."

여미의 부루퉁한 어조에 신율의 표정이 일그러졌다. 여미의 목소리를 들어 안심이 되면서도 그녀의 신뢰를 잃었다는 생각에 괴로웠다.

신라는 두 남녀(한쪽이 열두 살의 모습이라 심히 부적절해 보였지만)의 대화를 보며 홀로 의미심장한 미소를 지었다. 안심과 괴로움이 반반씩 섞인 신율의 표정은 실로 혼자 보기 아까웠다.

"다친 곳은 없습니까."

신율이 여미의 발을 내려다보았다. 지금은 기루의 여인들이 신겨준 고운 족의를 신고 있었지만 신율의 집을 뛰쳐나갈 때는 맨발이었다. 신율은 그것을 똑똑히 기억했다.

여행길에서, 명색이 도깨비라고 맨발로 총총거리며 풀숲을 뛰어다니는 걸 몇 번 보긴 했다. 여행 내내 맨발이었지만 여미는 생기가 넘쳤고 오히려 신발을 신으면 답답해했다. 그러나 이곳은 도깨비가 마음 놓고 살 수 있는 자연이 아니다. 인간의 땅이다. 개락의 도자기 상인들이 남기고 간 사금파리가 여미의 발을 아프게 하진 않았는지 걱정이다. 신율은 손수 여미의 발목을 감싸 쥐었다. 신율의 손에서 기이한 푸른 기운이 일렁이며 여미의 발을 감쌌다.

'치료술?'

신라의 눈이 크게 뜨였다. 평소에 배워두라고, 배워두라고 잔소리해도 눈도 깜짝 안 하던 아우가 스스로 주술을 행하고 있다. 그것도 추적술 다음으로 질색하는 치료술을 말이다. 치료술까지 행하는 신율의 호들갑에 신라는 우아한 수묵화가 그려진 부채로 입을 가리고 파안대소했다.

"그렇게 중요한 것이냐, 이 아이가? 아니, 아이가 아니라 도깨비라 해야 옳겠구나. 대체 무슨 일이 있었기에 도깨비 사냥꾼인 네가―"

신라의 말이 끝나기 전에 신율이 딱딱한 목소리로 형의 말을 가로챘다.

"그녀에게 조금이라도 허튼소리를 흘렸다간 아무리 형님이라도 용서하지 않겠습니다."

"허어."

신라가 짐짓 비통한 체했다. 신율은 어느새 여미를 끌어당겨 자신의 구역 안에 두었다. 여미 또한 얼렁뚱땅 신율의 곁에 섰다.

화내야 할 순간을 놓친 여미는 어정쩡하게 두 남자 끼어 있었다. 신라는 자신으로부터 여미를 보호하려는 듯 푸른 눈을 번득이는 신율을 보고 어깨를 으쓱였다.

"이럴 수가, 걸작이구나! 이 작은 도깨비에게 아직 네 정체를 밝히지 않은 것이냐? 하긴, 정체를 밝혔다간 그 도깨비는 꽁지가 빠져라 도망갈 테지."

부채 위에 드러난 눈이 여자의 그것처럼 야살스럽게 휘어졌다. 신율의 저지에도 불구하고 결국 신라가 입을 열었다. 신라의 붉은 입술에서 폭탄선언이 떨어졌다.

"그 어떤 도깨비가 '용 살해자'와 같이 있고 싶어 하겠느냐?"

"용 살해자?"

여미는 처음 신율을 만난 마을에서 주민들이 기뻐하며 노래를 부르듯 연신 읊어대던 말을 떠올렸다.

"서씨 가문의 삼남, 환국 최고의 무사님이 우리 마을을 괴롭히
던 이무기 도깨비를 물리치셨네!"

골목 안에서 청청약이 소리 높여 자신을 비웃던 일도 떠올랐
다.

"너를 애타게 찾고 있는 남자가 누구인지 모르는 거냐?"

모든 조각이 맞아떨어져 하나의 그림을 완성했다. 서씨 가문의 삼남. 환국 최고의 도깨비 사냥꾼을 배출하는 가문인 서씨 가문,

그중에서도 무력으로 도깨비들을 잔혹하게 학살하고 다닌다는 셋째. 서신율.

벼락과도 같은 깨달음이 여미의 등줄기를 스치고 지나갔다. 왜 이제야 알았을까. 여미는 곳곳에 놓여 있던 단서들을 떠올렸다. 신율에게 속은 자신이 한심하고 원망스러워 견딜 수 없다.

"여미 님, 저는."

"손대지 마라."

여미가 재빨리 신율에게서 멀어졌다. 신율은 황망한 표정으로 허공에 멈춘 제 손을 바라보았다. 겨우 찾았다고 생각했는데 작은형의 폭로로 여미의 눈이 다시 살기등등해졌다. 여미는 신중하게 한 발짝, 한 발짝 신율에게서 멀어졌다. 신율은 마지막 동아줄을 잡는 심정으로 말했다.

"기회를 주십시오. 한 번만, 제 말을 들어주십시오. 제 말을 듣고도 제가 의심스럽다면 그땐 떠나도 좋습니다. 표식도 떼어드리고 절대로 붙잡지 않겠습니다."

신라가 오묘한 미소를 지었다. 신율의 말은 새빨간 거짓말이었기 때문이다. 신라가 보기에 신율은 결코 여미를 놓아줄 생각이 없다. 그저 지금 당장 여미를 붙잡아 제 곁에 두기 위해 애원하고 있는 것뿐이다.

그러나 불쌍하게도 어리고 어리석은 여미는 신율의 애원이 당장을 모면하기 위한 말인지도 모른 채 멈춰 섰다. 그녀의 눈에 망설임이 어렸다. 신율이 말한 문장은 거짓일지라도 그 문장에 담긴 간절함만은 진실이었기 때문이다. 여미가 걸음을 멈춘 틈을 타 신율이 그녀의 팔을 잡았다. 쪽빛 저고리의 부드러운 비단결 안으로 여미의 가는 팔이 느껴졌다.

"신율!"

"이 기루에서 나갑시다."

신율이 단호하게 말했다. 여미는 크게 반항했다. 잠시 흔들렸지만 또 속을 생각은 없다.

'도깨비 사냥꾼과 함께 다닐 수는 없어. 신율과의 인연은 여기서 끝이다.'

그렇게 생각한 순간 마음속에서 바늘로 찌르는 통증이 느껴졌다. 여미가 눈살을 찌푸렸다. 나를 속인 인간을 버리는 것뿐인데 왜 이리 마음이 불편한가? 여미의 생각을 눈치채기라도 한 듯 신율이 한숨을 쉬었다. 그리고 다시 여미 앞에 부복하여 눈높이를 맞췄다.

"이렇게 합시다."

어차피 이대로 끌고가 봐야 여미의 신뢰를 회복하긴 어렵다. 신율은 마지막 패를 내미는 심정으로 신라를 바라보며 말했다.

"형님, 저에게 언의 주박을 내려주시지요."

"정말 괜찮겠느냐?"

언의 주박. 그것은 저주의 일종이다. 언의 주박에 걸린 사람은 언의 주박이 유효한 동안 세운 맹세를 꼭 지켜야 하며 거짓말을 하지 못한다. 거짓말을 하는 순간 새겨진 주박이 폭발한다. 목이나 동맥에 주박을 새겨 넣으면 거짓말을 하는 순간 즉사다. 효과가 큰 만큼 다룰 수 있는 사람도 적다. 게다가 지속 시간도 반나절 정도밖에 안 되어 효용성이 적다.

"언의 주박이 무엇인지는 알고 계시지요? 주박이란 원래 도깨비들이 사용하던 술수가 아닙니까."

신율이 여미를 바라보며 물었다. 여미가 고개를 끄덕였다. 주박의 개념을 처음 발견한 건 이탈산에 살던 삼족오 도깨비다. 삼족오 도깨비가 인간에게 잡혔는데 주박의 개념을 알려주고 목숨을 건졌다는 건 인간과 도깨비 양쪽에서 유명한 일화였다.

"그토록 위험한 걸 해가면서까지 나에게 너의 진심을 설명하려는 이유가 무엇이냐."

어미노 수박술의 위험은 잘 알았다. 신율은 여미의 어깨를 양손으로 붙잡았다. 세게는 아니고, 아주 살짝, 여미가 놀라지 않을 정도로만 잡았다. 신율은 고개를 숙이고 입술을 깨물었다. 왜냐고? 자기 자신도 모른다.

'그저 내 것이라 생각했다.'

옷소매에 도깨비풀 상태의 여미가 달라붙었을 때부터 그랬다.

'다른 이에게 주는 것은 상상도 할 수 없고 내 손을 빠져나가는 것도 상상할 수 없다.'

힘으로 제압하면 간단하다. 그러나 억지로 매어두는 것은 싫다. 여미가 상처받지 않았으면 좋겠다.

"저도 모르겠습니다. 그저 당신이 제 곁을 떠나지 않았으면 합니다."

더 이상의 거짓말은 상황을 악화시킬 뿐이라는 걸 깨달은 신율이 솔직하게 말했다. 여미는 신율의 진심에 압도되어 떠나려던 발걸음을 멈췄다. 그러나 아직 완전히 경계를 풀지 않았다.

신율은 푸른 의관을 젖히고 기꺼이 목덜미에 언의 주박을 새겼다. 이제부터 반나절 간 신율은 진실밖에 말할 수 없다.

"설마 했지만 주박술을 요구할 만큼 다급할 거라곤 생각 못 했다."

"형님이 아직 저를 잘 모르고 있다는 뜻이죠."

신율이 희미하게 웃었다. 신라가 착잡한 표정으로 동생을 내려다보았다. 동생에게서 눈을 거둔 신라가 여미에게 다가갔다. 신라는 신율을 자극하지 않을 만한 아슬아슬한 거리에 멈춰 섰다.

"아, 이건 선물이다. 식은 찻잔이나마 내 시중을 들어주었으니 마땅히 주어야지."

신라는 품속에서 현무가 새겨진 노리개를 꺼냈다. 시중을 든 아이에게 노리개를 주는 건 기루의 관례다. 여미의 눈이 반짝였다. 신라는 빈틈없는 관찰력으로 여미가 현무 노리개를 소중히 품는 걸 놓치지 않았다. 신라는 의아했다.

'도깨비가 노리개를 좋아해?'

듣도보도 못한 습성이다.

"노리개가 그리도 좋으냐?"

신라가 슬쩍 여미를 떠봤다.

"좋다."

여미가 망설임 없이 대답했다.

"특히 여기, 여기 그려진 이 신수가 좋다."

힘도 없고, 나이도 얼마 되지 않은 도깨비가 신수 그림에 집착한다. 이는 분명 이유가 있을 것이다.

여미는 크게 기뻐하며 노리개를 받았다. 원래 목적을 잊고 있을 만큼 사방이 난장판이 되었는데 그 와중에 노리개를 챙겨준 빈대떡에게 아주 조금 고마움을 느꼈다. 방 안의 소란이 가라앉자 문이 열리고 청청약이 들어왔다. 날카로운 눈매를 가진 그녀는 한순간에 방 안의 상태를 파악했다. 청청약은 가장 먼저 신라에게 고개를 돌렸다.

"사야요 님이 기다리십니다."

"그래."

신라가 짧게 대답했다. 신라에게 대답을 받아낸 청청약은 두 번째로 여미를 바라보았다.

"사야요 님이 말씀하시길, 네가 저 남자를 따라가기 싫다면 기루에서 보호해 주겠다고 하셨다. 어찌하겠느냐?"

신율이 움찔했다. 그의 손이 다시 검병으로 옮겨갔다. 청청약이 날카로운 눈매로 신율의 손을 주시했다. 신율만큼은 아니었지만 청청약도 고수였다. 신율이 난동을 부린다면 한 시진 정도는 막을 수 있을 터다. 청청약은 신율을 상대로 물러설 마음이 전혀 없었다.

"이자를 따라갈 것이다. 내가 이곳에 폐를 끼쳤구나. 미안하다."

두 고수 사이에 팽팽하게 오른 긴장감을 끊고 여미가 말했다.

"아니다. 나야 사야요 님의 명령에 따른 것일 뿐이니."

청청약이 간단하게 대답했다. 그녀의 눈이 여미를 붙들고 있는 신율에게로 향한다. 방금 전까지 경계심과 호승심을 담고 있던 청청약의 눈빛이 약간 달라졌다. 신율이 그 의미를 알아차리기 전에 청청약이 여인들을 불러 방 하나를 정돈하라 일렀다.

"밖에 비가 옵니다. 신율 님은 몰라도 이 아이는 거센 비를 견디지 못할 터이니 비가 그칠 때까지만이라도 여기 있다 가시지요."

청청약은 여미와 신율을 위해 방을 마련해 줄 생각이었다. 아무리 언의 주박을 새겼다 해도 신율의 집에 바로 돌아갈 생각은 없었던 여미가 반갑게 고개를 끄덕였다.

"아이는 무사합니까?"

청청약의 뒤, 복도에서 홍월과 적월이 나왔다. 적월은 서씨 가문의 도련님이 두 명이나 있는 것에 놀라 물러섰다. 홍월은 두려움을 떨치고 여미에게 다가와 그녀를 살폈다. 아무 상처도 없는 걸 확인하고 나서야 한숨을 내쉬었다.

"청청약 님이 마련한 방에 갑시다."

홍월이 여미를 이끌었다. 신율도 여인들을 따라가려 하는데 뒤에서 나긋한 목소리가 들렸다.

"신율."

신라가 자신의 동생을 불렀다.

"신율, 잠시 서라."

신율은 떠나가는 여인들을 두고 신라를 돌아보았다. 신라가 허공에서 손짓하자 장지문이 저절로 닫혔다.

"형님?"

"저 도깨비, 보통 도깨비가 아니다."

신라는 다짜고짜 본론부터 꺼냈다.

"내 주술 중 글자로 이루어진 살(殺)과 박(縛)을 알고 있겠지?"

신율이 눈살을 찌푸렸다. 알다마다. 신라가 쓰는 살과 박은 환국 안에서 악취미로 유명했다. 음악과 문에 능한 사야요가 쓴 유려한 붓글씨로 상대방의 살을 태우는 흉악한 주술을 만들었으니까. 예술을 사랑하고 그중에서도 사야요의 글씨를 사랑하던 문인들이 많이 울었다.

"저 도깨비는 그다지 힘이 강한 것 같지 않은데, 내 글자를 아무렇지도 않게 찢었다. 무언가 비밀이 있는 게 틀림없어."

신라가 부채를 펼치며 말했다. 둘째 형은 무언가를 기대하며 신율을 빤히 바라보았지만 신율은 아무 대답도 하지 않았다. 신율은 신중히 기억을 더듬어 여미를 처음 발견했을 갈가리 찢겨 있던 창고의 부적을 떠올렸다. 역시 부적이 찢어진 데에는 특별한 이유가 있었던 것이다. 신라의 부적도 들지 않는다는 건 보통 일이 아니었다.

"그리고……."

신라는 또 무슨 말을 하려는지 능글맞게 웃으며 신율의 속을 긁었다.

"네가 왜 아름다운 화린을 두고 눈도 하나 깜짝 안 했는지 알겠다. 수많은 여인들의 유혹을 받으면서도 정착을 못 한다 싶었더니, 어린애 취향이었던 게로군. 형이 미처 헤아려 주지 못해서 미안하다."

신율은 아니라고 말할 수 없는 게 슬펐다.

여미는 청청약이 마련한 작은 방으로 들어갔다. 신라와 대화를 하느라 신율의 걸음이 늦춰진 탓에 여미가 먼저 방에 도착해 그를 기다리게 되었다.

신율을 기다리는 동안 여미는 청청약이 준비한 방 안을 차분히 둘러보았다. 청청약은 사야요라는 자의 명령에 따라 움직이고 있다. 이 기루는 사야요의 것이다. 그렇다면 분명 이 방도 사야요의 취향에 따라 꾸민 것일 테지. 인간의 예술이라곤 아무것도 모르는 여미가 보기에도 그녀의 솜씨는 범상치 않았다.

여미가 들어선 방은 그리 크지 않았다. 그러나 전혀 초라하지 않았다. 초라하지 않다 뿐인가, 외려 오십 명은 거뜬히 들어가는 큰 방보다 더 고급스러웠다.

가구 모서리마다 화려한 장식을 두른 비단 천이 덧대어져 있음은 물론이요, 창문과 장지문의 뼈대를 만드는 데 사용된 나무는 오래된 향나무인지라 방 안에는 은은한 향이 풍겼다. 벽이 꺾어지는 곳마다 하늘로 솟구쳐 오르는 신수 조각상이 있었다. 살아 움직이는 듯 생생한 신수 조각상 위에 금, 은, 옥, 비취로 만든 구슬이 보였다. 도깨비구슬이 아니라 각종 보석을 붙여 장식용으로 만든 패물이다.

"이 구슬은 시체로 만든 도깨비구슬과 달리 아름답구나."

사방을 뜻하는 네 신수를 지나쳐 방 끝에 들어간 여미는 거대한 병풍을 발견했다. 네 폭짜리 병풍 안에 화공이 섬세한 솜씨로 거대한 뫼(山)를 그려놓았다. 굽이굽이 굽이치는 산세 틈에는 사방 신수에게 둘러싸인 아름다운 여인이 보였다. 사방 신수는 각자 존경과 애정이 가득 담긴 눈으로 여인을 숭배한다.

"이 그림도……."

아름답구나, 라는 말을 중얼거리며 여미가 병풍 앞에 앉았다. 여인 옆, 신수들 옆 한편에 인간으로 보이는 노인이 있었다. 노인은 메마른 나뭇가지처럼 삐쩍 곯은 모습이었다. 사방 신수와 달리 노인이 여인에게 보내는 눈빛은 애정이 아니었다. 애정보다는 애증에 가까운 복잡한 눈빛이었다.

"이 여인과 노인은 왜 함께 있는 것인가?"

여미는 자연스레 궁금증을 품었다. 병풍 아래엔 인간의 글씨가 빼곡하게 들어차 있었다. 여미는 눈살을 찌푸리며 글자 하나하나를 더듬었다.

시조신낭아(始祖神琅玡)

낭아부포희(琅玡夫包犧)

포희살낭아(包犧殺琅玡)

낭아주(琅玡珠)

주즉살 주즉생 주즉탄모(珠則殺 珠則生 珠則誕母)

병풍 안의 고사를 풀어놓은 글이었지만 여미의 눈으론 읽을 수 없었다. 그녀는 그림을 더 자세히 관찰하려 눈을 깜빡였다. 병풍이 어둠에 감싸여 흐릿했다. 여미는 촛불을 끌어왔다. 어둠은 중앙에 밝혀진 촛불로 중화되었다. 촛불의 보드라운 빛이 원을 그리며 퍼져 나갔다.

알아볼 수 없는 글자에 싫증난 여미가 손가락으로 촛불을 희롱하고 있을 때 문이 열렸다. 천을 걷고 신율이 들어왔다. 여미는 촛불에 약지를 가져다 댄 그 모습 그대로 굳었다. 신율이 차분히 들어와 여미의 손을 촛불에서 떼어냈다.

"뜨겁습니다."

너무나 자연스레 신율에게 손을 붙잡혔다. 신율은 여미에게 꿀떡이며 약과를 줄 때처럼 조심스러운 걱정과 애정 이린 손길로 여미의 약지를 쓰다듬었다. 여미의 눈동자가 흔들렸다. 신율은 뒤늦게 여미의 동요를 알아챘다. 그러나 여미의 손을 놓지 않았다. 촛불을 아래 두고 신율과 여미의 손이 연결되었다. 여미는 고개를 숙였다. 이제부터 신율을 책망할 것인데, 어쩐지 신율을 똑바로 바라보면 모질어지지 못할 것 같은 기분이 든다.

"신율, 나는 바보가 아니다."

"알고 있습니다."

신율은 여전히 그녀의 약지를 자신의 검지와 엄지로 쓰다듬으며 나직이 대답했다. 신율의 손가락이 약지와 중지 사이에 닿았다. 여미는 손등을 타고 내려오는 오묘한 감각에 휘둘리지 않으려 애쓰며 말했다.

"도깨비구슬에 대해 숨긴 것처럼, 네가 서씨 가문의 삼남이라는 것도 끝까지 숨길 생각이었나?"

신율은 입술을 깨물었다. 여미의 눈은 진지했다. 신율의 대답 여하에 따라 여미는 신율의 곁에 남을지 신율을 떠날지 결정할 생각이었다.

"예. 끝까지 숨길 생각이었습니다. 가능하면 당신과 함께하는 영원히."

신율은 기나긴 고민 끝에 진실을 고했다. 여미는 신율을 꾸짖지 않았다. 그저 단 한 가지만 물었다.

"왜 숨기려 했느냐."

여미가 신율에게서 자신의 손을 빼냈다. 신율의 손이 쓸쓸하게 홀로 남았다. 여미의 움직임에 촛불이 흔들리며 신율의 길고 곧은 손에 짙은 음영을 만들어냈다. 그의 눈동자에도 짙은 그림자가 어렸다.

"나는 너에게 위협이 되는 도깨비가 아니다. 나도 그 정도는 알아. 제 출신도 모르는 모자란 도깨비이지. 네가 손가락 하나만 까딱하여도 나는 세상에서 사라질 거다. 그런 나에게 왜 안간힘을 써서 네 정체를 숨겼느냐?"

여미의 말 대로였다. 신율이 원하기만 했다면 그는 여미를 꽁꽁 묶어 구속할 수고 있었고 최면 향을 피워 여미가 저만 따르게 할 수도 있었다. 그럼에도 불구하고 여미를 있는 그대로 놔둔 것은 왜일까. 신율은 날카로운 화살이 심장을 꿰뚫는 아픔을 느꼈다.

왜 여미를 그대로 놔뒀냐니. 정말이지 어리석은 질문이었다. 신율은 계속 여미의 본모습을 보고 싶었기에 그녀에게 손대지 않았다. 그 마음은 화린과 비애가 말했던 '그것'과 같다. 어떻게 가능했는지는 몰라도, 신율은 도깨비풀 상태의 여미를 볼 때부터 그녀에게 끌렸다. 신율은 결국 서씨 가문의 핏줄이며 인생을 사로잡을 단 한 번의 광증 걸린 사랑이 그를 찾아왔다. 그리고 그 대상이 여미다.

오랜 생각 끝에 신율이 고개를 들었다. 여미는 촛불도 밝혀내지 못하는 깊은 그림자가 신율에게 있음에 놀랐다.

"제가 두렵습니까. 서씨 가문의 삼남인 제가 당신을 해할까 두렵습니까."

저도 모르게 상체를 뒤로 빼려던 여미는 척추를 올리는 신율의 낮은 목소리에 그 자리에서 굳었다. 신율의 눈이 일렁였다. 촛불 때문이 아니다. 바로 그녀 때문에, 신율의 그림자가 시니운 포식자처럼 일렁였다.

여미는 거의 숨이 막힐 지경이었다. 도깨비풀로 떠돌아다니던 시절 실수로 호랑이 도깨비의 입속으로 들어갔을 때와 같은 공포를 느꼈다. 들숨 한 번이면 여미는 호랑이 목구멍 속으로 훅 빨려 들어갈 수 있었다. 신율의 손짓 한 번이면 여미는 신율에게 먹혀 버릴 것이다.

"저는 결코 당신을 해하지 않습니다."

신율이 양손을 바닥에 짚었다.

"당신이 원한다면 손가락 하나 대지 않겠습니다."

손가락 하나 대지 않겠다고 말하면서 그는 촛불을 옆으로 치우고 여미에게 가까이 다가온다. 촛불을 등지게 된 신율이 여미를 뚫어지게 바라보며 말했다.

"당신이 허락할 때까지 이곳에 있을 겁니다."

신율은 무릎을 꿇었다. 여미는 당황했다. 등 뒤에는 벽, 앞에는 신율이다. 신율의 뒤에 피워놓은 등잔이 위태롭게 흔들리며 일렁이는 불빛을 피워냈다. 인간들은 이런 상황을 두고 진퇴양난이라 부르던가? 겉으로 보면 신율이 여미의 허락을 기다리는 것 같지만 실상은 신율이 여미를 가뒀다.

"신율, 네가 이렇게 한다 해서 내가 바로 대답할 수 있는 문제가 아니지 않느냐."

여미가 더듬거리며 말했다. 어느새 여미는 반쯤 신율의 수작에 걸려들었다. 세 형제 중 가장 온화하고 다정할 것 같다고 알려진 신율이다. 하지만 사실 신율은 마음만 먹는다면 둘째 형 신라만 큼이나, 아니 그보다 더 교활해질 수 있는 자였다. 저와 벽 사이에 갇혀 곤란해하는 여미를 보고도 신율은 물러서지 않았다. 달콤한 떡으로 여미의 정신을 홀릴 때나 어지럽게 협박하여 여미의 의지를 빼앗을 때나 본질은 같았다.

"천천히 대답해도 됩니다. 몇 시진, 아니 며칠이 걸려도 상관없습니다. 저는 여미 님이 허락할 때까지 여기 있겠습니다."

신율이 오른쪽 손을 들어 제 목덜미를 쓸어내렸다.

"언의 주박을 새겼으니 지금 하는 말에 한 치의 거짓도 없다는 건 아시겠지요."

순진하게 빛나는 여미의 눈동자를 양손으로 가리고 제 욕망만은 못 보게 하리라.

"대체 도깨비 사냥꾼이 왜 도깨비를 탐내는 것이냐!"

여미의 질문이 사태의 본질을 한 문장으로 요약했다. 도깨비 사냥꾼은 도깨비를 탐내지 않는다. 도깨비를 잡아 죽이면 나오는 도깨비구슬을 탐내지. 신율 또한 자신의 마음속에서 끓어오르는 이 소유욕과 집착이 정상이 아니라는 걸 알았다. 그것 때문에 신율은 여러 날 고민했다.

'그러나 그게 뭐 어떻단 말인가.'

여미가 사라진 직후, 신율은 결론을 내렸다. 여미를 곁에 둘 수만 있다면, 그리고 여미의 밝은 미소를 잃어버리지 않을 수만 있다면 평범하지 않은 감정을 품고 술수 몇 개 쓰는 게 왜 문제가 된단 말인가?

여미는 복잡한 심정으로 자신의 앞에 무릎을 꿇은 채 버티고 있는 신율을 바라보았다. 그 대단한 도깨비 사냥꾼답다고 해야할까, 신율은 반 시진이 지나도록 미동도 하지 않았다. 지친 기색도 없었다. 오히려 여미가 지쳐 몸을 비틀었다.

"으으. 복잡하다."

여미의 마음 안쪽에서도 비이성적인 감정이 싹텄다. 분명 신율을 떨치고 도망가야 하는데, 그를 떨칠 수가 없다. 신율이 환국 최고의 도깨비 사냥꾼인 걸 감안했을 때 여미가 그에게서 완전히 벗어날 수 있는 가능성은 거의 없다. 기적적으로 벗어난다 해도 곧 잡힐 것이다. 그러나 물리적인 한계와는 별개로 여미는 신율을 떠나고 싶지 않았다.

'당장 목숨의 위협이 없어서일까?'

여미는 단순하게 생각했다.

"정말 나를 해치지 않을 것이냐."

신율이 고개를 번쩍 들었다.

"물론입니다. 무슨 일이 있어도."

신율의 목덜미에 새겨진 언의 주박이 주홍빛을 내며 빛났다. 거짓말이 아닌지 언의 주박은 곧 사그라졌다. 여미는 다시 몸을 비틀었다. 이번에는 답답해서가 아니었다. 제 한 마디를 기다리며 빛나는 신율의 애절한 시선을 견딜 수가 없어서였다.

신율은 여미에게 가까이 다가가고 싶은 듯 몸을 움찔거렸다. 그러나 초인적인 인내심으로 참아냈다. 여미는 고개를 푹 떨어뜨렸다. 옷고름을 만지작거리며 작은 소리로 말했다.

"알겠다. 도망가지 않을 테니 제발 날 좀 풀어주려무나. 네가 앞에 있어서 도무지 움직일 길이 없지 않느냐."

여미는 제 안에 신율을 향한 묘한 호기심과 호감이 존재한다는 것을 아직 알아차리지 못했다.

여미와 신율이 언의 주박을 두고 이야기를 나누고 있을 무렵, 신라는 청청약을 따라 사야요의 방으로 올라가고 있었다. 청청약은 말없이 신라를 이끌었다. 긴 침묵 끝에 도착한 곳은 우아한 천으로 장식하고 굳게 잠긴 문으로 보호한, 기루의 가장 깊숙하고 은밀한 곳이었다.

"그럼."

청청약이 짧게 고개를 숙이고 물러났다. 신라는 부채를 접고 옷매무새를 가다듬었다. 신라가 양손을 사용해 무거운 문을 열었다.

문틈으로 농염하고 진한 분꽃 향기가 넘쳐흘렀다. 맨발로 다녀도 상관없도록 바닥에는 비단에 금박을 물려 마감한 방석을 잔뜩 깔았다. 그 위로 다시 반투명한 천을 걸쳐 놓았다. 천장에는 수없이 흔들리는 붉은 술과 풍경이 보였다. 신라는 발을 젖히고 안으로 들어갔다. 방 안쪽, 방석을 쌓아 만든 보금자리에 신라가 사랑하는 여인이 그를 기다렸다.

"사야요."

신라가 그녀의 이름을 불렀다. 흑진주 같은 눈동자를 품은 여인의 눈이 떠졌다. 입에 물고 있던 긴 담뱃대가 떨어지고 붉은 입술에서 흰 연기가 꿈처럼 새어 나왔다. 여인의 흑발은 물결처럼 흘러내려 우아한 몸의 곡선을 감쌌다. 신라는 아름다운 여인 앞에 무릎을 꿇고 그녀의 머리카락에 입을 맞췄다.

"신율과 개락의 성주가 찾는 걸 알면서도 저 도깨비를 기루에 들인 의도가 뭐지?"

신라이 물었다. 사야요는 아무 말 없이 자신의 몸을 쓰다듬는 신라를 보았다.

"곧 개락의 성주는 물론 다른 지방의 귀족들이 신율의 약점을 파고들려 할 거야. 그래도 도깨비에 대한 정보는 팔지 마."

신라가 사야요의 희고 매끄러운 피부에 입을 맞추며 말했다.

"신라, 네가 언제부터 나에게 명령을 했더라."

사야요가 싸늘하게 말했다. 얼음처럼 차갑고 난처럼 가는 그녀의 목소리에 신라가 전율로 몸을 떨었다. 신라는 눈을 감고 그녀의 목소리를 음미했다. 사야요가 화내는 건 당연하다. 사야요의 기루는 정보를 취급하는 곳이니까. 그녀의 기루가 명성을 얻은 것도 모든 정보를 아무 차등 없이 취급하기 때문이다. 정보의 가치에 준하는 돈만 낸다면 무슨 정보건 얻을 수 있는 곳이 이곳이다.

"그럼 부탁이면 될까."

신라가 말을 바꿨다. 신라는 여인의 발치로 몸을 옮기고 여인의 종아리를 쓸었다. 그녀가 다리를 오므리자 신라는 마치 기루의 여인처럼 요염하게 웃더니 양손을 비단 위에 짚고 엎드렸다. 신라가 그녀의 발등에 입을 맞췄다. 맨발로 비단을 밟고 있는 그녀의 발등에선 진하고 매혹적인 분꽃 향기가 났다.

"내가 개처럼 빌면서 너에게 부탁하지. 모처럼 동생이 맘 붙일 곳을 찾은 모양이니 그대로 내버려 둬줘."

"내버려 두라고?"

여인이 쓴웃음을 지었다.

"그 어린 도깨비는? 신율에게 붙잡혀 말라죽을 텐데."

"그런 일은 없을 거야."

신라도 웃었다. 그는 사야요의 발목에 입을 맞추고 혓바닥으로 그녀의 복숭아뼈를 핥아 올렸다.

"신율이 그 도깨비를 다치게 하는 일은 없을 거야. 나도 그 도깨비의 안위를 걱정하고 있고."

사야요는 자신의 몸을 탐하는 신라를 내버려 두었다. 밀어내 봤자 소용없다. 어쩌면 지금 하고 있는 대거리도 소용없는 일일지 몰랐다. 사야요의 영향력이 아무리 강하다 해도 서씨 가문에 미칠 것이 아니다. 그림에도 불구하고 사야요는 그 어린 도깨비를 가만히 놔둘 수 없었다. 사야요 자신이 신라에게 붙잡혀 겪은 일이 있기 때문에.

"정말로 그 도깨비의 안전을 바랐다면 너희 서씨 가문 남자들의 본성도 말해줬어야지. 도깨비라고는 해도 어리고 약해 보이는데 이대로 두는 건 너무 불쌍하지 않아?"

사야요의 발목을 핥던 신라가 눈을 들었다. 입술을 지분거리며 붉은 꽃자욱을 남기는 신라의 모습은 사야요의 마음도 혹하도록 요염했다. 사야요는 신라의 겉모습에 흔들리지 않으려 애썼다. 달에 사는 항아와도 같은, 바로 저 미모에 홀린 탓에 과거의 그녀는 꼼짝없이 그에게 붙잡혀 버렸다.

"신라, 네 동생도 너와 같다면……."

"더 이상 내 앞에서 다른 남자 이야기는 하지 마."

사야요가 어이없어하며 웃음을 터뜨렸다.

"네 친동생이야."

"어쨌든 남자야. 내가 질투로 미쳐 날뛰는 꼴을 보고 싶은 건 아니겠지, 사야요."

"네가 질투라는 감정을 알긴 해?"

사야요가 방석에서 몸을 일으켰다. 담뱃대를 들지 않은 손으로 신라의 머리를 쓰다듬었다. 신라는 예쁨 받는 고양이처럼 눈을 가늘게 하고 만족스러운 한숨을 내쉬었다. 사야요는 그런 신라를 보며 말했다.

"나를 만나기 이전까지 환국 최고의 바람둥이이자 풍류랑이었으면서."

신라가 사야요의 손을 잡아챘다. 쓰다듬는 것만으로 만족할 수 없다는 듯 사야요의 손가락을 깨물었다. 사야요는 신라가 하는 대로 내버려 두었다. 그녀에겐 그를 막을 수 있는 힘이 없었다.

"난 원래 질투가 많아. 상상도 못 할 만큼 독점욕이 강해. 우리 가문은 다 그래. 내게서 질투를 불러일으킬 수 있는 여자가 너뿐이라서 널 만나기 전엔 질투라는 감정을 멀리 두고 살았던 것뿐이야."

신라의 입술이 사야요의 손등에 와 닿고 손목, 그리고 팔뚝 안쪽까지 왔다. 저항할 수 없었다. 저항할 힘이 없기도 했다. 그러나 무엇보다, 사야요는 이미 신라에게 마음을 주어버렸다.

'누가 이 아름다운 남자를 거부할 수 있을까.'

사야요와 처음 만났을 때 신라는 정말로 달에서 내려온 선인 같았다. 사야요는 인간의 세상에서 방황하는 선인을 거두는 마음으로 신라를 제 마음 속에 들였다. 사야요 인생 최대의 실수였다.

"내 본성을 미리 말했더라도 사야요 네가 나를 받아들였을까?"

신라는 만족스럽게 사야요를 올려다보며 물었다.

"아니. 신라 네가 이런 미친놈인 줄 알았다면 결코 너와 만나지 않았을 거야."

그녀는 자신의 앞에 개처럼 꿇어앉은 신라를 내려다보며 조금 두려운 마음으로 말했다. 신라는 웃었다.

'아름답고 사랑스러운 나의 여인, 사야요.'

사야요는 이 커다란 기루의 주인이자 뒷세계의 정보를 쥐락펴락하는 큰손이었다. 그녀는 어떤 남자도 두렵지 않았다. 그녀는 강한 여자다. 정보와 돈, 필요하다면 무력까지 사용해 누구든 거꾸러뜨릴 자신이 있었다. 신라라는 남자와 맺어지기 전까진 그렇게 생각했다. 담뱃대를 든 그녀의 흰 손이 잘게 떨렸다.

"신라, 난 네가 두려워."

긴 침묵 끝에 사야요의 붉은 입술이 열렸다. 그녀는 성급하게 담뱃대를 물었다. 흰 연기가 그녀의 입천장을 덮고 목을 타고 내려갔다.

"날 놓아줄 생각은 없나?"

"전혀."

신라가 붉은 혀로 자신의 입술을 핥았다. 잡아먹을 듯이 그녀의 무릎을 크게 베어 무는 시늉을 하곤 장난이라고 눈을 찡긋한다. 사야요는 진짜로 무릎을 물린 것처럼 몸을 떨었다. 신라는 만족스러운 포식자의 미소를 지으며 그녀의 가슴을 움켜쥐었다.

"도깨비라니 말도 안 돼. 서씨 가문이 어마어마하게 미쳤다 해도 이건 말이 안 되는 거야. 도깨비와 함께 여행하는 것만으로도 참수감인데 도깨비와 사랑을 나눈다? 신라, 네가 그 결과를 모르진 않겠지."

나시 한 번 신율의 이야기가 나왔다. 신라는 눈을 감고 고민했

다. 질투가 난다고 말했는데도 신율의 이야기를 꺼내는 사야요를
어떻게 해야 할까. 사야요가 걱정하는 것이 신율이 아니라 신율
의 곁에 있던 작은 도깨비라는 것은 알고 있었지만 끓어오르는
마음은 어쩔 수 없었다. 신라는 딱 한 번만 더 참기로 했다. 질투
따위로 망쳐 버리기엔 사야요가 너무 사랑스럽다.

"서씨 가문의 남자는 모두 끝없는 집착을 가진 미치광이야. 그
들을 진정시키기 위해선 평생을 바쳐 사랑할 대상이 필요해. 그
게 설령 도깨비가 될지라도 막내의 사랑을 방해할 생각은 없어."

3. 비애(悲哀)

비가 그쳤다.

우레같이 쏟아지던 모습이 거짓말이었던 것처럼 깔끔하게 그쳤다. 구름 사이로 새파란 하늘이 드러났다. 어느새 새벽을 지나 아침을 향해 달려가고 있는 하늘은 눈이 시리도록 맑았다.

홍월이 걱정스러운 표정으로 골목 입구까지 여미를 안내했다. 홍월이 무어라 속삭이며 여미의 손을 꼭 쥐었다. 여미는 홍월의 말을 전부 알아듣진 못했지만 그녀가 주는 온기가 좋아 가만가만 고개를 끄덕였다.

"이제 되었다."

골목이 끝나자마자 신율이 칼같이 말했다. 홍월은 두려운 표정으로 황급히 그에게 고개를 숙였다. 신율은 아무 말 없이 그녀의 쪽 찐 머리를 내려다보았다. 보지 않아도 와 닿는 신율의 차가운 시선에 홍월이 떨었다. 여미가 옆에서 말했다.

"신율, 홍월을 괴롭히지 마라."

"여미 님?"

신율이 당황하여 고개를 돌렸다. 열두 살의 모습을 한 여미가 팔짱을 끼고 근엄한 표정으로 말했다.

"지금 나를 숨겨줬다 해서 괜한 여인에게 화풀이를 하는 것이 아닌가."

"그런……."

결코 홍월을 겨냥해 차갑게 노려본 것은 아니었다. 하지만 신율의 마음속에 여미를 숨겨준 사야요에 대한 책망이 있었기에 그 말을 부정하진 못했다. 신율은 열두 살 모습의 여미를 옆구리에 끼고 거처로 돌아왔다. 여종 려류가 달려들어 밤새 고생한 신율과 여미에게 물수건을 내밀었다.

"여미 님?"

려류가 눈을 동그랗게 떴다. 허겁지겁 신율에게 달려온 도겸도 하려던 말을 잊어버리고 여미를 바라보았다. 여미는 자신이 아직 둔갑으로 열두 살 상태라는 걸 깨달았다. 여미가 도깨비라는 것을 모르는 하인들은 모두 당황하여 여미를 바라보았다.

"무얼 빤히 바라보느냐?"

떨어지지 않으려 하는 신율을 겨우 보내고 여종들과 함께 욕탕으로 가는 중 여미가 물었다.

"신율 도련님 앞에서도 기죽지 않는 당당한 말투는 분명히 여미 님인데! 어찌 이리 작아지셨나요? 비를 너무 많이 맞아서 작아지셨나?"

려류가 영문을 모르겠다는 표정으로 물었다.

"엉뚱한 소리 마라."

"대체 어딜 다녀오신 겁니까? 요상한 주술에 걸리신 건가요?"

"기루라는 곳에 다녀왔다."

"어머, 어머, 어머!"

려류가 호들갑을 떨었다.

"여미 님은 기루가 뭐 하는 곳인지 아시나요?"

여종들의 심술궂은 질문에 여미는 볼을 부풀렸다.

"내가 ㄱ섯도 모를 줄 아느냐."

"어머, 말해보세요. 기루가 뭐 하는 곳인데요?"

여미는 자신만만하게 대답했다.

"남자와 여자가 손을 잡고 차를 마시는 곳이다."

여미가 본 게 그것뿐이었다. 택 공자는 여인들 손을 몇 번 주무르다가 신라에게 쫓겨났고 신라도 차를 달라는 말 이외에 다른 부탁은 하지 않았다.

"여미 님, 기루는 그저 차를 마시는 곳이 아니랍니다."

"나도 안다. 노리개도 받았다."

여종들의 눈이 휘둥그레졌다. 신율의 여종들은 기루와 연이 없지만 기루가 어떻게 돌아가는지는 대충 알았다. 여미가 노리개를 받았다는 건 손님방에 들어갔다는 것이다. 여종들이 불안한 눈빛을 주고받은 후에 여미에게 진지하게 물었다.

"여미 님, 혹여 기루에서 불쾌한 경험을 하신 건 아니신지요."

"사야요의 기루라고 했어. 혹여 사야요가 악독한 주술을 걸어 여미 님이 어려진 게 아닐까?"

"어머, 그러고 보니 그것도 가능성 있네."

여종들은 제각기 떠들기 시작했다. 지금 그들의 눈에 보이는 여미는 열두 살이었다. 이전에도 어린 모습이었지만 열두 살이 되니 여종들은 정말 여미를 어린애 취급하기 시작했다.

"여미 님, 남녀는 나이가 차면 교합을 합니다."

손을 넣어 목욕물의 온도를 확인한 려류가 말했다.

"그 정도는 나도 안다."

아까부터 여종들이 자신만 빼놓고 이야기를 진행하는 것에 뿔이 나 있던 여미가 심드렁하게 대답했다. 려류가 한숨을 내쉬고 물에 젖은 손으로 이마를 닦았다.

"교합은 아주 은밀하고 중요한 것입니다."

"……그러하냐?"

"일단 옷을 벗고,"

"옷을 벗어?"

화들짝 놀라는 여미를 보고 려류가 설명을 멈췄다. 여미는 인간들이 교합을 통해서 아이를 낳는다는 것을 알고 있었다. 그러나 '교합'이 정확히 어떤 것인지는 잘 몰랐다. 도깨비들, 그것도 여미 같은 식물도깨비는 식물끼리의 수분을 통한 씨앗으로 태어난다. 인간의 교합이란 여미에게 약과나 꿀떡과도 같은 미지의 일이었다.

"하여간에 기루라는 곳은 남녀 간의 애정을 확인하고 교합을 치르는 곳입니다. 기루에서 보지 못하셨습니까?"

"그런 건 보지 못했다. 그보다 교합에 더한 남녀 간의 애정이란 또 무엇인가."

려류는 안도의 한숨을 내쉬었다. 걱정이 되어 길게 설명했는데 다행히 아무 일도 없었던 듯싶다.

"그건 아직 여미 님에겐 이른 것입니다."

장난스러운 얼굴로 돌아온 려류가 말했다.

"알려주지 않겠다는 것이냐?"

"애정이란 여인이 자라면 자연히 알게 될 것, 저희가 알려준다고 해서 알아지는 게 아니랍니다."

"자라지 않으면 알 수 없어?"

"그럼요. 여미 님처럼 판판한 가슴과 작은 키로는 알 수 없습니다. 적어도 저, 려류처럼 성숙해져야 알 수 있죠."

"그런 게 어디 있느냐."

여종들이 웃으며 여미를 놀리기로 작정했을 때 욕탕 문이 열렸다.

"그만해라."

"신율 도련님!"

려류를 비롯한 여종들이 황급히 상체를 숙이고 여미는 목욕통 속으로 들어갔다. 아무것도 걸치지 않은 알몸을 숨기기 위해서였다. 이상하기도 하지. 인간들에게 알몸을 보여주는 것에 거리낌이 없는 여미였다. 왜냐하면 그녀는 도깨비이니까. 인간들이 숲 속을 걷다 아무것도 걸치지 않은 날다람쥐를 보아도 놀라지 않는 것처럼 도깨비와 인간들은 서로의 몸에 관심이 없다. 그러나 지금, 지금 이 순간에는 어쩐지 신율에게 알몸을 보이는 것이 꺼려졌다.

"제 얼굴을 좀 보아주십시오."

신율의 씁쓸한 목소리가 들렸다. 여미는 목욕통 위로 슬쩍 고개를 빼 신율을 보았다. 여전히 어깨 아래는 철통 방어를 하며 목욕물 안에 담근 채였다.

'내 몸이 인간과 구별이 안 될 정도로 비슷하게 생겼기 때문일까? 그래서 보여주기 부끄러운 걸까?'

뜨거운 물에서 올라오는 김 때문인지 여미의 얼굴이 달아올랐다. 다행히 여인들이 피로 회복에 좋다며 꽃가루를 풀어 넣어놓은 덕에, 목욕통 안의 물은 여미의 몸을 가릴 만큼 충분히 불투명했다.

신율은 거침없이 다가오더니 여미를 내려다보았다.

"여미 님은 힘든 일을 겪고 오셨다. 적당히 하여라."

신율이 여종들을 물렸다. 여미가 당황하여 목욕통 위에 손을 올렸다. 꽃가루를 푼 불투명한 물이 찰랑여 신율의 옷자락을 적셨다.

"왜 려류를 내보내는 것이냐, 설마!"

"여종들이 불편하다 자주 말씀하시지 않았습니까."

신율이 아무렇지 않게 대꾸했다.

"그……."

분명 여미가 그렇게 말했다. 신율과 함께 지내게 된 이후로 내내, 여종들의 시중이 불편하며 그네들이 입혀주는 옷이며 치장이 불편하다 말했다. 도겸까지 나서서 만류했음에도 여행 내내 맨발로 나다니던 여미가 아니었던가. 여미가 물속으로 머리를 담그고 부글부글 공기 방울을 만들어냈다. 얼굴이 달아올라 신율을 볼 수가 없었다.

"불편하실까 봐 여종들을 물린 것인데, 여종들이 있는 편이 편하십니까?"

신율이 여미의 속도 모르고 물어왔다. 여미는 물속에서 눈을 꾹 감고 고개를 몇 번 흔든 후에 물 밖으로 얼굴을 빼냈다. 염하지 않은 명주처럼 새하얀 머리카락이 물에 젖어 맨 어깨에 달라붙었다. 여미는 목욕통 벽에 착 달라붙어 말했다.

"신율 너와 있는 게 더 불편하다."

여종들이 나가는 걸 눈짓으로 감독하고 있던 신율이 고개를 돌렸다. 목욕통에서 뿜어져 나오는 수증기 때문에 여미는 신율의 표정을 볼 수가 없었다.

"……저와 있는 게 불편하단 말입니까?"

습기 때문인지 신율의 목소리가 잠겼다. 여미는 괜히 어깨에 달라붙은 머리카락을 떼어내며 딴청을 부렸다.

"해치지 않겠다고 하지 않았습니까."

"그것이,"

여미가 다급하게 말을 이었다.

"그것이, 그것 때문이 아니다."

"예?"

"그러니까. 네가 거짓말을 한 건 용서했다. 그리고 네가 나를 해치지 않을 거라는 약속도 믿는다."

"그럼 어찌하여 저와 있는 것이 불편하단 말입니까."

왜 불편한가? 짧은 시간 동안 여미는 수많은 생각을 했다. 왜 아무렇지 않던 알몸이 부끄러워졌는가. 기루에 다녀오기 전엔 아무렇지 않았는데. 기루…… 그렇다, 기루!

여미는 기루에서 만났던 택 공자를 떠올렸다. 그가 여미의 손을 억지로 잡아채 허리춤에 가져갔던 순간의 불쾌함도 떠올렸다.

여종들이 실컷 비웃은 후에야 기루에서 느낀 묘한 분위기가 남녀 간의 은밀한 행각을 암시하는 것이란 걸 깨달았다. 택 공자가 시도하려 했던 게 혹여 교합과 관련이 있는 것이었나.

여미는 어렴풋이 부끄러움의 정체를 깨달았다. 남녀 간의 은밀한 애정이라는 것이 그녀의 마음을 뒤흔들고 있었다. 택 공자가 시도했을 때는 불쾌감만 있었을 뿐 아무렇지도 않았는데 신율이 다가오니 마음이 떨리고 몸은 추위에 떠는 꽃잎처럼 움츠러든다. 그런 마음을 신율에게 자세히 설명하면 좋았으련만, 여미는 가장 먼저 떠오르는 한 문장만 말했다.

"기, 기루에 다녀오지 않았느냐!"

말재주가 없는 것은 여미 탓이 아니다. 절대로 여미 탓이 아니다. 애초에 여미는 도깨비이고, 도깨비가 인간과 소통하는 것은 삼백 년에 한 번 일어날까 말까 한 희귀한 일이다. 여미의 본심과 입에서 나가는 인간의 언어가 백 리쯤 떨어져 있다 해도 여미를 탓할 수는 없는 일이다.

"옷을 벗으면 교합을 해야 한다 들었다."

결국엔 뜻이 완전히 와전되었다. 그러나 전후 사정을 모르는 신율은 여미의 말을 곧이곧대로 받아들였다. 신율의 표정이 심각해지더니 목욕통 쪽으로 성큼성큼 다가왔다. 의도와 전혀 다른 전개에 여미가 당황하고 있을 때 신율이 무서운 표정으로 물었다.

"사야요의 기루에서 무슨 일이 있었습니까."

여미는 대답하지 않았다. 대답할 말이 없었다. 택 공자가 불쾌한 접촉을 시도하려 했지만 신라의 등장으로 무산되었고, 신라의 등장 이후는 신율이 아는 그대로였다. 여미의 침묵을 어떻게 해석했는지 신율의 목소리가 낮게 가라앉았다.

"설마 신라 형 이외의 다른 손님을 받은 겁니까?"

어쩐지 신율의 어조가 질책하는 것처럼 들렸다. 여미는 억울한 마음에 눈을 꼭 감았다.

'왜 내가 고사리의 추궁을 받아야 한단 말인가!'

신율은 눈을 감고 목욕물 속으로 뽀글뽀글 가라앉는 여미를 보며 한숨을 내쉬었다. 그리고 밖에서 기다리는 려류에게 지시해 마른 수건과 옷가지를 가져오라 일렀다.

"이리 나오십시오."

여미는 물속에서 얼굴만 빼꼼 내밀었다. 신율은 여미를 닦아주려다 포기하고 머리 위에 수건만 올려 주었다.

"혼자서 몸을 말릴 수 있겠습니까?"

여미가 수건을 잡아채며 고개를 끄덕였다. 신율이 뒤돌아서자 여미가 목욕통 안에서 나왔다. 여미의 몸에서 떨어지는 물방울들이 바닥에 부딪쳐 소리를 만들어냈다. 이상한 기분을 느끼기는 신율도 마찬가지였다.

분명 그가 이탈산 아래의 마을에서 여미를 처음 만났을 때는 그녀의 알몸을 보고도 아무렇지 않았다. 그저 여미에게 어떻게 옷을 입힐까 궁리했던 게 전부였다. 그런데 지금은 왜 이리도 마음이 어지러운 것인가. 그녀가 기루에서 무슨 일을 했을지 상상하면 상상할수록 어지러운 마음을 감출 수 없었다. 혹여나 신라 형 이외의 다른 손님에게 못된 짓이라도 당했다면…….

'사야요의 기루에 가서 손님들을 박살 내는 걸 고려해 봐야겠군.'

쪽빛 저고리를 입자 여미의 마음이 한층 안정되었다. 욕탕 밖으로 쫄래쫄래 신율을 따라가던 여미가 말했다.

"너무 걱정하지 마라. 이상한 사람이 많았지만 고초를 겪진 않았다."

"기루가 어떤 곳인지 모르고 들어갔다는 사실은 변하지 않습니다. 그곳에서 아무 일도 당하지 않은 게 얼마나 큰 행운인지 아십니까?"

신율은 괴로움을 삼키며 다음 말을 이어갔다.

"당신이 기루에 있다는 소식을 들었을 때, 제 심장은······."

신율은 여미를 향해 치솟는 제 감정을 부인하려 애썼다. 둘째 형 신라의 손안에 잡혀 있는 여미를 보았을 때 솟구친 감정은 분명히 '자신의 것'을 빼앗긴 분노였다. 서씨 가문 남자들의 피에 흐르는 광기에서 신율 저만큼은 자유롭다 생각했는데 아닐지도 모른다.

방 안에 들어온 신율이 문을 닫았다. 여미는 방 안을 이리저리 둘러보더니 구석에 개어진 이불 속으로 파고들었다. 여미의 작은 몸이 만두 접히듯 이불 속에 폭 들어갔다.

신율은 눈을 똑바로 떴다. 여미는 이전보다 어린 모습이었다. 많이 잡아봐야 열두 살일까. 신율이 아무리 미쳤다 한들 열두 살 어린이에게 성애를 느낄 리 없다. 그래, 열두 살이다. 그 전에는 좀 더 나이를 먹은 모습이었지만 그래봤자 열여섯이었다. 말도 안 된다. 광기 이전에 인간으로서의 존엄성이 걸린 문제다. 신율은 멋대로 진지한 감정을 외치는 속마음을 무시했다.

"아무 일 없었으면 다행입니다."

신율이 가까스로 제 감정을 가라앉히고 말했다. 그러나 신율의 노력이 오히려 여미의 감정을 건드리는 촉매가 되었다. 여미는 아까부터 은근히 자신을 놀리는 여종들과 기루에 관해 아무것도 모른다며 무턱대고 걱정만 하는 신율에게 화가 나 있던 참이었다.

"내가 기루가 뭐 하는 곳인지도 모르는 줄 아느냐? 나를 아주 우습게 보는구나."

기루에 대한 생각을 거두려던 신율의 눈물겨운 노력은 여미의 공격 한 방으로 여름날의 아지랑이처럼 허무하게 무너졌다.

"그럼 뭐 하는 곳인지 알고 그리도 멍청하게 형에게 붙잡혔습니까?"

신율이 멈칫했다. 저도 모르게 언성이 높아졌다. 여미는 이불 속에서 동그랗게 놀란 눈을 하고 신율을 바라보더니 앙칼지게 외쳤다.

"처음엔 몰랐다! 그러나 이제 충분히 알았다!"

"허!"

신율은 기가 막혀 혀를 찼다. 신율이 구하러 가지 않았다면 기루가 무엇인지 '아는' 것뿐만 아니라 억지로 당할 뻔했다. 여미가 새빨개진 얼굴로 외쳤다.

"다 큰 남녀가 애정을 나누고 교합하는 곳이 아니더냐!"

이번엔 신율이 눈을 동그랗게 떴다. 신율이 놀라는 모습을 보자 여미는 조금 우쭐해졌다. 기루에 대해서는 여종들에게 속수무책으로 당한 것으로 충분하다. 신율에게는 똑같이 당하지 않을 것이다. 여미는 자신이 몸을 내려다보았다. 둔갑술은 충실히 자신의 역할을 다 하고 있었다. 이 정도 지속력과 힘이라면 지금부터 하려는 일도 쉽게 이룰 수 있으리라. 여미는 이불을 걷고 나왔다.

"날 무시하지 마라. 내 힘을 제대로 보여주마."

애정과 교합은 성숙한 여인만이 알 수 있는 것이라 했던가? 려류가 모르는 것이 하나 있다. 여미의 실제 나이는 려류나 다른 여종들보다 아득히 많다는 것 말이다. 도깨비풀 상태로 떠돌았다 해도 여미는 칠백 년을 살아왔다. 지적 성장과는 별개로, 그만큼 살았으면 고작해야 몇십 년 걸리는 인간들의 성장 따위 그녀에겐 가소로울 만도 했다.

여미를 붙잡으려던 신율은 눈앞에서 벌어지는 광경에 굳어버렸다. 여미의 모습이 변하고 있었다.

맑고 하얗기만 하던 피부는 성숙함을 품은 고아한 도자기 빛깔로 변했다. 항상 꿀떡을 오물거리던 조그마한 입술에 붉은빛이 돌더니 홍옥처럼 빛났다. 여미가 눈을 요염하게 뜨고 찢어진 쪽빛 저고리를 추스르니 그새 농익은 과실처럼 부드럽게 부풀어 오른 가슴이 신율의 시선을 빼앗았다. 만지면 찹쌀떡처럼 보드라울 것 같았다.

저도 모르게 불순한 상상을 한 신율은 제 손으로 눈을 가리고 물러났다. 그러나 상황이 신율의 맘대로 되지 않았다. 여미는 흐르듯 다가와 신율의 손을 떼어내며 그 요망한 붉은 입술을 열었다. 입술 사이로 보기만 해도 달콤한 혀가 드러났다.

"보아라. 신율, 나는……."

여미는 생각보다 풍만하게 변한 자신의 몸에 적응하지 못하고 기우뚱거렸다. 얼떨결에 신율이 그녀의 몸을 받아냈다. 여미에게서 확 끼쳐 오는 매혹적인 향에 신율은 헉, 숨을 들이켰다. 몸의 변화에 당황하던 여미는 그 소리에 여유를 되찾았다. 인간의 몸이 어색하긴 하지만 지금은 신율을 눌러주는 게 더 시급하다.

"나를 제대로 보지 않고 뭐 하는 것이냐? 내 기루가 어떤 곳인지 충분히 알고 있다 하지 않았느냐."

여미는 장난스럽게 눈꼬리를 치켜 올리며 말했다. 장안의 여자들의 유혹을 모두 받아본 신율이었지만 바라보는 것만으로도 아래가 화끈거리는 경험은 처음이었다.

"알겠습니다, 알겠으니 무리하지 말고 원래 모습으로 돌아가십시오!"

이런 건 도대체 어디서 배운 겁니까? 다음에 이어질 뻔했던 말은 삼켰다. 신율은 여미를 보지 않으려 애썼다.

"흥, 이것도 내 모습이야. 어린 모습도 진짜요, 이것도 진짜다."

부르기 편하게 둔갑술이라 칭하지만, 본체가 도깨비풀인 여미에겐 열두 살의 모습도 성숙한 모습도 결국 같은 것이었다. 신율이 원래 모습 운운하니 갑자기 열두 살의 모습으로 변하고 길거리 남자들에게 겪은 고초가 떠올랐다.

"인간이란 종족은 눈에 보이는 것에 이리도 쉽게 현혹되는구나."

여미가 신율에게 바짝 다가갔다. 신율은 저도 모르게 뒷걸음질쳤다. 여미가 신율의 발이 닿은 바닥을 빤히 바라보며 말했다.

"너도 내 겉모습에 흔들리는 것이냐? 내 겉모습이 약해 보이면 못되게 굴고, 내 겉모습이 보잘것없으면 날 괴롭히고 무시하던 골목의 남자들과 똑같은 생각을 품게 되나?"

"아닙니다."

"아니라면 어째서 물러나는 것이냐."

"그것은……."

신율의 얼굴이 곤혹스럽게 붉어졌다. 정신이 아찔해지는 동시에 타는 갈증이 느껴졌다. 여미에게 닿고 싶었다. 그녀의 가슴을 움켜쥐고, 얄밉게 오물거리는 입술을 덮치고 싶었다. 그리고 여미의 안쪽 깊숙한 곳, 가장 비밀스러운 곳까지 속속들이 탐하고 싶었다.

"신율?"

계속된 침묵에 여미가 조심스레 신율을 불렀다. 그의 눈치를 보며 위로 살짝 눈을 치뜨는 모양새조차 신율을 자극했다.

"괜찮습니다. 잠시만 시간을."

마음속에 치닫는 감정이 생생하게 느껴졌다. 신율은 이제 어쩔 수 없이 인정해야 했다. 처음 본 순간부터 여미에게 끌렸다. 단순한 동정심이나 희귀한 도깨비에 대한 호기심이 아닌, 이성에게 느끼는 짜릿한 감정이다. 화린과 비애가 신율에게 결여되어 있다며 비웃었던 감정을 이제 그도 가지게 되었다. 너무 낯설어서 깨닫는 것이 늦었을 뿐이다.

자신의 감정을 깨닫자마자 신율은 빠른 속도로 혼란을 종식시켰다. 감정의 정체를 모를 때는 우왕좌왕했지만 한번 정체를 깨닫고 나자 마음이 차분해졌다.

"일단 물러나십시오."

신율이 여미에게 손을 대지 않으려 애쓰며 말했다. 여미는 신율을 골려주려는 자신의 작전이 통하지 않자 불만스러운 표정으로 신율을 올려다보았다.

"왜 나에게 닿지 않으려 하느냐?"

"방금 전까지라면 괜찮았겠지만, 지금은 안 됩니다."

신율이 여미를 다독였다. 여미는 신율의 말이 무슨 뜻인지 몰라 고개를 갸웃했다. 신율이 흐리게 웃었다.

"인간과 도깨비가 함께할 수 없는 근본적인 이유 때문입니다."

사야요가 그토록 기겁하며 서씨 가문의 광증이라 말했던 이유가 여기서 밝혀진다. 도깨비와 인간이 그토록 오랜 시간 동안 영보 전쟁을 벌여온 데는 단지 '이종족이라서'가 아니라 더 중요한 이유가 있다.

인간과 도깨비는 결코 정을 통할 수 없다. 신체적인 이유 때문에.

도깨비 사냥꾼을 처음 시작했을 때 신율도 그 이야기를 들었다. 너무나 허무맹랑한 이야기라 잘못 내려온 잡설 정도로 여겼다. 막상 자신이 도깨비를 연모하게 되었음을 깨닫자 그 이야기가 사실이라는 것을 알게 되었다. 여미를 향해 뻗은 손이 견딜 수 없을 만큼 뜨거워졌으니까.

"여미 님은 알 필요 없으니 그저 잠드십시오. 여미 님 말대로 많은 일이 일어난 하루가 아닙니까."

풍만하고 아름다운 선을 그리는 여미의 상체를 바라보던 신율이 고개를 돌렸다. 창밖에서 비가 갠 직후의 상쾌한 바람이 불어왔다. 여미는 불만스레 고개를 저었지만 신율이 손수 이불을 돌돌 둘러주자 어쩔 수 없다는 듯이 눈을 감았다. 여미를 재운 신율은 한참이나 등잔을 밝혀놓고 서책을 읽었다.

도깨비를 향한 자신의 감정과 함께 해결해야 할 수수께끼가 하나 더 생겼다. 바로 여미의 정체. 진지하게 여미를 곁에 두는 걸 고려하기로 한 신율이 반드시 알아야 하는 것이다. 여미는 마구간에 둘렀던 신라의 부적을 어렵지 않게 찢었고, 신라 본인의 주술도 쉽게 빠져나왔다. 신라가 귀띔해 준 대로, 여미는 평범한 도깨비가 아니었다.

하룻밤의 고초를 겪고 나서야 여미는 열여섯의 모습으로 돌아왔다. 여미는 이리저리 거울에 몸을 비춰 보며 오랜만에 찾은 열여섯의 몸을 감상했다. 그녀는 만족스러워했지만 신율은 복잡한 기분이었다. 지금은 아니라지만 요염하게 농익고 성숙한 여미를 보아버렸다. 성숙한 여미의 모습은 밤새 신율을 괴롭혔다. 열여섯의 향긋한 모습 위로 어젯밤 봤던 홍시처럼 탐스럽고 붉은 입술이 겹쳤다.

"곧 개락을 떠날 겁니다."

"벌써?"

"원래 하루만 쉬어가려 했는데 예상치 못한 사고로 일정이 늦어진 것입니다."

신율이 여미를 데리고 개락의 번화가에 나갔다. 어젯밤 폭우가 그친 하늘은 거짓말처럼 맑았다. 개락의 상인들은 미심쩍은 표정으로 하늘을 올려다보며 새 좌판을 차렸다. 환국의 온갖 보화와 잡동사니들이 한꺼번에 나왔다.

"이토록 큰 상업 도시를 다시 만나기는 어려울 테니 마지막으로 선물을 드리지요. 개락을 떠나기 전에 마음에 드는 것이 있다면 무엇이든 말하십시오."

여미가 고개를 번쩍 들었다. 수많은 호기심거리를 놔두고 개락을 떠나는 것이 못내 서운했던 참이다. 신율이 미소를 지었다. 신율은 여미가 당장 뛰어나갈 거라 생각했지만 여미는 신율의 예상과 달리 꾸물거렸다.

"왜 그러십니까?"

신율이 의아해하며 물었다.

"내가⋯⋯."

여미는 말을 삼켰다. 신율은 재촉하지 않고 기다렸다. 한참이나 지나서야 여미의 입이 열렸다.

"개락에서 일어난 소동의 원인은 내가 좌판을 둘러보다 멋대로 돌아다녀서 생긴 일이 아니냐."

민망하게 이런 것까지 말해야 하나! 여미가 속으로 울부짖었다. 무슨 바람이 불었는지 어젯밤부터 저를 대하는 신율의 태도가 싹 달라졌다. 여미는 가끔 자신을 바라보는 신율의 눈동자가 무섭도록 가라앉는 것을 느꼈다. 열심히 머리를 굴렸으나 딱히 짐작 가는 것이 없었다. 그저 제가 일으킨 기루 소동에 대한 화가 다 풀리지 않았나 보다 하고 추측할 뿐이었다.

신율이 얼굴을 살짝 찌푸렸다. 여미의 어깨에 손을 얹고 토닥이려다가 움칠 손을 거두었다. 여미는 저와 접촉을 피하는 신율의 손을 주의 깊게 보았다.

"그건 제가 나빴습니다."

"그러니⋯⋯ 뭐?"

여미는 생각지도 못한 순간 나온 신율의 사과에 깜짝 놀랐다. 어제까지만 해도 위험한 기루에 왜 갔냐며 박박 소리를 지르던(신율은 소리를 지르지 않았다. 전적으로 여미의 기억이 과장된 것이다) 모습은 간데없었다. 신율은 무릎을 굽혀 여미와 눈높이를 맞추었다.

"도깨비구슬에 대해 말하지 않은 건 저입니다. 제가 먼저 여미님을 속였기 때문에 그 사달이 난 겁니다."

"그건 그렇지만,"

"그러니 더 이상 개의치 마십시오."

다정하지만 반발을 용서치 않는 단호함이 있었다. 여미는 고개를 푹 숙였다. 신율의 손길이 머릿결을 스쳤다. 피부에 직접 닿는 것보다 감질나고 야릇한 감각이 뒷덜미를 죽 스치고 지나갔다. 여미가 번쩍 고개를 들자 능청스러운 미소를 짓는 신율이 있었다.

"가지고 싶은 건 뭐든 고르십시오."

여미가 바쁘게 눈동자를 굴렸다. 어쩔 수 없이 어제 만났던 도깨비구슬 상인이 있는 곳으로 눈길이 갔다. 상인이 있는 골목을 들여다보던 여미는 제 눈을 의심했다. 멀쩡하게 좌판을 펴고 도깨비구슬을 팔던 상인이 온데간데없었다. 상인이 있던 자리에는 좌판을 장식하는 데 쓰이던 비단이 몇 조각 떨어져 있을 뿐이었다.

"저쪽에 뭔가 있습니까?"

여미는 기척 없이 다가온 신율의 목소리에 놀랐다. 도깨비구슬 상인이 사라졌다 말하려던 여미가 고개를 저었다.

"아무것도 아니다. 그것보다 가지고 싶은 걸 정했다."

"다행이군요. 무엇입니까?"

"이리 와라."

여미가 신율을 향해 손을 뻗었다. 손을 잡으려던 여미는 주저하다 신율의 옷자락을 잡고 이끌었다. 신율은 순순히 여미에게 이끌려 따라갔다. 여미는 도겸과 함께 발견했던 포씨의 떡집으로 향했다. 떡집 좌판을 본 신율이 망설였다.

"정말 이걸로 되겠습니까?"

개락이다. 떡보다 귀한 물건이 지천으로 널렸다. 여미는 방긋 웃으며 고개를 끄덕였다.

"가지고 싶은 건 기루에서 얻었느니라. 네 형이 주었지."

"예?"

"이것 말이다."

여미는 현무가 새겨진 노리개를 꺼내 들었다. 신율은 주의를 기울여 여미의 노리개를 눈으로 조사했다. 귀공자나 도깨비 사냥꾼이 가지고 다니는 평범한 신수 무늬 노리개다. 귀한 신분과 실력을 상징하지만 특별한 점은 없다. 신율이 신수 노리개에 대해 더 생각하려 할 때 좌판을 지키고 있던 포씨가 크게 말했다.

"이거, 어제 본 아가씨가 아닌가."

여미는 뜨끈한 김을 뿜으며 좌판에 가득 찬 떡을 바라보았다. 포씨가 기세 좋게 말했다.

"오늘도 맛있는 떡이 있으니 천천히 골라보시게. 어제는 갑자기 사라져서 곁에 있던 몸종이 깜짝 놀라 달려가던데, 오늘은……"

오늘도 도겸과 같이 나온 줄 알고 옆으로 고개를 돌린 포씨가 깜짝 놀랐다. 신율이 걸치고 있는 푸른 도포를 본 포씨가 황급히 고개를 숙였다. 푸른 도포에 수놓인 문양은 분명히 서씨 가문의 문양이다. 어젯밤 내린 수색령으로 서씨 가문의 삼남이 개락에

묵고 있다는 소식이 쫙 퍼졌다. 눈치 빠른 포씨는 눈앞에 있는 자가 그 유명한 서씨 가문의 삼남, 서신율이라는 걸 재빨리 알아보았다.

'잠깐, 잠깐만. 그러면 이 아이가?'

어젯밤 포씨의 집에 들른 병사들은 입을 모아 하나의 인상착의를 말했다. 열여섯 쯤 되어 보이고, 흰 머리카락, 흰 피부, 그리고 금색 눈동자를 가진 여자아이. 단순히 도망친 이국의 노비나 외국인이라 생각했는데 설마 서씨 가문과 연관이 있었을 줄이야.

"큼, 어쨌든 마음에 드는 걸로 골라보시게, 아니, 보십시오."

포씨는 급히 말을 아꼈다. 좌판 위의 떡을 훑고 있던 여미는 신율과 포씨 사이에 흐르는 묘한 긴장감을 알아차리지 못했다.

포씨 말대로 오늘은 어제보다 훨씬 많은 종류의 떡이 있었다. 실타래처럼 늘인 엿가락으로 엮은 흰 떡부터 나무로 깎은 문양을 찍어낸 기름떡, 손으로 잡으면 포슬포슬 바스러질 것 같은 백설기까지 없는 게 없다. 약과와 꿀떡 사이를 헤매고 있던 여미의 눈동자가 특이한 떡을 발견했다. 하얗고 말랑말랑하며, 겉에는 눈처럼 새하얀 고운 가루가 뿌려져 있는 의문의 떡이었다.

"이 떡은 무슨 떡이냐? 무엇이기에 저리도 보드랍게 생겼단 말이냐?"

"팥을 넣은 찹쌀떡이지요."

포씨가 얌전하게 대답했다.

"꿀떡보다 맛있는 것이냐?"

"그거야……."

포씨는 답하기 곤란해졌다. 슬쩍 신율의 눈치를 보았다. 신율은 포씨에겐 신경 쓰지 않고 여미의 일거수일투족만 바라보고 있었다.

"먹어보면 알지 않겠소."

긴장이 풀린 포씨가 말했다. 여미가 찹쌀떡을 집어 들었다. 생각보다 훨씬 말캉한 감촉에 여미가 당황하여 떡을 놓칠 뻔했다. 떡을 놓칠 뻔한 건 여미인데 엉뚱하게도 신율의 얼굴에 당황스러운 기색이 스쳤다.

"먹어보고 싶구나. 뭐든 사준다고 했지? 이 하얀 떡을 달라."

"그건 안 될 것 같습니다."

"왜? 저것이 혹시 어마어마하게 비싼 떡이냐?"

"아닙니다."

"그럼 상관없지 않느냐."

신율은 진짜 이유를 말할 수 없었다. 그가 찹쌀떡을 보고 당황한 이유가 너무나 남세스러웠다. 다름이 아니라 신율은 찹쌀떡을 보고 어젯밤 쪽빛 저고리 사이로 보이던 몽실몽실한 그녀의 가슴을 떠올린 것이다. 이럴 수가, 좌판 찹쌀떡을 보고 여인의 젖가슴을 생각하다니 환국 최고의 사냥꾼 가문의 셋째도 갈 때까지 갔구나. 둘째 형님이 보시면 무어라 놀릴지 정신이 아득하다.

"내놓아라."

여미가 명했다. 차마 찹쌀떡을 꺼리는 이유를 말할 수 없는 신율은 어쩔 수 없이 찹쌀떡의 대금을 내야 했다. 찹쌀떡을 받아든 여미가 즐겁게 웃었다.

여미는 기대에 가득 찬 눈을 하고, 귀여운 입술을 열어 찹쌀떡을 앙 베어 물었다. 찹쌀떡 표면에 씌워놓은 희고 고운 전분이 여

미의 입가에 묻고 여미의 입술에 보드라운 찹쌀떡이 눌렸다. 여
미의 눈동자가 행복하게 휘어졌다. 그 모습을 더 이상 바라볼 수
없어 신율은 고개를 돌렸다.

찹쌀떡 안에는 여미가 생전 처음 먹어 보는 달콤한 팥이 들었
다. 여미는 입가에 흰 가루를 잔뜩 묻히고 신율을 톡톡 건드려
자신을 보게 했다.

"나는 화가 풀렸다. 너도 풀렸느냐?"

"애초에 제 잘못이라 말씀드리지 않았습니까."

신율은 한숨을 쉬고 천을 꺼내 여미의 입가에 잔뜩 묻은 전분
을 털어냈다.

"그리고 이제 찹쌀떡은 드시지 마십시오."

✳

개락을 떠난 여미와 신율 일행은 또다시 기나긴 여행길에 접어
들었다. 개락 이후로는 큰 도시나 마을을 종종 만났지만 하룻밤
머물 뿐 오래 지체하지 않았다.

"사야요의 기루에서 이상한 병풍을 보았다."

"낭아전설을 풀어 그림으로 그려놓은 것입니다."

"낭아……?"

"병풍 안에 있던 여인이 시조신 낭아입니다."

"낭아는 낭아산에 사는 신이 아니었나? 낭아전설에 대해 말해
보아라."

신율은 여행 틈틈이 짬을 내 여미에게 낭아전설을 설명했다.

낭아산의 전설은 가장 오래된 창조설화로 여겨지는 아주 유명한 이야기였다. 태초에 세상을 만드는 것에 일조한 여신 낭아는 낭아산을 올리고 그곳에서 온갖 환수들을 거느리고 살았다. 그곳에서는 인간도, 도깨비도, 식물도, 동물도, 환상도 구분 없이 서로 마음껏 어울릴 수 있었다. 그때는 인간과 도깨비가 대립하지 않았다.

태초부터 혼자였던 낭아는 어느 날 문득 외로움을 느꼈다. 낭아는 자신의 산에 사는 포희라는 인간 남자와 사랑에 빠졌다. 도깨비와 인간의 구분이 없던 시절, 낭아와 인간 남자는 아름다운 사랑을 이뤘다. 둘이 사랑에 빠지고 십 년째 되는 날, 보름달이 뜬 밤에 포희는 달빛에 비친 낭아의 얼굴을 보고 물었다.

'여보, 낭아. 이상하구려. 나는 십 년 동안 늙어 쪼그라들었는데, 당신은 십 년 전과 하나도 다름없어.'

'여보, 포희, 신경 쓰지 말아요. 생김새와 상관없이 우리 사랑은 진실하답니다.'

그러나 한 번 낭아와 자신의 차이를 깨달은 포희는 계속해서 눈에 띄는 차이점에 신경이 쓰였다. 포희는 자신의 눈을 만지며 말했다.

'여보, 낭아. 이상하구려. 나는 늙어 눈이 침침해져 멀리 보기 어려운데 당신은 세상 끝에서 일어나는 일도 모조리 보지 않소.'

포희는 자신의 다리를 만지며 말했다.

'여보, 낭아, 이상하구려. 나는 오로지 땅 위를 걷는데 당신은 하늘 위 구름을 자유롭게 떠돌지 않소.'

포희는 쭈글쭈글 쭈그러든 자신의 손을 보며 말했다.

'여보, 낭아, 슬프구려. 당신과 나는 너무도 달라.'

차이를 알게 된 포희는 낭아를 더 이상 사랑할 수 없었다. 하지만 낭아는 여전히 포희를 사랑했다. 떠나려는 포희 앞에서 무릎을 꿇고 울던 낭아에게 그가 말했다.

'여보, 낭아, 제발 나를 놔주오. 나는 당신이 무섭소. 당신은 괴물이야.'

사랑하는 이로부터 괴물이라는 말을 들은 낭아는 충격을 받아 쓰러졌다. 낭아는 끝까지 포희에게 매달렸으나 포희는 매몰차게 낭아를 거절했다. 포희의 사랑을 잃은 후 얼마 지나지 않아 낭아가 죽었다.

"포희가 낭아를 죽인 것이냐?"

셋째 줄의 글자 풀이를 듣던 여미가 물었다.

"그건 아무도 모릅니다."

"하지만 여긴 살(殺)이라고 하는데."

"고시조의 뜻을 이해하려면 다섯 글자, 다섯 행으로 이루어진 고시조의 형식을 먼저 이해해야 합니다. 들으시겠습니까?"

신율이 짐을 뒤져 서책을 꺼냈다. 고시조 풀이를 설명해 둔 두꺼운 서책엔 개미만 한 글자가 촘촘히 박혀 있었다. 여미는 질린 표정으로 고개를 저었다.

"됐다. 듣다가 날 새겠구나. 그냥 잠이나 자련다."

신율이 희미하게 미소 짓고 여미의 잠자리를 지켰다. 한밤중 도겸이 식솔들 몰래 신율을 찾아왔다.

"치우산에 관한 건 알아보았느냐."

신율이 서책을 덮으며 조용히 물었다. 신율의 방에는 이불을 고치처럼 둘둘 말아 몸을 감싼 여미가 쌔근쌔근 잠들어 있었다. 개락에서 한바탕 소동을 벌이고 찹쌀떡으로 화해한 후 신율과 여미는 그럭저럭 평화롭게 지냈다.

그러나 신율이 여미를 구속하기 위한 준비를 멈춘 것은 아니었다. 오히려 화해 이후 신율은 사야요가 기겁한 광증이라 불러도 손색없을 만큼 철저하게 도깨비에 대한 정보를 뒤지며 여미의 정체를 추적했다. 치우산도 신율이 여미의 정체를 알기 위해 안배한 목적지 중 하나였다.

"말씀하신 대로 치우산에 흩어져 있는 신수급 도깨비들의 위치를 알아냈습니다. 돌연변이로 반 신수가 된 호랑이 도깨비가 치우산 동쪽 외곽에 있다 합니다."

"동쪽 외곽? 일이 쉽게 풀리는구나."

보고를 들은 신율이 도겸에게 물러가라 손짓했다. 그러나 그는 물러가지 않고 주저하며 다른 이야기를 꺼냈다.

"그리고……."

"내가 더 알아야 할 것이 있는가?"

"도련님, 밖으로 나오셔야 할 것 같습니다. 치우산에 관한 것보다 시급한 문제입니다."

도겸이 잠든 여미를 향해 의미심장한 눈길을 보내며 말했다. 여미가 들어선 안 될 일이라면 하나밖에 없다.

"비애에 관한 일이냐?"

"예."

신율의 뒤를 끈질기게 쫓는 이탈도깨비, 비애.

"밖으로 나가마."

신율이 입김을 불어 촛불을 껐다. 방 안이 어둠에 잠기고 신율이 일어서 도포를 두르는 소리가 들렸다. 신율은 도포 앞자락을 고정하는 술띠를 여미고 밖으로 나왔다.

"비애를 보았느냐."

"눈으로 보진 못했습니다. 말꼬리에 달아놓은 보호부가 깨진 걸 보고 알았습니다."

"아직 걱정할 만큼 가까이 온 건 아니로군."

신율이 밤하늘을 올려다보았다. 서씨 가문은 대대로 도깨비 사냥꾼을 배출해 왔다. 당연하게도, 서씨 가문을 증오하는 도깨비는 하늘의 별만큼 많았다. 서씨 가문은 강력했기에 특별히 위협이 되는 도깨비는 없었다. 신율이 비애의 원한을 사기 전까진 그랬다.

이탈도깨비는 여와, 치우도깨비보다 훨씬 강력한 존재다. 인간들이 자연에서 접할 수 있는 식물이나 동물에 기반을 두어 모습을 구성하는 여와, 치우도깨비와 달리 이탈도깨비와 환상도깨비는 인간의 상상력을 뛰어넘는다. 비애는 이탈도깨비들 중 감정도깨비의 하나로, 세상을 뒤흔든 크나큰 슬픔의 심장에서 태어났다 한다.

"어찌하시겠습니까."

평소 신율은 비애와 마주칠 때마다 싸웠다. 비애가 강력하다한들 신율을 이기진 못하기 때문에, 비애는 그와 싸우고 목숨을 부지할 정도는 되지만 그에게 해를 입히진 못한다. 신율은 여미가 잠들어 있는 방 안을 들여다보았다. 평소라면 싸웠겠지만 지금은 여미가 있다. 도깨비구슬로 인해 상처를 받았는데 또 다른 도깨비와 싸우는 모습을 보여주어 자신이 도깨비 사냥꾼이라는 걸 다시금 확인시킬 필요는 없다.

"아무래도 길을 서둘러야겠구나."

신율이 잠들어 있는 여미를 이불 채로 소중히 안아 들었다.

잠들이 있던 여미가 눈을 반짝 떴다. 주변이 흔들렸다. 신율과 함께 잠들었던 방이 아니다. 여미는 이불에 둘둘 싸인 채로 마차에 실린 채였다. 문을 여니 아직도 새까만 하늘이 보였다. 신율은 마차 옆에서 말을 타고 있었다.

"이게 대체 어찌 된 일이냐."

"도깨비가 따라붙었습니다."

신율은 숨기지 않고 말했다. 마차 문고리를 쥐고 있던 여미의 손에 힘이 들어갔다.

"……무슨 도깨비?"

"비애라는 이탈도깨비입니다."

"네가 이탈산에서 이무기 도깨비를 잡았기 때문인가?"

"아닙니다. 이무기 도깨비와는 관계없습니다."

여미의 입술이 바짝 말랐다. 주변을 돌아보니 신율의 식솔들은 모두 긴장한 채 경계 태세에 들어갔다. 남자들과 무사들은 모두 횃불을 치켜든 채 창을 꽉 움켜쥐고 있고 여종들은 수레 위에 옹기종기 모여 앉았다.

"그러면 비애라는 이탈도깨비가 왜 너를 노리는 것이냐."

"도깨비 사냥꾼이 도깨비를 노리는 것처럼, 도깨비도 도깨비 사냥꾼을 노리는 것이지요."

충분한 설명이 아니었다. 여미는 직감적으로 비애라는 도깨비와 신율 사이에 더 큰 사정이 있음을 짐작했다. 그러나 신율이 입을 열지 않을 걸 알기에 여미도 캐묻지 않았다. 여미와 신율이 함께한 지 한 달이 겨우 지났지만 둘은 서로를 다루는 데 익숙해졌다.

"여미 님은 마차 안에 계십시오. 도깨비에게 들키면 좋은 꼴을 보진 못할 겁니다."

신율의 말을 들은 여미는 기분이 복잡해졌다. 여미는 태어나서 단 한 번도 다른 도깨비를 본 적이 없었다. 도깨비풀 상태일 때 몇 번 도깨비와 접촉한 적이 있긴 하지만 그건 제대로 된 접촉이라 할 수 없었다. 접촉이라기보단 털 달린 치우도깨비들 중 몇몇의 몸에 잠깐 붙어 있었다는 말이 더 적절하리라.

"비애가 궁금하십니까."

신율이 조용히 물어왔다.

"아니다."

동족이 보고 싶지 않다니, 도깨비답지 않은 반응이었다. 그리고 여미를 그렇게 만든 건 신율이었다. 여미의 세상을 온통 자신으로 채워 여미가 제 품을 벗어날 수 없도록 만들었다. 신율이 조심스레 마차의 문을 닫았다. 비애의 습격은 그날 밤 이루어졌다.

신율이 습격의 전조를 알아챘을 때, 여미는 여전히 마차 안에 있었다. 그는 비애의 기척이 가까이 다가오고 있다는 걸 알았다.

식솔들에게도 단단히 준비하라 일렀다. 신율의 예상대로 비애는 밤이 지나가기 전에 모습을 드러냈다.

"우측이다!"

식솔들이 나무 위로 창을 겨눴다. 과연 횃불을 비추자 거대한 나무줄기를 밟고 있는 형상 하나가 드러났다. 언뜻 보기엔 사람과 같았다. 비애는 성숙한 여인의 모습으로 검은 머리카락을 허리까지 길게 기르고 있었다. 신율의 식솔들은 인간의 형상에 속지 않았다. 머리카락괴 눈동자 색깔이 특이하긴 하지만 인간과 다를 바 없는 여미와 달리 비애의 외모는 인간과 확연히 달랐다.

검은 어둠 속에서 빛나는 푸른 눈동자는 마치 불꽃같았다. 동공 대신 타오르는 감정, 비애의 일렁이는 눈동자는 보는 사람을 소름끼치게 만들었다. 눈동자 위로 시선을 올려 희고 고운 이마를 살피면 손가락만 한 뿔 두 개가 나란히 솟아 있는 걸 볼 수 있다. 형상은 그럭저럭 인간을 닮았지만 결코 인간이라 착각할 수 없는 외모였다.

비애는 서씨 가문 식솔들 가운데 서 있는 신율을 보았다. 비애가 눈을 감았다. 신율을 보자마자 차오른 슬픔 때문에 비애의 주변에 푸른 도깨비불이 일렁거렸다. 비애는 평소와 같이 신율의 기운을 빨아들였다. 청명하고 서늘한 도포 자락에 휘감긴 속내 아주 깊은 곳에 있는 광증. 평소처럼 신율의 광증을 쓰다듬으려던 비애는 자신의 감각을 낯설게 파고드는 또 다른 기운에 눈을 떴다.

"뭔가 있구나."

비애가 말했다. 식솔들이 긴장하여 창을 움켜쥐었다. 신율만이 잔잔한 호수 표면처럼 고요했다. 비애는 깊게 가라앉은 신율의 눈동자를 보며 말을 이었다.

"마차 속에 무언가를 숨겨놓은 모양이지. 아주 특별한 기운이다."

신율은 비애가 '도깨비의 기운'이 아니라 '특별한 기운'이라 한 것에 주목했다. 혹시나 했는데 역시 도깨비들도 여미를 평범한 도깨비로 인식하지 않는 모양이다.

"그 마차 안에는 무엇이 있느냐?"

"이탈산에서 잡은 이무기 구슬이다. 비애, 너도 이탈도깨비이니 구슬의 기운을 느낄 수 있겠지. 그러나 이탈도깨비들은 서로의 안위에 관심이 없다 들었는데."

신율은 마차를 돌아보지 않았다. 마치 아주 사소한 거라는 듯 귀찮은 기색까지 담아 말했다.

"이무기라면 솔해를 말하는 것인가?"

"그런 이름이었던 것 같군."

신율은 자신의 검 아래에서 쓰러지며 고통에 찬 신음을 내뱉던 하얀 이무기를 떠올렸다. 용 도깨비가 되면 스스로를 솔해라 칭할 거라 자랑하듯 말했던 것이 떠올랐다.

"솔해는 내가 잘 안다. 그는 결코 저런 기운을 풍기지 않아. 솔해의 기운은 좀 더 흉악하고 솔직하다."

비애의 말대로 용이 되지 못한 이무기 도깨비는 흉악했다. 비애는 다시 한 번 눈을 감았다. 그녀의 주변에 일렁이는 푸른 도깨비불로 인해 온통 새파랗게 물든 비애의 모습은 상당히 비현실적이었다.

"그러나 지금 내가 느끼는 기운은,"

비애가 말하려다 말고 입을 다물었다. 신율은 비애가 느낀 감각이 궁금했지만 섣불리 묻는 실수를 저지르지 않았다. 지금 중요한 건 비애의 관심을 여미에게서 떼어놓는 것이다. 신율이 비애를 향해 한 걸음 나아가며 물었다.

"네 목적은 내가 아니었나."

"그랬지."

비애가 웃었다. 슬픔이라는 감정에서 태어난 도깨비는 웃을 때조차 사람의 뼛골을 허하게 만들었다.

"내 목적은 오로지 신율, 너다. 너의 살점을 파헤치고 심장을 꺼내 산산조각으로 부수는 것이 내 유일한 소망이다. 너의 피를 전부 마시고 세상이 끝날 때까지 웃고 싶구나."

비애는 신율이 미처 걸음마를 떼기도 전부터 신율을 노렸다. 신율은 비애가 왜 자신을 노리는지 몰랐다. 몇 번 비애에게 물어봤지만 확실한 대답을 듣지 못했다. 비애는 그저 '네가 내 원한을 샀다. 나는 너를 죽이기 위해 그 긴 세월을 살았다'라고 말할 뿐이었다. 이유를 알든 모르든 몇 백 년 묵은 슬픔에게 노려진다는 건 엄청난 일이다. 게다가 비애는 신율의 성장을 지켜보았고 다른 누구보다 신율을 속속들이 알았다.

"너의 심장을 꺼내는 방법이 손톱으로 생살을 가르는 수 하나가 아니라는 것 정도는 알고 있다. 여태까지는 내 무기인 감정이 파고들 틈이 생기지 않아 무력으로 승부했지만 오늘은 다르구나."

비애는 인간의 심장이 단순히 근육 덩어리가 아니라는 사실을 알았다. 비애 자신이 천지를 뒤흔든 슬픔에서 태어나지 않았는가. 슬픔은 무형임에도 인간의 심장을 망신창으로 만든다. 비애

는 인간의 심장을 너덜너덜하게 만드는 약점을 알았다. 바로 무언
가를 지키려 하는 마음이나 무언가를 소중히 하는 마음이 그것
이다. 상실은 인간을 덮치고 거친 짐승처럼 심장을 뜯어먹는다.

"너에게도 지켜야 하는 것이, 그리고 내가 빼앗아 갈 만한 것이
생긴 모양이구나."

"여태까지 한 번도 나에게 이기지 못했으면서 오늘은 이길 수
있을 거라 생각하는가."

신율이 차갑게 대꾸했다. 비애가 나무 위에서 훌쩍 뛰어내렸
다. 아주 높은 곳에서 뛰어내렸는데 생채기 하나 없었다. 감정으
로 만들어져 물리적인 형체가 없는 도깨비인 비애는 행동에 제약
을 받지 않는다. 신율이 검을 들어 올렸다. 평소처럼 검에 강기를
두르고 비애를 상대할 생각이었다. 신율의 계획은 비애가 품에서
꺼낸 몇 개의 구체에 의해 깨어졌다.

"네놈들이 도깨비의 심장을 꺼내 구슬을 만들어 도구로 이용하
는 것처럼 나도 인간의 물건에 손을 대보았다."

도겸의 얼굴이 허옇게 질렸다. 비애의 손에 들려 있는 건 천하
의 온갖 것이 모인다는 개락에서도 구경할 수 없는 물건이었다.
엄청난 살상력을 가졌기에 오로지 화(火) 가문만 취급할 수 있는
일급 위험 물품!

"폭약이다! 모두 피해!"

비애가 웃으며 손 안에 쥐고 있던 검은 구슬 모양의 폭약을 던
졌다. 피할 새도 없이 폭발이 일어났다. 폭발이 모두를 덮쳤다.
어마어마한 속도의 불길이었다. 신율의 식솔 모두 한 솜씨 자랑
하는 고수들이지만 불길을 피할 수 없었다. 옷에 불길이 번지고

피부에 입은 화상이 넓어진다. 식솔들은 모두 고통에 찬 비명을 내지르며 저 멀리 떨어져 나갔다.

"비애!"

신율만이 똑바로 서 있었다. 하나 그는 더 이상 능청을 떨 여유가 없음을 인정했다. 비애에게서 여미를 지키기 위해 마차 쪽으로 내달렸다. 안타깝게도 비애가 더 빨랐다. 감정도깨비인지라 실체가 없는 비애는 폭발의 영향을 받지 않았다. 비애의 손이 신율보다 먼저 마차에 닿았다. 비애가 마차 문을 뜯어내고 그 안에 웅크리고 있는 여미를 발견했다.

"네가 숨기고 있던 게 이것이었나?"

여미를 본 비애가 만면에 웃음을 지었다. 그러곤 여미의 목을 움켜쥐었다.

여미는 커다란 폭발음이 들린 순간부터 마차 안쪽에 웅크렸다. 충격파가 몰아치며 마차가 덜컹덜컹 흔들렸다. 떨어지지 않기 위해 모서리를 붙잡고 버티고 있으려니 난폭하게 문이 열렸다.

'신율?'

혹여나 하는 마음에 고개를 들었지만 눈에 들어온 건 신율이 아니었다.

낯선 도깨비.

여미는 한눈에 눈앞의 존재가 도깨비라는 걸 알았다. 여미처럼 인간의 형태를 하고 있었지만 푸른 불꽃으로 타오르는 눈동자와 이마에 나란히 돋은 뿔 두 개는 결코 인간의 것이 아니었다. 여미가 태어나서 처음으로 보는 동족이었다. 반가움도 그리움도, 그렇다고 두려움도 아닌 묘한 기분이 여미를 감쌌다.

여미는 빠르게 비애의 모습을 훑었다. 치우도깨비나 여와도깨비처럼 인간과 극적으로 다른 도깨비를 만날 수 있을 거라 기대하던 여미는 조금 실망했다. 하지만 여미는 인간이 아니었기에, 눈에 보이는 것으로 모든 것을 판단하지 않았다.

신율의 말에 따르면 이탈도깨비라 했다. 이탈도깨비는 환상도깨비 다음으로 종잡을 수 없는 도깨비다. 비애 또한 평범한 외모 속에 무엇을 감추고 있을지 모른다. 당장 비애의 손끝이 흐려지며 푸른 기운으로 흩어지는 것만 보아도 비애가 특별함을 알 수 있었다.

"일단 나와 함께 가야겠다."

비애가 여미의 팔을 낚아챘다. 반항하려 했지만 비애의 힘이 훨씬 강했다. 여미는 자기 자신의 출신도 모르는 어린 도깨비인데 반해 비애는 이십 년 넘게 서씨 가문과 싸워온 강한 도깨비다. 애초에 상대가 될 리가 없었다.

여미는 비애에게 이끌려 마차를 벗어나기 전에 황급히 신수가 새겨진 노리개를 움켜쥐었다. 비애에게 잡혀가더라도 신수 노리개만큼은 꼭 챙겨야 할 것 같은 기분이 들었다. 왜인지는 몰랐다. 비애는 여미가 무얼 챙기는지 전혀 관심이 없었다. 여미를 끌고 나무 위로 올라간 비애는 여미를 뚫어지게 바라보았다. 비애가 관심 있는 건 여미의 정체였다.

"네년은 대체 신율의 무엇이냐?"

살기가 넘치는 비애의 목소리는 같은 도깨비인 여미의 가슴마저 철렁하게 만들 정도였다. 여미는 비애가 자신을 잡아온 것이 신율 때문이라는 걸 깨달았다. 듣기로 비애는 신율을 원수로 여긴다고 했다. 여미를 잡아오는 것이 신율에게 타격을 주는 것과 무슨 상관이 있는 것일까?

"내 질문을 이해하지 못한 모양이구나."

멍한 여미의 표정을 보고 비애가 말했다. 이번에는 여미가 질문했다.

"왜 그리도 신율을 증오하는 것이냐?"

"지금 도깨비인 나에게 왜 그를 증오하느냐 물은 것인가? 그리도 당연한 일을? 서씨 가문이 저지른 일을 몰라서 그러는 건가."

비애가 입술을 비틀며 웃었다. 그녀의 눈동자 속에서 푸른 불꽃이 타올랐다. 여미는 불꽃에서 전해져 오는 아픔에 주먹을 꽉 쥐었다. 비애의 불꽃을 볼 때마다 심장이 저릿저릿했다.

"서씨 가문의 삼남은 죽어야 한다. 삼남을 시작으로 서씨 가문의 모든 걸 없앨 것이다. 대문에 기어 다니는 벌레 하나 놓치지 않고 찢어발길 것이다."

비애의 증오는 서씨 가문 전체를 향했지만, 그중 신율을 향한 증오는 특별했다. 여미는 그녀가 신율을 증오하는 데 단순히 도깨비 사냥 말고 다른 이유가 있음을 짐작했다.

"네년은 무엇이냐. 기운이 이상하긴 하지만, 네년 역시 서씨 가문이냐?"

"나는……."

"무엇이든 서씨 가문이 가진 것은 용서할 수 없다."

"나는 서씨 가문의 일부가 아니다."

"그럼 왜 신율의 마차에 같이 있었느냐?"

비애의 눈이 이채를 띠었다. 그녀가 여미의 머리끄덩이를 잡고 고개를 쳐들게 했다. 여미의 황금색 눈동자를 깊이 들여다보던 비애가 탄성을 질렀다.

"네년, 도깨비로구나."

여미의 몸에서 풍기는 희미한 풀 냄새를 맡은 비애가 말했다. 비애의 손에서 도깨비불이 새로 생겨났다. 도깨비불을 통해 여미를 본 비애는 그녀가 태어난 지 두 달도 채 되지 않은 어린 도깨비임을 알아챘다. 비애는 위협적인 도깨비불을 모두 거뒀다. 그녀의 도깨비불은 서씨 가문에 대항하기 위한 것이지 같은 종족을 위협하기 위한 것이 아니다. 여미는 비애의 손에서 풀려나자마자 근처 나뭇가지 위해 매달렸다.

"아직 어린 것 같으니 알려주마. 인간들은 도깨비의 살을 벗겨내고 고문하여 도깨비구슬이라는 끔찍한 물건을 만든다."

비애가 천천히 말했다. 신율의 곁에서 떨어지라는 뜻이었다. 그녀는 친절하게도 자신이 도와주겠다고 말했다. 여미가 대답이 없자 비애가 인상을 찌푸렸다. 설마 하는 의심이 점점 확신으로 바뀌었다.

"알면서도 인간 곁에 붙어 있는 건가?"

비애의 어조가 너무나도 경멸적이었기 때문에 여미는 말로 할 수 없는 굴욕감을 느꼈다.

"인간이 뭘 해주겠다고 했느냐?"

비애가 날카롭게 물었다.

"내가 살아갈 도깨비 산을 찾아주겠다고 했다."

"설마 그 말을 믿는 건 아니겠지!"

여미는 혼란스러웠다. 이무기 마을에서 신율과 동행한 이유는, 그가 여미의 보금자리를 찾는 걸 도와주겠다고 했기 때문이다.

'그게 거짓이었나? 하지만 신율은 더 이상 거짓말하지 않겠다고 했는데.'

여미는 알 수 없었다. 인간, 그것도 신율의 마음을 꿰뚫어보기엔 여미가 너무 어렸다.

"내 서씨 가문의 남자들에 대해서는 잘 알고 있다."

어린 여미 대신 비애가 말했다. 비애는 아주 오랜 시간 동안 서씨 가문과 싸워왔다. 모든 도깨비가 서씨 가문의 명성에 대해서는 알고 있지만 비애만큼 그들의 특성을 잘 알고 있는 자는 없다.

"특히 신율이라는 남자에 대해서는 너무나 잘 알고 있지, 질릴 만큼."

신율은 분명 여미를 지키려 애썼다. 비애는 생전 처음 본 신율의 빈틈을 노려 여미를 훔쳤다. 여미가 도깨비라는 걸 알고 무언가 착오가 있나 해서 도망치게 해주려 했다. 그러나 신율과 여미가 서로 도깨비와 인간임을 알고 있으면서도 같이 있는 거라면 이야기가 완전히 다르다. 비애가 나무줄기에 등을 기대고 눈을 가늘게 떴다. 그녀의 눈꺼풀 안에서 푸른 불꽃이 요동쳤다.

"도깨비 사냥꾼인 주제에 너를 죽이지 않고 곁에 둔 걸 보니 가히 삼남의 마음을 짐작할 수 있겠구나."

비애는 슬쩍 팔을 늘어뜨렸다. 여미가 보지 못하는 곳에서 손목에 힘을 주고 손톱을 드러냈다. 위협적으로 빛나는 푸른 손톱이 비애의 살갗을 뚫고 나왔다. 비애의 상처에서는 푸른 피가 흐른다. 푸른 피는 인간의 눈물처럼 흘러 비애의 날카로운 손톱에 속속들이 스며들었다. 이것이 비애의 무기다.

"같은 도깨비이니 마지막으로 충고하마. 삼남은 널 결코 놓아주지 않을 것이야."

"고향을 찾아준다고 했다!"

여미는 똑같은 말을 반복했다. 외치면서도 이것밖에 할 말이 없다는 게 한탄스러웠다. 여미는 새삼 깨달았다.

'나는 정말 신율에 대해 아는 것이 하나도 없구나.'

비애는 여미를 비웃으려다가 마음을 바꿔 심각하게 말했다.

"마음을 정리해라, 어린 도깨비야! 내 말을 듣고도 인간 곁에 있다면 너는 크나큰 실수를 하게 될 것이다."

지금 당장은 여미를 이용해 신율을 상처 입히려는 계획을 세우고 있지만 비애라고 해서 작고 하얀 도깨비를 싫어하는 것은 아니다. 신율의 성정과 광증을 익히 아는 비애는 여미가 아무것도 모른 채 신율에게 붙들려 있음을 능히 짐작했다. 비애가 쓴웃음을 지었다. 서씨 가문의 남자들은 언제나 그렇다. 사야요를 사로잡은 신라도 그렇고, 돌처럼 딱딱한 원칙 뒤에 범상치 않은 본성을 숨기고 있는 신태도 그렇다. 그리고 비애를 엉망으로 만든 신율도. 눈앞에 있는 작은 도깨비 또한 신율의 손에 망가질 것이 분명하다.

"나처럼 말이다."

비애가 여미에게 달려들었다. 비애의 손톱이 여미의 목덜미를 겨눴다. 여미가 숨 막히는 소리를 냈다. 비애의 공격을 막을 수 없었다. 비애의 손톱이 여미의 목덜미를 파고들기 직전 비애가 물었다.

"도깨비와 인간의 접촉에 어떤 대가가 따르는지는 알고는 있나?"

비애의 손톱은 여미의 대답을 기다리지 않고 파고들었다. 목덜미에서부터 가슴팍까지 긴 자상이 생겼다. 여미는 홧홧한 고통과 함께 정신을 잃었다. 비애는 의식을 잃고 나무 아래로 떨어지려는 여미를 받아냈다. 비애가 찌른 상처로부터 푸른 슬픔의 독이 여미의 전신으로 퍼져 나갔다. 비애는 독이 효과를 볼 때까지 기다렸다. 비애의 무기는 슬픔이다. 생에서 가장 슬픈 기억을 이끌어내 상대를 깊은 절망의 나락으로 떨어뜨리는 것이 비애의 전투 방식이다.

여미가 큰 타격을 받으리라곤 기대하지 않았다. 태어난 지 겨우 두 달도 안 된 도깨비에게 무슨 슬픈 기억이 있겠는가. 신율을 놀라게 해줄 수 있으면 그것으로 되었다. 비애는 기대 없이 손톱에 묻은 피를 핥았다. 그 순간 비애의 몸속으로 둔중하고 무거운 기억이 쿵 떨어졌다. 비애는 여미를 놓칠 뻔했다. 간신히 균형을 잡은 비애가 슬픔의 독이 퍼 나르는 여미의 기억을 탐색했다. 비애의 눈이 날카롭게 변했다.

"평범한 도깨비가…… 아니었군."

비애의 눈이 놀라움으로 커졌다. 비애는 황급히 여미를 내려다보았다.

'시조신낭아(始祖神琅玡).'

비애의 머릿속에 오래된 시구가 스쳐 지나갔다.

'낭아산은 사라졌다. 그렇다면 이 도깨비는 아마…….'

비애의 주변을 돌던 도깨비불이 회전을 멈췄다. 오랜 세월을 산 감정도깨비 비애는 낭아산이 단순한 전설이 아니라는 걸 알았다. 낭아산은 실제로 존재했다. 인간들이 기억하지 못할 뿐.

'낭아주(琅玡珠), 주즉살 주즉생 주즉탄모(珠則殺 珠則生 珠則誕母).'

여기까지는 인간들 사이에 전해 내려오는 시구다.

'그리고……'

인간들의 시구를 모두 외운 비애는 끝에 인간이 모르는 나머지 시구를 덧붙여 외웠다.

'재림의 씨앗.'

신율은 여미의 정체를 알고 있을까? 알고 있다면 신율이 왜 여미를 데리고 있는지 이해가 간다.

"독은 좀 괴로울 거다."

비애는 도박을 걸었다. 신율이 여미를 진심으로 아끼는 것이 아니라 단지 도구이기 때문에 귀하게 여기는 거라면 비애의 작전은 아무 소용없다. 하지만 신율의 마음이 진심이라면, 이번에야말로 비애는 신율의 심장을 파낼 수 있을 것이다.

비애가 여미를 나무 아래로 떨어뜨렸다. 여미는 풀숲에 떨어져서도 계속해서 피를 흘렸다. 여미를 찌르며 안 것인데 여미의 뒷덜미에 신율의 보호부가 있다. 가만히 내버려 두면 곧 신율이 여미를 찾으러 올 것이다. 비애는 상황의 추이를 지켜보기 위해 숲의 그림자 속으로 숨어들었다. 말라가는 눈물처럼 비애의 자취가 흔적도 없이 사라졌다.

여미는 흐린 시야와 아득한 고통 속에서 눈을 떴다. 목의 상처에서는 계속해서 피가 흘렀다. 누군가의 커다랗고 뜨거운 손이 여미의 상처를 꾹 눌렀다. 여미는 쿨럭이며 마른 목소리로 물을 갈구했다. 곧이어 물 묻은 손가락이 여미의 입술을 스치고 지나갔다. 여미는 혀를 내밀어 입술을 핥았다. 가뭄이 든 토지처럼 바짝 말라 있던 입안이 겨우 평화를 되찾았다.

"……정신을…… 여미 님……."

소리는 아지랑이처럼 흔들리고 시야는 술이라도 마신 듯 비틀거렸다. 여미는 귓가에 울리는 말소리를 제대로 해석할 수 없었다.

"열이 펄펄 끓습니다."

"아무래도 안 되겠다. 차가운 물을 가져와라."

차가운 손이 목덜미를 스치며 달아오른 여미의 몸을 식혀주었다. 여미는 온몸의 감각을 집중해 신율의 손을 느꼈다. 그의 손이 저고리를 젖히고 쇄골 부근에 다다랐다. 비애가 입힌 상처가 드러났다. 여기저기서 탄식하는 소리가 들렸다. 여미는 악화되는 상처에서 다시 올라오는 열기에 숨이 막혀 발버둥 쳤다. 신율이 급하게 여미의 상처를 물수건으로 닦았다. 여미가 숨을 헐떡이자 신율의 커다란 손이 여미의 상처 위에 수건을 대고 지그시 눌렀다.

비애의 독이 거미줄처럼 얇게 퍼져 여미의 몸속으로 침투했다. 슬픔이 몰려왔다. 처음엔 이유 없는 슬픔이었다. 막연한 안개 같은 슬픔이 여미의 몸과 눈을 적셨다. 여미는 슬픔의 푸른 안개를 헤치며 앞으로 나아가려 했다. 휘젓던 손에 걸린 건 허리춤에 매달고 있던 노리개였다. 여미의 시야 한구석에 검은 현무가 새겨진 노리개가 스치고 지나갔다. 신수가 새겨진 노리개를 본 순간 여미의 눈에서 눈물이 흘렀다.

"슬프다, 하염없이 슬프다."

뚜렷한 슬픔이 여미에게 몰려들어 왔다.

'이것이 비애의 독이구나!'

여미는 한탄했다. 몇백 년이 넘도록 망각과 고의적인 상실 속에 파묻어둔 슬픔을 경험하는 것이 독이로구나.

흐릿한 시야 속에서 소중한 생명들이 하나하나 사라져갔다. 여미는 무력하게 공중에 떠서 손을 휘저었다. 아무것도 구할 수 없었다. 겨우 도깨비풀일 뿐인 여미는 아무것도 할 수 없었다. 여미의 마음 깊숙한 곳에 있던 본능이 소리를 질렀다. 눈앞에 있는 생명들을 구하고 폐허가 된 산을 되돌려야 한다. 여미는 흐릿해져 가는 정신 속에서 한 가지만 생각했다.

"……를 죽이다니, 인간 놈, 용서하지 않겠다. 감히 ……를!"

"진정하십시오. 당신의 옆에 있는 건 접니다."

여미는 어지러움 속에서 신율의 손을 쳐냈다. 신율이 급하게 저고리를 젖혀 여미의 상처를 드러냈다. 상처가 커지며 푸른 독이 점점 독기를 더해 갔다.

'비애!'

신율은 입술을 깨물었다. 여태 비애의 독에 당한 식솔들이 몇명 있었다. 비애의 독은 독버섯이나 독풀에 있는 독성과 달랐다. 비애의 독은 신체에 아무런 이상도 일으키지 않는다. 그럼에도 불구하고 독이라 부르는 것은 비애의 체액에 의해 일어나는 슬픔이 사람을 죽음으로 내몰 만큼 치명적이기 때문이다. 비애의 체액은 바로 감정이라는 독이다.

"대체 뭘 보고 있는 겁니까."

신율은 허공을 휘젓는 여미의 두 손을 잡아챘다. 여미는 허리를 들썩이며 신율의 손에서 빠져나가려 애썼다. 신율은 괴로움에 인상을 찌푸렸다.

비애의 독에 중독된 식솔들은 모두 간단한 방법으로 구해냈다. 비애의 체액은 오로지 비애의 손톱으로 상처를 입은 사람에게만 효과가 나타났다. 체액 자체는 그저 피일 뿐이니 빨아내면 그만이었다. 어느새 곁에 다가온 도겸이 천을 건넸다. 여미의 경우 가슴팍에 상처를 입어 독이 퍼지지 않도록 동여맬 부분이 없다. 어서 빨리 상처에 입을 대고 빨아내야 한다.

"도련님!"

도겸이 다급하게 재촉했다. 신율은 끝까지 망설이다 여미의 쇄골 아래 상처가 벌어진 부분에 입을 가져다댔다.

"읍."

신율은 약한 신음을 흘렸다. 비애의 독과는 전혀 상관없는 뜨거운 아픔이 느껴졌다. 신율은 눈을 감았다. 입술에 느껴지는 여미의 부드러운 살결을 의식하지 않으려 애썼다. 여미의 목숨이 경각에 달린 지금 자신의 감정으로 일을 망쳐서는 안 된다. 그거야 말로 비애가 바라는 일이다.

볼을 홀쭉하게 하며 여미의 피와 섞인 비애의 독을 진하게 빨아들였다. 그리고 도겸이 가져다준 천 위에 피를 뱉었다. 푸른색으로 꿈틀거리는 비애의 독이 공기 중에 노출되니 빠르게 증발하였다.

신율은 다시 한 번 여미의 가슴팍으로 고개를 숙이고, 여미의 가는 허리와 보드라운 어깨를 움켜쥐었다. 여미의 몸이 신율의 상체에 바짝 붙었다. 신율의 어깨에 여미의 말캉하고 작은 가슴이 느껴진다. 독을 수월하게 빨아내기 위해서 여미의 몸을 고정시킨 것뿐이지만 여미를 제 품 안에 가둔 것만으로 신율의 심장이 요동쳤다.

신율은 입가에서 느껴지는 고통과 배 속에서 끓어오르는 열기를 제어하며 모든 정신을 비애의 독에 집중했다. 한 번 더 빨아내고, 마지막으로 깊이 빨아냈다. 상처에 푸른 기가 남아 있지만 어찌어찌 비애의 독은 다 빨아냈다. 신율은 깨끗한 수건으로 여미의 상처 부위를 닦아주었다. 여미의 호흡이 안정되는 걸 확인하자마자 여미의 몸에서 손을 뗐다.

"신율?"

여미가 숨을 크게 들이쉬었다. 그리고 눈을 떴다. 가장 먼저 눈에 들어온 것은 알 수 없는 표정으로 여미를 내려다보고 있는 신율이었다. 신율은 또렷이 돌아온 여미의 눈동자를 보고 깊은 한숨을 내쉬었다. 그가 여미의 가슴팍 위에 고개를 떨어뜨렸다.

"신, 신율! 이 고사리 놈이, 뭘 하는 것이냐!"

풀어헤쳐진 저고리 속 맨살 위에 적나라하게 느껴지는 신율의 숨결에 여미는 당황해서 그를 밀어내려 했다. 신율은 여미의 손이 제게 닿기 전에 아슬아슬하게 몸을 일으켰다. 그가 힘없이 미소를 지었다.

"다행입니다."

그 미소가 여름날 내린 눈처럼 금방이라도 녹아 없어질 듯하여, 여미는 아무 말도 할 수 없었다.

*

　여미와 신율 모두 복잡한 마음으로 밤하늘을 올려다보았다.
신율은 여미가 비애의 독에 중독된 상태였을 때 보았던 슬픔에
대해 묻고 싶었다. 그때 여미는 분명 정확한 기억을 가지고 누구
가, 혹은 무언가를 죽인 인간을 원망했다.
　신율은 여미의 각성부터 함께했다. 여미에 관해 신율이 모르는
일은 존재하지 않는다. 비애의 독에 당해 여미가 본 기억은 대체
무엇인가? 어디서 나온 것인가? 각성 전의 생은 기억으로 치지 않
는다고 하는데 어찌 된 일일까? 하면 여미는 단순한 도깨비풀이
아니었던 걸까? 신율은 여태까지 읽었던 서책을 떠올렸다. 만일
여미가 도깨비로 각성하기 이전에도 도깨비였다면, 그 어떤 책에
서도 답을 찾을 수 없다.
　'문제는 여미 님의 정체뿐만이 아니다.'
　여미의 살결을 만졌을 때 전신으로 퍼져 나가던 뜨거운 고통.
신율은 고개를 떨어뜨렸다. 불확실한 여미의 정체와 달리 자신의
감정은 너무나 확실했다. 신율은 그로서는 흔치 않게 바스락거리
며 뒤척이다가 잠이 들었다.
　어찌 잠이 든 신율과 달리 여미는 복잡한 마음에 쉬이 잠들 수
없었다. 그는 그녀가 무엇을 보았는지 캐묻지 않았다. 여미 자신
도 비애의 독으로 인한 환상 속에서 본 것이 무엇인지 확신할 수
없었다. 다만 신수와 관련이 있는 건 확실했다. 신수 노리개를 보

고 안타까움이 치솟았던 걸 토대로 추측하면 여미의 과거는 신수들과 연관이 있는지도 모르겠다.

'하지만 가장 신경 쓰이는 것은.'

여미는 잠이 오지 않는 눈을 꽉 감았다. 눈꺼풀에 의해 차단된 어둠 속에서 반짝이는 빛이 돌아다녔다. 비애의 독에 빠져 슬픔에 사로잡힌 채 허우적거리고 있을 때, 누군가의 단단한 손이 여미의 어깨와 허리를 꽉 잡고 고정하는 걸 느꼈다. 여미는 풍랑 속에서 닻을 내린 배처럼 천천히 슬픔으로부터 벗어났다. 혼란 속에서도, 그녀를 고정하는 손이 너무도 뜨겁고, 그 손에 닿은 부분에서 느껴지는 감각이 너무도 짜릿하다고 생각했다. 정신을 차리고 보니 그녀를 붙들고 있었던 건 신율이었다.

"헉!"

눈을 감고 있으니 마치 신율의 손이 실재하는 것 같아 여미는 터지듯 숨을 내뱉으며 눈을 떴다. 신율의 식솔들이 피워놓은 모닥불에서 불씨가 튀고 있고 신율은 여미 옆에 얌전히 잠들어 있다.

여미는 저도 모르게 제 몸을 더듬었다. 신율의 손은 없었다. 옷자락 끝까지 더듬은 여미는 허공에서 손을 움켜쥐었다. 신율을 향해 돌아누우니 주홍빛 모닥불의 빛을 받으며 곤히 잠들어 있는 고운 얼굴이 보였다.

여미는 몸을 꼼지락거렸다. 가슴께가 아프다. 비애가 낸 상처가 다시 벌어졌나 하여 저고리를 풀어헤쳐 보았지만 상처는 말끔히 나은 뒤였다. 대체 통증의 정체가 무엇인지 궁금하여 가슴에 손을 가져다 댄 여미는 깜짝 놀랐다. 여미의 몸이 여미의 통제를 벗어나 변하고 있었다.

여태까지 여미가 의식적으로 몸을 바꾼 건 개락에서뿐이었다. 개락에서 달아나기 위해 어린아이의 모습으로 변했고, 신율을 놀려주기 위해 성숙한 여인으로 변했었다. 여미는 그 이후로 성숙한 여인으로 변하지도, 그렇다고 열두 살 어린애로 변하지도 않았다. 열여섯의 모습을 유지했다. 그런데 지금, 여미의 의지와는 상관없이 여미의 몸이 성숙한 여인의 몸으로 변하고 있었다.

여미는 세 놈의 변화를 막기 위해 몸을 웅크렸다. 몸의 변화 말고 다른 생각을 하려고 사념을 저 멀리 날려 보냈다. 그러나 소용없었다. 여미의 정신은 원치 않아도 간질간질한 피부 위로 집중되고 신율의 손이 닿았던 곳마다 남은 뜨거운 흔적을 되짚었다.

"이게 대체……."

여미는 얼굴을 아래로 하고 땅바닥에 엎드렸다. 낯설고 뜨거운 감정이 느껴진다. 그건 부끄러움이었다. 너무나 부끄럽다. 얼굴이 홧홧하게 달아오르고 몸이 뜨거워진다. 여미는 자신이 부끄러움을 느끼는 이유를 너무나 잘 알았다. 그래서 더 부끄러웠다.

여미는 신율의 손길을 그리워하게 되었다. 비애의 독에 의해 정신이 흐릿할 때 느꼈던 불꽃처럼 뜨거운 손길, 그녀를 잡아채던 단단한 힘을 다시 한 번 느끼고 싶었다.

여미는 잠든 신율을 바라보았다. 곧게 뻗은 콧대와 수려한 턱선, 그리고 붓처럼 정갈한 속눈썹까지. 인간의 기준은 모르지만 그냥 보고 있어도 절로 '아름답다'라는 감탄이 나온다. 분명 인간들 사이에서도 미남자라 이름이 높겠지. 여미는 신율의 수려하고 섬세한 외모 뒤에 어떤 사나움과 집착이 숨어 있는지도 알았다.

"신율의 겉모습에 속아서는 안 된다."

여미가 고개를 흔들었다. 겉모습에 속지 않았다. 애초에 여미
가 끌리고 있는 건 신율의 겉모습이 아니었다.

여미는 신율의 방에서 태어났고 가장 연약한 시기에 신율의 보
살핌을 받았다. 몸을 씻겨주었던 여종들 말고는 신율의 손길밖에
받아본 적 없었다. 비애의 독으로 한껏 힘이 빠진 여미가 신율의
손길을 그리워하는 것은 태어난 지 얼마 안 된 짐승 새끼가 어미
의 품을 그리워하듯 당연한 것이었다. 단지 다른 점은 신율이 여
미의 어머니가 아니라 한 명의 사내라는 것뿐.

"가만히 잠들어 있어라, 고사리야."

여미는 조심조심 손을 뻗었다. 신율은 독을 빨아낼 때 한껏 제
몸을 그러쥐었으면서 독이 사라지고 나자 시치미를 떼며 멀어졌
다. 여미는 다시 한 번 신율의 몸에 닿고 싶었다. 처음으로 느끼
는 원색적인 욕망에 여미는 주저 없이 신율의 옷 위에 손을 얹었
다.

"아."

옷 위로는 잘 느껴지지 않는다. 여미는 살금살금 신율의 옷소
매를 들추고 그의 손목을 잡았다. 신율의 피부에 닿은 여미는 손
에 불에 덴 듯한 고통을 느끼곤 화들짝 놀랐다.

"아프다!"

여미가 신음을 내뱉으며 웅크렸다. 들썩이는 소리에 신율이 눈
을 떴다. 그는 손을 쥐고 뒹구는 여미를 보았다.

"무슨 일입니까?"

"신율!"

여미가 신율의 손목에 닿았던 제 손을 펼쳐 보았다. 여미는 눈을 동그랗게 떴다. 분명 화상을 입은 것보다 더 뜨겁고 아팠던 손바닥은 상처 하나 없이 멀쩡했다.

"아직 비애의 독이 남아 있는 겁니까?"

"아니. 그것은 아닌데 손바닥이 너무나 아프다."

신율이 눈살을 찌푸리곤 여미의 손바닥을 자세히 들여다보았다. 여미에게 손을 대지 않은 채로 말이다. 그때서야 여미는 무언가를 깨달았다. 독을 빨아낼 때 불가피하게 여미의 몸을 움켜쥔 신율은 괴로운 듯 신음을 내뱉었었다. 신율 또한 제 피부에 닿을 때마다 고통을 느끼는 것이다. 여미는 멍한 표정이 되어 신율을 바라보았다.

"신율."

여미가 조용히 신율을 불렀다.

"나에게 말하지 않은 비밀이 아직 남아 있느냐?"

신율의 표정이 한순간 굳었다. 신율은 곧 고개를 저었다.

"도깨비 사냥꾼에 대한 거라면, 여미 님께 숨기는 것은 아무것도 남아 있지 않습니다."

여미 또한 입을 다물었다. 모닥불이 화르륵 타오르며 장작 부딪치는 소리가 났다.

"도깨비와 인간의 접촉에 어떤 대가가 따르는지는 알고는 있나?"

여미는 비애가 했던 말을 떠올렸다. 비애가 말했던 '접촉'이란 소통을 의미하는 은유가 아니라 말 그대로 신체적인 의미의 접촉이었던 것일까?

4. 치우(値遇)

그 이후로 여미는 신율을 슬금슬금 피했다. 물론 능숙하게 피하지는 못했다. 신율을 훔쳐보며 나무 뒤에서 알짱거리는 여미는 금세 신율에게 붙잡히곤 했다.

"도대체 왜 그러십니까."

다섯 번째로 여미를 찾아낸 신율이 한숨과 함께 말했다. 하지만 여미는 그저 고개를 흔들 수밖에 없었다. 비애의 습격이 있은 이후 여미는 신율을 이전과 같이 담백하게 바라볼 수 없었기 때문이었다.

신율을 볼 때마다 닿고 싶고 만지고 싶었다. 그래선 안 된다는 걸 어렴풋이 알고 있기에 억지로 피했다. 구체적인 이유는 모르지만 신율에게 닿을 때 느꼈던 화끈한 아픔이 경고가 되었다.

"아무것도 아니라고 몇 번이나 말하지 않았느냐"

여미는 여종 려류에게 받은 쓰개치마로 몸을 가리며 말했다.

신율에게 닿고 싶은 마음이 일어날 때면 여미는 자신의 몸이 변하는 걸 통제할 수 없었다. 모닥불 옆에서 잠들었던 밤 이후 조금씩, 조금씩 몸이 자랐다. 둔갑이 아니다. 다시 열여섯의 몸으로 돌아가려 수도 없이 애썼지만 소용없었다.

"려류를 불러라!"

결국 여미가 신율의 손을 쳐 내며 말했다. 신율은 한순간 놀란 표정을 지었지만 아무 말도 하지 않았다. 신율과 여미 둘 다 홧김에 부딪친 피부에서 아플 만큼 열기가 치솟는 걸 느꼈다.

"여미 님, 대체 이게 무슨…… 어머나!"

치마쓰개를 벗은 여미의 모습을 본 려류가 깜짝 놀랐다.

"언제 이렇게 자라셨어요?"

여미는 이제 완전히 스무 살로 보였다. 이전에 유지하고 있던 열여섯의 모습에 비하면 깜짝 놀랄 만큼 바뀌었다. 얼굴은 여전히 앳되지만 저고리 아래로 드러난 몸은 이전과 전혀 다른 여인의 몸이었다. 풍만하게 부푼 가슴과 곡선으로 드러나는 엉덩이, 그리고 매끈하게 뻗은 발목까지. 려류가 양손으로 입을 가리고 감탄했다.

"사야요의 기루에서 무슨 일이 있었던 게 확실하네요."

워낙 진기한 것이 많은 개락이다 보니 여미가 커지는 약이라도 주워 먹은 모양이라고 식솔들 사이에 소문이 났다. 도깨비인 걸 들키지 않은 게 어디냐 싶어 신율과 여미는 소문에 대해 입을 다물었다.

"저고리가 작다."

여미가 울상을 지으며 말했다. 여미의 말대로 쪽빛 저고리 아래에 뽀얀 밑가슴이 드러났다. 려류는 어머나, 하고 곤란해하는 감탄사를 연발하며 저고리를 이리저리 매만져 주었다. 려류의 손길로 여미의 옷은 겨우 제 기능을 다하게 되었다.

"이제 괜찮아요. 나오셔도 됩니다."

여미는 려류의 뒤에 숨어 신율의 눈길을 피하며 일행으로 돌아왔다. 신율은 아무 말 않고 여미를 맞아들였다.

"다음 마을에 도착하기 전에 치우산 외곽을 돌아야 합니다."

"지우산?"

곁에 있던 식솔들이 불안한 얼굴을 했다.

"도련님, 굳이 치우산을 우회하는 이유가 무엇입니까? 멀지 않은 거리에 인간들이 다니는 길이 있습니다."

"치우산 외곽은 도깨비도 잘 나오지 않는다. 거의 인간의 길이라 봐도 무방한 곳이지. 이탈산에서 이무기 도깨비까지 잡았으면서 어찌 치우산을 두려워하느냐."

신율이 한 마디로 일축하며 식솔들을 물렸다. 그리고 여미에게만 말했다.

"도겸을 먼저 보내 알아본 결과 치우산 외곽에 신수급 도깨비가 나타났다 합니다. 신수를 만나면 여미 님의 고향에 대한 단서를 찾을지도 모릅니다."

여미가 눈을 동그랗게 떴다. 여태까지 신율을 피한 이유였던 묘한 감정은 한순간 잊어버리고 여미는 온전히 고향이라는 단어에 집중했다.

"나를 위해 가는 것이냐? 고맙다."

여미가 순수하게 기뻐했다. 신율은 쓴웃음을 지었다. 여미의 고향에 대한 단서를 찾으러 가는 것은 맞다. 어쩌면 치우산이 여미가 살기에 적합한 환경일수도 있다. 다만 신율이 여미의 고향에 대한 단서를 찾으려는 목적은 여미와 달랐다.

여미의 고향에 대해 빨리 알아내야 한다. 그래야 여미가 고향에 가는 걸 막을 수 있으니까.

신율은 눈을 내리깔아 부쩍 성숙한 몸이 된 여미를 바라보았다. 신율의 마음속에서 충동적인 감정이 치솟았다. 비애의 독을 빨아낼 때 그랬던 것처럼 여미를 품에 안고 싶었다. 열여섯의 어린 몸이었던 그때와 달리 지금 여미를 안으면 품 안 가득 보드라운 살이 잡히겠지. 신율은 그 감촉을 상상하지 않으려 애썼다.

여미는 신율의 마음은 꿈에도 모른 채 고향이라는 단어 하나에 들떠 식솔들에게 달려갔다. 저 멀리서 도겸이 신율을 향해 걱정의 눈빛을 보내는 게 느껴졌다. 신율이 괜찮다는 뜻으로 손을 흔들었다.

치우산 외곽을 도는 일정은 순조롭게 진행되는 것처럼 보였다. 식솔들이 앞에 나서 천리안 구슬로 여러 곳을 살폈지만 수상한 곳은 없었다. 외곽이지만 신중하게 한 걸음 한 걸음 나아가며 거리를 확보했다. 여미의 외침은 그들이 치우산 중반쯤에 왔을 때 울려 퍼졌다.

"흰 호랑이님이다! 정말 있었구나!"

환국에는 식물도깨비가 압도적으로 많다. 식물도깨비가 사는 여와산의 면적이 가장 넓은 탓도 있고, 씨앗 형태로 여와산을 벗어나곤 하는 여와도깨비와 달리 이탈과 치우도깨비는 여간해선 산에서 벗어나지 않기 때문이기도 하다.

치우도깨비와 이탈도깨비는 개체 수가 무척 적다. 이탈산의 경우 개체 수가 적은 대신 하나하나가 무시무시한 힘을 가지고 있기에 사람들이 오르기를 꺼린다. 반면 치우산의 경우 개체 수가 적고 동시에 도깨비 서식지도 좁아 인간이 개척한 길이 몇 줄기 있다. 여미 일행이 지나고 있는 치우산 외곽의 경우 본디 약한 강아지 도깨비조차 잘 나오지 않는 곳이다.

"강아지 도깨비 보기도 힘든 판에 흰 호랑이라니?"

식솔들은 모두 놀랐다. 눈을 가늘게 떠야 보이는 먼 곳에 거대한 흰 바위 같은 것이 보였다. 자세히 들여다보면 바위가 주기적으로 꿈틀거리는 걸 볼 수 있었다. 그리고 바위 위에 그어져 있는 힘찬 검은 줄기들도 보였다. 좀 더 자세히 들여다보면 바위가 푹신한 털로 뒤덮여 있고 아랫배로 힘찬 숨을 내뱉고 들이쉬고 있다는 것도 알게 된다. 그리고 흰 덩어리 앞쪽에는 짐승의 동공을 가진 밝은 눈과 사람 주먹만 한 엄니가 보였다. 의심할 여지없이 흰 호랑이 도깨비였다.

"가까이 간다."

신율이 말했다. 식솔들이 서로를 마주보았다. 신율은 도겸을 불러 자신의 검을 가져오게 했다.

"나와 여미 님만 가까이 간다. 나머지는 여기서 대기하도록."

식솔들은 크게 놀라지 않았다. 신율 혼자 흰 호랑이 도깨비를 정면으로 돌파하여도 전혀 놀라지 않을 것이다. 신율은 이미 약관의 나이에 흰 호랑이 도깨비보다 강한 화염 도깨비를 잡았다. 흰 호랑이가 아무리 강하다 한들 치우도깨비다. 이탈의 환수인 화염 도깨비보다 강할 리 없었다. 그리고 신율은 허투루 움직이는 자가 아니다. 하필이면 인간의 길을 내버려 두고 치우산 근처로 온 것도 그렇고, 흰 호랑이 도깨비에게 다가가는 것도 그렇고, 식솔들은 신율에게 무언가 뜻이 있음을 짐작하고 뒤로 물러났다.

"외곽인지라 도깨비를 만날 수 없을 거라 생각했는데 잘 되었습니다. 흰 호랑이라면 반은 신수로, 보통 도깨비보다 훨씬 오래 살았을 터. 게다가 사물을 꿰뚫어보는 신수의 능력도 반쯤 가지고 있을 테니 여미 님에 관한 것도 물어볼 수 있겠지요."

신율이 차분히 설명했다.

"그래, 가자꾸나."

여미는 신율이 챙긴 검의 의미를 알지 못하고 대답했다. 가까이 다가갈수록 흰 호랑이의 덩치가 작아졌다. 여미는 의아함에 몇 번이나 두 눈을 비볐다. 그럼에도 눈앞의 광경은 바뀌지 않았다. 시야가 또렷해질수록 흰 호랑이의 덩치도 점점 작아졌다. 털이 없어지고, 이빨이 줄어들었으며, 사지가 가늘어졌다. 기어코 흰 호랑이는 입에 곰방대를 물었다.

"둔갑술이구나!"

흰 호랑이 도깨비는 아름다운 인간 사내의 모습으로 둔갑했다. 하지만 여미가 변신한 것처럼 완전한 인간 모습은 아니고 요기가 풍기는 위험한 모습이었다. 종아리까지 내려오는 흰 머리카락은 풀밭 위에 자연스럽게 흐트러졌다. 체모는 온통 하얬으며 피부는 백도자기처럼 곱다 못해 갓 빻은 쌀가루 같았다. 흰 호랑이 도깨비는 긴 속눈썹을 깜빡이며 곰방대를 입에 물었다. 입술만이 유일하게 붉었다.

"**인간과 도깨비라? 그것도 하나는 도깨비 사냥꾼이로구나. 이런**

산골까지 무슨 일이냐."

신율은 저도 모르게 흥분했다. 말을 걸어야 하는데, 그보다 먼저 사냥해 버리고 싶었다. 강렬한 사냥 본능이 꿈틀거렸다. 흰 호랑이에게서 기묘한 기운이 흘러나왔다. 치우도깨비들 중에서 흰 호랑이 같은 돌연변이는 반 신수가 된다. 우연히 얻어진 힘이라 반편이 신수 취급했는데 눈앞의 흰 호랑이는 생각보다 거물인 것 같았다. 신율이 가까스로 사냥 본능을 억누르고 있는데 여미가 신율의 팔을 삽아채 내렸다.

"왜 살기를 드러내는 것이냐. 우리는 호랑이님에게 말을 걸러 온 것이다."

호랑이는 느긋하게 웃다가 곰방대에서 연기를 피워 올렸다.

"저 인간에게서 날 구해줘서 고맙구나, 어디 보자, 풀 도깨비냐? 본체가 도깨비풀이로구나."

여미가 의아해하며 물었다.

"호랑이님이 신율보다 약해요?"

흰 호랑이는 자존심 상하는 기색도 없이 태연하게 대답했다.

"저 검이 세 번 허공을 가르면 날 죽일 수 있지. 그자는 강하다. 보아하니 너는 그자의 정체를 모르고 있는 듯하구나."

"신율이 도깨비 사냥꾼이라는 건 알고 있습니다. 아!"

여미가 그제야 고개를 푹 숙였다.

"신수의 영역에 도깨비 사냥꾼을 끌고 와서 죄송합니다."

흰 호랑이 도깨비는 입술 사이로 뭉게뭉게 흰 연기를 뿜어 올렸다. 그는 알 수 없는 눈길로 여미와 신율을 보더니 말했다.

"괜찮다. 옆에 있는 인간하고는 무슨 관계인가?"

"신율은 저를 돌봐줬습니다. 도깨비 사냥꾼이라곤 하나 저를 해치지 않겠다고 약속했습니다."

"그러하냐."

선이 고운 인간 청년 모습을 하고 있지만 목소리만큼은 본체에 어울리게 중후하고 낮았다.

"인간이며 도깨비 사냥꾼인 이가 사냥이 아니고 어떤 목적으로 여기 온 것인가."

흰 호랑이 도깨비는 곰방대를 빨아들이며 물었다.

"제 고향에 대해 물어보러 왔어요."

여미가 재빨리 대답했다.

"저는 공중을 떠돌아다니다가 인간들 틈에서 태어난 도깨비로, 고향을 알지 못합니다. 오랜 시간을 살아온 신수인 호랑이님이라면 제 고향을 아실 거라 생각했습니다. 고향이 아니더라도 좋아요. 저에 대해 알려주세요."

흰 호랑이가 쿡쿡 웃었다. 그는 하얀 속눈썹을 깜빡였다.

"정말 그것이 전부인가?"

여미를 향한 물음이 아니었다. 신율을 향한 물음이었다. 신율은 표정 없이 고개를 끄덕였다. 자칫 잘못해서 흰 호랑이 도깨비를 공격할 뻔했다. 눈앞의 도깨비는 자제력 강한 신율의 심기를 건드릴 만큼 요기를 뿜어내고 있었다.

"정말 그것이 전부입니다."

신율은 잘 나오지 않는 목소리를 끌어내 대답했다.

"그래, 그럴듯한 변명이구나."

흰 호랑이가 곰방대를 문 입술로 미소를 지었다.

"호랑이님, 호랑이님은 신수이니 사물의 본질을 꿰뚫어볼 수 있는 힘을 가지고 계시지요. 저를 통해 볼 수 있는 건 없습니까?"

여미가 물었다. 그녀의 눈이 희망으로 반짝였다. 신율은 여미와 흰 호랑이에게 자신의 감정을 숨기기 위해 검병을 쥔 손에 힘을 주었다. 흰 호랑이라 해서 여미의 정체를 단번에 꿰뚫지는 못할 것이다. 흰 호랑이가 꿰뚫어볼 정도라면 신율이 찾아내지 못했을 리 없다. 흰 호랑이가 완전한 신수였다면 긴장해야 하겠지만 나행히 그는 이탈의 도깨비가 아닌 치우의 반쪽짜리 신수였다.

구체적인 정보는 얻을 수 없을 테고, 아마 신율이 원하는 대로 여미의 고향이 있는 대략적인 방향만 알게 되겠지. 그 정도만 얻으면 된다. 고향의 단서가 있는 곳을 완전히 차단하고 천천히 여미를 제 곁에 가두면 된다.

신율과 여미는 서로 다른 마음으로 긴장해 흰 호랑이의 답변을 기다렸다. 호랑이의 입술에서 나온 곰방대 연기가 몇 번 하늘을 날고 여미가 긴장감에 발을 구를 정도의 시간이 지났다. 흰 호랑이는 멍하니 하늘을 바라보다가 딱 한 마디 말했다.

"잘 모르겠구나."

"예?"

여미가 얼빠진 목소리로 물었다. 흰 호랑이 도깨비는 맑은 얼굴을 돌려 여미를 마주보며 말했다.

"모른다 하지 않았느냐. 짙은 안개가 낀 것처럼 아무것도 보이지 않는구나."

"사소한 단서조차도요?"

"그래. 내 힘으론 아주 사소한 자국조차 보이지 않는다. 아무래도

완전한 신수에게 부탁해야 할 것 같구나. 사방 신수나 고대신이 남아 있었다면 그들에게 부탁해도 좋았을 텐데."

여미는 물론 신율도 기분이 이상했다. 도겸까지 시켜 신수급 치우도깨비의 위치를 알아내는 공을 들였던 것에 비하면 허무한 결말이었다. 그러나 흰 호랑이 도깨비가 모른다고 했으면 그 이상 캐묻는 건 불가능하다.

신율은 미약하게 진동시키고 있던 자신의 살기를 거뒀다. 여미는 눈치채지 못했지만 신율은 흰 호랑이 도깨비가 혹여 쓸데없는 말을 할 때를 대비해 검을 준비했다. 여미가 알아차리지 못한 검의 의미였다. 흰 호랑이 도깨비는 신율이 살기를 거두자마자 다 안다는 듯 여유로운 미소를 지었다. 신율은 어쩐지 찜찜한 마음이 들었지만 아무 말 않고 뒤로 돌았다.

여미가 신율을 따라가기 위해 발걸음을 재촉했다. 무언가 따끔한 것이 여미의 소매를 툭 건드렸다. 돌아보니 어느새 일어서서 여미 곁에 다가온 흰 호랑이 도깨비가 곰방대 끝으로 여미의 소매를 건드리는 중이었다.

"호랑이님? 무슨?"

"작디작은 풀 도깨비이지만 네가 내 목숨을 구해주었으니 나도 너의 목숨을 구해주마."

"호랑이님이 제 목숨을요? 하지만 전 치우산에서 살 수 없어요. 풀 도깨비니까요."

"널 거두어주겠다는 소리가 아니다. 나는 치우산의 수장이 아니니 널 받아들일 권리가 없다. 다만 너의 목숨을 살릴 충고를 해주려는 것이다."

흰 호랑이가 눈을 가늘게 뜨며 곰방대로 신율을 가리켰다. 신율은 혹여나 여미가 해코지를 당할까 사나운 눈초리로 이쪽을 보며 걸어왔다. 흰 호랑이 도깨비는 신율이 다가오기 전에 잠시 사방을 차단할 수 있는 소리막을 쳤다. 이제부터 흰 호랑이와 여미가 나누는 말은 신율에게 들리지 않는다. 신율은 짜증스러운 표정으로 검을 꺼내 소리막을 해체하려 했다. 그러나 반 신수급인 흰 호랑이의 막은 신율의 힘으로도 단숨에 해체하기 힘들었다.

"저자를 사랑하지 마라."

잠깐 벌어둔 시간을 활용하기 위해 흰 호랑이가 빠르게 말했다. 영문을 알 수 없는 소리에 여미가 고개를 번쩍 치켜들었다.

"사랑이라니요?"

흰 호랑이 도깨비는 피식 웃으며 곰방대를 다시 입에 물었다. 아무것도 모른다 시치미를 떼긴 했으나 여미에 관한 건 대충 눈에 보였다. 태어난 지 두 달도 채 되지 않은 어린 도깨비, 그것도 인간의 손을 타 길러진 도깨비라. 흰 호랑이는 여미가 이해하기 쉽도록 차근차근 말로 풀었다.

"저 인간과 닿을 때마다 불에 덴 듯한 고통을 느꼈지?"

여미가 고개를 끄덕였다. 흰 호랑이는 자신의 추측이 완전히 들어맞았음을 알았다. 동시에 작은 풀 도깨비에게 연민을 느꼈다.

"인간과 도깨비는 통정해선 안 된다. 정을 통하여 교합하는 순간 죽어버린다."

"어느 쪽이요?"

"약한 쪽이."

흰 호랑이의 입술 사이에서 길고 하얀 연기가 뿜어져 나왔다. 그가 내뿜은 곰방대 연기는 산 위를 휘감는 구름이 되어 흩어진다.

"인간과 도깨비는 절대로 교합하지 않지. 그러나 내 오백 년 넘게 살다 보니 인간과 도깨비가 교합하는 장면을 딱 한 번 본 적 있다. 여자 도깨비와 백면서생이었어. 당연히 남자 서생 쪽이 약했지."

신율이 소리막을 거의 다 찢었다. 앞으로 한 번이면 흰 호랑이와 여미가 있는 곳에 도달할 것이다. 생각보다 이야기가 길어져 신율의 침입을 허락하고 만 호랑이가 허어, 하는 긴 한숨을 쉬었다.

"결국 본체를 드러내야 하는구나."

여태까지 느른한 미남을 연기하고 있던 흰 호랑이가 이빨을 꺼냈다. 얼굴에 수염이 돋아나고 몸집이 커지며 흰 털로 뒤덮였다. 호랑이의 목소리가 여미의 전신을 우렁우렁 울렸다.

"어떻게 죽었는지 알고 싶으냐?"

소리막을 찢은 신율이 검을 고쳐 쥐며 얼굴을 찌푸렸다. 순식간에 기와집 두 채만큼 커진 흰 호랑이를 올려다봤다.

'사냥할 수 있다.'

신율은 호랑이를 향해 검을 겨눴다. 호랑이는 호랑이대로 신율을 경계하며 여미에게 우렁우렁 말했다.

"터져 죽었다. 교합하는 순간 온몸의 장기가 밖으로 터져 나와 죽었다. 형체도 알아볼 수 없게 죽었다. 그와 교합하던 여자 도깨비는 사랑하는 인간의 내장과 피를 뒤집어쓰고 비명을 질렀다."

끔찍한 내용에 여미의 표정이 하얗게 질렸다.

"인간과 도깨비가 서로에게 아무런 감정이 없을 때는 자유롭게 접촉할 수 있다. 그러나 서로를 향한 연심이 생기는 순간 살이 스칠 때마다 불에 타는 것 같은 고통을 느끼게 되지. 그리고 연심이 절정에 다다라 교합하는 순간 죽는다."

흰 호랑이의 발톱이 여미에게 다가왔다. 신율과 교합하기 전에 호랑이에게 죽겠다 싶었다.

"저자와 교합하면 터져 죽는 건 네 쪽이 될 거다, 작은 풀 도깨비야."

여미는 도망치려 했다. 그러나 흰 호랑이는 여미를 놔주지 않고 사람 허리통만큼 커다란 발톱으로 여미를 덜렁 들어 올렸다. 여미가 비명을 질렀다. 흰 호랑이는 우렁우렁한 목소리로 여미에게 호통을 쳤다.

"열여섯 어린 몸에서 갑자기 성장한 것을 보고 네 마음을 알았다. 둔갑을 통제할 수 없다는 건 이미 저 인간에게 마음을 주었다는 뜻일 테지. 몸만은 주지 마라. 마음도 다시 찾아오거라!"

흰 호랑이의 발톱이 여미의 치마를 북 찢었다. 속곳까지 찢어져 허공에 흰 허벅지가 드러났다.

"터져 죽기 싫으면 마음을 되찾아오너라!"

호랑이의 발톱이 드러나는 순간 신율이 뛰어들었다. 그는 유려한 검 놀림으로 흰 호랑이의 거대한 몸체를 한 번에 내려 그었다. 호랑이의 두꺼운 몸이 깊게 파이며 붉은 피가 솟구쳤고 여미가 떨어졌다. 신율은 호랑이가 기대고 있던 거대한 돌 벽을 밟고 내려와 여미를 받아냈다.

"다친 곳은?"

다급한 물음이었다. 여미는 부들부들 떨리는 손으로 찢어진 치맛자락을 여몄다. 훤히 드러난 허벅지를 가리기 위해서였다. 신율은 침음을 삼키고 여미를 바닥에 내려놓았다. 그리고 망설임 없이 도포를 벗어 여미에게 푹 뒤집어씌웠다.

"잠깐! 호랑이님께 검을 겨눌 생각이냐."

신율의 형형한 기운을 알아차린 여미가 도포를 헤치며 고개를 내밀었다. 신율은 호랑이에게 달려들기 직전 여미 앞에 무릎을 꿇었다. 그리고 급하게 신율을 부르느라 흐트러진 도포 자락을 다시 정리해 주었다.

"호랑이님을 해치지 말아라."

여미가 신율을 향해 말했다.

"당신을 다치게 했습니다."

신율의 대답은 얼음처럼 차가웠다. 너무나 차갑고 단단해서 여미의 가냘픈 말이 뚫고 들어갈 수 없었다. 여미는 상처로 쓰라린 팔을 들어 신율의 옷자락을 잡았다. 마치 신율과 여미가 처음 만났을 때처럼, 가볍지만 끈질긴 여미의 기척이 신율의 소매에 달라붙었다. 일순 신율의 동공이 검게 가라앉았다.

"하지 마라."

여미의 눈에서 눈물이 한 방울 똑 떨어졌다. 신율이 당황했다. 그러나 여미는 눈물을 멈출 수 없었다. 흰 호랑이가 한 말의 의미를 완전히 깨달았기 때문이다. 도깨비와 인간은 서로 사랑할 수 없다. 통하면 약한 쪽이 죽는다. 여미는 신율을 사랑하다 죽고 말 것이다.

여미의 눈물을 보고 나서야 신율이 검을 집어넣었다.

"울지 마십시오."

신율이 서툴게 말했다. 여미가 누군가에게 보살핌을 받아본 것이 처음이듯 신율이 진심으로 누군가를 위로하는 것은 처음이었다. 신율은 부유하고 위세 높은 서씨 가문에서 태어나 부족함 없이 자랐다. 아랫사람을 살피고 적절히 상벌을 내리는 일에는 익숙했지만 동등한 누군가를 달래는 것은 낯설었다.

신율의 두 형은 모두 환국에서 명성 드높은 강인한 도깨비 사냥꾼들이었고, 신율의 약혼자인 화린도 화씨 가문의 주술사로 이름이 높았다. 신율의 주변에는 눈물 같은 건 흘리지 않는 강인한 이들밖에 없었고, 신율 또한 강했다. 만지면 부서질 듯 서럽게 울고 있는 여미를 앞에 두고 신율은 어쩔 줄 몰랐다.

"울지 마십시오, 여미 님. 제발 울지 마십시오."

여미의 눈이 퉁퉁 부어 눈물이 차오를 때마다 신율은 가슴이 찢어질 듯 아팠다. 여미의 턱을 타고 떨어지는 눈물 한 방울 한 방울이 칼날이 되어 신율의 가슴을 헤집었다. 따끔하면서도 시큼하고, 아릿한 아픔이 신율의 심장을 지배했다. 여미가 눈물을 멈추기만 해준다면 무엇이든 할 수 있을 것 같다.

신율이 조심스레 여미의 눈물을 닦아주려 손을 들었다. 여미의 볼에 닿기 직전 신율의 손이 멈췄다. 아무 감정 없이 오로지 위로를 위해 여미의 볼을 만질 자신이 없었다. 여미의 피부에 닿는 순간 욕망이 끓어오를 것 같았다. 신율은 허공에서 방황하는 자신의 손을 잡아 내렸다. 여미에게 가고 싶어 하는 오른손을 왼손으로 눌러 막았다.

여미는 울었다. 흰 호랑이의 위협이 무서워서가 아니었다. 흰 호랑이는 정말로 여미를 구해주려 충고했다. 신율 앞에서 맨다리를 홀딱 드러낸 것이 부끄러워서도 아니었다. 기루의 여인들은 그것보다 더 야하게 입고 있었다. 여미가 우는 이유는 신율에게 닿을 수 없는 것이 서러워서였다.

'호랑이님, 흰 호랑이님. 어떡하나요. 이미 마음은 되찾을 수 없을 만큼 멀리 떠나갔는데.'

치우산에서 벗어나는 건 어렵지 않았다. 흰 호랑이가 자리 잡고 있던 곳은 외곽이었다. 반나절 걷자 신율과 서씨 가문의 식솔들은 새로운 마을에 도달했다.

"여미 님, 어찌 그리 기운이 없으셔요?"

여미 뒤에 따라붙은 여종 려류가 물었다. 신율의 도포 자락을 꽉 쥔 채, 짐수레 위에 작은 동물처럼 웅크리고 있던 여미가 고개를 들었다.

"아무 일도 아니다."

"그럴 리가요. 제가 여미 님을 본 이래 가장 풀죽은 얼굴인데요. 뭐, 여미 님을 모시게 된 지 얼마 되지 않았지만요."

려류의 말대로, 여미는 인생에서 가장 힘든 나날을 보내는 중이었다. 려류는 마을에 들어가 서씨 가문이 지어놓은 별장을 찾아냈다. 도겸과 함께 별장 관리인들에게 이것저것 지시를 내리던 려류가 여미 곁으로 돌아왔다.

"당연히 신율 도련님과 같은 방에서 주무실 거죠?"

여미는 움칠 떨며 신율의 도포 속으로 기어들어 갔다. 여태까지 여미는 신율이 밝혀놓은 등잔 아래에서 따뜻한 바닥을 즐기며 잠들었다. 신율은 여미가 잠들 때까지 죽 서책을 읽다가 여미가 잠들면 자신도 불을 끄고 누웠다. 이제껏 전혀 이상하다고 생각해 본 적 없는 일상이었다.

여미는 비척비척 일어서 신율이 있는 곳으로 갔다. 별장에 도착한 서찰을 살펴보며 식솔들에게 별장에 관한 보고를 받고 있던 신율이 여미를 돌아보았다. 자신의 도포를 뒤집어쓰고 있는 여미를 본 신율의 눈이 가라앉았다. 그의 서리한 눈동자에 드리운 것이 욕망인지 걱정인지 구별이 가지 않았다.

"방을 데워놓았습니다."

신율이 말했다. 몸이 성장하기 시작한 이후 여미는 부쩍 추위를 많이 탔다. 분명 신율에게 감정을 느끼기 전에는 맨몸으로 밤거리를 나다녀도 고뿔 한번 들지 않는 건강한 몸이었다. 그러나 요즈음 이상하게도 시시때때로 몸에서 열이 나고 머리가 어지러운 것이 이상했다.

"다른……."

여미가 침을 꿀꺽 삼켰다.

"다른 방을 준비해라."

여미의 말에 신율이 눈을 크게 떴다. 그는 도겸을 물리고 여미와 둘이 남았다. 그러곤 그녀 곁으로 다가와 무릎을 굽혔다. 이전처럼 많이 굽히지 않아도 여미와 시선이 맞는다.

"이곳 별장이 마음에 안 드십니까?"

신율이 물었다. 여미가 마음에 안 든다 한 마디만 하면 당장에라도 새로운 기와집을 구입할 기세였다. 여미는 드넓고 깨끗한 서씨 가문의 별장을 보며 고개를 저었다. 여러 마을을 돌아다니며 깨달은 것이 있는데, 서씨 가문이 지은 별장은 항상 마을에서 가장 좋은 집이라는 것이다. 환국 전역을 돌아다니며 도깨비 사냥을 해야 하기 때문에 서씨 가문은 곳곳에 쓸 만한 별채를 지어놓았다.

"그럼 불편하십니까?"

여미가 불편하다고 말하면 당장에라도 별장을 뜯어고칠 기세다. 여미는 고개를 저으려다가, 고개를 끄덕였다. 신율의 눈썹이 꿈틀 올라갔다.

"무엇이 불편하십니까?"

여미는 심호흡을 하고 눈을 감았다. 손으로 신율의 도포를 꾹 쥐면서 말했다.

"너와 한방을 쓰는 것이 불편하다."

신율의 표정이 굳었다. 말문이 막힌 것인지 화가 난 것인지 구별이 가지 않아 여미의 심장이 콩닥콩닥 뛰었다.

"이유가 무엇입니까."

신율이 낮은 목소리로 물었다. 요즘 들어 여미가 추위를 타게된 것과 마찬가지로 신율이 낮게 깔린 목소리를 내는 일이 많아졌다. 여미는 탁해지는 신율의 눈동자를 보며 등골에 내달리는 소름을 느꼈다. '너와 피부를 맞대는 게 싫다'고 솔직히 말하면안 된다며 온몸의 본능이 경고했다. 땀을 뻘뻘 흘리던 여미가 다짜고짜 말했다.

"모른다!"

"예?"

한순간에 신율의 기운이 사그라들었다. 그는 여미의 대책 없는 대답에 맥이 빠졌는지 다시 온화한 인상으로 돌아왔다.

"무엇이 불편한지 말씀해 주셔야 제가 조치를 취하지 않겠습니까."

신율이 어린애 달래듯 여미를 얼렀다. 여미는 둘러댈 말이 없어 끙끙 앓았다. 아무리 생각해도 마땅한 변명이 떠오르지 않았다. 결국 여미는 신율이 준비했다는 따뜻한 방으로 뛰어들어 가며 외쳤다.

"널 보면 마음이 깊어지니 들어오지 마라!"

그렇게 장지문이 닫히고 신율은 들고 있던 서찰을 떨어뜨렸다. 신율은 혼란스러운 마음을 주체하지 못했다. 발밑에 흩어진 서찰들을 내려다보았다. 중요하지 않은 자질구레한 글자들이 그의 시야에 어지럽게 난입했다.

'마음이 깊어진다니?'

신율은 고통스러울 만큼 떨리는 가슴을 가까스로 진정시켰다. 여미를 만질 때마다 뜨겁게 전해져 오는 고통은 신율의 연심을 뜻했다. 도깨비와 인간 사이에 연심이 싹트면 접촉이 괴로워진다. 여기에는 더 자세한 규칙이 있다. 바로 연심을 가진 쪽만 고통을 겪는다는 것이다. 한쪽의 짝사랑이라면 짝사랑하는 이만 고통을 느낄 뿐, 연심이 없는 쪽은 자유롭게 접촉해도 아무런 고통을 느끼지 않는다.

"하아."

신율은 바닥에 흩어진 서찰을 뒤로하고 이마를 짚은 채 마당으로 나왔다. 여태까지 저만 고통을 느끼고 있는 줄 알았다. 그도 그럴 것이 여미가 자신을 만질 때, 그녀는 별다른 아픔을 느끼는 것처럼 보이지 않았으니까. 여미는 솔직하며 도깨비와 인간의 연심 법칙에 대해 모른다. 신율을 만지고 아픔을 느꼈다면 이상하게 여겨 자신의 통증을 숨김없이 표현했을 거다. 여미의 성격을 보아 그렇게 추측하는 것이 타당하다. 그래서 신율은 여미가 아무 감정이 없는 줄 알았다.

"아니지, 아니다."

신율이 고개를 흔들었다. 마음이 깊어진다고만 했지 다른 말은 하지 않았다. 어쩌면 여미는 인간인 신율을 너무 의지하는 걸 두려워할 뿐일지도 모른다. 하지만…….

"도련님, 비가 옵니다."

어느새 다가온 도겸이 종이우산을 내밀었지만, 신율은 손을 저어 마다했다. 도겸은 아무 말 않고 식솔들이 머무는 곳으로 돌아갔다. 주인의 심기가 심상치 않음을 깨달은 탓이다. 완전히 홀로 남겨진 신율은 추적추적 비가 내리는 마당을 거닐었다. 도겸이 주의를 주었는지 식솔들과 별장에 딸린 하인들은 함부로 거동하지 않으며 조용한 분위기를 유지했다.

살살 떨어지는 빗방울이 땅바닥을 진한 색으로 물들였다. 신율의 소매에도 점점이 짙은 무늬가 생겼다. 신율의 신경이 자꾸만 여미가 있는 방으로 쏠렸다.

"고민이 많아 보이는구나."

그래서였을 것이다. 신율은 홀연히 다가온 비애를 알아차리지 못했다.

비애는 신율처럼 우산 없이 빗속에 서 있었다. 그러나 비를 맞아 젖어가는 신율과 달리 비애는 물에 젖지 않았다. 빗방울은 구름을 통과하는 것처럼 그녀의 몸을 통과해 땅에 떨어진다. 비애가 발돋움해 담장 위로 올라갔다. 그녀는 길고 검은 머리카락을 뒤로 넘기며 요사스러운 눈동자를 드러냈다.

신율은 땅바닥에 발을 단단히 디디며 검이 있는 곳으로 손을 가져갔다. 지금 식솔들을 불러 봤자 피해가 늘 뿐이니 그 혼자 상대하는 게 나았다.

"서신율."

비애의 목소리가 안개처럼 흩어졌다. 비애는 싸우러 온 것이 아니었다. 평생을 비애와 싸우며 보내다 보니 그쯤은 쉽게 구별할 수 있었다. 비애에게서 적극적인 살기가 느껴지지 않았다. 대신 평소와 다른 잔잔한 감정이 풍겨 나왔다. 비애의 이름과 닮았으나 훨씬 얌전한 슬픔이었다. 가랑비가 비애의 소매춤에서부터 흘러나왔다.

비애는 가끔 이렇게 알 수 없는 방문을 하곤 했다. 신율이 숲속에서 길을 잃었을 때나 잔잔한 호수를 내려다보고 있을 때 살며시 다가와서는 영문 모를 말을 던지고 사라졌다.

"습격에 실패하여 분하기라도 한 것이냐."

신율이 시험 삼아 물었다.

"아니, 그저 놀랍구나. 내 네가 걸음마를 시작하기도 전부터 너를 해하려 했지만 이토록 약해져 있는 모습은 처음이다."

신율은 쓰게 웃었다.

"너 역시 도깨비로구나. 복수심은 어디로 가고 엉뚱한 호기심이 솟은 것이냐?"

비애는 웃었다. 이번에는 슬픔이 아니라 기쁨이 느껴졌다. 원수의 추락을 지켜보는 기쁨이었다. 그리고 원수의 추락에 자신이 세운 공을 돌아보며 뿌듯해하는 기쁨이었다.

"나를 만만하게 보았구나. 나는 이미 네가 괴로워하는 원인을 알고 있다."

신율이 검을 뽑았다. 망설임 없이 빠르게 뽑혀 나온 검에 의해 빗방울이 산산조각 났다. 비애는 공중에 튀기는 빗방울이 시야를 방해하는 탓에 살짝 눈살을 찌푸렸다. 비애가 시야를 확보했을 때는 신율이 비애의 목에 검을 겨누고 난 후였다.

"네 표정이 참으로 볼만하구나."

비애가 입이 찢어져라 웃으며 말했다. 신율의 검 끝에 맺혀 있던 빗방울이 뚝 떨어졌다.

"혹여나 여미 님께 손끝이라도 댄다면 내 너를 도깨비구슬로 만들 수조차 없을 만큼 잔인하게 죽일 것이다."

"여미? 그것이 저 작은 도깨비풀의 이름이냐."

비애는 여미의 이름조차 몰랐다. 하긴, 감정도깨비인 비애에게 이름이란 중요하지 않다. 그녀가 날카롭게 감지해 내는 것은 이름이나 외형이 아니라 존재가 품고 있는 감정이다. 비애가 손등으로 신율의 검을 밀어내려 힘을 주었지만, 신율은 밀리지 않았다.

"걱정하지 않아도 된다. 내가 증오하는 것은 오로지 인간뿐. 너를 해하기 위해서였다고는 하나 같은 도깨비에게 독을 주입한 저번 일을 사과하려 들른 것이다. 같은 도깨비에게는 해를 끼치지 않는다."

비애는 목에 들어온 검날을 내려다보며 말했다. 신율이 검날을

눕혀 비애의 목에 상처를 냈다. 비애는 눈 하나 깜짝하지 않았다.

'정말로 사과를 하러 온 건가.'

사과하러 왔다 한들 신율이 여미를 만나게 해줄 리 없다. 그걸 알면서도 굳이 서씨 가문의 별장에 찾아온 데엔 분명 다른 이유가 있을 것이다.

신율의 검날이 파고든 곳에서 비애의 혈액, 치명적인 슬픔의 독이 흘렀다. 신율의 눈이 가늘어졌다. 비애의 독 때문에 여미의 상태가 이상해졌다. 흔들림 없는 검 끝과는 달리 신율의 마음이 크게 요동쳤다. 비애는 그 순간을 놓치지 않고 말했다.

"내 너에게 해를 끼치러 왔다."

비애가 담장 아래로 뛰어내리며 주먹으로 신율의 검을 쳐냈다. 신율은 관자놀이 옆으로 검을 들며 비애를 경계했다. 비애는 땅바닥에서 천천히 일어섰다.

"인간과 도깨비가 통할 수 있는 방법이 있다는 걸 알고 있느냐."

"말도 안 되는 소리."

신율이 일축했다.

"그런 헛소리를 하러 여기까지 온 건가? 인간과 도깨비가 통할 수 있는 방법은 없을뿐더러, 나는 도깨비와 통하고 싶지도 않다."

속이 빤히 들여다보이는 거짓말에 비애가 웃어젖혔다. 그녀가 목소리를 높였다.

"있대도? 있다니까. 내가 없다 해도 통정하는 법을 찾아내고 싶지 않느냐."

비애의 수작이라고 생각하려 했지만 저도 모르게 관심이 쏠렸다. 신율이 분노를 억누른 목소리로 말했다.

"여미 님을 공격한 것은 나를 도발하기 위해서였군."

비애는 즐거워 미쳐 버릴 것 같았다. 비애는 신율의 표정을 하나하나 음미하면서 말했다.

"낭아구슬이다."

신율의 분노가 멈췄다. 그만큼 비애의 입에서 나온 말은 뜬금없었다. 신율은 천천히 검을 내리며 비애를 바라보았다. 그녀의 의중을 짐작하기 위해서였다. 비애는 더없이 진지했다. 신율을 망가뜨려야 한다는 신념이 너무 강해 오히려 열성적으로 보일 지경이었다.

신율이 검에 흐르는 빗방울을 바닥에 뿌렸다. 물에 젖은 긴 호선이 생겼다. 신율의 볼과 손등을 타고 굵어진 빗물이 흘러내렸다. 신율은 아무 말도 하지 않았다. 아무 말도 할 수 없었다. 너무나 뜬금없어서 혹시나 하는 심정이 들었다.

"태초에 모든 것이 하나였다. 인간이든 도깨비이든 동물이든 이탈이든 하나로 뭉쳐 살았다. 심지어는 환상마저 하나였지. 그 중심에 시조신 낭아가 있었다."

비애가 설명했다.

"거기까지는 나도 안다."

시조신낭아(始祖神琅珂).

낭아신을 중심으로 모든 것이 평화롭고 아름답던 시절에 대한 전설은 누구나 알고 있다. 이탈산 외곽에서 여미에게 쪽빛 저고리를 판 상인도 저고리의 비단이 낭아산에서 왔다면서 상술을 부렸다. 낭아구슬에 대한 환상은 망령처럼 개락의 상인들이며 인간들, 도깨비들 사이를 떠돌았다.

"그럼 낭아의 정체가 무엇이었는지도 알고 있나?"

모른다. 그저 신이라고 알고 있을 뿐이었다. 전설인 만큼 낭아의 이야기는 모호하고, 또 축약적이다.

"낭아는 도깨비였어."

예상치 못한 이야기였다. 신율은 슬슬 어떻게 반응해야 할지 감을 잡기 어려웠다. 신율은 인간을 홀리려는 도깨비 앞에서 할 수 있는 가장 현명한 말을 내뱉었다.

"도깨비늘이 그렇게 믿고 있는 것이겠지."

비에가 피식 웃었다. 그녀는 빗속을 거닐며 아득한 남쪽을 바라보았다. 전설에서 낭아산은 세상의 남쪽 끝에 있다고 전해진다. 비애가 말을 이었다.

"낭아는 도깨비다. 이탈도깨비만 봐도 알 텐데. 이탈산에는 있는 건 이전에 인간들이 성스러운 영물이라 칭하며 섬겼던 생물들이지. 그들을 도깨비로 격하시킨 건 너희야. 낭아 또한 마찬가지였다. 신비로운 힘을 가진, 도깨비들 중에서도 가장 강력한 도깨비였지."

비애가 옷고름을 풀더니 품 안에서 깨진 도깨비구슬을 꺼냈다. 신율이 눈살을 찌푸렸다. 서씨 가문의 식솔들이 신경 써서 보관하고 있던 이무기 구슬이다. 비가 오는 틈을 타 비애가 이무기 구슬을 훔쳤다.

"솔해랑 사이는 좋지 않았지만 같은 이탈도깨비라는 정이 있으니까. 인간들 손에 천박하게 거래되느니 내 손에 부서지는 게 나을 거다."

비애가 가볍게 말하며 가루가 된 이무기 도깨비 구슬을 털어냈다. 반짝이는 구슬 가루가 떨어지는 빗방울과 섞였다. 비애는 신율을 도발하기 위해 이무기 도깨비의 구슬을 꺼냈다. 말로는 솔해를 위해서라고 했지만 사실은 달랐다. 신율 일행 안에 쉽게 침입할 수 있으며 들키지 않고 가장 귀한 것을 훔칠 만큼 실력이 출중하다는 걸 과시하기 위해서였다. 동시에 다음에 이어질 설명에 대한 복선이기도 했다.

"중요한 건 낭아가 무슨 도깨비였느냐 하는 거야."

식물과 동물의 속성을 그대로 따르는 여와, 치우도깨비와 달리 이탈도깨비와 환상도깨비는 특수하다. 감정을 본체로 삼아 태어난 비애나, 전설 속의 동물이었던 이무기로 태어난 솔해처럼 특별한 속성을 가진다. 그들 중에는 '평화'나 '화염', 또는 '어둠'과 같이 거대한 개념 자체를 뜻하는 도깨비도 있다. 낭아 또한 그런 도깨비였다.

"낭아는 합일의 도깨비야. 낭아의 힘은 서로 다른 것을 통하게 하고 서로 다른 것을 합일시키는 것이다. 낭아는 세상의 조화를 담당하고 있었다."

신율의 머릿속에서 서서히 그림이 완성되었다. 비애가 왜 '낭아구슬'에 대한 이야기를 꺼냈는지 알겠다. 도깨비구슬은 도깨비의 힘을 응축시킨 것이다. 낭아가 합일의 도깨비였다면 낭아도깨비로 만든 낭아구슬은 합일의 결정체다. 합일이란 서로 다른 것을 합치는 것.

"그 낭아에게서 뽑아낸 낭아구슬을 가지면 인간과 도깨비도 교합할 수 있다."

고통 없이 여미의 부드러운 살결을 만질 수 있다. 바라보기만 했던 그녀의 입술에 입을 맞출 수도 있을 것이다. 적당히 부풀어

오른 가슴을 쥐고 농밀하게 애무할 수도 있겠지.

"나를 속이려 하지 마라, 비애. 낭아구슬은 전설일 뿐이다."

신율은 긴 고뇌 끝에 유혹을 떨쳤다. 그리고 단호하게 말했다.

"전설이 아니다!"

비애가 소리쳤다. 그녀의 목소리가 빗물 한 방울 한 방울에 스며들어 신율의 몸을 때렸다. 비애는 두 팔을 벌리고 신율을 덮쳤다.

"나의 복수심이 어디에서 비롯되었다 생각하느냐? 낭아를 죽인 건 인간들이다. 너희 인간들이 다름을 인정하지 않고 도깨비들을 구분하고, 이탈을 구분하고, 치우를 구분하면서 그녀가 죽었다. 신에 필적한 힘을 가진 도깨비일수록 관념적인 것은 알고 있겠지."

감정이라는 추상적 개념에서 태어난 비애는 물리적인 육체가 없다. 비애의 근간은 슬픔이며 슬픔이 존재하지 않으면 비애도 나타날 수 없다.

"낭아는 조화와 합일이라는 관념 그 자체였다. 그러니 너희가 조화를 부정한 순간 사라질 수밖에 없었지. 너희 인간의 편협한 마음이 낭아를 살해한 것이다!"

"그렇다면 낭아구슬은……."

"구슬은 도깨비가 목숨을 잃는 순간 누군가 빼내면 생기는 것이다. 낭아 전설의 내용은 알고 있을 터."

사야요의 기루에 있던 네 폭 병풍 아래 시구가 떠오른다.

－포희살낭아(包犧殺琅玡)

신율의 눈이 흔들렸다.

"사실은 내가 그 구슬을 조금 가지고 있단다."

비애가 결정타를 날렸다. 신율은 정말로 물리적인 타격을 입은 것처럼 휘청거렸다.

비애는 우뚝 서서 저고리 품 안에 손을 넣었다. 솔해의 구슬이 나왔던 곳에서 새로운 빛이 흘러나왔다. 그것은 참으로 아름다운 빛이었다. 비애가 조각을 움켜쥔 손을 밖으로 꺼내자 비애의 주변 에만 비가 멎었다. 비가 멎은 곳에 기이한 기운이 감돌았다. 신율 은 검을 겨누는 것도 잊고 비애가 쥐고 있는 것을 바라보았다. 엄 지손톱만 한 작은 파편이었다. 너무 잘게 쪼개져 있어 원래 크기 를 가늠하기 힘들었다.

"이게 바로 낭아구슬이다."

비애가 웃으며 말했다.

"아름답지?"

비애가 쥐고 있는 것이 진짜 낭아구슬인지, 또 진짜 낭아구슬 이라면 비애가 어찌하여 그것을 가지고 있는 건지. 수없이 의문이 떠올랐지만 그 모든 의문을 짓누를 정도로 비애가 쥔 구슬은 아 름다웠다.

한 가지 색깔만 띠는 보통의 도깨비구슬과는 달리 비애가 쥔 구슬은 다채로운 색을 내뿜었다. 흰색, 그리고 황금색이 주를 이 루는 가운데 맑고 청명한 푸른빛이 구슬 조각을 휘감았다. 각각 의 빛깔마다 저마다 다른 온기가 느껴졌다. 많은 이들의 체온이 거기에 있었다.

"이것을 쥐어라."

비애가 낭아구슬의 파편을 흘렸다. 비애가 떨어뜨린 구슬 조각
은 땅에 떨어지지 않고 가벼운 깃털처럼 공중에 머물렀다. 비애
는 숨을 불어넣어 공중에 떠 있는 구슬 조각을 신율 쪽으로 밀었
다. 신율은 제 앞으로 다가오는 구슬 조각을 바라보았다. 신율의
앞에 다가온 구슬 조각은 마치 그를 유혹하듯 묘한 빛을 뿜어냈
다. 아니, 구슬 조각은 그저 빛나고 있는데 신율이 유혹을 느꼈
다.

신율은 손을 뻗었다. 여러 색이 혼재되어 있는 것만으로도 이
것이 정말 조화의 힘을 가진 구슬이라는 걸 알 수 있었다. 설령
낭아의 구슬이 아닐지라도 이것이 있으면 여미와 접촉할 수 있을
지도 모른다. 그러한 욕망이 신율을 휘감았다.

'분명히 비애의 함정이다.'

십오 년 넘게 도깨비 사냥을 했다. 도깨비들의 술수라면 신물
나게 알았다. 특히나 뛰어난 이지를 가진 이탈도깨비와 환상도깨
비의 술수는 인간도 경악할 만큼 간교한 것이 많았다. 당장 눈앞
의 구슬이 아무리 달콤해 보여도 결코 쥐어서는 안 된다. 도깨비
들이 인간에게 선의로 가득한 선물을 줄 리 없다. 선물을 쥐면
이후 기쁨의 열 배는 넘는 고통을 감수해야 한다.

이 모든 것을 알고 있음에도 불구하고 신율은 받아 들 수밖에
없었다.

신율이 손을 뻗자 구슬 조각에서 나오던 빛이 저절로 사그라들
었다. 신율의 손에 안착한 구슬 파편이 몇 번 반짝거리더니 꺼졌
다. 신율은 그 속에 뒤섞인 수많은 이들의 체온을 느꼈다.

"이건 어디서 구한 건가?"

죽 신율을 바라보고 있던 비애가 웃었다.

"나는 낭아가 죽고 난 직후 태어났다. 내가 낭아의 흔적을 몇 개 가지고 있다 해서 이상할 건 없다."

확실히 비애는 이탈산의 도깨비들 중에서도 오랜 세월을 살아 온 편이었다. 이무기인 솔해보다도 오래 살았으니 적어도 육백 년 이상은 살았으리라. 낭아도깨비 전설은 현재와 칠백 년의 간격을 두고 있으니 낭아가 죽은 후 바로 태어났다는 비애의 말은 사실일 것이다.

신율이 구슬 조각을 품에 넣었다. 그의 마음이 기대와 의심, 혼란으로 얼룩졌다. 감정도깨비 중에서도 슬픔을 담당하는 비애는 신율의 마음속에서 부정적인 감정이 일어나면 알아챌 수 있었다.

"구슬을 쓰는 법은 알고 있겠지."

어느새 곁으로 다가온 비애가 신율의 손을 스치듯 쓰다듬었다. 축축한 바닥, 습기 찬 공기와는 달리 비애의 손은 바짝 말라 버린 종이처럼 퍽퍽했다. 신율이 고개를 들어 비애의 표정을 살폈다. 그녀는 환하게 웃었다.

"작은 도깨비에게도 내 호의를 전해주렴."

비애는 너무도 만족스러웠다. 그녀의 이름에 어울리지 않는 순수한 기쁨이었다. 아, 서씨 가문의 증오스러운 막내가 저리도 간절한 표정을 짓다니. 자신이 내민 달콤함이 결국 파멸로 가는 길이라는 것도 모르고. 앞으로는 굳이 서씨 가문 막내의 앞에 나타날 필요 없을 것이다. 자기 자신을 옥죄는, 숨 막히는 욕망 속에서 스스로 자멸할 테니까.

＊

신율은 개락에 연락을 넣었다. 신율이 부른 자가 개락에서 도착하기까지 삼 일 동안, 신율은 방 밖으로 나가지 않았다. 여미를 찾지도 않았다. 여미는 여종 려류와 함께 서씨 가문 별장의 마당을 돌아다니며 삼 일을 보냈다.

계절은 선선한 초가을로 접어들었다. 나무들이 잎을 떨궜다. 여미는 려류와 함께 푸른 잎을 골라 주웠다. 손바닥만 한 잎을 줍고 기뻐하는 여미를 위해 신율이 일찍 떨어진 잎을 모으라 식솔들에게 명령했다.

"고맙구나."

여미는 신율을 돌아보지 않고 말했다. 그 이유를 가히 짐작하면서도 신율은 아픈 마음을 감출 수 없었다.

신라가 도착한 건 평소와 다름없이 여미가 푸른 잎을 찾아 마당을 돌아다니고 있을 때였다. 여미는 려류를 재촉하며 잎을 꿰어 목걸이 비슷한 걸 만들어냈다.

"여미 님도 참. 이런 건 열 살도 안 된 어린이들만 하는 거라고요."

"뭐 어때서 그러냐. 나는 태어난 지 두 달 반밖에 되지 않았으니 괜찮아."

"아직도 그런 재미없는 농담을 하시는 거예요?"

신율의 사냥에 동행하곤 하는 남자 식솔들과 병사들은 이제 여미의 정체를 대충 눈치챘다. 아무리 사야요의 기루가 신묘하다

하여도 인간의 모습이 그리 들쭉날쭉 바뀔 수는 없다. 다만 신율의 지엄한 명령 때문에 아무도 여미가 도깨비일지 모른다는 불경한 추측을 입에 올리지 않을 뿐이었다. 하지만 사냥에 참여하지 않는 여종들은 여미의 정체를 눈치채지 못했다. 여미가 이상한 언행을 하여도 길거리에서 홀딱 벗고 발견된 여미의 배경을 생각하며 그러려니 하는 편이었다.

려류는 여미를 위해 은행나무 열매를 꿰어 목걸이를 장식해 주었다. 여미가 희희낙락하며 려류에게서 목걸이를 받아 들고 있을 때 대문이 열렸다.

"아버지가 지은 별장이라 쓰고 있긴 한데 너무 허름하단 말이야."

여미는 목에 걸려던 나뭇잎 목걸이를 떨어뜨렸다. 그녀는 재빠른 다람쥐처럼 려류 뒤로 숨었다. 여미의 모든 본능이 위험하다 소리쳤다.

"오. 신율이 데리고 다니는 하얀 도깨비로구나. 날 기억하고 있니?"

한 번밖에 들은 적 없지만 절대 잊을 수 없는 목소리였다.

"신라 도련님?!"

려류가 깜짝 놀라 바닥에 엎드렸다. 신라는 한숨을 쉬고 려류 뒤에서 어쩔 줄 몰라 하고 있는 여미의 뒷덜미를 들어 올렸다. 여미는 공중에서 버둥거리며 신라의 면상을 한 대 먹여주려 애썼다. 물론 소용없었다.

길고 결 좋은 머리카락을 가진 아름다운 남자는 입을 가리고 있던 부채를 접어 착, 소리를 냈다. 신라는 기루에서 보았던 것보다 더 화려한 옷을 입었다. 이번엔 그의 화사한 외모와 어울리는 붉은 비단에 금실로 수국을 수놓은 옷이다. 신발 위에도 금술이 달려 있어 걸을 때마다 상쾌한 소리가 난다. 눈부실 정도로 화려한 옷차림에 여미가 양손으로 눈을 가렸다.

"신율은 어디 있느냐?"

"모른다."

여미가 눈을 가린 채로 대답했다. 신라의 얼굴이 의문으로 물들었다.

"네가 모르면 누가 알겠느냐?"

"도겸이 알지 않겠느냐. 왜 나에게 물어보는 것이냐?"

신율의 이야기에 마음이 불편해진 여미가 버럭 성질을 냈다. 신라는 자신을 할퀴려고 고양이처럼 손톱을 세우는 여미를 멀찍이 떨어뜨려 놓고 부채로 입을 가린 채 생각에 빠졌다.

"어쩐 일로 신율이 애타게 둘째 형을 찾는다 했더니 너와 관련이 있는 일인가 보구나."

신라는 그렇게 말하며, 여미를 내려놓고 도겸을 불렀다. 도겸은 조심스레 신라를 안쪽으로 안내했다.

"따라오지 않아도 되겠느냐? 분명 너에 관한 일일 텐데."

신라가 여미를 향해 물었다. 여미는 고개를 흔들고 땅에 떨어진 나뭇잎 목걸이를 다시 주워 들었다.

"흐음."

신라는 그런 여미의 행동을 보곤 도겸이 이끄는 데로 따라갔다. 도겸은 신율이 머물고 있는 처소의 방문을 열었다. 신율은 언제나처럼 서책을 펼쳐 둔 채 단정한 자세로 글자를 읽어 내려가는 중이었다.

"형이 왔단다, 아우야. 대체 무슨 일이기에 만사 제쳐 놓고 달려오라 성을 낸 것이냐?"

신라가 익숙하게 자리를 잡고 앉았다. 옷이 구겨지지 않도록 매무새를 가다듬는 폼이 도깨비 사냥꾼이 아니라 귀한 집안에서 자라 세상물정 모르는 도련님 같았다. 신율도 서책을 덮었다.

"짐작 가는 게 없는 건 아니다만."

"쓸데없는 짐작 하지 마시지요."

신율이 퉁명스럽게 대꾸했다. 신라는 웃음이 비어져 나오려는 것을 간신히 참았다. 서책을 덮고 한참이나 책상을 내려다보는 신율의 표정이 진지했기 때문이었다. 여미와 관련된 일이긴 하나 신라의 생각보다 사안이 중한 것 같았다.

"환국에서 주술과 술법에 대한 지식으론 형님을 따라올 이가 없죠."

"그렇지."

신라는 일말의 겸손도 없이 대답했다. 신율은 품에서 금낭 하나를 꺼냈다. 두꺼운 천으로 몇 번이나 감싸고, 입구는 끈 모양의 부적으로 봉해두었다. 평소 신율이 지니고 다니는 것보다 강력한 부적이다. 신라는 금낭에서 풍겨 나오는 심상치 않은 기운에 표정을 진지하게 바꿨다.

"이것의 정체에 대해 물어보고 싶습니다."

신율이 책상 위에 진을 그리고 금낭을 풀었다. 금낭 안에서 비애가 준 파편이 나왔다.

"형님?"

신라가 구슬의 파편을 보고도 한참이나 말이 없기에 신율이 먼저 불렀다. 신라는 부채로 입가를 두드리며 한참이나 구슬 파편을 내려다보았다. 신율은 놀랐다. 구슬을 바라보는 신라의 표정에 태어나서 한 번도 본 적 없는 진지함이 담겨 있었기 때문이다.

"무슨 구슬인지 모르겠다."

그로부터 다시 한참이 지나고 나서야 신라가 말했다.

"형님도 알 수 없단 말입니까?"

"그래. 서씨 가문의 명성이 울겠군."

"허어."

신율은 고민에 빠졌다. 신라가 모르는 도깨비구슬은 이 세상에 존재하지 않는다. 비애가 건넨 파편이 낭아구슬일 확률이 더 높아졌다. 신라가 들고 있던 부채로 구슬 파편을 감싼 진을 건드렸다.

"하지만 이 기운을 느껴본 적은 있지."

신율이 깜짝 놀라 고개를 들었다.

"어디서 이 기운을……?"

"기다려 보거라."

신라의 기운이 부채를 따라 내려가 진과 함께 요동쳤다. 잠시 동안 책상이 부서질 정도로 큰 충격파가 방 안을 덮쳤다. 신라와 신율 둘 다 균형을 잃지 않았다. 책상 위의 구슬 파편도 마찬가지였다. 그만한 충격파를 주었음에도 미동 없이 고요하다.

"기운에 대해 설명하기 전에 먼저 묻겠다. 너는 이 파편을 어디서 구했느냐?"

신율은 비애를 만난 과정과 여미가 독에 의해 상처를 입은 것,

그리고 비애가 구슬 파편을 건네주며 했던 말을 전부 설명했다. 이야기를 모두 들은 신라의 표정이 딱딱하게 굳었다.

"형님은 이 기운을 어디서 느껴보셨단 겁니까?"

신율이 조심스레 물었다. 신라는 한숨을 쉬고 부채를 접어 손바닥을 탁탁 쳤다. 신율은 거의 칠 년 만에 보는 둘째 형의 한숨에 놀랐다. 그의 형은 웬만해선 한숨을 쉬는 사람이 아니었다.

"두 달 반 전, 상서롭고 기이한 기운이 수도에 나타났다. 아주 미미한 기운이라 대부분의 주술사는 알아차리지 못했지만 가주께서는 능히 알아차리셨지."

가주는 서씨 가문의 수장으로, 신태, 신라, 신율 삼형제의 아버지다.

"미미하긴 하나 기운이 범상치 않다 판단하신 가주께서 신태 형님과 나에게 기운을 추적하는 임무를 내리셨다. 신태 형님은 수도 안쪽 조사를 맡았고 나는 수도 밖 조사를 맡았다."

"그럼 애초에 형님이 개락에 간 것도 임무 때문입니까?"

"그렇다."

신라의 부채에 사야요의 글자가 떠올랐다. 신율이 그것을 보며 말했다.

"제가 이무기 사냥을 나갈 때만 해도 그런 임무는 없었습니다."

"두 달 반 전이라 말하지 않았느냐. 네가 사냥을 나간 이후 임무가 내려왔다."

두 달 반이라는 기간이 신율의 심기를 건드렸다. 신율은 정확히 두 달 반 전에 마구간에서 여미를 만났다.

"임무 이야기를 지금 꺼낸다 하심은."

"맞다. 가주께서 감지한 기운과 비애가 준 파편에서 나오는 기운이 일치한다."

신라의 부채에서 사야요의 붓글씨가 사라졌다. 신라가 부채를 접었다. 그는 부채를 무릎 위에 두고 진지하게 말했다.

"기운의 정체가 구슬일 줄은 상상도 못 했다."

두 형제 사이에 침묵이 내려앉았다. 뛰어난 도깨비 사냥꾼이자 도깨비에 관한 두터운 지식을 가진 두 사람은 환국에 나타난 상시롭고 기이한 기운과 비애가 내민 파편의 연관성을 쉽게 알아차렸다. 서씨 가문의 가주가 직접 범상치 않다 언급한 기운, 그리고 수수께끼의 구슬.

"비애의 말이 사실일 가능성이 있다는 겁니까?"

신율이 물었다.

"이 구슬이, 낭아구슬일지도 모른다는."

"그녀는 이탈도깨비로, 꽤 오랜 시간을 살아왔지. 게다가 관념에서 태어난 도깨비이니 전설의 현장에 있었다고 해도 이상하진 않아."

"관념에서 태어나고 오래 살았다 해서 전설의 현장에 있었다고 단정 짓는 건 너무 성급한 결론입니다."

"비애에 대한 기록은 오래전부터 서씨 가문에 있었다. 너는 비애를 귀찮아해서 보지 않았지만 난 비애에 대한 기록을 모두 읽었어. 그녀가 우리 가문에 원한을 품은 이유를 되짚어보면 이상한 일도 아니야."

과연, 신율은 비애가 그토록 서씨 가문에 집착하는 이유를 떠올렸다. 비애에게 지나가듯 들었을 때는 말도 안 되는 일이라 생각했다. 하지만 만일 비애의 말이 한 치의 거짓 없는 사실이라면 비애가 낭아의 구슬을 가지고 있는 이유도 납득이 간다. 신라가 턱을 괴고 깊은 생각에 빠졌다.

"물론 이 모든 것이 낭아산의 전설이 진실이라는 가정하에 이루어진 추측이다만."

신라는 낭아구슬 파편을 넣어두었던 금낭의 입구를 만지작거렸다. 신라의 손이 닿자 금낭 입구를 동여맨 부적의 글자가 반짝거렸다. 비애가 건넨 낭아구슬 조각은 금낭 위에 둥둥 뜬 채 신비로운 빛을 내뿜었다.

"힘도 강하고, 비애가 말한 대로 이건 조화의 기운이야."

"이걸 사용하면⋯⋯."

신율의 입에서 불쑥 엉뚱한 질문이 나왔다. 신율은 자신이 얼마나 황당한 생각을 하는지 깨닫고 급히 입을 다물었으나, 신라를 속일 순 없었다. 신라는 부채를 펼치고 파안대소했다.

"네가 그리도 아끼는 여미라는 도깨비와 접촉할 수 있느냐고?"

신라가 책상 위에 그려진 진을 내리쳤다. 신라의 공격에 구슬 파편이 반응하며 강한 힘을 뿜었다.

"접촉할 수 있으면 어쩔 거냐. 너에게까지 가지 않았다 하나 가주의 명령이다. 가주께서 조사하라 지시한 물건을 빼돌리기라도 할 생각이냐?"

충격을 받은 진에서 빠져나온 글자들이 공기 중으로 아스라이 사라졌다.

"배짱도 좋구나, 막내야."

신율의 얼굴이 굳었다. 서씨 가문의 삼남은 표정으로 속내를 짐작할 수 없기로 유명하다. 그러나 그를 일평생 보아온 신라는 신율의 마음을 쉽게 알아챘다.

"이 빚은 톡톡히 갚아야 할 게야."

긴장으로 굳어 있던 신율의 어깨가 풀렸다. 신라가 빙긋 웃고는 손가락을 튕겼다. 그의 특기인 글자 주술이 손가락 사이로 흘러나왔다. 붉은색을 지닌 합(合) 자가 구슬 파편 위로 내려앉았다. 신라의 손끝에 힘이 들어가 부들부들 떨렸다. 신라도 생전 처음 시도하는 주술이었다. 붉은 글자가 구슬 속으로 사라지고, 방 안을 뒤흔들던 충격의 여파도 사라졌다.

"일단 날것의 기운을 좀 진정시켰다."

신라가 말하며 옷자락을 들고 일어섰다. 그는 앉아 있느라 구겨진 옷자락을 털어 펴고는 부채로 입을 가렸다.

"쓰는 데 무리는 없을 거다. 다만 무슨 부작용이 있을지는 나도 모르겠구나."

그대로 뒤돌아서려던 신라는 소용없을 걸 알면서도 한 가지 충고를 했다.

"작은 도깨비에게 꼭 설명하고 쓰도록."

신라 또한 '서씨 가문의 남자들은 한번 여인에 집착하기 시작하면 주변을 보지 않는다'라고 하는 광증에 대해서는 익히 잘 알고 있기에, 씁쓸한 미소를 지었다. 자신 역시 사야요를 만나기 전까진 자신만은 다르다고 생각했다. 서씨 가문의 광증을 통제할 수 있을 거라 생각했다. 그러나 아니었다. 사야요의 눈동자를 보자마자 신라는 생각할 새도 없이 그녀에게 빠져들었다. 결과적으로 사야요를 얻긴 했지만 너무나 위험한 모험이었다.

"물론 그렇게 할 겁니다."

신율이 말했다. 신라는 웃을 수밖에 없었다.

"잘도 거짓말을 하는구나, 아우야."

신라는 기운이 나타날 곳을 찾겠다며 떠났다.

여미는 마당 구석에 숨어서 신라가 떠나는 것을 지켜보았다. 신라는 신율이 있는 방에 들어가더니 한참이나 무언가를 진지하게 의논했다. 그리고 중간에 문틈으로 흘러나온 기이한 기운은 여미도 느낄 수 있었다. 마음을 편안하게 해주는 온기였다. 여미는 신라가 떠나는 걸 확인하자마자 데굴데굴 굴러 마당에 나왔다. 그리고 신율이 있는 방으로 들어갔다. 신율의 방에서 흘러나오던 그리운 기운의 정체를 알고 싶었다.

"여미 님?"

신율은 드물게 당황하는 기색을 보였다. 여미가 문을 열기 전까지 그는 책상 위에 놓인 금낭을 보고 깊은 생각에 빠져 있었는데, 여미가 등장하리라곤 상상도 하지 못한 것 같았다. 막상 신율의 얼굴을 보니 불편하기는 여미도 마찬가지였다. 여미가 신율과 같이 있고 싶지 않다고 말해 신율을 쫓아냈으면서 제 발로 찾아오다니.

"어쩐 일로 저를 찾아오셨습니까."

어색했지만 여미는 신율의 곁에 올 수밖에 없었다. 기루에서 신수가 새겨진 노리개를 봤을 때 겪은 것과 같은 강한 그리움과 끌림을 느꼈다. 그리움의 진원지는 신율이 살피고 있는 금낭 안쪽이었다.

여미는 살금살금 다가가 신율에게서 다섯 발자국 떨어진 곳에 앉았다. 여미가 설정한 안전거리를 본 신율이 쓴웃음을 지었다.

"그 주머니 속에 들어 있는 것이 무엇이냐."

여미가 물었다. 책상 아래 가지런히 모으고 있던 신율의 손이 움찔했다.

"궁금하십니까?"

"그렇다."

"왜 궁금합니까."

"알 수 없는 그리움이 느껴진다."

여미는 솔직하게 대답했다. 신율의 고민이 더욱 깊어졌다. 신율이 무엇을 고민하는지 알 수 없는 여미로서는 속이 타들어갔다. 어서 빨리 금낭 안의 것에 손을 대고 싶은데 신율이 꾸물거리니 진도가 나가질 않았다.

"닿고 싶다."

서두르는 마음에 본론만 말했다. 여미의 말뜻은 금낭 안쪽에 있는 구슬에 닿고 싶다는 말이었다. 그러나 앞뒤를 생략한 탓에 신율은 펄쩍 뛰며 놀랐다.

"……방금 뭐라고 하셨습니까?"

"닿고 싶다 하였다. 손으로 만지고, 또 쓰다듬고 싶다."

"그게 무슨 뜻인지 알고 하시는 말씀입니까?"

"당연히 알지."

여미가 손을 뻗었다. 신율은 여미가 공격이라도 한 것처럼 뒤로 물러났다. 여미가 금낭을 바라보며 입맛을 다셨다.

"정말 그게 여미 님이 원하는 겁니까?"

"그래. 닿고 싶다 몇 번을 말해야 알아듣겠느냐."

여미가 성을 내며 무릎걸음으로 신율 곁으로 다가갔다. 그러자 신율의 눈동자가 흔들렸다. 여미로서는 의아한 일이었다. 여태까지 신율은 자신의 재산에 여미가 손대는 걸 전혀 개의치 않았다. 개락에서는 마음대로 장터를 구경하라고 꽤 많은 양의 금까지 쥐여주었다. 그런데 수상한 금낭만은 필사적으로 지키고 있는 것이었다. 여미는 답답한 마음에 손을 뻗었다.

여미의 손에 예상하지 못한 감촉이 닿았다. 단단하고 적당히 따뜻하며, 또 맥동하고 있었다. 내뻗은 여미의 손을 잡아 가둔 것은 신율의 커다란 손이었다.

"신율?"

여미가 눈을 크게 뜨며 놀랐다. 신율은 무언가에 홀린 사람처럼 자신이 붙들고 있는 여미의 손을 내려다보았다. 여미도 따라서 저와 신율의 피부가 닿은 곳을 보았다.

"아프지 않구나?"

우스꽝스러운 의문사가 나왔다. 살과 살을 맞댄 지점으로부터 고통과는 전혀 다른 감각이 올라왔다. 그것은 아릿한 그리움과 갈증이었다. 그리워서 어서 빨리 더 닿고 싶은 마음이 둘 사이에 들끓었다. 둘 모두 애타는 감정을 느끼면서도 섣불리 더 잡아채지 못했다. 두 사람 모두 비애의 독을 빨아낼 때 느꼈던 고통에 대한 기억을 쉽사리 잊을 수 없었다.

"잠시 이대로 있으십시오."

신율이 말했다. 그는 여미의 팔목을 놓지 않은 채 한 손으로 금낭을 봉한 끈 모양 부적의 매듭을 끌렀다. 금낭 안에서 요동치고 있던 파편이 떠올랐다. 공중으로 떠오른 파편은 신라가 새긴 합(合)의 붉은 획을 흘리며 여러 가지 색으로 빛났다.

여미는 넋을 놓고 파편을 바라보았다. 여미의 마음 안쪽에서 편안하고 드넓은 감정이 느껴졌다. 마치 고향의 풍경을 직접 보는 안도감이었다. 자신의 고향을 알지 못함에도 말이다.

"이건 무엇이냐?"

여미의 목소리가 방 안을 울리자 그에 반응하듯 파편이 잘게 떨렸다. 합(合)의 획을 다 떨어낸 파편은 신율과 여미의 살이 맞닿은 부분에 내려앉았다. 안 그래도 손톱만 한 작은 파편이 잘게 쪼개지더니 가루가 되어 두 사람의 살갗에 스며들었다.

"따뜻하구나."

여미가 중얼거렸다. 그녀의 말대로다. 구슬의 파편은 너무나도 따뜻하고 보드라웠다. 신율은 앞으로 벌어질 일을 확신했다. 신율이 손을 들어 여미의 볼을 쓰다듬었다.

"부드럽군요."

아무런 고통도 없었다. 서로에게 연심을 품은 인간과 도깨비가 접촉할 때 느껴져야 하는 거대한 고통이 없었다. 마치 보통의 연인처럼 여미의 살갗을 망설임 없이 쓰다듬을 수 있다는 그것에 신율은 아찔할 정도로 커다란 쾌감을 느꼈다.

단지 여미의 볼에 손가락이 닿았을 뿐인데 절벽에서 거꾸로 떨어지는 것 같았다. 볼을 쓰다듬던 신율의 손이 내려와 여미의 턱선을 쓸고 가느다란 목을 문질렀다. 여미는 기분 좋은 짐승처럼 눈을 감고 신율의 손길을 느꼈다. 눈을 감아 시야가 암전하자 신율의 손이 더 또렷하게 느껴졌다.

"왜 고통이 느껴지지 않는 것이냐?"

"인간과 도깨비의 접촉에 따른 대가가 고통이라는 것을 알고 계셨군요."

허를 찔린 여미가 입술을 꾹 깨물었다.

"흰 호랑이 도깨비님이 말씀해 주었다."

"그래서 제가 호랑이를 처치하려던 걸 막은 겁니까?"

"그래."

신율은 호랑이에 대해 더 말하지 않았다. 여미의 손목을 붙들고 있던 손을 움직였다. 신율의 손이 여미의 소매 속으로 들어왔다. 여미는 옷 안에서 느껴지는 신율의 나긋한 손짓이 간지러워 몸을 비틀었다.

"고통 없이 닿으니 어떤 기분입니까."

신율이 속삭이듯 물었다. 그의 차분한 목소리가 평소와는 달리 조금 들떴다. 여미는 눈을 감은 채 자신의 감정을 표현하기 위해 애썼다. 신율이 먼저 말했다.

"저는 기쁩니다."

신율이 엄지로 여미의 팔뚝을 살짝 눌렀다. 여미는 참지 못하고 신율의 손을 밀어냈다. 물론 신율은 밀리지 않았다.

"기쁘고 또 좋습니다."

"기쁜 것과 좋은 것은 똑같은 말이 아니냐."

"다르지요."

신율이 낮게 웃었다.

"기쁜 것은 고통 없이 여미 님에게 닿을 수 있어서 기쁜 것이고, 좋은 것은 여미 님 자체가 좋은 것입니다."

여미의 얼굴이 미미하게 붉어졌다. 호랑이의 말대로라면 두 사람은 서로에게 연심을 품고 있기 때문에 접촉할 때 아팠던 것이다. 머리로는 알고 있었지만 그 사실을 신율의 입에서 직접 들으니 느낌이 새롭다.

"나는."

여미가 운을 뗐다. 신율은 여미의 목덜미를 쓸던 손으로 저고리 동정을 젖히며 여미의 대답을 기다렸다. 여미가 침을 꿀꺽 삼키고 말했다.

"나는 부끄럽다."

말을 마친 여미가 고개를 푹 떨어뜨렸다. 동정 안을 스치는 신율의 손가락이 적나라하게 느껴졌다. 신율의 손은 여미의 쇄골을 지나 더 아래로 내려갔다. 말랑말랑한 살결이 있는 곳에 신율의 검지가 닿았다. 여미는 깜짝 놀란 참새처럼 푸드득 떨었다.

"부끄럽습니까?"

신율이 물었다. 그는 매우 진지했다.

"왜 부끄럽습니까."

밑도 끝도 없는 질문에 미미하게 달아올라 있던 여미의 얼굴이 더욱 붉어졌다. '부끄러우면 부끄러운 거지. 이 고사리 놈은 하나하나 말해줘야 안단 말인가!' 하고 여미는 버럭 성을 내고 싶은 걸 간신히 참으며 말했다.

"방이 너무 밝아서 부끄럽다."

"곧 저녁입니다. 등잔불을 끄도록 하지요."

신율이 날숨을 불어 책상 옆에 있던 등잔불을 껐다. 방 안이 한층 어두워졌다. 붉게 물든 석양이 아직 장지문을 통해 들어오고 있어 사물을 분간할 정도는 되었다. 하지만 밝다 불평할 정도는 아니었다. 여미는 장지문을 통해 스며드는 석양 속에서 살며시 웃고 있는 신율의 얼굴을 보았다.

"이제 괜찮습니까?"

"아니, 아직도 부끄럽다."

"또 무엇이 부끄럽습니까."

"그게……."

여미가 눈망울을 또르르 굴렸다.

"이곳은, 이곳은 네가 책을 읽는 곳이 아니냐."

"자리를 옮기자는 말씀이십니까?"

"그래."

여미는 제가 하는 말이 무슨 뜻인지도 모른 채 고개를 주억거렸다. 신율은 참을 수 없는 기분이 되어 여미를 제 품으로 끌어당겼다. 성숙하다 하나 보통 스무 살 여인들보다 훨씬 작은 몸이 신율의 품에 쏙 안겼다. 신율도 눈을 감았다. 여미의 따뜻한 체온과 그녀가 들이쉬고 내쉬는 숨결이 그대로 전해졌다.

"책을 읽는 곳이라 부끄럽다면, 자리를 옮기도록 하지요."

신율이 그대로 여미를 품에 안고 일어났다. 그는 방 안쪽으로 이동했다. 신율이 머무는 방은 바깥쪽에 책을 읽는 공간과 안쪽에 몸을 누이는 공간이 분리되어 있었다. 공간을 분리하는 것은 병풍을 닮은 칸막이였다. 신율은 한 손으로 여미를 안고 한 손으로 칸막이를 걷었다. 그러자 침상이 나왔다. 신율의 가슴팍에 얼굴을 묻고 있던 여미가 슬쩍 고개를 들어 침상을 바라보았다. 신율의 성격대로 정갈하게 정리된 상태였다. 그는 푹신한 이불 위에 여미를 앉혔다.

"장소를 옮겼습니다. 이제 부끄럽지 않지요?"

여미는 대답하지 못했다. 책을 읽는 곳에서 서로의 살결을 만질 때 부끄러웠다. 그래서 자리를 옮기고 싶다 말했다. 그러나 침상에 오자 어쩐지 더 부끄러워졌다. 모두에게 공개된 책 읽는 자리와 달리 신율만이 드나드는 비밀스러운 공간에 있다는 사실이 여미를 더욱 안절부절못하게 만들었다.

이 복잡한 감정을 말로 표현하고 싶다. 그러나 태어난 지 두 달 반밖에 되지 않은 여미에겐 충분한 어휘력이 없었다. 두 달 반밖에 살지 않은 어린 여미가 서씨 가문에서 이십 년 넘게 살아온 신율을 상대해야 하다니, 이것이 여미에게 참으로 안타까운 일이 아닐 수 없었다.

"그래. 이제 괜찮다."

변명거리가 없어진 여미가 울며 겨자 먹기로 대답했다. 신율이 여미 곁에 팔을 짚었다. 그리고 여미의 콧잔등에 입술을 눌렀다. 여미는 간질간질한 느낌에 뒤로 물러나려 했다. 신율은 여미가 도망치려는 걸 귀신같이 알아채고 한 손으로 여미의 뒤통수를 고정했다. 여미는 꼼짝없이 신율을 받아내야 했다. 신율의 입술이 천천히 내려온다. 볼에서 오래 맴돌던 입술이 드디어 여미의 입술에 닿았다.

"잠깐!"

여미가 신율의 입을 손으로 막았다. 신율은 예기치 못한 장벽에 당황하며 눈살을 찌푸렸다. 여미는 식겁했다. 여미를 탐하려 작정한 신율은 평소 철저히 숨겨왔던 본성을 조금씩 드러냈다. 여미에게 막힌 신율의 모습은 그야말로 식사를 방해당한 맹수였다.

"아직 부끄러운 것이 있습니까?"

신율은 다정한 체하며 물었다. 여미는 당장에라도 신율에게 잡아먹힐 것 같은 두려움을 느끼며 말했다.

"질문이 있다."

"하십시오."

"우리는 이제부터 교, 교합이란 걸 하는 것이냐?"

신율의 표정이 무너졌다. 그는 여미 옆에 걸터앉았다. 여미는 침대 위에서 몸을 뒤집고 이불을 머리에 썼다. 이불 속에서 몸을 동그랗게 말았다. 신율은 커다란 눈 뭉치처럼 변한 이불더미를 바라보았다. 가끔 꿈틀대며 이불 안에 여미가 있음을 알린다. 신율은 괜히 이불 위를 꾹 눌러보았다. 머리를 눌렸는지 여미가 볼멘소리를 낸다.

"교합이 뭔지는 알고 계십니까?"

여미가 이불 틈으로 고개를 내밀었다. 이불 사이에 진 그림자 속에서 여미의 황금색 눈이 반짝 빛났다.

"안다."

"'남녀 간의 깊은 애정' 같은 추상적인 것이 아닙니다."

신율이 이불을 확 걷었다. 순식간에 방어막을 빼앗긴 여미가 어리둥절해하며 공중으로 손을 뻗었다. 신율은 여미의 양 손목을 한 손에 쥐고 침대 위에 눌렀다. 만세 자세로 고정된 여미가 눈을 깜빡이며 신율을 바라보았다.

신율의 다른 손이 여미의 목덜미를 쓰다듬고 옷고름에 손을 얹었다. 그는 옷고름을 만지작거리다가 검지에 옷고름을 엮었다. 그가 조금만 힘을 주면 옷고름이 풀려 저고리가 내려가고 하얀 속

살이 드러날 것이다. 일촉즉발의 상황에서 신율이 한 번 더 물었다.

"교합이 뭔지 알고 계십니까? 정말로?"

여미는 신율에게 잡힌 손목을 빼내려 몸을 뒤로 젖혔지만, 소용없었다. 신율의 표정은 미미한 변화도 없고 손 또한 꼼짝도 하지 않는다. 도리어 뒤채느라 신율이 잡고 있는 옷고름이 당겨져 저고리가 느슨해졌다.

"정말로 알고 있다. 보통 사람과 사람이 하나가 되는 것을 이르는 말이 아니냐. 비록 너와 나는……."

여미는 그늘진 신율의 얼굴을 바라보았다. 푸른 기운이 감돌곤 하던 그의 청명한 눈동자는 여미가 잘 모르는 욕망으로 어두워졌다. 긴장으로 입술이 탄다. 팔목에 와 닿은 신율의 손과 허벅지 사이에 들어온 신율의 무릎이 생생하게 느껴진다. 그러나 하나도 고통스럽지 않다. 비애가 습격한 밤 몰래 신율을 만졌을 때 느꼈던, 불에 덴 듯한 고통은 이제 없다. 그저 따뜻하고 애타는 열기가 여미를 지배한다.

여미가 혀로 입술을 축였다. 신율의 눈이 집요하게 여미의 혀를 따라 움직였다. 여미의 혀가 여미의 것이 아니라 신율 자신의 것처럼 느껴질 지경이었다. 신율의 엄지가 여미의 혀가 지나간 곳을 쓸었다. 채 마르지 않은 타액이 그의 엄지에 묻었다.

"……부끄럽다."

"이제 어쩔 수 없습니다."

신율이 말했다.

"알고 있다 하지 않으셨습니까."

신율이 여미의 귓가에 입술을 가져다댔다. 그는 죽을 만큼 낮은 목소리로 속삭였다.

"구슬의 힘은 얼마 가지 않을 겁니다. 저는 지금 당장 하고 싶습니다."

목소리 끝이 갈라졌다. 여미는 더 이상 돌이킬 수 없음을 알고 결의를 다지듯 눈을 꾹 감았다 떴다. 신율은 기적적인 인내심을 발휘해 물었다.

"교합이 뭔지 알고 계시지요?"

"알고 있다."

"제가 당신에게 닿는 것이 싫습니까?"

"싫지 않아."

"그러면……."

신율의 욕망이 한순간에 해방되었다. 여미는 자신을 내리누르는 강한 기운에 기겁했다. 신율은 꽃잎처럼 살며시 여미의 어깨에 고개를 가져다댔다. 그리고 입을 벌려 살짝 깨물었다.

"허락해 주십시오."

달콤한 아픔이었다. 여미는 신율이 너무나도 교활하다고 생각했다.

"허락한다."

도무지 허락하지 않을 수 없었다. 그 다음은 순식간이었다. 한 번 여미의 살결을 탐한 신율의 욕망은 주체할 길 없이 커졌다. 신율의 손이 참을성 없이 여미의 동정을 젖히고 가슴팍으로 내려갔다.

느른하게 피부에 달라붙는 그의 손은 마치 스스로 살아 움직이는 것 같았다. 여미는 신율의 진득한 애무에 서서히 달아올랐다. 신율이 손을 내리자 저고리 끈이 완전히 풀렸다. 그리고 여미의 하얀 가슴이 드러났다. 여태까지 신율이 보아온 그 어떤 여자보다 탐스러운 곡선이었다. 신율은 한 손으로 여미의 가슴을 쥐었다. 믿을 수 없을 만큼 부드러웠다. 이대로 손 안에서 녹아내리는 것이 아닌가 싶었다.

"하, 으."

여미는 생소한 감각에 몸을 비틀었다.

"신율, 이상하다."

"이상하지 않습니다."

신율은 천천히, 그러나 급하게 여미의 볼을 쓰다듬고 이마에 입을 맞췄다. 처음으로 삼킨 여미의 입술은 꽃잎처럼 부드럽고 꿀처럼 달콤했다. 신율은 찌르르 내려오는 쾌감에 숨을 골랐다. 여미도 신율의 입술을 느꼈다. 뜨겁고 침착한 그의 움직임은 여미의 입을 벌리게 하고 혀를 잡아챘다. 여미는 코로 숨 쉬는 법을 알지 못해 할딱였다. 신율은 여미의 입가를 타고 흐르는 타액을 진득하게 핥아 올렸다.

"대체, 이런 건, 어디서 배운 것이냐?"

여미가 손으로 신율의 입을 막으며 기겁했다. 신율은 아무 말 없이 강렬한 눈으로 여미를 바라보았다. 여미는 이미 늦었음을 알았다. 이제 신율에겐 말이 통하지 않는다. 분명 같은 언어로 말하지만 이제 그와는 말이 통하지 않는다. 오로지 여미를 향한 마음만이 있을 뿐이다.

여미의 손이 좀체 떨어지지 않자 신율은 여미의 손목을 잡아 아예 자신의 입 앞에 고정했다. 여미가 의아해하는 사이 신율이 여미의 손바닥을 핥았다.

"뭐 하는 것이냐!"

말캉하고 축축한 감촉이 손바닥을 스치고 지나갔다. 여미가 울상을 지으며 손을 빼내려 버둥거리자 신율의 눈이 깊어졌다. 그는 여미의 손을 놓아주고 다시 그녀의 입술을 삼켰다. 입술 전체가 신율에게 잡아먹히는 것 같다. 고통 없이 뜨겁기만 한 접촉은 너무나 달콤했다.

신율의 손이 여미의 발목을 타고 종아리로 올라갔다. 여미는 온몸이 신율에게 꽁꽁 붙잡혀 있는 느낌이었다. 기묘했다. 싫지 않았지만 무력한 기분이 들어 여미도 신율에게 손을 뻗었다. 여미의 손이 신율의 단단한 어깨를 건드리자 신율이 크게 움찔했다. 입술이 떨어졌다. 여미도 떨리는 손으로 신율의 앞섶을 풀었다. 신율의 눈이 더 어두워질 수 없을 만큼 어두워졌다.

"오늘 이후로 죽 너에게 닿을 수 있는 것이냐?"

"아마 오늘 이후로는 안 될 겁니다."

한 번으로 끝이라니. 여미는 한 뼘쯤 허공에 떠 있다가 바닥으로 탁 떨어진 듯한 느낌을 받았다. 이토록 달콤하고 좋은 것이 한 번으로 끝이라니? 어쩌면 꿀떡보다 더 좋을지도 몰랐다. 신율은 한 번이라는 생각을 지우려는 듯 다시 여미에게로 고개를 숙였다.

입을 맞추려는 순간 커다란 쾅, 소리와 함께 충격파가 찾아왔다.

"우, 우와악?"

여미가 비명을 질렀다. 침대가 마치 살아 움직이는 것처럼 덜컹 댔다.

"이게 대체 무슨 일이냐!"

당황하기는 신율도 마찬가지였다. 침대가 스스로 움직이다니? 온갖 일을 경험한 신율이었지만 이런 일은 처음이었다. 급박한 상황에서도 신율은 침착하게 여미를 들어 올려 바닥에 내려놓았다. 여미는 풀어헤쳐진 저고리를 다시 입으며 침대에서 물러났다.

덜컹!

침대가 다시 한 번 움직였다. 괴기스러운 광경이었다. 침대의 한쪽 모서리가 벽에 부딪친 순간 여미와 신율 둘 다 움직임을 멈췄다. 살아 있는 것의 기운이 느껴졌다. 침대라는 사물에서 느껴질 리 없는 기운이었다. 평생 도깨비를 사냥해 온 신율은 물론, 비애와 흰 호랑이를 만나 본 여미도 알 수 있는 기운이었다.

'도깨비의 기운!'

신율이 망설임 없이 검을 뽑았다. 침대를 향해 검을 겨누고 있는 환국 최고의 도깨비 사냥꾼이라니, 모양은 좀 기묘했지만 더없이 적절한 광경이긴 했다. 침대에선 분명 도깨비의 기운이 느껴졌으니까. 아마 침대 아래 약한 도깨비가 숨어든 모양이다. 아니, 서씨 가문의 삼남이 머물고 있는 방이다. 여기까지 들어온 걸 보면 약한 도깨비가 아니라 비애보다 강한 도깨비일 가능성이 크다.

신율은 침대를 향해 검을 내려치려다가 멈칫했다. 옆에 있는 여미가 도깨비였기 때문이다. 아무리 정체를 알 수 없고 커다란 위험을 품은 도깨비라 하여도 여미 앞에서 함부로 해칠 수 없었다.

침대보가 일어났다. 신율은 침대보 아래에 있는 도깨비가 드러나
길 기다렸다.

"어?"

여미가 고개를 갸웃했다. 분명 도깨비의 기운이 느껴지는데 도
깨비가 나오지 않는다. 침대만 살아 움직인다. 신율은 시험 삼아
일렁이는 침대보를 검으로 갈라보았다.

"아악!"

찢어지는 비명이 방 안을 채웠다. 여미는 뒷걸음질 치다 넘어
져 엉덩방아를 찧었다. 신율도 놀랐다. 형체를 감출 수 있는 도깨
비인가 싶어 급히 시야를 밝히는 주술을 외웠다. 그러나 아무것
도 드러나지 않았다.

"그만해라. 나는 침대 도깨비이니라!"

"침대 도깨비?"

여미와 신율이 동신에 반문했다. 한참이나 침묵이 이어졌다.
침대보가 펄럭이는 것을 멈추었을 때 여미가 소리쳤다.

"이런 도깨비가 있다는 것은 듣도 보도 못 했다!"

신율도 마찬가지였다. 도깨비는 네 종류밖에 없다. 식물의 모
습을 한 여와, 짐승의 모습을 한 치우, 전설 속 동물이나 관념이
형상화된 모습을 한 이탈, 그리고 사람의 환상을 뛰어넘는 기상
천외한 모습을 가진 환상. 사물 모양을 한 도깨비는 처음 볼뿐더
러 기록에도 없었다.

"사물도깨비를 모르는가?"

침대보가 시무룩하게 펄럭였다. 그 모습이 정말로 살아 있는
생명체 같아서 바라보기 오묘했다. 침대보가 사르르 침대 위로

내려왔다. 도깨비의 기운은 옅어지지 않았지만 위협적인 기운은 없다. 신율은 곧게 겨누고 있던 검을 내렸다. 신율의 검에 베여 뜯어진 부분을 불만스럽게 펄럭이던 침대 도깨비가 말했다.

"이런, 내가 정말로 오래 잠들어 있던 모양이구나."

침울한 목소리였다. 여미는 저도 모르게 침대 쪽으로 한 걸음 가까이 다가갔다. 신율은 여미의 어깨를 잡아 제지하고 싶었지만 참았다. 자칭 침대 도깨비라는 정체불명의 사물로부터 설명을 들어야 했기 때문이다.

"낭아산 시절에는 사물 또한 어렵지 않게 도깨비가 되었다. 낭아산이 사라지고 힘을 얻지 못해 오랫동안 잠들어 있었는데 낭아산의 힘이 느껴져 눈을 떴다."

낭아산, 그리고 낭아산의 힘?

"낭아산의 힘이란 낭아도깨비의 구슬을 말하는 건가."

"그래."

침대 도깨비는 망설임 없이 대답했다.

"낭아산이 사라지고 무슨 일이 벌어졌는지는 내 모르겠다. 그러나 내가 낭아산에 살고 있었다는 건 분명해."

도깨비는 대체로 거짓말을 하지 못한다. 신율이 흰 호랑이 도깨비의 말을 믿었던 것도, 비애의 말을 진지하게 받아들였던 것도 도깨비의 진실성 때문이다. 무슨 연유에서인지는 모르지만 도깨비는 본능적으로 거짓말을 꺼린다.

"그렇다면 낭아산이 전설이 아니란 말인가."

"전설이 아니고말고. 너희 둘도 인간과 도깨비이면서 교합하려 하지 않았느냐?"

낭아구슬의 힘을 빌려서 말이야. 침대 도깨비가 덧붙였다. 교합이라는 말에 여미의 얼굴이 벌게졌다.

신율은 진지하게 고개를 끄덕였다. 인간인 신율과 도깨비인 여미가 고통 없이 서로의 온기를 느낄 수 있었던 건 사실이다. 신율은 기분이 복잡해졌다. 비애가 말한 게 사실이라는 걸 확인하는 동시에 낭아도깨비의 구슬이 신율의 생각보다 복잡한 존재라는 걸 확인했다.

"사물도깨비는 오로지 낭아산에서만 살 수 있다. 치우도깨비나 여와, 이탈 등과는 달리 산을 벗어나면 순식간에 이지를 잃게 되는 모자란 이들이지."

침대 도깨비가 음울하게 말했다.

"낭아산은 완전히 사라졌느냐?"

신율과 여미 모두 대답하지 못했다. 낭아산은 전설이다. 엄밀히 말하면 낭아산은 있을 수도 있고, 없을 수도 있다.

"적어도 인간이 아는 한은 없습니다."

"난 태어난 지 두 달 반밖에 되지 않아 자세히 모르겠구나."

여미의 어조에 동정이 어렸다. 이불은 풀죽어 모양이 찌그러졌다.

"낭아산의 소재를 모른다면 기껏 살아난 내가 생존할 가능성은 없겠구나."

이제 신율은 완전히 겁을 내렸다. 낭아산에 대해 더 알고 싶었다. 신라가 말하길 비애가 준 파편의 힘은 일시적인 것이라 했다. 길어야 며칠이라고 했다. 얼마 뒤에는 다시 여미를 만질 수 없다. 그러나 낭아산에 대한 단서를 찾으면 여미와 함께할 수 있는 길이 열릴지도 모른다.

"난 여기서 움직일 수도 힘을 발휘할 수도 없어. 여기서 죽어가는 거야."

그러나 신율이 무얼 더 물어보기도 전에 낭아산의 소재를 알 수 없다는 말을 들은 침대 도깨비가 통곡하기 시작했다. 너무도 비관적인 그의 말에 여미는 아까부터 끓어오르고 있던 안타까운 마음에 더해졌다. 여미는 쪽빛 저고리를 쥐고 가슴을 가리고 다가갔다. 조심스레 손을 뻗어 침대를 슬슬 쓰다듬었다. 여미의 손길이 닿자 침대 도깨비는 감정이 격해졌는지 엉엉 울음을 터뜨렸다.

"넌 태어난 지 두 달 반이 된 도깨비라고 했나?"

"맞아."

"너에게선 그리운 향기가 나는구나."

침대 도깨비의 이불이 꿈틀대더니 여미의 손을 잡았다. 신율의 눈썹이 꿈틀했다. 신율이 터벅터벅 걸어가 여미의 손을 잡고 있는 이불을 떼어내었다.

"왜 그러느냐?"

"정체를 알 수 없는 수상한 도깨비입니다."

신율이 궁색한 변명을 했다. 침대 도깨비에게선 위협적인 기운은 전혀 느껴지지 않는다. 신율의 칼에 힘없이 찢어지는 걸 보니 강력한 도깨비도 아니다. 여미는 말끄러미 신율을 바라보다가 손을 뗐다. 여미의 손이 멀어지자 이불이 다시 요동쳤다.

"가만, 가만!"

"또 무엇이냐."

신율이 차갑게 물었다. 침대 도깨비는 여미 손 한 번 만졌다고 갑자기 분위기가 바뀐 신율을 낯설어하면서도 착실히 말했다.

"방금 전 나를 만진 도깨비는 어린 도깨비가 아니다."

"그러면?"

"아주, 아주 오랫동안 살아온 도깨비다."

신율은 여미의 탄생부터 함께했다. 여미의 각성을 보았고 아무것도 모른 채 지푸라기에 얽혀 움직이지 못하고 있던 여미를 손수 꺼내준 것도 신율이었다. 신율은 여미가 오래 산 도깨비가 아니라는 걸 알았다. 그는 생각에 빠졌다. 도깨비는 허튼소리를 하는 종족이 아니다. 침대 도깨비가 여미를 오래 산 도깨비라고 느꼈다면 그럴 만한 이유가 있을 거다.

"혹 본체로 떠돈 시간까지 합쳐서 말하는 건가."

퍼뜩 생각이 난 여미가 물었다. 각성한 지는 두 달 반밖에 되지 않았지만 도깨비풀 형태로 떠돈 시간은 꽤 된다. 침대 도깨비가 물었다.

"얼마나 떠돌았기에?"

여미 자신도 제대로 알 수 없을 만큼 오랜 시간을 떠돌았다.

"얼마나 떠돌았는지는 나도 잘 모른다. 그래도 칠백 년은 족히 떠돈 것 같구나."

"칠백 년이라."

침대 도깨비가 여미의 대답을 음미하듯 되씹었다. 신율은 속으로 낭아산 전설의 시기를 헤아렸다. 전설 속에서 낭아산은 칠백 년 전에 존재했다고 한다.

신율은 여미가 본체 상태로 오래 떠돌았다고 해도 삼백 년을 넘지 않았을 거라고 생각했다. 보통 도깨비가 각성을 하는 데 필요한 시간이 백 년이다. 이백 년이면 평균보다 조금 긴 편이고, 삼백 년이 최대치다. 신율은 수백의 도깨비를 사냥했지만 삼백 년 이상 본체로 떠돈 도깨비는 본 적이 없다.

"너에게서 그리운 향기가 나 혹여 낭아산 출신인가 했다만. 너조차도 기억이 확실치 않다니 나도 이제 모르겠구나."

침대 도깨비는 완전히 절망하여 풀썩 가라앉았다. 신율의 검에 한자례 곤욕을 당하고 풀죽기까지 한 침대는 무척이나 쓸쓸해 보였다. 침대 도깨비가 쉬지 않고 한숨을 내뱉었기에 침대가 계속 들썩거렸다. 신율은 여미의 옷고름 매듭을 지어주었다.

"어쨌든 오늘 밤 여기에서 잠드는 건 불가능하겠군요."

도깨비가 깨어나기 전이면 모르되 깨어난 이상 저 위에서 잘 수는 없다. 신율은 여미와 입을 맞추려던 순간 끼어든 이불을 생각했다.

'저 위에서 자다가 또 어떤 봉변을 당하려고.'

사물도깨비라는 특이한 도깨비의 출현에 놀라 잠시 동안 잊어버리고 있었는데, 신율과 여미는 아주 중요한 일을 하려던 참이었다. 특히 신율은 개락에서부터 오랫동안 참아왔던 열망을 실현하려던 참이었다. 여미의 옷고름을 단단히 매주고 나니 때 아닌 황망함이 찾아왔다.

"도겸을 불러 주변에 부적을 붙이라 이르겠습니다. 여미 님도 밖으로 나오시지요."

침대 도깨비는 홀로 슬퍼하느라 두 사람이 나가는 걸 신경 쓰지 않았다.

'다시 작은 형을 불러야겠군.'

낭아구슬로 가루를 만들어주고 떠났으니 그리 멀리 가지 않았을 거다. 신율은 머릿속으로 해야 할 일을 생각하며 문을 열었다. 제법 쌀쌀한 저녁 바람이 불어와 신율의 옷을 펄럭이게 했다. 대충 추스른 그의 앞섶 사이로 탄탄한 가슴이 보인다.

"아."

그러고 보니 신율의 앞섶을 풀어헤친 건 여미다. 잊고 있던 간지러운 열망이 그녀를 다시 채웠다. 신율은 전혀 춥지 않은지 벌어진 앞섶을 신경 쓰지 않았다. 평소라면 온도와 상관없이 단정함을 위해 옷을 추슬렀을 터이지만, 지금 그는 낭아산과 여미에 대한 생각으로 정신이 없었다. 이렇게 되니 애가 타는 건 여미였다. 신율이 옷고름을 만져 준 것처럼 여미도 신율의 옷을 제대로 추슬러 주고 싶었다. 망설이며 신율 곁에 다가가자 달빛 아래 그의 모습이 좀 더 선명하게 드러났다.

그의 가슴팍으로 손을 뻗었다. 신율은 생각에 골몰하느라 먼 곳을 바라보는 중이다. 막상 신율에게 손을 뻗으려니 무엇에 막힌 것처럼 손이 잘 나아가지 않는다. 여미는 어쩐지 꿀떡을 눈앞에 둔 것처럼 입안에 침이 잔뜩 고였다. 달빛을 받아 매끄럽게 흐르는 가슴 근육 위에 수많은 흉터들이 보였다. 같은 침대에 누웠을 때는 몰랐던 것이 이제야 눈에 들어왔다. 아마도 사냥꾼 생활을 하며 얻은 것이겠지.

결국 여미가 입에 고인 침을 꼴딱꼴딱 삼키는 소리가 났다. 신율이 여미의 수상한 기색을 알아챘다. 그는 벌어진 옷고름을 추스를 생각도 하지 않고 그녀에게 성큼성큼 다가왔다. 그 덕분에 여미는 눈이 튀어나올 만큼 긴장해서 그가 다가서는 만큼 물러나야 했다. 신율이 살짝 얼굴을 찌푸렸다.

"침대 도깨비가 마음에 걸리시는 겁니까. 그가 한 말이."

침대 도깨비는 여미의 나이를 추측하며 의미심장한 단서를 남겼다. 여미는 고향 산을 찾고 있으니, 침대 도깨비의 말로 인해 고향 문제를 떠올린 것일지도 몰랐다. 여미가 이대로 저를 내버려 두고 고향산에 가겠다고 결심하면 어쩌나, 신율은 초조했다. 그는 암선한 미소를 지으며 여미에게 말했다.

"걱정 마십시오. 둘째 형이 오면 상세히 조사하라 부탁하겠습니다."

"그게……."

여미는 그게 아니다, 라고 말하려다 입을 꾹 다물었다. 신율의 말을 듣고 나니 심란한 마음이 고향 때문인 것 같기도 했다.

"전설에 따르면, 도깨비와 인간의 균형이 깨진 것은 칠백 년 전 낭아산이 사라지고 나서부터입니다."

신율이 낭아산 전설에 대한 긴 이야기를 시작했다. 여미는 그의 이야기를 흘려들으며 자신의 진정한 마음을 깨달았다. 마음이 심란한 이유는 역시 신율 때문이었다. 침대 도깨비의 방해로 하지 못했던 '교합'이라는 것을 마저 하고 싶었다. 신율에게 닿고 싶었다.

"신율, 가지 마라."

여미를 돌아본 신율이 걱정스럽게 물었다.

"어디가 불편하십니까?"

여미는 고개를 저었다. 그녀의 편치 않은 표정을 본 신율이 곁으로 다가왔다.

"걱정하지 마세요. 잠들 때까지 지켜드리겠습니다."

그리고 신율은 담백한 자세로 여미의 옆에 앉았다. 설상가상으로 서책까지 펴 들었다. 여미는 당장 이불을 걷어차고 일어나고 싶었다.

여미의 마음이 간질거렸다. 설렘이 아니라 맛있게 먹던 꿀떡을 빼앗긴 것 같은 서운함이었다. 여미는 신율의 어깨를 톡 쳤다. 그러자 그가 그녀를 바라보았다. 신율은 여미가 불편한 것이 있나 고개를 갸웃하고 이불을 꽁꽁 싸매주었다.

여미는 바동거려 이불을 흐트러뜨리고 다시 신율을 향해 상체를 숙였다. 여미는 안절부절못했다. 아까와 같은 달콤함을 느끼고 싶은데 어떻게 하는지 모르겠다. 무작정 닿기만 해서는 침대 도깨비가 난입한 것과 같이 산통이 깨질 거라는 것만 알았다.

"불편한 것이 있으면 말로 해주십시오."

"불편한 것은 없다."

"그럼 왜 주무시지 않는 겁니까?"

여미는 속으로만 비명을 질렀다. 신율의 단단한 몸에 손을 대고 싶었다. 자신은 꿀떡을 눈앞에 둔 것처럼 애간장이 타는데 저 고약한 고사리 놈은 아무렇지 않은가 보다. 좋았던 건 나뿐이었나 생각하니 순식간에 기분이 가라앉았다. 여미의 몸이 작아졌다. 잔뜩 풀이 죽어 이불 속으로 기어들어 갔다.

등을 돌리고 눕는 여미를 보며 신율은 한숨을 쉬었다. 역시 침대 도깨비의 출현과 불현듯 얻은 고향에 대한 단서 때문에 여미는 무척이나 혼란스러워한다. 지금 여미에게 닿는 것은 그녀를 배려하지 못하는 짓이다. 하지만 그래도, 그는 여미에게 닿고 싶었다. 신율은 자신의 안에서 끓어오르는 천불 같은 욕망을 억누르느라 서책에 집중하지 못했다. 억지웃음을 짓고 여미의 뒷모습에서 시선을 뗐다. 옆에 있으면 무슨 일이 벌어지겠다 싶어 서책을 들고 일어났다.

"신율!"

부적을 붙이고 문을 닫으려 하자 여미가 쪼르르 달려 나왔다. 문 사이에 손을 끼우고 애절하게 고개를 절레절레 젓는다.

"주무십시오."

하, 다시 한숨이 나왔다. 이리도 겁 많고 어린 도깨비를 데리고 자신은 무엇을 할 생각이었던 건가. 신율이 말했다.

"밤새 지켜드리겠습니다."

결국 여미가 뒤척이다 잠들었다. 신율은 여미의 숨이 고르게 쌔근거릴 때까지 방문 앞을 지켰다. 방에는 도겸을 시켜 부적을 잔뜩 붙여두었다. 어지간한 도깨비라면 나오지 못할 것이고, 설령 침대 도깨비가 마구간의 여미처럼 부적을 찢는다 해도 신율에게 알림이 올 것이다. 그는 여미의 숨을 확인하고 나서 다른 방으로 갔다.

신율은 등잔 아래에서 신라가 가공해 준 구슬 가루가 들어 있던 금낭을 꺼냈다. 큰 파편은 다 썼지만 금낭 구석에 미처 떨어내지 못한 가루가 남아 있다.

"정말로 낭아산이 있었다는 건가."

장지문 위에 신율의 그림자와 함께 낭아전설이 위태롭게 흔들렸다. 신율의 마음이 요동쳤다. 처음 도깨비 사냥에 나선 풋내기처럼 가슴이 마구 뛰었다. 어떤 기대감 때문이었다.

만일 낭아산에 대한 것이 전설이 아니라면, 파편이 아닌 완전한 낭아구슬을 손에 넣을 수 있다면, 제한 없이 여미와 완전히 결합할 수 있다.

낭아구슬을 찾고 싶다는 강렬한 열망이 솟아올랐다. 앞서 맛보았던 여미의 달콤한 입술이 떠오를수록 욕망은 강해졌다. 신율은 깊게 숨을 내쉬며 마음을 가다듬었지만 정염은 사그라지지 않았다.

'비애, 네가 노린 게 이것이었나.'

여미의 타액을 한 번 맛본 신율의 몸은 끊임없이 여미를 갈구했다. 그러나 칠백 년 동안 아무도 찾아내지 못한 낭아산을 신율이 쉽게 찾아낼 수 있을 리 없었다. 아마 평생을 바쳐도 찾아내지 못할 것이다. 비애는 파편 한 조각으로 결코 헤어 나올 수 없는 무한한 갈증으로 신율의 인생을 밀어 넣었다.

5. 하부동 도깨비 암시장

"형님."

"오냐. 왜 안 찾아오나 했다."

신라는 앞에 놓인 다과상을 들며 신율을 맞았다. 동도 트지 않은 새벽이었다. 신라는 신율의 부름을 예상하기라도 한 듯 별장 옆에서 머물다가 아침에 찾아왔다.

"묻고 싶은 것이 있습니다."

"무엇이냐?"

신라의 눈이 이채를 띠었다.

"막힐 것 없는 막내의 탄탄대로 인생을 무엇이 방해했는지 궁금하구나."

"진지하게 들어주십시오."

"진지하고말고."

부채로 입을 가린 신라가 큭큭 웃었다. 신율은 신라의 웃음을 무시하고 맑은 눈으로 말했다.

"짐작컨대 비애가 가져온 파편 말고 낭아구슬의 일부가 아직 환국 곳곳에 잠들어 있을 겁니다."

"그렇게 확신하는 이유는?"

신라가 웃음을 멈췄다. 신라의 부채에 희미한 형상이 나타났다 사라졌다. 신율은 신라의 동요를 놓치지 않았다.

"수도에 기이한 기운이 출몰하고, 가주님께서 알아차려 임무를 내린 후 형님이 상서로운 기운을 쫓아 개락까지 내려오셨지요. 비애가 준 낭아구슬에서 나온 기운과 형님이 쫓는 상서로운 기운이 일치한다 하셨습니다."

신라가 낭아구슬을 사용하려는 신율의 태도를 배짱 좋다 말한 이유가 여기 있다. 서씨 가문에서 가주의 명령은 절대적이다. 상서로운 기운을 쫓는 게 신율에게 직접 내려온 명령이 아니더라도 신라를 통해 알게 된 이상 신율은 낭아구슬을 가주에게로 가져가야 한다. 직접적으로건 간접적으로건 가주의 명령을 거역하면 신율은 엄벌을 받는다.

"낭아구슬 파편이 비애가 가진 것뿐이었다면 환국 수도에 상시로운 기운이 출몰할 이유가 없습니다. 비애는 줄곧 저를 쫓아 이탈산 근처에 있었으니까요."

신율은 엄벌을 각오하고 낭아구슬을 추적하기로 했다.

"형님이 아무리 사야요를 사랑한다 하나 가주의 명령이 떨어진 지 며칠도 지나지 않아 기루로 새지는 않았을 겁니다."

"기루로 샌다니…… 형에 대한 신뢰가 별로 없구나."

신율은 신라의 불평을 무시했다.

"상서로운 기운의 발생지를 찾으신 것 아닙니까?"

신율이 단도직입적으로 물었다. 아스라한 새벽빛이 두 형제 사이에 놓인 찻물을 비췄다.

"맞다."

찻물 안에 서리는 희미한 새벽빛을 보던 신라가 말했다.

"예나 지금이나 눈치 빠르고 명민한 건 여전하구나. 귀엽지 않게."

"그 장소를 알려주십시오."

"가주님께 갈 구슬 파편을 가로채는 걸로도 모자라 이제 내 임무까지 강탈하려는 게냐? 필시 그 흰 도깨비가 네 눈을 멀게 한 게야."

신율은 대답하지 않았다. 먼저 항복한 건 신라였다.

"여기서 멀지 않은 마을이다."

문 너머 보이는 야트막한 산을 넘으면 아래로 움푹 꺼진 평야가 나온다. 평야 안에 사람들이 많이 사는 마을이 있다. 그 마을의 이름을 떠올린 신율이 깜짝 놀랐다.

"그래. 낭아산이 존재했던 곳으로 꼽히는 마을, 하부동이다."

*

환국의 학자들은 낭아전설을 끊임없이 연구했다. 고서를 대조 분석하고 도깨비를 잡아 연구한 결과 낭아산이 있었을 것으로 추정되는 지역 세 군데를 선발했는데, 그 세 지역이 산동, 횡천, 하부동이다.

산동(山洞)은 환국 최남단 사난(四難) 주(州)의 남단으로, 일년 사시사철 모래바람이 몰아치는 황량한 지대다. 이곳은 일년 내내 화기가 가라앉지 않아 농사가 어렵고 주민들이 열병에 시달린다. 오래전 주작이 기거했다는 전설이 있었다.

황천(黃川)은 예로부터 황하(黃河)라 불렸다. 좀 더 정확히 말하면 낭아산 후보지는 황하 중앙 삼각지에 있는 현길(玄桔) 읍(邑)으로, 누런 강의 흙먼지가 가라앉으면 반질반질한 까만 수면이 나타난다 해서 예로부터 현무의 둥지로 여겨졌다.

마지막, 개락과 환국 수도 사이에 위치한 하부동(夏府洞)은 낭아산 소재지로 꼽히는 세 지역 중 가장 비범했다. 하부동의 범상치 않은 점은 은은(圻澱) 시대에 밝혀졌다. 은은 12제 소(瀟) 임금 시절, 서씨 가문 출신 지리학자 서수는 하부동의 도깨비지도를 만들기 위해 해시계와 노끈을 들고 지방에 내려왔다.

지질을 조사하던 서수는 움푹 꺼진 하부동 평야에 있는 거대한 그림을 발견했다. 서수가 발견한 그림은 육안으로 파악하지 못할 정도로 거대했다. 장정 일흔 명이 선을 따라 일렬로 누워도 그림을 다 덮지 못할 정도였다.

일곱 밤낮 연구 끝에 서수는 하부동 땅의 그림이 원시적이고 거대한 골문(骨文)이라는 걸 알아냈다. 지리학자인 동시에 훌륭한 시인이기도 했던 땅 위의 골문을 해석해 고시조를 복구했다. 서수는 당시 하부동을 관할하던 하부동 군수 오량(傲掠)에게 자신이 밝혀낸 고시조를 헌상했다.

불행하게도, 군수 오량은 서수가 복원한 고시조의 가치를 알지 못했다. 서수는 두꺼운 두루마리 하나를 가득 채워 자신의 연구

과정을 설명했는데 오량은 이를 하찮게 다뤘다. 주인인 오량의 태도가 이러하니, 오량 아래 있는 시비들이 두루마리의 귀중함을 알 리 없었다. 오량의 식사를 담당하던 시비는 아궁이 불 때는데 서수의 두루마리를 사용했다. 후에 이를 들은 오량이 급히 달려와 불을 껐지만 두루마리 절반이 타고 난 후였다.

두루마리 앞부분에 있던 골문 원형과 서수의 주석은 흔적도 없이 사라졌다. 두루마리 끝부분에 있던 고시조도 반절이 뜬겨 나갔다. 오량은 크게 후회하고 서수를 다시 불러 두루마리를 복원해 줄 것을 청했다. 하지만 이미 오량의 처신에 마음이 상한 서수는 돌아오지 않았고, 결국 서수가 복원한 '낭아전설' 중 오로지 세 줄만 전해 내려오게 되었다.

오량은 남은 세 줄의 시조를 거대한 목판에 새겨 군수청 앞에 걸어두었다. 서수가 복원한 시조는 이렇다.

시조신낭아(始祖神琅玡)

낭아부포희(琅玡夫包犧)

포희살낭아(包犧殺琅玡)

*

"그것이 낭아산 이야기라고?"

여미가 물었다.

"예. 산동이나 황천과 달리 사방 신수 전설이 없는 하부동이 단숨에 유력한 낭아산 소재지로 떠오른 이유입니다. 낭아산 고시조 원본이 발견된 지역이니까요."

서수가 복구한 시가 바로 여미가 사야요의 기루에서 봤던 병풍에 있던 '낭아전설'이었다. 여미는 방금 본 일인 양 선명한 그날의 기억을 떠올렸다. 네 마리 사방 신수에게 둘러싸인 여인, 그리고 여인 곁을 지키던 노인.

"그 여인이 낭아였구나."

신율의 이야기를 통해 여인의 정체를 짐작한 여미가 탄성을 내질렀다. 신율이 고개를 끄덕였다.

"맞습니다. 낭아전설은 세상을 창조한 시조신 낭아와 그녀의 남편 포희를 다룬 이야기입니다."

여미가 마당에 쪼그려 앉았다. 주위를 두리번거리다 긴 나뭇가지 하나를 찾은 신율은 그 앞에 서수가 복원한 세 줄의 고시조를 써주었다. 여미는 신율이 써준 고시조를 한 줄 한 줄 손으로 짚더니 고개를 갸웃했다.

"내가 본 시는 다섯 줄이었다."

여미는 글자를 읽지 못해도 눈앞에 있는 시조가 몇 줄인지는 셈할 줄 알았다. 신율이 써준 시는 여미가 사야요의 기루에서 봤던 시와 모양이 달랐다. 신율이 빙긋 웃었다.

"병풍의 시는 이런 모양이었지요?"

나뭇가지가 붓이라도 되는 것처럼, 신율은 막힘없이 땅에 글자를 썼다. 환국의 모든 문인이 탐낼 만치 유려한 글자가 땅바닥 위에 나타났다. 여미는 잔뜩 신기해하며 인간들이 쓰는 복잡한 문자를 빤히 들여다보았다.

"그래, 내가 본 나머지 두 줄의 시가 이런 모양이었다."

"낭아주, 주즉살 주즉생 주즉탄모."

신율이 나머지 두 줄의 시조를 외웠다. 나뭇가지로 땅바닥을 두드렸다.

"이건 서수가 복원한 고시조가 아닙니다."

"고시조가 아니라니?"

"후대에 붙인 해설입니다."

신율이 명쾌하게 대답했다.

"아까 말씀드렸듯이 낭아전설의 마지막 두 줄은 하부동 군수 오량의 실수로 소실되었습니다. 이에 사람들이 구전의 편리를 위해 임의로 나머지 시구를 채워 넣은 겁니다. 시를 노래로 부르기 위해선 최소 다섯 줄 이상이 필요하기 때문이죠."

글자를 모르는 평민들은 낭아가 만든 낭아구슬, 낭아주에 대한 설명으로 나머지 두 줄을 채워 불렀다. 후대에 붙인 것인지라 시조의 나머지 두 줄은 별다른 뜻이 없었다. 그저 낭아구슬이 삶의 시작과 끝이자 모든 것의 어머니라는 사실을 한 번 더 설명하고 있을 뿐이었다.

신라는 고시조를 논하며 땅바닥에 글자를 더해가는 신율과 여미를 빤히 바라보았다. 고이 접은 부채로 손바닥을 통통 두들기던 신라가 조용히 신율에게 손짓했다.

"아우야, 이리 와봐라."

여미에게 양해를 구하고 일어난 신율이 신라에게 다가왔다. 신율은 신라를 따라 마당을 거닐었다.

"무슨 일입니까."

새벽, 신라와 신율이 비밀스레 가주가 내린 임무와 하부동에 대해 이야기를 나누던 시간으로부터 반나절이 지났다. 뉘엿뉘엿 해가 저물어 서쪽 하늘에 어스름이 번졌다. 신라는 답지 않게 잔뜩 뜸을 들였다.

"내 너와 흰 도깨비 사이의 일에 참견하지 않으려 했다만 이번 만큼은 묻지 않을 수 없구나."

사방이 붉은색으로 물들고 나서야 신라가 입을 열었다. 마당에 앉아 멀뚱멀뚱 자신을 기다리는 여미를 지켜보고 있던 신율이 고개를 돌렸다.

"하부동에 흰 도깨비를 데리고 갈 생각이냐?"

신라의 물음에 신율의 눈이 가라앉았다.

"낭아구슬은 하부동 도깨비 암시장에 출품될 거다."

신율도 도깨비 암시장에 관해서는 익히 들었다.

하부동에선 낭아전설 이외에도 여러 골문이 발견되었다. 하부동의 골문은 예외 없이 귀중한 지식을 담고 있었으며 그 대부분이 도깨비에 관한 내용이었다. 골문을 연구하기 위해 환국의 모든 도깨비 학자들이 하부동에 모여들었다.

명망 있는 학자들은 자신의 명성만큼이나 굉장한 보물을 하나씩 가지고 있었던 터라, 자연히 환국의 귀하다는 도깨비 관련 골동품이 하부동에 모였다. 학자들은 서로 골동품을 바꿔 연구하기 시작했고 그것이 매년 하부동에서 열리는 거대한 골동품 시장의 원형이 되었다.

그러나 빛이 밝아지면 그만큼 그림자가 짙어지는 법. 하부동의 골동품 시장이 활성화될수록 비합법적인 통로로 거래되는 물건도 늘었다. 수백 년이 지나고 하부동의 그늘은 거대하고 촘촘한 조직으로 변해 지금은 '도깨비 암시장'이라는 이름으로 불리게 되었다.

도깨비 암시장에서 거래되는 물품은 윤리와 법의 그물에 걸려 결코 양지로 나올 수 없는 물건들이었다. 환국의 인간들은 욕심을 채우기 위해 도깨비구슬보다 훨씬 잔인한 물건들을 만들어냈다. 그중에는 여미에게 절대로 보여줄 수 없는 것도 많았다.

"신율."

갑자스레 들려온 여미의 부름에 신율이 상념에서 깨어났다.

"……언제부터 거기 계셨습니까?"

도깨비 암시장에 집중하느라 여미의 기척을 놓쳤다.

"난 이만 들어가 보마."

신라가 재빨리 사라졌다. 마당에는 신율과 여미 둘만 남았다. 식솔 전체에게 휴식을 명해둔 터라 온 사방이 고요했다.

"낭아구슬을 찾으러 간다고 했지."

여미가 물었다. 신율이 고개를 끄덕였다. 새벽에 신라와 상의한 내용 대부분을 여미에게 전달해 뒀다. 낭아구슬의 파편이 더 있을지도 모른다는 말을 들은 여미는 무척 기뻐했다. 여미도 신율만큼이나 짧은 접촉이 달콤했다.

"하부동에 홀로 가려는 것이냐?"

마당을 가득 채운 노을이 여미를 발끝부터 물들였다. 온통 하얀 그녀의 피부와 머리카락이 노을의 붉은빛으로 빛났다.

"나도 너와 함께 가겠다."

비애의 함정에 빠진 건 신율만이 아니다. 비애의 의도는 아니었지만 여미도 비애가 제시한 희박한 가능성을 간절히 바라게 되었다. 낭아구슬을 찾으면 신율과 정을 통할 수 있는 방법이 생길지도 모른다. 낭아구슬을 찾기 위해 그 어떤 힘든 일도 견딜 준비가 되어 있었다. 여미는 자신의 생각을 신율에게 전달했다. 신율은 한숨을 참는 듯 괴로운 표정으로 여미의 말을 듣다가 말했다.

"여미 님, 하부동은 여미 님이 가실 만한 장소가 아닙니다."

"내가 갈 만한 장소가 아니라니?"

여미가 물었다. 신율은 자신이 알고 있는 걸 어떻게 설명해야 할지 고민했다.

"개락에서처럼 여미 님이 상처를 입게 될지도 모릅니다."

여미가 황금색 눈동자를 빛내며 말끄러미 그를 올려다보았다.

"개락에서도 말했듯이, 나는 바보가 아니다, 신율."

뜻밖의 대답이었다.

"내 각성하기 전에도 도깨비 사냥꾼의 무시무시함을 알고 있었고, 인간들의 악독함을 알고 있었다."

도깨비의 각성이란 인간의 탄생과 상당히 다르다. 태중을 기억하지 못하는 인간과 달리 도깨비는 각성 전에 습득한 지식도 어렵지 않게 떠올릴 수 있다. 여미는 각성 전 인간 사이를 풀로 떠돌며 도깨비 사냥꾼 서신율의 무시무시함을 들었고 도깨비를 증오하는 이들의 저주를 들었다.

"너는 인간이고, 나는 도깨비이지. 너와 계속 함께 있기 위해서는 나도 인간을 이해해야 한다."

"계속 함께하기 위해서?"

신율이 놀라 되물었다. 바보가 아니라는 말도, 인간을 이해해야 한다는 말도 놀라웠지만 가장 놀라운 건 여미가 신율과 함께

하는 미래를 그리고 있다는 사실이었다. 여러 복잡한 상황을 뚫고 신율은 순수한 기쁨을 느꼈다.

'나만 여미 님과 함께하고 싶은 게 아니다. 여미 님도 나와 함께하고 싶어 한다.'

신율은 아무 말도 못 하고 못 박힌 듯 그 자리에 가만히 있었다. 민망해진 여미의 목소리가 점점 작아졌다.

"낭아구슬을 통해 너와 접촉할 때 더없는 따스함을 느꼈다. 기쁜 동시에 슬펐다. 노리개에 그려진 사방 신수를 볼 때보다, 사슴 도깨비의 비명을 들을 때보다 더 마음이 아팠다. 너를 힘껏 끌어안지 않으면 숨 막혀 죽을 것 같았다."

여미의 얼굴이 잔뜩 붉어졌다.

"그때 알았다. 너와 헤어지고 싶지 않다."

"하지만 여미 님은 고향을 찾고 싶다 하시지 않았습니까."

"고향 산?"

할 수만 있다면 신율은 스스로 자신의 입을 꿰매 버리고 싶었다. 지금 고향 산 이야기라니. 여미가 스스로 신율 곁에 남아 있겠다는데 왜 굳이 고향 산 이야기를 꺼냈나.

"내 고향 산을 찾아주겠다는 말은 고맙다. 하지만 신율, 내 고향 산을 찾으면 더 이상 너와 함께 지낼 수 없어. 그러니 난 고향 산에 가지 않겠다."

입을 꿰매기 위해 실을 찾고 있던 신율이 딱 굳었다.

"……싫으냐? 네가 싫다면 난 그냥 아무 산에나 들어가서 살겠다. 각성한 지 하루 된 애송이도 아니고. 이제 내 몸 하나는 내가 지킬 수 있겠지."

침묵을 어떻게 해석했는지 잔뜩 풀이 죽은 여미가 신율의 눈치를 보며 덧붙였다.

"누가 싫다 했습니까."

신율은 겨우 입을 열었다. 그는 자신이 들은 말을 이해하기 위해 애썼다. 방금 여미가 고향 산 말고 신율을 택했다. 믿을 수 없을 만큼 놀라운 일이었다. 모든 도깨비는 고향 산을 갈구한다. 고향 산은 그들이 유일하게 제대로 숨 쉴 수 있는 공간이다.

"너를 힘껏 끌어안지 않으면 숨 막혀 죽을 것 같았다."

놀랍고 따뜻한 감각이 몸 안에 퍼졌다. 신율은 떨리는 손을 꽉 쥐었다. 낭아구슬을 사용해 여미와 접할 때의 벅찬 감정은 신율만 느낀 게 아니었다. 꿀떡을 크게 한입 베어 물은 것처럼 달았다.

"좋습니다. 기쁩니다."

손가락이 얽혔다. 따끔한 통증이 피부를 파고들었지만 두 사람 모두 무시했다. 신율이 천천히 상체를 숙였다. 신율의 의도를 깨달은 여미가 허리를 곧추세웠다. 갑자기 시간이 느려졌다. 여미는 눈을 깜빡였다. 한 꺼풀 어둠이 찾아왔다 떠나가니 눈앞에 신율의 얼굴이 보였다. 그는 입김이 닿는 거리까지 가까이 왔다. 여미는 눈을 꾹 감았다.

"……기쁩니다."

바로 앞에 있는데 왜 닿지 못할까. 허공만 스친 입술이 안타깝게 멀어졌다.

"그러니 나도 하부동에 가겠다."

"여미 님."

여미는 물러나지 않았다. 방금 전 여미의 각오를 들은 터라 신율도 강력하게 반대하지 못했다.

"아무것도 모르는 도깨비가 인간 품에서 위험 없이 살 수 있을 거라 말하려는 것이냐."

미적거리며 대답을 늦추는 신율을 본 여미가 말뚝을 박는다.

"너도 그게 더없이 어리석은 말이란 것을 알지 않느냐."

"알겠습니다."

결국 신율의 입에서 알겠다는 말이 나왔다.

"저도 여미 님의 고향 산을 찾는 작업은 그만두지 않겠습니다."

여미가 휙 고개를 올려 신율을 보았다. 신율이 부드럽게 웃었다.

"걱정 마십시오. 산으로 가라는 말은 절대 안 하니까."

여미가 떠난다고 해도 신율이 허락하지 않을 거다. 허락하지 않다 뿐이랴? 여미가 떠날 기색을 비치면, 신율은 자신이 어떻게 변할지 알 수 없었다. 여미 몰래 그녀를 차지하기 위한 계획을 세울 때와는 또 달랐다. 그녀의 입으로 저와 함께하고 싶다는 말을 듣자 마음이 더욱 간절해졌다. 욕망은 이전과 비교할 수 없을 정도로 강렬해졌다. 이제 여미의 머리카락 한 올조차 신율 곁을 떠날 수 없다. 신율은 여미의 이마부터 발끝까지 입 맞추고 싶어졌다.

"여미 님의 고향 산은 아마 낭아와 깊은 관련이 있을 겁니다."

여미를 온통 자신의 흔적으로 뒤덮고 싶은 충동을 내리누르며 그가 말했다.

"낭아구슬을 찾는 과정과 여미 님의 고향 산을 찾는 작업이 결코 별개가 아니라는 생각이 듭니다."

"별개가 아니라니. 알 수 없구나. 낭아산이 내 고향 산이기라도 하단 것이냐?"

신율은 긍정도 부정도 않고 잠자코 있었다.

식솔들은 서씨 가문의 별채에서 기다리기로 했다. 하부동 암시장은 삼엄한 경비로 무장한 곳이다. 게다가 초대패가 있는 사람만 들어갈 수 있으니 우르르 몰려가 봤자 소용없다.

"가문 패라는 것과 비슷하게 생겼다."

여미는 은으로 만든 직사각형 모양 초대 패를 보며 말했다. 개락에 들어갈 때 식솔들이 제시했던 나무 패와 닮았다. 다른 점이라면 서씨 가문의 표식 말고 암시장을 뜻하는 도깨비불 형상이 새겨져 있다는 것 정도였다.

"패가 손상되지 않도록 조심하십시오."

하부동 암시장 근처 주막에 자리 잡은 신율이 주의를 주었다.

"암시장은 어디냐? 문지기에게 보여주면 암시장으로 들어갈 수 있는 것이냐?"

주모가 닭을 내왔다. 여미는 휘둥그렇게 뜬 눈으로 닭 형상이 고스란히 남은 찜 요리를 관찰했다.

"암시장은 산발적으로 열립니다. 암시장에 가고 싶은 자는 암시장 측에서 미리 초대 패에 새겨놓은 장소를 찾아가 기다려야 합니다. 암시장이 열릴 때가 되면 그쪽에서 사람을 보내 초대 패를 수거하고 암시장에 들여보내는 식입니다."

신율이 설명했다. 여미는 주모가 닭에 쳐 먹으라 가져다준 소금을 수상해하며 이리저리 살폈다.

"그럼 이 닭이라는 것을 먹으며 기다려야겠구나."

"무작정 기다리는 건 평범한 참가자들이나 하는 짓이지."

신라가 여미로부터 소금 통을 **빼앗았다**. 여미의 손이 허공을 휘저었다. 조금이라도 짠 음식이라면 질색하는 신라가 소금 통을 저 멀리 치웠다.

"우리는 미리 암시장에 잠입할 거다. 암시장 측 몰래 낭아구슬이 이띤 징내에 나올지 파악해야 하니까."

암시장에서 열리는 경매는 하도 종류가 많아 다 참여할 수 없다. 참가자들은 각자 자신이 구매하고 싶은 물건 종류에 따라 칠일간 새벽, 오후, 밤에 열리는 경매 중 몇 개를 선택해 참여한다.

"물품에 붙은 번호를 보면 어느 경매에 나올지 알 수 있거든."

신라가 미심쩍은 눈으로 닭요리를 바라보았다. 신라는 입맛이 까다롭다. 그는 몇초간 닭요리를 관찰하더니 수저를 놓고 부채를 들었다. 먹지 않겠다는 뜻이었다.

"잠입할 수 있다면 초대 패는 왜 구한 것이냐."

"경매에 직접 참여해야 하니까요."

이번에는 신율이 대답했다. 초대 패는 경매장 번호표 역할도 한다. 경매장에서 물건을 구매할 때는 필히 구매자가 초대 패와 함께 모습을 드러내야 한다.

"미리 파악한 물건이 나왔을 때 경매를 통해 구매하는 게 저희 계획입니다."

여미는 경매에 참여한다는 부분이 선뜻 이해가 가지 않았다. 암시장에 잠입해 낭아구슬의 위치를 파악하고 훔쳐 나오면 되지 않은가? 암시장이 얼마나 강한 무력을 가졌는지는 모르지만, 서씨 형제가 힘에서 뒤지리라곤 생각하기 힘들었다.

"왜 굳이 경매까지 기다려야 하느냐? 위치를 파악하자마자 바로 가져오면 될 것을."

여미가 닭다리를 들었다. 입을 벌려 고기를 한 입 물었다.

"여미 님은 풀 도깨비인데 고기도 드시는군요."

신율이 신기해했다.

"문제가 있으니."

신라가 침통하게 말했다.

"암시장 측에서 경매를 위해 준비한 물건 중 비슷한 기운이 두 개 느껴진다. 어느 쪽이 낭아구슬인지 모르겠다."

세 사람은 닭요리 값을 치르고 주막에서 나왔다. 주막에서 벗어나자마자 신율과 신라는 능숙하게 저들의 기운을 감췄다. 평범한 옷에 갓을 쓰니 서씨 형제에게서 풍기던 비범한 기운이 일부 사라졌다.

"경매에 내놓을 물건을 준비하려면 큰 창고가 필요하겠지."

신라가 소매 속에 부채를 숨기며 말했다. 마을이 넓어 고생했지만 그들은 얼마 지나지 않아 수상한 창고를 발견했다. 신라가 담장 아래로 그들을 이끌었다.

"아무도 없다만. 여기가 정말 암시장의 창고일까?"

달랑거리는 거미줄과 휑한 주변을 보며 여미가 걱정했다. 신라가 여미를 보고 웃었다.

"주술입니다."

신율이 허리춤에 차고 있던 검을 잡았다. 그가 슬쩍 검날을 드러내자마자 주변 공기가 달라졌다.

"아우야, 검강으로 주술을 박살내면 꽤 요란한 소리가 날 텐데."

"그럴 리가요. 살짝 갈라 우리 세 사람이 지나갈 만한 틈을 낼 겁니다."

신율이 물 흐르듯 매끄럽게 검을 뽑았다. 검 끝에 달린 황금색 술이 출렁였다. 서늘한 검기가 허공을 갈랐다. 반으로 갈라진 종이가 벌어지듯 공간이 열렸다. 안을 들여다본 여미는 양손을 입에 가져다대고 놀라워했다. 허름한 건물이 단단하고 깔끔한 창고로 바뀌었다. 창고 안을 바쁘게 돌아다니는 수많은 사람들이 보였다. 그들은 하나같이 험상궂은 얼굴에, 검은색 건을 두르고 있었다.

"제대로 찾아왔구나."

신라가 창고 안 사람들이 두르고 있는 것과 같은 검은 건 세 개를 꺼냈다.

"창고 안으로 들어갈 겁니다."

신율이 손수 여미의 이마에 건을 매주었다. 여미가 신율의 등에 업혔다. 신율은 검을 뽑는 것만큼이나 매끄럽고 쉽게 창고 안에 숨어들었다.

서늘한 창고 안에선 묵직한 나무 냄새가 났다. 슬며시 눈을 뜨자 천장에 닿을 듯 높이 쌓인 상자 더미가 보였다. 검은 건을 두른 사내들이 끊임없이 상자를 날랐다. 신라가 무어라 중얼거리며 허공에 글자를 썼다. 추(追)자가 완성되자 검은 건의 사내들은 무언가에 홀린 것처럼 멍한 눈을 하더니 창고 밖으로 나갔다.

"한두 시진 정도는 걱정 없을 거다. 도깨비라면 아예 백 리 밖으로 쫓아낼 수 있는데, 인간 상대라 어렵구나."

겸손한 말을 하지만 과연 환국 최고의 주술사라는 말이 어울리는 뛰어난 솜씨였다. 건을 두른 사내들이 사라지자 신라가 소매에서 부채를 꺼냈다.

"한 시진이면 충분합니다."

신율이 대답했다. 두 형제는 따로 떨어져 각자 상자를 조사하기 시작했다. 홀로 남은 여미는 할 일이 없었다. 여미는 창고 중 그나마 시야가 트인 곳으로 갔다. 축축한 바닥에 발을 대고 있자니 몸에 한기가 들었다.

"여기도 상자가 있구나."

척 봐도 특별해 보이는 상자였다. 네 군데 못으로 고정한 후 쇠사슬로 상자를 칭칭 감았다. 쇠사슬에는 붉은 색으로 촘촘하게 주술을 새겨놓았다. 쇠사슬뿐 아니라 상자 자체에도 부적을 가득 붙였다.

여미는 상자로 손을 뻗었다. 발견한 상자에서 기이한 기운이 새어 나왔다. 여미는 뒷덜미에 소름이 돋는 걸 느꼈다. 윗면 중앙에 기운을 막는 부적이 붙어 있어 확실히 느낄 순 없지만, 이 상자 안엔 무시무시한 것이 들었다.

"열지 마십시오."

신율이 급히 여미의 손목을 쥐었다.

"웃."

화상을 입는 고통에 여미가 얼굴을 찌푸렸다.

"……죄송합니다. 마음이 급해서 그만."

"괜찮다. 내가 섣불리 움직였구나."

여미는 섣불리 상자를 열었다가 암시장 측에 들킬까 봐 신율이 상자를 여는 저를 제지했다 생각했다. 신율은 그녀의 생각을 고쳐 주지 않았다.

"흰 도깨비가 알아보았네. 그게 바로 상서로운 기운을 풍기는 상자다."

두 사람 곁으로 다가온 신라가 말했다. 여미가 발견한 상자는 매우 컸다. 뭐가 들었는지는 몰라도 거의 여미의 몸집만 했다.

"여기도 있었습니다."

신율이 창고 한쪽에서 또 다른 상자를 가져왔다. 여미가 발견한 큰 상자와 달리 신율이 가져온 상자는 작았다. 상자의 가로 폭은 두 뼘, 세로 폭은 한 뼘 정도 됐다. 신라의 말대로 두 상자에서 똑같은 기운이 풍겨져 나왔다. 부적에 가로막혀 기운이 희미하게 느껴지는 통에 도저히 감만으론 구별할 수 없었다.

"아직 반시진도 지나지 않았다. 이대로 두 개 다 가져가 확인하면 될 것 같은데."

여미는 간단하게 생각했다. 신라가 고개를 저었다.

"함부로 창고 밖으로 가지고 나가면 큰일 난다."

"어째서냐?"

"저놈들이 상자에 내 부적을 붙여놨어."

몇 겹으로 덕지덕지 붙은 부적을 부채로 훑던 신라가 손을 멈췄다. 그의 부채 끝에 걸린 부적은 다른 부적과 유난히 달랐다. 한눈에 봐도 보통 솜씨로 만든 부적이 아니라는 게 느껴졌다.

"형님의 부적이 왜 여기에 있습니까?"

신율이 의아해하며 물었다. 서씨 가문 차남의 부적은 환국에서 가장 가치 있는 주술 도구다. 신라는 제 부적의 가치를 잘 알았고, 자신이 그리는 부적의 개수를 엄격히 통제했다. 같은 서씨 집안사람이라 해도 철저히 숫자를 따져 부적을 넘기는 그였다.

"삼 년 전 용돈벌이로 팔았던 부적이다."

신라는 부채로 입을 가리고 크게 헛기침했다. 삼 년 전이라면 한창 신라가 사야요를 손에 넣기 위해 안간힘을 썼을 때였다.

"사야요의 기루를 통째로 사버린다느니 하는 말을 하시던 때로 군요. 저는 형님이 그만한 재산을 모은 줄 알았습니다."

신라가 목을 가다듬는 소리를 내며 눈을 감았다. 사야요의 기루는 매우 거대하다. 아무리 서씨 가문이라 해도 쉽사리 장악할 수 없다. 하지만 신라는 어떻게 해서든 사야요에게 자신의 존재를 인식시키고 싶었다.

"가주님 몰래 부적을 파셨군요."

"어린 시절 이야기야."

신라가 신경질적으로 부채를 부쳤다. 그는 부채에 치(恥) 자를 떠오르게 하더니 다시 신율을 보았다.

"지금 네가 하는 일도 내 어린 날의 치기와 그다지 다르지 않다. 가주께 가야 하는 낭아구슬을 가로챈 것에 비하면 가주님 몰래 부적을 파는 것 정도야……."

"각설하고. 저들이 사간 부적 이름이 무엇입니까?"

"호(護)와 폭(爆)."

신라가 부채를 흔들자 상자에 붙은 부적이 환하게 빛났다. 신율은 부적 위에 쓰인 글자를 읽어 내렸다.

"호폭이라……."

신율의 표정이 심각해졌다. 두 형제 사이에 침묵이 내려앉았다.

"그게 무엇이냐?"

조용히 듣고 있던 여미가 끼어들었다.

"두 장이 한 묶음인 주술의 일종이다. 각각의 상자에 부적을 한 장씩 붙여놓으면 주술로 만든 보호진이 생긴다. 외부인이 한쪽 상자를 건드리면 나머지 하나가 자동으로 폭발하게 돼."

"잘도 그런 복잡한 주술을 꾸몄구나."

여미가 중얼거렸다. 신라가 눈살을 찌푸렸다.

"나도 왜 저런 복잡한 부적을 사가나 했다. 이제 이해가 가는 군. 암시장이 관아에 들킬 경우 하나라도 더 증거물을 없애기 위해서 붙여놓은 거야."

두 상자 중 어느 쪽에 낭아구슬이 들었는지 모르는 상태에서 신라의 부적은 매우 위험했다. 만일 낭아구슬이 아닌 쪽을 선택한다면 낭아구슬이 든 상자가 폭발해 버린다. 상자가 폭발할 경우 영원히 낭아구슬을 손에 넣을 수 없다.

"그래도 방법이 없겠습니까? 계획을 그렇게 세우긴 했지만, 경매장엔 최대한 들어가고 싶지 않습니다."

신율이 말했다.

"그래. 경매장 안에 들어가서 좋을 건 없지."

신라가 말을 받았다. 여미는 두 형제가 자신에게 무언가 숨기고 있다는 느낌을 받았다.

'내가 암시장 안에 들어가지 않았으면 하는구나.'

여미는 어렵지 않게 신율의 마음을 헤아렸다.

신율이 생각하기에 여미는 이미 인간의 악행을 너무 많이 보았다. 도깨비 시장은 여미가 개락에서 보았던 도깨비구슬 좌판 따위와는 비교도 되지 않는다.

"아우야, 비애가 준 낭아구슬을 꺼내라. 다 쓰진 않았겠지? 다행히 우리에겐 낭아구슬의 일부가 있으니, 그 일부를 사용해 진짜 낭아구슬을 가려내 보겠다."

신율이 답지 않게 머뭇거리며 금낭을 꺼냈다. 비애가 준 낭아구슬을 넣어두었던 금낭이었다. 신율의 길고 단단한 손가락이 금낭 입구를 벌렸다. 입구를 동여맨 끈을 제거하고 금낭을 평편하게 펼치자 약하게 반짝이는 낭아구슬 가루가 보였다. 신라가 기막힌 표정을 지었다.

"내 합(合)의 술을 걸어줄 때만 해도 손톱만치 큰 조각이 남아 있었는데. 어찌 싸그리 없어진 게냐? 정을 통하려고 아주 마음껏 써댔나 보구나."

부채로 입을 가린 신라가 투덜거렸다. 여미의 얼굴이 발갛게 달아올랐다.

"내가 아무리 날고 기는 주술사라 해도 이 적은 양으론 아무것도 못 한다."

"그럼 어찌하면 좋습니까?"

"방도가 없다. 내 입으로 말하기 뭐하지만 내 부적은 환국 최고인지라 깰 수 없다."

"제가 검을 휘두르면 어떻습니까."

금낭을 집어넣은 신율이 물었다. 신율이 손끝으로 검병을 쓰다듬었다. 서늘하고 맑은 기운이 신율로부터 퍼져 나왔다.

"아우 네 무력이 나보다 아득히 높으니, 네가 검을 휘두르면 부적으로 펼친 주술이 산산이 박살 나긴 하겠지. 하지만 그리하면 두 상자 모두 폭발한 것과 진배없이 엉망진창이 될 것이야."

신라가 코웃음을 쳤다.

"상자에 붙은 번호를 확인했으니 이제 됐다. 번호를 보니 두 상자 모두 오늘 저녁에 열리는 고대신보 경매에 나오는 물건이군."

신율이 검을 집어넣었다. 주의 깊게 살피기를 마친 신라가 말했다.

"경매장에 들어가 이 번호에 나오는 물품 두 개를 낙찰받으면 그만이나. 어차피 상서로운 기운의 정체가 낭아구슬임을 아는 사람은 우리밖에 없을 테고."

신라가 창고를 떠날 준비를 하는 동안, 여미와 신율은 두 상자 근처에 남았다.

"여미 님은 어느 쪽 같습니까?"

신율이 물었다. 여미가 고개를 갸웃했다. 신율은 고개를 갸웃하는 여미에게서 검은 건을 풀어냈다. 신율이 여미의 피부에 손가락이 닿지 않게 주의하며 머리카락을 정돈해 주었다. 여미는 기분 좋은 고양이처럼 얌전히 신율의 손길을 받았다.

"나도 잘 모르겠다."

아쉬움을 남기며 신율의 손가락이 떨어지자 여미가 대답했다.

"상자로부터 나오는 기운은 어떤 느낌입니까?"

"확실히 낭아구슬과 같다. 내가 따로 느껴야 할 게 있느냐?"

"그렇진 않습니다. 그저 낭아구슬의 양이 많아지면 무언가 확실한 실마리가 잡힐지도 모른다고 생각했습니다."

여미는 혹시 다른 게 느껴질까 싶어 다시 상자에 집중했다.

······어머니의 기운.

넓게 퍼진 가루 같은 것이 여미의 귀를 스치고 지나갔다. 여미가 홱 고개를 돌려 창고 구석구석을 샅샅이 살폈다. 신라의 주술 덕에 창고 안에는 신라와 신율, 그리고 여미 세 사람밖에 없었다. 여미가 알기로 두 형제의 목소리는 이렇지 않으니, 방금 전 그녀의 귓가를 스친 건 분명 상자 안에서 들려온 목소리이리라.

"목소리가 들리는 것 같기도 하다."

"목소리 말입니까?"

신율이 물었다. 여미는 양손을 들어 신율의 입을 막고 기감을 극대화시켰다. 어디선가 희미한 바람이 불어왔다. 반짝이는 가루가 바람에 날려 형체를 만들어냈다.

……**재림의 씨앗이로구나.**

들렸다! 분명 말소리였다. 게다가 여미를 향한 말이었다. 어찌 된 영문인지 몰라도 상자 속 목소리는 여미에게 말을 거는 중이었다.

제물을 찾은 게냐? ……제를 지낼 준비가 되었느냐?

"무슨 제?"

"여미 님?"

번뜩 현실로 들어왔다. 신라와 신율, 두 형제가 걱정스러운 눈으로 여미를 바라보았다.

"나보고 제를 지낼 준비가 되었느냐 물었다."

"그것 말고는?"

신라가 성급하게 물었다. 여미는 입을 다물었다. 수수께끼의 목소리는 여미에게 제물을 찾았느냐고도 물었다. 여미는 제물에 대해선 말하지 않았다. 제물이 뭔지 몰라도 목소리의 어조가 심상치 않았다. 여미가 제물을 찾았다고 말하면 당장 빼앗아갈 꿍꿍이를 꾸미며 은밀하게 구슬리는 어조였다. 말해선 안 될 것 같았다. 백 번 양보해 신율은 몰라도 신라 앞에서는 말하고 싶지 않았다.

"없다. 제에 대한 이야기만 했다."

"제라면, 제사를 말씀하시는 겁니까?"

"잘 모르겠다. 듣지 못했어……."

여미가 한 번 더 상자의 목소리에 접촉하려 손을 뻗었다. 신라가 고개를 저었다.

"이제 시간이 없다."

신라가 자신의 주술을 가늠하며 말했다.

"경매에서 낙찰받은 후 느긋하게 조사하도록 하지."

"궁금한 게 있다."

여미가 다급히 말했다.

"상자 안에 들은 게 낭아구슬이라면 나는 어찌 목소리를 들은 것이냐? 도깨비구슬은 시체에서 나온 것. 그건 낭아가 남긴 구슬이라 해도 다르지 않을 거다. 어찌 시체가 말을 할 수 있는지."

"추측컨대 이 상자들 안엔 낭아구슬만 있는 게 아니다."

신라가 부채를 펼쳤다.

"상자 안 물건이 낭아구슬인 줄 알면 겨우 도깨비 암시장 따위에 내놓을 리 없지. 당장 서씨 가문으로 오거나 황실에 갔을 거다. 낭아구슬은 파편이 되어 다른 물건 속에 숨어든 거야. 흰 도깨비가 들은 건 낭아구슬을 품어 일시적으로 신보의 경지에 오르게 된 사물의 목소리다."

여미가 도깨비풀 모습이었을 때 바람에 날려 신율의 소매에 달라붙은 것처럼, 낭아구슬 파편도 우연히 어떤 사물 속에 들어가게 됐다. 신묘한 힘을 가진 낭아구슬을 품은 사물은 저절로 비범해졌고, 암시장 상인들의 눈에 들어 여기까지 왔다.

"완전 뜬금없는 물건은 아닐 겁니다. 이 세상은 촘촘한 인연과 인과의 그물로 짜여 있습니다. 아마 두 상자 속에 있는 건 낭아전설과 밀접한 관련이 있는 사물일 테지요."

"뭐든 간에 경매장에서 확인할 수 있겠지."

신라가 부채를 접었다. 셋은 그림자 지듯 수월하게 창고를 빠져나왔다.

그날 저녁.

하부동은 은밀한 불꽃과 즐거움으로 떠들썩했다. 관아의 시선이 미치지 않는, 혹은 관아가 일부러 시선을 주지 않는 어두운 곳에 화려한 가건물이 섰다. 기와까지 제법 그럴싸하게 흉내 낸 가건물 안엔 웃고, 화내고, 우는 등 갖가지 표정의 가면을 쓴 사람들이 북적였다. 그들은 하나같이 화려하고 번쩍거리는 옷을 입었고 귀에 무거운 장신구를 달았다. 가면 아래 감춰진 면면은 실로 대단했다. 판서 대감 댁 둘째 아들부터 서천 군수의 오른팔이자 천병장을 맡고 있는 젊은 관리, 거상으로 이름난 백주세가 장남하며, 심지어는 누구나 아는 태사 댁 어르신도 있었다.

"불편하다."

여미가 작게 속삭였다. 과연 경매장 안은 사람을 질식하게 만들 만한 기이한 열기와 흥분으로 휩싸인 채였다. 그러나 여미가 불편해하는 건 경매장의 열기 때문만은 아니었다.

"숨이 막히는구나."

여미가 자신의 목덜미를 만지작거렸다. 신율은 걱정과 초조함을 동시에 느꼈다. 여미가 느끼는 불편함의 원인을 알기 때문이었다.

"형님, 오늘 경매 물품 중에……."

신율이 신라 쪽으로 몸을 기울였다. 일부러 목소리를 낮추려 한 건 아닌데, 경매 시작을 알리는 요란한 소리가 울리며 신율의 물음 중 절반이 소란 속에 묻혔다.

"……는 도깨비가 있습니까?"

경매장 안이 시끄러웠지만 신율 가까이 있던 신라는 그의 질문을 알아들었다.

"내가 파악하기론 없다. 하나 내가 모든 상자를 들여다본 건 아니니 자신할 수 없구나."

당장 낭아구슬로 추정되는 상자 두 개의 내용물도 알지 못했다. 신율은 눈살을 찌푸렸다. 그는 개락에서와 같은 일이 다시 벌어지길 원하지 않았다. 신율이 여미를 이끌어 경매장 구석으로 갔다. 발을 내려 경매장을 차단한 신율이 여미 앞에 무릎을 꿇었다. 여미와 신율의 눈높이가 수평을 이뤘다. 신율이 진지하게 입을 열었다.

"당신이 암시장에 들어오지 말았으면 하는 바람은 이미 말씀드린 적이 있죠."

신율이 의미심장한 운을 뗐다. 경매가 시작되기 전, 여미는 가 건물 밖 암시장을 지나오며 수많은 도깨비구슬을 보았다. 서씨 가문과 황실의 눈을 피해 몰래 유통되는 불법 구슬들이었다.

"구슬 때문에?"

"구슬도 있지만, 암시장이 여미 님께 적절치 않다 판단한 이유는 암시장에서 심심치 않게 거래되는 '어떤 품목' 때문입니다."

"그게 무엇이기에?"

"하부동 도깨비 암시장에서는."

신율이 말을 이으려는 순간 경매장 쪽에서 우레와 같은 함성이 터졌다.

"낙찰!"

경매사가 호탕한 목소리로 세 번째 물품의 낙찰을 알렸다.

"다음 품목은 아주 귀한 물건입니다."

경매사가 번호를 읊었다, 신율과 여미가 동시에 고개를 들었다. 창고 안에서 봐뒀던 상자 중에 작은 쪽에 붙어 있던 번호였다. 경매장 안엔 신라가 있으니 놓칠 리는 없지만, 여미는 낭아구슬이 깃든 물건을 직접 눈으로 보고 싶었다. 신율도 마찬가지였다. 두 사람은 서로를 향해 고개를 끄덕이고 음지에서 나왔다.

"허, 저것은?"

"겉으로 보기엔 평범한 물건인데."

"암시장에 나오는 물건이니 절대 평범하진 않겠지요."

"흐음."

여러 사람이 무대 위에 올라온 물건을 보고 한 마디씩 평했다. 이윽고 여미의 시야에도 물건이 잡혔다.

"……저게 무엇이냐?"

낭아구슬이 깃들어 있다기에 엄청 대단한 물건인 줄 알았던 여미는 조금 실망하고 말았다. 경매사가 상자 속에서 고이 꺼낸 물건은 낡아빠진 두루마리였다. 한 번만 잘못 만져도 찢어질 것처럼 버석버석했다. 경매사가 천천한 손길로 두루마리를 펼쳤다. 남색 천 위에 풀로 붙인 종이가 드러났다.

"구슬이 아니다!"

여미가 신율의 소매를 잡아당기며 급히 말했다. 신율은 진지한 눈으로 두루마리를 살폈다.

"파편이니 두루마리 안쪽에 묻어 있을 겁니다."

"이 두루마리로 말할 것 같으면."

경매사가 능숙하게 입을 뗐다.

"족히 칠백 년 전에 발생한 것으로 추정되는 귀한 고시조입니다. 낙관이 흐릿하지만 적어도 서수에 버금가는 필사가가 썼으리란 게 분명합니다. 여기 있는 고시조는 너무 유명해서 모르는 분이 없을 겁니다. 그야말로 하부동에 어울리는 작품이죠!"

신율이 눈살을 찌푸렸다. 거리가 멀어 두루마리에 쓰여 있는 고시조가 잘 보이지 않았다. 훼손 정도도 심각해서 두루마리 안의 내용을 해석하려면 오랜 시간을 들여 복구 작업을 거쳐야 할 것 같다.

"낭아구슬이 깃든 물건치고 별로 가치는 없어 보이는구나."

여미가 말했다.

"경매를 시작합니다."

경매사가 외쳤다. 경매에 참여해 본 적 없는 여미였지만 그녀는 두루마리의 가치를 제법 그럴듯하게 측정했다. 아무리 오래된 물건이라 해도 흔하디흔한 시구가 적혀 있어 사람들의 관심을 끌지 못했다. 웅성거리는 소리만 퍼질 뿐 선뜻 가격을 부르는 사람이 없다.

'어떻게 저런 물건이 하부동 암시장에 온 거지?'

신율은 의아했다. 낭아구슬이 내뿜는 상서로운 기운은 서씨 가문 가주나 서씨 삼형제 정도가 아니면 알아차리지 못한다. 그러니 상서로운 기운 때문에 암시장에 올라온 건 아닐 거다. 암시장 측은 두루마리에서 신율이 짐작하지 못하는 어떤 귀중한 가치를 발견한 게 틀림없었다. 경매사는 정적을 예상했다는 듯이 씩 미소를 지었다.

"아직 긴가민가하시는 분들이 많이 계시군요. 저희가 철저한 조사로 밝혀낸 사실을 알려드리겠습니다. 이 두루마리에 쓰인 고시조는……."

경매사가 두루마리에 대한 숨겨진 설명을 풀어놓으려 자세를 잡았을 때, 탁, 하고 누군가 부채 펼치는 소리가 들렸다.

"금 오백 개."

신라의 목소리였다. 웅성거림이 뚝 멎었다.

"오백 개……?"

"모자란가?"

신라가 고개를 갸웃했다. 신라가 쓰고 있는 하얗고 매끄러운 가면 아래, 그의 붉은 입술이 호선을 그렸다.

"어떤 귀중한 시조든 간에 금 오백 개면 모자란 값은 아닐 터."

환국의 태사조차 고시조 하나 값으로 금 오백 개를 내놓진 않을 거다.

"더 부를 사람은 없어 보이는군."

이제는 숫제 신라가 경매를 진행하는 꼴이었다. 경매사는 신라에게서 주도권을 빼앗아오기 위해 식은땀을 흘리며 이것저것 시도했다. 거의 금 오백 개 낙찰로 분위기가 굳어가고 있으니 경매사에게 주도권을 넘겨줄 만도 하건만 신라는 얄미울 만큼 빈틈을 보이지 않았다.

"나…… 낙찰!"

경매사는 불만 가득한 얼굴로 낙찰을 외쳤다. 뭐가 그리도 급한지 신라는 낙찰 소리가 떨어지자마자 자리에서 일어나 물건을 수령하기 위해 무대 뒤편에 갔다. 신율과 여미는 창문이 뚫린 통로 중간에서 신라와 만났다.

"급히 샀다. 내가 너무 주목을 끌어버렸으니 다음 물품은 네가 사도록 해라."

두 사람을 발견한 신라가 답답한 가면을 벗으며 말했다. 신라가 암시장 측에서 제공한 자개함을 열었다. 붉은 비단으로 푹신하게 꾸민 자개함 안에 두루마리가 얌전히 놓여 있었다.

"이 시조가 무엇이기에 급히 사셨습니까?"

"멀리 있어서 못 봤나?"

신라가 두루마리를 펼쳤다. 두루마리 속 시조를 본 신율의 표정이 굳었다.

"이건."

"그래. 경매사가 쓸데없는 말을 해 가격을 올리고 경쟁 붙이기 전에 샀다. 두루마리의 정체가 밝혀져 받는 주목보단 먼저 큰 값을 불러 끄는 주목이 덜 귀찮을 거라 생각해서."

"소실된 줄 알았습니다만."

"아니었던 거지."

"이게 대체 무엇이기에?"

여미가 물었다. 여미도 손을 뻗어 두루마리를 쓰다듬어 보았다. 인간의 글자를 읽을 줄 모르는 여미에게 고시조가 쓰인 두루마리란 특이한 무늬가 있는 낡은 종이에 불과했다. 두 형제 사이에 약한 흥분으로 인한 침묵이 내려앉았다. 기막힌 우연으로 암시장 안도 조용해졌다.

구름이 걷혔다. 벽에 뚫려 있는 창문으로 달빛이 쏟아져 들어왔다. 달빛은 학자의 손길처럼 부드럽게 다가와 두루마리를 쓰다듬었다. 여미는 두루마리에 쓰인 고시조 다섯 번째 줄 끄트머리에 달빛이 걸리는 걸 보았다. 신율이 입을 열었다.

"조사해 봐야 알겠지만, 이건 아마 낭아전설 원본일 겁니다."

낭아구슬을 쫓아온 경매장에서 낭아전설 원본을 얻었다. 낭아산이 전설이 아니라는 걸 알게 되었으니, 낭아전설 원본을 해석해 얻을 수 있는 정보는 무궁무진했다. 낭아산이 존재하던 시절의 생생한 정보부터 어쩌면 낭아구슬에 대한 결정적인 단서, 혹은 낭아구슬 없이 도깨비와 인간이 같이 살 수 있는 방법을 얻을지도 모른다. 받아들이기 힘들 만큼 큰 행운이었다.

모든 일이 쉽게 풀리는 것 같았다.

신율과 신라, 그리고 여미 세 사람은 다시 경매장으로 돌아왔다. 낭아구슬과 같은 기운을 풍기는 두 번째 상자도 확인해야 했다. 낭아구슬은 두루마리 안에 깃들어 있음이 거의 확실했지만 혹시 모르는 일을 대비하기 위해서였다. 두 번째 상자에서 나온 '물건'이 그토록 큰 사고를 벌이리라곤 아무도 생각하지 못했다. 신율과 신라는 물론 경매장 안에 있는 주최측과 손님들도 마찬가지로 예상하지 못했다.

암시장 측은 신라에게 억지로 받은 금 오백 개를 보상하기라도 하려는 듯 열렬하게 경매를 진행했다. 몇 번이나 암시장 최고가가 경신되고 물건은 불티 난 듯 나갔다. 이윽고 그들이 기다리는 번호의 상자가 나왔다. 경매사가 성급하게 상자에 손을 집어넣어 '그것'을 꺼냈다. 신율이 긴장했고 여미가 자세를 고쳐 앉았다.

그것은 살아 있었다.

그것은 움직였다.

그것은 공기를 빨아들여 숨 쉬고 어두운 밤의 조각을 뱉어냈다. 허공에 희고 붉고 노랗고 푸른 가루가 흩어졌다. 상자로부터 흘러나온 가루 뭉치는 살아 있는 것처럼 형상을 만들며 움직였다.

"이번 경매의 특상품!"

경매사가 호기롭게 외쳤다.

"살아 있는 도깨비입니다. 이름하야 은하수 도깨비!"

은하수 도깨비?

"호, 여와도깨비인가?"

"여와도깨비 중 저리 귀한 도깨비가 있을 리가. 환상일세."

"이탈일지도 모르지."

"은하수가 이탈에 속할 리 없지 않나."

경매장에 활기가 돌았다.

"이것은 여와도, 치우도, 이탈도, 환상도 아닙니다."

신난 경매사가 입을 열고 떠들었다. 여미가 주먹을 꾹 쥐었다. 그녀의 눈이 커졌다.

'목소리의 정체는 은하수 도깨비였구나.'

깨달음과 동시에 해일 같은 충격이 여미를 덮쳤다.

"사방 신수 중 현무가 뿜어낸 숨결에서 태어난 은하수 도깨비입니다."

여미가 꾹 쥐고 있던 주먹을 펼쳤다. 여미의 손 안에서 현무를 새긴 노리개가 모습을 드러냈다. 여미는 한참이나 노리개 속 현무를 바라보았다. 현무의 눈동자가 움직인 것 같다.

"신율."

여미가 속삭였다.

"여미 님."

신율이 몸을 숙여 여미 가까이 왔다.

"내 깨달은 것이 있다."

여미가 높낮이 없는 어조로 말했다. 누군가 목을 조르는 것처럼 목소리며 숨이 잘 나오지 않았다. 여미를 걱정한 신율이 저도 모르게 여미 쪽으로 손을 뻗다가 황급히 거뒀다. 낭아구슬이 없는 한 그의 손이 여미의 피부에 닿아봤자 남는 건 고통뿐이다.

어둠 속에서 갈증이 치밀었다. 붉은 무늬를 그려넣은 가면 아래로 여미의 매끄러운 턱선과 목덜미가 보였다. 어둠 속에서 희뿌옇게 빛나는 여미의 피부가 너무도 보드라워 보였다. 신율은 한시라도 빨리 경매를 끝내고 돌아가고 싶어졌다. 두루마리를 해석하고, 두루마리에 깃든 낭아구슬을 분리해 내서 여미를 만질 수 있는 방법을 알아내야 한다.

신율이 낭아구슬 생각에 빠져 있는 것처럼 여미도 낭아구슬에 대해 생각 중이었다. 여미는 비애로부터 받은 낭아구슬을 볼 때 느꼈던 감정을 하나하나 되짚어보았다. 깨달음이 여미를 치고 지나갔다.

"사방 신수를 보면 같은 그리움이 느껴진다. 낭아구슬을 만졌을 때와 같은 그리움 말이다."

신율은 한동안 말없이 여미를 관찰했다. 그의 푸른 눈동자에 정체를 알 수 없는 어떤 것이 스치고 지나갔다. 어두웠기에 여미는 그의 눈동자에 스친 것을 보지 못했다.

"낭아가 직접 남긴 것이니 사방 신수가 낭아구슬과 같은 기운을 가진 것도 이상하지 않습니다."

잠시 틈을 들인 신율이 사방 신수의 유래에 대해 설명했다.

"사방 신수의 본질 반은 낭아구슬과 같습니다. 낭아가 포희와 결혼해 낳은 네 오누이가 바로 사방 신수라는 전설이 있습니다."

여미가 고개를 주억거렸다. 여미는 방금 신율의 입에서 나온 말이 무엇을 뜻하는지 제대로 추리해 내지 못했다. 뜻을 알아들은 사람은 신율뿐이었다. 신율은 눈을 감았다.

'이로서 여미 님과 낭아 사이에 긴밀한 연관이 있다는 게 확실해졌다.'

도깨비가 낭아구슬에 반응하는 건 이상하지 않다. 낭아는 만물의 어머니다. 낭아의 피조물 중 하나인 도깨비가 낭아에게 그리움을 느끼는 건 인간 아기가 어미젖을 찾듯 당연한 일이다. 그러나 사방 신수는 다르다. 사방 신수는 낭아구슬과 달리 낭아가 의식적으로 창조해 낸 별개의 생물이었다. 낭아구슬뿐 아니라 사방 신수에게까지 그리움을 느낀다는 건, 여미가 흔하디흔한 낭아의 피조물이 아니라 좀 더 특별한 무언가라는 뜻이었다.

사방 신수와 낭아구슬. 여미는 매번 '낭아의 흔적'에 강렬하게 반응했다. 비애의 독을 통해 본 과거에 따르면 여미는 아득히 먼 옛날부터 존재해 왔던 도깨비다. 여미에 관한 모든 단서가 낭아를 가리켰다. 신율의 눈이 가라앉았다. 여미는 낭아와 밀접한 관련이 있는 도깨비다. 여미는 사방 신수와 같이 낭아가 손수 남긴 특별한 존재일까? 아니면…….

"은하수 도깨비를 구해낼 것이지?"

여미가 간절하게 물었다. 사방 신수 중 하나인 현무의 숨결, 은하수 도깨비를 보고 나니 그리움이 더욱더 사무쳤다.

"……그리하겠습니다."

낭아전설 원본보다 더 의미심장한 물건은 나오지 않을 거라 생각했는데, 낭아가 직접 만든 사방 신수의 숨결인 은하수 도깨비가 나왔다. 은하수 도깨비의 몸속에 낭아구슬이 파묻혀 있을지도 모르니 어차피 사들여야 한다. 경매사가 금 삼백 개를 불렀다. 여기저기서 수군거림이 나왔다. 은하수 도깨비가 귀한 건 사실이지만, 낭아전설이 실재임을 모르는 보통 사람들은 경매사가 말한 '현무의 숨결'이라는 말을 믿을 수 없었던 탓이다.

"사방 신수는 어디까지나 환상의 동물 아닌가?"

누군가 코웃음을 쳤다. 경매사의 표정이 날카로워졌다.

"낭아산은 전설일지 몰라도 사방 신수는 전설이 아닙니다. 그 증거로 이 은하수 도깨비의 능력을 보여드리죠. 여기 계신 모든 분이 은하수 도깨비의 능력을 볼 때까지 경매가 부르기는 일시 중단하겠습니다."

초대 패를 들고 값을 부르려던 신율이 혀를 찼다. 금 오백 개에 팔린 두루마리와 같은 사태가 일어날까 봐 경매사는 철저히 경계하며 경매를 진행했다. 이래서야 경매사가 은하수 도깨비로 경쟁을 붙여도 어쩔 수 없이 당할 수밖에 없다.

"무엇을 하려고?"

여미가 의아해하며 중얼거렸다. 여미의 중얼거림을 들은 신율은 아차 싶었다. 두루마리를 손쉽게 손에 넣고, 경매도 얌전히 진행되어 잠시 하부동 암시장에서 일어날 수 있는 끔찍한 일에 대해 방심했다.

경매사가 흑건을 두른 남자를 불렀다. 우락부락하고 험상궂은 인상의 남자가 나타났다. 그는 은하수 도깨비를 담았던 상자만큼이나 거대한 화로를 꺼냈다. 화로 안에 새빨갛게 달아오른 장작이 활활 타는 중이었다. 경매사는 흑건의 남자로부터 새빨갛게 달궈진 부지깽이를 받아들었다.

"저게 무엇이냐?"

불길하고 끔찍한 예감이 여미를 덮쳤다. 불에 대한 풀 도깨비의 본능적인 두려움이 아니었다. 불에 대한 두려움보다 더 강력한 예감이었다. 여미는 공중에 떠 평화롭게 부풀었다 줄었다 하는 은하수 도깨비를 보았다. 여미가 일어서서 무언가 외치려 한 순간 불에 달군 쇠꼬챙이가 은하수도깨비를 꿰뚫었다.

경매장 안의 모든 사람들이 그 광경을 봤다. 은하수 도깨비가 한순간 산개했다. 은하수 도깨비 안에 모여 있던 별과 밤하늘이 경매장을 뒤덮었다. 한순간 인간들은 밤하늘 속을 유영하는 기분을 느꼈다. 이곳은 분명 경매장인데, 발밑에 하부동이 펼쳐졌다. 머리 위에는 달이 떴다. 은하수 도깨비의 처절한 비명을 늘은 건 여미뿐이었다.

"금 칠백 개!"

"천!"

경매가 고조되었다. 신율은 혀를 차며 초대 패를 들었다. 신율
이 금 천오백 개를 외치려는 순간이었다. 신율은 여미의 상태를
알아차리고 잠시 초대 패를 내렸다.

순식간에 올라가는 가격을 들으며 여미가 하얗게 질렸다. 인간
을 너무 과소평가했다. 아무리 악하다 해도 설마 살아 있는, 이지
있는 생명체를 물건 취급할 줄은 몰랐다. 왜 은하수 도깨비를 괴
롭히는가? 왜 은하수 도깨비가 괴로울 것을 헤아리지 못하는가?
인간이 아니라서? 인간처럼 생기지 않아서? 그냥 허공에 떠 있는
반짝이는 가루니까 고통을 느끼지 않을 거라 생각하나?

"여미 님."

"괜…… 찮다."

사실은 괜찮지 않았지만 억지로 괜찮다고 했다. 여미는 신율이
무엇을 걱정하는지 알았다.

"네 곁을 떠나지 않으마."

개락에서 벌어졌던 일을 반복하고 싶지 않은 건 여미도 마찬가
지였다.

"게다가 이번엔 너에게 화낼 일도 없고."

신율은 거짓말하지 않았다. 손쉽게 여미의 눈을 가리고 거짓말
로 둘러댈 수 있었음에도 그리 하지 않고 자신의 불안을 솔직히
털어놨다. 여미의 의사를 존중하지 않고 억지로 가둬놓을 수도
있었으면서 그렇게 하지 않았다. 여미가 충격을 받고 곱으로 인간
을 증오하게 될지도 모른다는 위험을 감수하면서까지 하부동 암

시장에 오고 싶다는 여미의 의견을 존중했다. 여미는 그게 얼마나 대단한 일인지 알았다.

신율이 광증을 가졌다는 것까진 몰랐지만, 여미는 그가 자신을 볼 때마다 눈동자에서 끓어오르는 거뭇한 독점욕은 보곤 했다. 신율은 그만큼 욕망하면서도 자신을 자유롭게 풀어주고 있는 것이다. 신율은 그 스스로가 느끼는 욕심을 극복하고 여미를 믿어주었다. 신율과 함께 있고 싶고, 그러기 위해 인간을 더 알고 싶다는 여미의 말을 믿었다.

"아까 말하려던 게 이것이로구나."

경매가 시작되기 전, 그는 살아 있는 도깨비가 나올지 모른다며 경고해 주려고 했다.

"신율."

여미가 그를 불렀다. 여미의 손가락이 신율의 소매를 스쳤다. 손등 위를 아슬아슬하게 지나갔다. 여미는 신율의 손을 꽉 쥐고 싶어 몇 번이나 움찔거렸다. 하지만 여미의 손은 결국 닿지 못하고 허무하게 떨어졌다. 여미가 고개를 숙였다. 여미의 어깨가 떨렸다. 여미는 은하수 도깨비에게 큰 그리움을 느꼈다.

은하수 도깨비의 고통을 눈앞에서 지켜본 지금 여미의 심정이 어떨지 신율은 상상도 할 수 없었다.

"부탁해."

여미의 입술이 안타깝게 열렸다. 간절히 자신을 올려다보는 여미의 맑은 눈동자를 본 순간, 신율은 머리가 핑 돌았다. 그리고 무언가를 깨달았다. 도깨비인 여미 앞에서 은하수 도깨비를 돈으로 낙찰받는 일이 얼마나 파렴치한 짓인지 깨달았다.

신율이 정말 여미를 생각한다면 눈앞에서 벌어지는 요지경을 모른 척해선 안 된다. 도깨비인 여미가 어찌 도깨비를 돈으로 사는 인간 옆에서 어찌 마음 놓고 지낼 수 있을까? 필요에 따라 도깨비 목숨에 값을 매길 수 있음을 깨달은 여미는 언젠가 신율이 자신의 목숨에도 값을 매기진 않을까 불안에 떨게 될 것이다. 사랑한다 하더라도, 같이 있고 싶다 하더라도 한 번 일어난 일은 지울 수 없다.

'그런 일이 일어나기 전에 바로잡아야 한다.'

"걱정 마세요."

신율이 천천히 가면을 벗었다. 서늘한 눈동자와 뚜렷한 이목구비가 드러났다.

"상자에서 나왔으니 이제 부적이 폭발할 일은 없겠지요."

신율이 신라에게 물었다.

"뭐, 그건 그렇다만. 잠깐, 무엇을 할 작정이냐?"

아무 생각 없이 대답하던 신라가 급히 가면을 벗었다. 신율의 기운이 심상치 않음을 알아챘기 때문이었다.

"형님은 두루마리나 잘 챙겨주십시오. 계획을 바꾸겠습니다. 경매는 이쯤 합시다."

"뭣."

"은하수 도깨비를 구하는 김에 이곳에서 상품 취급 받고 있는 다른 도깨비도 구할 작정입니다."

신라의 표정이 바뀌었다.

"고시조에 금 오백 개를 지불한 것으로도 충분히 주의를 끌었다. 이 이상 난동을 피우면 우리가 서씨 가문 일원이란 걸 숨기기 어려워. 가주의 귀에 들어가면 무어라 둘러댈 작정이야?"

"연구가 끝나고 남은 낭아구슬은 제대로 가주께 드릴 겁니다. 그리고…… 여기서 일어날 일은 둘러댈 필요 없습니다."

"그게 무슨……."

신율의 말을 해석하느라 신라가 잠시 동작을 멈췄다. 신율은 똑바로 서서 경매장을 둘러보았다. 가면 쓴 몇몇 손님들이 수상한 기색을 느끼고 뒤를 돌아보았다.

"경매를 멈춰라."

내력을 담은 신율의 목소리가 경매장 전체에 울렸다. 신율이 검병을 꺼내 들었다. 한 손으로 검병을 잡고 한 손으로 검 손잡이를 잡았다. 천천히 양팔을 벌리자 서늘한 검신이 공기 중에 드러났다. 난데없이 쏟아지는 살벌한 기운에 사람들이 놀랐다. 손님과 주최 측을 포함해서 모든 이의 이목이 이쪽으로 쏠렸다.

"신율!"

신라가 황급히 따라 일어섰다. 신라는 신율의 검을 보며 고민하다가 저도 부채를 꺼내 들었다. 아우가 폭주하면 신라가 막아야 한다.

"신율, 서씨 가문의 원칙은 도깨비 사냥이다. 하부동 암시장은 황실에 맡겨."

신라가 속삭였다. 서씨 가문도 환국의 행정 일부를 맡고 있으니 하부동 암시장을 습격할 수 없는 건 아니다. 그러나 어디까지나 '할 수 있는 것'일 뿐 결코 권장할 만한 행동이 아니었다.

"도깨비인 여미 님과 살기 위해선 서씨 가문의 원칙을 포기해야 합니다."

"제정신이냐? 서씨 가문은 단순히 네 본가가 아니야. 도깨비와 대적하고 도깨비를 사냥한다는 가문의 원칙은 환국을 지탱하는 유일한 힘이다!"

도깨비라는 공통의 적이 없어지면 환국의 인간들은 순식간에 사분오열된다.

"서씨 가문 광증에 대해서 먼저 언급한 사람은 형님이잖습니까. 형님도 아실 것 아닙니까."

'미친놈⋯⋯!'

신라는 놀라서 아끼는 부채를 부러뜨릴 뻔했다. 사야요를 사랑해 말도 안 되는 짓을 벌이던 자신은 지금의 신율에 비하면 귀여운 수준이었다.

"가주께 둘러댈 필요 없습니다."

"신율!"

"여미 님이 인간인 저와 살기 위해 인간의 악을 직시한 것처럼, 저도 도깨비인 여미 님과 살기 위해 나름의 노력을 해야지요."

신율이 미소 지었다. 부드럽고 우아한 미소였다. 신율이 사냥꾼이라는 걸 몰랐다면 누구나 홀릴 법했다.

경매를 진행하는 무대 뒤에서 흑건을 두른 사내들이 쏟아져 나왔다. 그들은 무거운 철검이나 투척기 등 투박한 무기를 들고 있었다. 맨 앞에 선 경매사가 그럴듯한 보검을 뽑아들었다. 경매사가 대장 노릇도 하고 있나 보다.

"이게 무슨 짓입니까, 손님?"

"나도 괜한 살상자를 내고 싶진 않다. 너희가 벌인 암시장이 불법에 미풍양속을 해치는 일이라는 건 알고 있겠지. 마지막 기회를 주겠다. 암시장을 정리해라."

"말도 안 되는 소리!"

경매사가 소리쳤다.

"누구인지는 몰라도 그만두시오. 하부동 암시장에서 난동을 부리고 살아남을 수 있을 것 같소?"

그들은 신율의 정체를 알아차리지 못했다. 신라가 초대 패를 구할 때 거짓 신분을 댔기 때문에 그들은 서씨 가문 일원이 하부농에 왔으리라곤 상상도 하지 않았다. 만일 눈앞에 있는 자가 서신율인 줄 알았다면 함부로 언성을 높이지 않았을 거다.

"자, 잠깐."

신율을 알아본 건 손님들 틈에 있던 호부상서 댁 둘째 며느리였다. 수원태대장 남편과 십병장 아들을 둔 그녀는 언젠가 스치듯 보았던 신율의 얼굴을 기억해 냈다. 베일 듯 서늘한 얼굴을 하고, 병사를 몇백 명 몰고 가도 쓰러뜨릴 수 없었던 거대한 삼족오 도깨비를 홀로 쓰러뜨린 사냥꾼!

신율의 얼굴을 알아보자마자 본능적인 공포에 질린 그녀는 뒤도 돌아보지 않고 경매장에서 도망쳤다. 매우 현명한 선택이었다. 그녀가 자리에서 일어나자마자, 건방지게 입을 놀린 암시장 측 인물들을 향해 광풍과 같은 검기가 몰아닥쳤기 때문이다.

"끄아악!"

손님들은 이구동성으로 비명을 내지르며 밖으로 뛰쳐나가기 시작했다. 경매하러 온 이들에게까지 해를 끼칠 생각은 없었기에 신율은 가면 쓴 이들이 모두 우르르 빠져나갈 때까지 기다렸다. 순식간에 경매장이 텅 비었다.

경매사를 비롯해 흑건의 남자들이 인상을 찌푸렸다. 하지만 아까처럼 신율에게 큰소리를 치거나 덤비진 못했다. 신율이 검을 휘두른 건 한 번뿐이었지만 그의 실력을 보이기엔 충분했다. 흑건을 두른 사내 한 명이 신율의 검풍에 밀려 깊이 팬 바닥을 질린 눈으로 쳐다봤다.

"그 은하수 도깨비는 내가 가져가지."

신율이 천천히 검을 들어 무대 위에서 출렁이는 은하수 도깨비를 가리켰다.

"그리고 너희가 준비한 다른 도깨비들도."

손목을 돌려 유려하게 검을 회수했다. 신율이 검을 회수하자마자 쩌적거리는 기묘한 소리가 경매장을 채웠다.

"무, 무기가 부서진다!"

흑건을 두른 사내들 손에 있던 투박한 무기들이 모조리 산산조각 났다. 신율은 도깨비와 싸우는 사냥꾼이다. 삼족오 도깨비의 단단한 부리와 이무기 도깨비의 이빨도 깨뜨렸는데 인간들이 들고 나온 무기가 상대가 될 리 없었다.

"두 번 말해야 하나?"

신율이 물었다. 사내들은 비틀거리며 뒤로 물러났다.

"이보시오!"

신율을 향한 부름이 아니었다. 부러진 검을 놓친 경매사는 볼품없이 뒷걸음질 치다가 무대 뒤쪽을 향해 고래고래 소리쳤다.

"나오시오, 당신이 나서야 할 때요!"

무대 위의 인물들 말고도 암시장 측에 남은 무사가 있는 모양이었다. 신율의 오감 안에 경매장 뒤에서 천천히 일어나는 무인의 기운이 잡혔다. 신율의 눈이 이채를 띠었다.

'보통 무사가 아니다.'

신율의 검풍에 무기를 깨먹고도 용케 도망가지 않는다 싶더니 믿는 구석이 있었다. 천이 걷히고 무사의 모습이 드러났다. 신율은 눈살을 찌푸렸다. 겉모습으로 알 수 있는 게 전무했기 때문이다. 새로 등장한 무사는 온몸에 긴 장포를 두르고 새하얀 무면탈을 썼다. 허리 끝에 비죽 나와 있는 검 손잡이가 아니었다면 사람이 아니라 기둥이라 해도 믿었을 거다.

"경매장에서 무슨 일이 생기면 해결해 주겠다고 하지 않았소!"

"해결해 주겠다 한 적 없다. 암시장을 주시하고 싶다고만 했지."

무면탈 아래에서 묵직한 목소리가 흘러나왔다. 경매사가 경악했다.

"이익, 그게 그 말 아닌가! 검 쓰는 솜씨가 만족스러워 초대 패를 쥐어줬더니 이제 와서 배신하겠다는 건가!"

"웃기는군. 나는 암시장 따위와 손잡은 적 없다."

"은하수 도깨비를 가지고 싶다고……!"

"그만. 시끄럽다. 이제 조용히 해라."

무사가 검을 뽑자 초대 패니 배신이니 어쩌구 하던 경매사가 피를 뿜으며 쓰러졌다. 흑건을 두른 사내들은 물론 신율도, 신라도, 여미도 놀랐다. 암시장 측에서 섭외한 무사가 아니었던 건가? 신율은 솟구치는 의문을 다스리며 검병 위에 손을 올렸다. 수수께끼의 무사는 경매사의 팔을 밟아 뼈를 부러뜨렸다. 으억, 하고 둔탁한 신음이 울려 퍼졌다. 경매사는 아직 살아 있었다.

"죽이진 않았다. 인간을 죽이는 건 우리 가문의 원칙에 어긋나

므로."

무사가 앞으로 나왔다. 그가 검을 들어 신율 쪽을 가리켰다. 검 끝에서 뿜어져 나오는 서늘한 예기가 신율에게 닿았다.

"그냥 내버려 두려 했으나, 신율 네가 은하수 도깨비를 가져가려 하기에 나왔다."

무사가 신율에게 말했다. 신율은 무사의 어조에 깃든 희미한 친숙함을 느꼈다. 무사는 마치 신율을 잘 아는 사람처럼 말했다.

"은하수 도깨비는 내가 죽여야겠구나."

"말도 안 되는 소리."

신율이 푸른 기운을 뿜어 무사의 예기를 차단했다. 무사의 정체에 대한 궁금증은 잠시 뒤로 미뤘다. 지금 중요한 건 무사의 정체가 아니다. 은하수 도깨비를 구해 여미의 숨통을 틔워주는 일이 가장 중요하다.

신율이 검을 휘둘렀다. 그의 검이 늘어난다 싶더니 순식간에 무사와의 거리가 좁아졌다. 무사가 신율의 검을 받아냈다. 대단한 솜씨였다. 허공에서 내려친 검에 담긴 신율의 힘이 보통이 아니었을 텐데 무사는 묘기 부리듯 유려하게 신율의 검을 흘려보냈다. 사방팔방에 충격파가 튀었다. 무사의 무면탈에 금이 가고, 신율은 가면 틈으로 무사의 눈동자를 보았다.

"왜 네가 여기 있느냐?"

무사가 물었다.

"당신은?"

신율의 얼굴에 의아함이 떠올랐다. 신율이 검을 잡은 손에서 힘을 뺐다. 무사도 신율을 따라 힘을 뺐다. 두 사람은 나비처럼 가뿐한 발걸음으로 각자 자신의 진영으로 돌아갔다.

"일단 도깨비부터 처치하지."

무사의 검이 진로를 바꿨다.

"잠깐, 안 됩니다!"

신율이 검을 잡지 않은 빈손을 뻗었다. 하지만 늦었다. 무사의 검은 믿을 수 없을 만큼 빨랐다. 가히 신율만큼이나 대단한, 아니, 쾌검에 있어서는 신율을 뛰어넘는 수준의 실력이었다. 무대가 반토막났다. 검의 궤적은 정확히 은하수 도깨비를 노렸다. 무대 위에 있던 은하수가 요동친다. 거대한 비명이 들렸다.

"안 돼!"

여미가 벌떡 일어섰다. 하나 차마 앞으로 나오진 못하고 발만 동동 굴렀다. 마음 같아선 여미가 직접 나서 은하수 도깨비를 보호하고 싶었지만 그럴 수 없다는 걸 알았다. 지금 나가봤자 아무런 도움이 되지 못할 것이라는 걸 그 누구보다 자신이 잘 알고 있기 때문이었다. 여미는 한눈에 신율과 대치하는 무사가 뛰어난 도깨비 사냥꾼임을 알아보았다. 신율과 무사 사이에 팽팽한 긴장감이 흘렀다.

여미는 안타까운 마음에 입술을 깨물었다. 입안에서 흐릿한 피맛이 난다. 순간, 은하수 도깨비가 한 번 더 애처로운 비명을 내질렀다. 여미는 은하수 도깨비 쪽으로 손을 뻗었다. 손만 뻗었다.

"……어떻게 된 거야?"

신라가 당황한 목소리로 외쳤다. 신라가 급히 뛰어왔지만 여미는 신라의 모습을 볼 수 없었다. 여미가 볼 수 있는 건 오로지 하얗고, 노랗고, 푸르고, 붉은 밤하늘뿐이었다. 은하수 도깨비가 여미의 몸을 감쌌다. 공간을 부유하고, 부풀었다 확 줄어드는 은하수가 공간을 점령했다.

걱정 마라. 도깨비 사냥꾼으로부터 도망칠 거니까.

여미는 목소리를 들었다. 상자 속에서 들려오던 것과 같은 목소리였다.

여러 공간을 거치겠지만 결국 인간 없는 곳에 갈 거다.

기운을 억누르는 부적이 없어서 그런지 목소리가 한층 또렷했다. 여미는 긴장을 풀었다. 은하수 도깨비로부터 걱정과 염려가 스며들어 왔다. 결코 적대적인 감정은 아니었다. 여미를 감싼 은하수 도깨비가 격렬하게 빛을 뿜기 시작했다.

"멈춰!"

"여미 님!"

수수께끼의 무사와 신율이 동시에 소리쳤다. 무사 쪽이 좀 더 빨랐다. 그는 쾌검을 휘두를 때와 같은 속도로 여미와 은하수 도깨비를 향해 내달렸다. 은하수 도깨비가 경매장을 빠져나가는 순간 여미는 공간 틈을 비집고 들어오는 무사의 거친 손을 느꼈다.

그 다음은 어둠.

밖은 밤이었다. 여미는 산에 와 있었다. 낡고, 황량하고, 오래된 산이었다.

'하부동이 아닌데?'

바닥에 널브러져 있던 여미가 일어나서 저고리와 치마의 흙을 털었다. 고개를 들어 주변을 살폈다. 한눈에 봐도 심상치 않은 풍경임을 알 수 있었다.

잠시 공간을 부유하는 거다.

은하수 도깨비의 목소리가 들렸다.

여기, 이쪽.

하늘을 보았다. 뿌연 우유처럼 흐르는 은하수가 보였다.

"은하수 도깨비 님? 여긴 어디예요?"

인간 없는 곳으로 가는 여정 중 하나. 오백 년 전의 산동이다. 낭아산이 있던 곳이지.

"우리는 과거에 온 건가요?"

그렇다고 할 수도 있고 아니라고 할 수도 있겠구나. 정확히 말하면 내 기억 속에 있는 낭아산에 온 것이다. 과거인 동시에 과거가 아니지.

여미는 퍼뜩 은하수 도깨비의 몸체를 살폈다. 아까 무대 위에서 인간들이 몹쓸 짓을 했다.

"괜찮아요?"

흥. 인간들은 나에게 해를 끼칠 수 없다.

"하지만 상처를 입었잖아요."

은하수 도깨비가 침묵했다. 여미는 불만스러운 기색을 통해 은하수 도깨비의 자존심이 상했다는 걸 알 수 있었다.

"당신은 정말 현무의 숨결인가요?"

여미가 주제를 돌렸다. 은하수 도깨비가 웃었다. 아니면, 적어도 웃은 것 같았다.

다들 나를 그렇게 부르더군. 현무와 함께 태어난 건 맞다. 어쩌면 그의 숨결일지도 모르지.

"왜 나도 데리고 왔어요?"

하늘 속에서 우윳빛이 짙어지더니 곧 가느단 선이 되었다.

난 너를 도깨비 사냥꾼들의 손에서 구해준 거다만, 싫으냐?

"왜 저를 구해주셨나요?"

네 정체를 안 순간 그냥 지나칠 수 없었다.

"난 뭐죠?"

낭아로부터 나온 도깨비이지.

"나도 낭아의 아이인가요?"

아니, 너는 사방 신수와 달라.

수수께끼 같은 문답을 주고받던 여미가 지쳤다. 은하수 도깨비가 몸을 부풀렸다. 경매장에서 부지깽이로 찔린 상처가 드러났다. 여미는 마음이 아팠다.

흠. 자세히 말해주고 싶다만. 그 전에 너같이 힘없는 도깨비가 하부동 암시장에 온 연유부터 듣고 싶구나.

"난 낭아구슬을 찾고 있어요."

그거라면 내가 가지고 있지.

"두루마리에 있는 줄 알았는데요?"

구슬 조각을 두 개로 나누어 하나는 내가 가지고 하나는 두루마리에 심어두었다. 현무가 그리하라 당부했어.

"왜 굳이 나눠서⋯⋯?"

낭아구슬을 찾는 이들에게 단서를 주려고 했다.

정신이 번쩍 들었다. 은하수 도깨비는 낭아구슬을 가지고 있을 뿐 아니라, 낭아구슬을 찾아 자신에게 도달하는 이를 기다리는 중이었다.

합일을 위해 낭아구슬을 찾는 이가 나온다면 단서를 주어야 한다. 하나 악당의 손에 들어갈 수도 있으니 완전히 주면 안 되지. 오로지 올바른 목적을 가진 이가 올바른 경로를 통해 찾아올 수 있도록, 우리는 일부러 낭아구슬을 쪼개고 부쉈으며 대부분을 소멸시켰다. 내 허락이 없으면 인자는 결코 낭아구슬에 도달하지 못해.

남은 낭아구슬이 없다는 비애의 말은 거의 사실이었다. 대부분의 낭아구슬 조각이 소멸하였으니까. 여미는 숨이 턱 막혔다.

무엇 때문에 낭아구슬을 찾느냐?

살못 대답하면 중요한 단서를 놓칠지도 모른다.

"신율과……."

여미는 신중하게 말을 골랐다. 정을 통하고 싶어서? 합일의 경지에 다다르고 싶어서? 조화롭게 살고 싶어서? 이 세상 모든 단어를 모아도 여미의 진짜 마음을 표현하기엔 부족했다.

"인간을……."

여미가 문장 앞에 오는 말을 바꿨다.

"인간을 용서하려고요."

정말 용서할 수 있겠느냐?

은하수 도깨비가 출렁였다. 그가 재차 물었다.

네가 본 모든 일에도 불구하고?

은하수 도깨비는 방금 전 경매장에서 있었던 일을 이야기했다. 여미는 은하수 도깨비에게 미안한 마음이 들어 고개를 떨궜다.

"은하수 도깨비 님의 고통을 별거 아니라고 생각한 건 아니에요. 저는 그저, 그냥, 너무나 좋아하게 된 인간이 있어요. 인간이 악하다는 걸 알면서도 신율을 보면 인간과 함께 살아갈 수 있지 않을까 하는 희망을 품게 돼요."

은하수의 형상이 부풀어 오르며 잘게 떨렸다. 웃고 있는 것 같았다.

나도 너에게 희망을 걸어보마.

"하지만 낭아구슬 대부분을 파괴했다면서요."

네 목적이 무엇이냐? 낭아구슬이 아니라 인간과 함께하는 게 네 목적 아니냐?

"맞아요. 그러니까 낭아구슬이 있어야……."

낭아구슬을 다시 태어나게 하면 된다.

황량한 산에 다시 꽃이 피었다. '재림'이란 글자가 땅 위에 나타났다. 성인 남성 열 명이 모여도 덮지 못할 만큼 거대한 글자였다. 여미는 두 눈을 깜빡였다. 어떻게 자신이 글자를 읽을 수 있는 걸까? 은하수 도깨비와 함께 허공에 떠올라 전체를 보고 나서야 여미는 저가 글을 읽은 게 아니라는 걸 깨달았다. 지상에 떠오른 건 거대한 고대 골문이었다. 그림으로 이루어진, 인간과 도깨비 모두가 읽을 수 있는 고대문자.

낭아구슬의 재림을 위해선 낭아구슬을 부르는 제사를 지내야 해. 그걸 재림제라고 부른다.

"제사?"

산이 흔들렸다. 수백 년의 시간이 휙휙 지나가며 초목이 시들고 꽃이 떨어졌다.

쾅!

공간 찢기는 소리가 났다. 은하수 도깨비는 속으로 혀를 찼다. 사냥꾼에게서 도망쳤다 생각했는데 마지막에 무사 한 명이 따라붙었다.

자세히 알려주고 싶다만 시간이 없구나. 제사 형식이야 환상이나 여왜에게 가면 구할 수 있을 테니, 가장 중요한 걸 알려주지.

공간이 갈라졌다. 갈라진 틈으로 무섭게 검을 휘두르는 무사가 보인다. 여미는 딸꾹질이 나오려는 걸 간신히 참았다. 은하수 도깨비의 공간에 충격파를 날리는 무사는 정말이지 귀신같았다.

제사에는 꼭 제물이 필요하다.

은하수 도깨비도 위협을 느꼈는지 급하게 말했다.

재림제에 바치는 제물은, 바로 사랑하는 사람의 생⋯⋯.

은하수 도깨비의 말이 채 끝나기도 전에 하늘이 요동쳤다. 밤하늘에서 꿈틀거리고 있던 은하수 도깨비가 땅으로 고꾸라졌다. 그러자 남자가 검을 내리쳤다. 검이 바람을 가르는 소리가 귓가를 파고들었다. 여미는 다리에 힘이 풀려 주저앉았다. 그 순간, 여미는 자신의 온몸을 감싸는 밤하늘을 느꼈다.

"은하수 도깨비 님?"

여미가 놀라 소리쳤다. 은하수 도깨비는 자신이 만든 공간을 파괴당하며 목소리를 잃었는지 분주히 여미의 몸을 감싸기만 할 뿐 대답하지 않았다.

여미가 몸부림쳤다. 은하수 도깨비가 또 상처 입게 할 수는 없다. 그는 이미 부지깽이에 찔렸다. 여미는 속절없이 손 사이로 빠져나가는 은하수를 붙잡아 안전한 곳에 옮기려 애썼다. 무사는 분명히 은하수 도깨비를 노렸다. 이대로 있다간 은하수 도깨비가 죽는다. 왜 제 곁을 떠나려 하지 않는지는 모르겠지만 어서 안전한 곳으로 피신시켜야 한다.

무사는 한 번 더 은하수 도깨비를 내려치려다 은하수와 엉켜 있는 여미를 보고 검을 멈췄다. 남자가 흥미로워하는 기색을 내비췄다.

"신기한 일이로군. 이 은하수 도깨비는 널 지키려는 거다."

남자가 칼등으로 여미의 어깨를 쓸었다. 차가운 금속에 닿은 여미가 온몸을 부르르 떨었다. 은하수 도깨비가 광분하며 무사의 칼을 물고 늘어졌다.

"넌 대체 뭐지? 평범한 인간은 아니로구나."

여미는 감히 그가 누구냐고 되묻는 것조차 못했다.

"어쨌든 비켜라. 지금은 가주의 명령을 수행해야 하니."

"대체 뭘 하려는 것이냐?"

여미가 가까스로 두려움을 극복하고 물었다.

"네가 품은 기운을 내놓아라."

남자는 여미의 말을 무시하고 은하수 도깨비에게 말을 걸었다. 은하수 도깨비가 저항했다.

"은하수 도깨비를 살려주어라."

고통에 몸부림치는 은하수를 본 여미가 황급히 말했다.

"제정신인가? 너도 인간이면서 도깨비를 살려달라는 말이 나오나?"

남자가 처음으로 여미의 말에 대답했다.

"부, 부탁이다."

여미는 신율에게 부탁할 때 하듯이 그의 소매를 잡으려 팔을 뻗었다가, 상황이 안 좋다는 걸 깨닫고 다시 물러났다. 무사는 여미에게 잡힐 뻔했던 자신의 소매를 한참이나 내려다보았다. 그는 한동안 말이 없었다. 금 간 무면탈 사이로 여미를 뚫어져라 바라보는 형형한 눈동자가 보였다.

"한 번만 더 막아서면 죽이겠다."

여미는 발끝부터 머리끝까지 소름이 돋았다. 무사의 목소리엔 감히 거역할 수 없는 힘과 그녀를 향한 잔잔한 분노가 서려 있었다. 그러나 여미는 움직이지 않았다. 아니, 오히려 몸을 앞으로 숙여 은하수 도깨비를 제 몸으로 가리기까지 했다.

"왜 물러나지 않지?"

남자가 진심으로 의아해하며 말했다.

"내가 물러나면 은하수 도깨비 님이 죽으니까."

"이 도깨비가 한 번 너를 구해줬다고 두둔하는 건가? 참으로 어리석군."

"그런, 그런 것이 아니다."

"아니면 무엇인가. 눈앞에 닥친 검의 무서움을 알지 못하고 부리는 만용인가?"

눈 깜짝할 새에 여미의 목에 검날이 들어왔다. 여미는 흑 숨을 들이켰다. 조금이라도 허투루 움직이면 검에 피부가 베인다. 남자가 천천히 검을 움직였다. 숨을 참은 보람도 없이 목덜미에서 화끈한 아픔이 느껴졌다. 검에 베였지만 신기하게도 피는 나지 않았다. 신율 정도 되는 경지에 오른 무사들은 의지로 검에 기를 실어 물리적 압박을 줄 수 있다고 하는데, 눈앞의 남자가 그런 경지인 듯했다.

"한 번 그으면 속절없이 사라질 약자이면서."

남자가 중얼거렸다. 남자의 검이 사라졌다. 여미는 눈조차 깜빡이지 못했다. 사라진 남자의 검이 갑자기 여미의 옆구리 부근에 나타났다. 남자의 검이 은하수를 벴다. 은하수엔 물리적 형체가 없었지만, 남자의 의지로 실체화된 검기 앞에선 소용없었다. 은하수는 비명도 지르지 못하고 사라졌다.

"죽지 마라!"

여미가 소리쳤다. 양팔을 뻗어 은하수를 붙잡았지만 속절없었다. 은하수는 연기처럼 사라졌다.

"영혼까지 소멸했군."

남자가 감흥 없이 말하며 은하수 도깨비가 있던 자리를 뒤졌다. 몇 번 바닥을 훑은 남자가 의아한 듯 고개를 옆으로 기울였다. 금 간 탈 안에 찡그린 남자의 눈썹이 보였다.

"왜 없지?"

은하수 도깨비는 남자의 검에 죽은 게 아니었다.

"자폭했군."

남자가 쯧 혀를 찼다.

"상서로운 기운까지 끌어안고 함께 소멸했어. 인간 손에 놀아나느니 스스로 택한 파멸 안에 뛰어든 건가."

"흐윽, 흭……."

여미가 볼썽사나운 소리를 내며 울었다. 남자의 시선이 느껴졌지만 울음을 멈출 수 없었다. 남자는 당황했다. 환국에서 도깨비를 잡고 죽이는 건 당연한 일이다. 그런데 눈앞의 여자는 마치 그가 저지른 도깨비 '살해'에 설명이 필요한 듯 굴었다.

"광증 걸린 도깨비만 잡으라는 온건파가 있지만 난 아니다. 난 환국의 사냥꾼으로 해야 할 일을 한 것뿐이다."

남자가 여미를 물끄러미 바라보았다. 가면 틈으로 보이는 그의 눈에 이채가 서렸다.

"기묘한 자태로구나. 너는 인간인가, 아니면 도깨비인가?"

"나, 나는······."

여미가 말을 더듬었다. 도깨비인 걸 절대 들키지 말라는 신율의 당부가 떠올랐다. 동시에 온건한 주장엔 관심 없다며, 남자가 망설임 없이 은하수 도깨비를 죽이던 장면도 떠올랐다.

"도깨비냐니. 당연이 인간이겠지. 농이다."

남자는 표정 하나 바꾸지 않고 말했다.

"이곳은 너 같은 애송이가 올 곳이 아니다. 내 길을 뚫어줄 테니 어서 나가도록."

"나를 그냥 보내주는 것이냐? 해치지 않고? 정말?"

"서씨 가문은 인간을 해치지 않는다."

남자가 대답했다.

*

"여미 님, 괜찮으십니까?"

"괜찮다."

여미는 괜찮지 않았다. 넋이 나간 채로 비틀거리며 벽을 집고 걷던 그녀가 입을 열었다.

"어떤 남자가 구해주었다."

"남자?"

"내 아무래도 서씨 가문의 일원을 만난 것 같다."

"신라 형님 말씀이십니까?"

"아니."

신라 이름을 꺼내자마자 신라의 목소리가 들렸다.

"난 창고 쪽을 훑고 있었다."

"형님."

"흰 도깨비가 보았다는 서씨 가문 사람이 궁금하구나."

"안 그래도 너희에게 묻고 싶던 참이었다."

여미가 벽을 짚고 있던 손을 뗐다. 그녀는 양 검지를 관자놀이에 대고 꾹 눌렀다.

"이렇게 눈매가 부리부리하고 눈이 험상궂은 남자였다. 대체 누구냐?"

신라와 신율이 서로를 마주보았다. 신라가 부채로 입을 가렸다.

"흠, 그건 십중팔구……."

"여미 님이 도깨비란 걸, 그자가 못 알아차렸다는 겁니까?"

신라와 신율은 짐작 가는 인물이 있는 듯했다.

"그런 모양이구나. 도깨비라고 생각했으면 살려두었겠느냐?"

"아, 그리고 또 말해둘 것이 있다."

여미는 벽에 등을 기대고 털썩 주저앉았다. 은하수 도깨비의 죽음이 뇌리를 떠돌았다. 여미는 남자가 은하수 도깨비를 단칼에 죽인 일과, 은하수 도깨비가 있던 곳을 뒤졌지만 상서로운 기운을 찾지 못했음을 보고했다. 여미의 말을 듣던 신라가 슬쩍 자신의 소매 속에서 새 금낭을 꺼냈다. 금낭 안엔 반짝이는 낭아구슬 조각이 서려 있었다.

"없는 줄 알았는데?"

여미가 놀라 일어섰다. 신라는 어깨를 으쓱이고 말했다.

"내가 미리 빼놨다."

"빼놓다니?"

"은하수 도깨비를 두고 싸움이 벌어졌을 때 누(漏)의 술로 은하수에 침투해 상서로운 기운을 빼두었다. 그가 아무리 쾌검이라 해도 빈손보다 빠르겠느냐?"

신율이 납득했다. 무사와 신율은 대등한 싸움을 벌였다. 서로의 실력이 대단했기에 주변에 신경 쓰지 못하고 검을 나눴다. 신라 정도 되는 주술사라면 싸움에 정신 팔린 두 검사 사이를 지나쳐 은하수 도깨비에게 주술을 걸 수 있을 터였다.

"어쨌든 다행이군요."

신율이 파편을 받았다. 신라가 신율의 손목을 잡아챘다. 그의 손에 힘이 들어갔다. 신율이 어리둥절한 표정으로 신라를 보았다. 신라가 훅, 한숨을 쉬었다.

"알고 있겠지만, 신율. 이건 가주님께 드릴 거다."

신라가 눈썹을 치켜 올렸다.

"합(合)은 못 걸어준다."

신라는 또 한 번 낭아구슬 파편을 써버렸다간, 더 이상 신율을 도와주지 않고 사야요의 기루로 도망가 버릴 거라고 실컷 협박하고는 먼저 하부동을 벗어났다. 신율은 하부동에 남아 암시장을 정리하고 암시장 인물들을 잡아들였다. 암시장을 정리하며 자신과 겨뤘던 무사를 찾아봤지만 흔적도 없었다.

이틀을 꼬박 바쳐 하부동을 정리한 그들은 두루마리와 낭아구슬 파편 두 조각, 그리고 다른 사람 손에 맡기기 힘든 위험한 물품들을 가지고 별채로 돌아왔다. 려류와 도겸이 그들을 맞았다. 하부동 암시장이 박살났다는 소문이 환국 안에 좍 퍼졌다.

"여미 님, 려류입니다."

여미는 별채에 돌아오자마자 목욕통 속에 들어갔다. 려류의 말에는 대답하지 않았다. 그녀는 물속에서 손가락을 느리게 움직였다. 해초처럼 풀어진 은색 머리카락에 손가락이 걸렸다.

"어휴, 물속에서 오래 있으면 안 좋아요!"

려류가 기겁하며 다가왔다. 여미는 아예 물속으로 머리까지 집어넣어 버렸다. 물 밖에서 여미의 이름을 외치는 려류의 비명이 아릿하게 들려온다. 그렇게 려류는 한참이나 여미와 씨름했고, 약 두 시진이 지나서야 여미를 목욕통에서 끌어낼 수 있었다. 목욕을 끝낸 여미가 방에 틀어박혔다. 여미에게 주려고 약과며 다식을 가져온 려류가 고개를 갸웃했다. 려류는 도겸에게 물어 신율의 방에 찾아갔다.

"여미 님이 도통 기운이 없으셔요."

"어디가 안 좋으신가?"

신율이 서책을 덮고 물었다. 하부동에서 압수한 물품 정리가 아직 끝나지 않았지만 신율은 망설임 없이 물품 정리를 내팽개치고 여미가 있는 곳으로 갔다. 신라가 기막혀 하며 자기 앞으로 미뤄진 물품 목록을 노려보았다.

"여미 님이 좋아하는 간식을 가져왔습니다."

신율이 손수 쟁반을 들고 방에 들어갔지만 여미는 미동도 없었다. 그가 밖에서 대기하는 도겸에게 눈짓하여 문을 굳게 닫고 나서야 여미가 이불 사이로 빼꼼 고개를 내밀었다.

"어찌 이리 기운이 없으십니까."

려류의 말은 사실이었다. 여미는 우울한 금색 눈을 내리깔고 바닥만 내려다봤다. 신율은 울컥 걱정이 치솟았다. 그가 여미 가까이 다가가 앉았다. 이불 째로 여미를 끌어안아 가슴언저리 옷 위에 기대게 했다. 여미가 움찔 몸을 떨더니 작은 새처럼 신율의 품을 파고들었다.

"……은하수 도깨비가 죽은 건 내 탓이다."

한참 만에 여미가 입을 열었다. 신율은 안도감과 슬픔을 동시에 느꼈다. 여미의 몸에 이상이 없음에 안도했고, 그녀의 마음이 괴로운 것에 슬픔을 느꼈다.

"여미 님 탓이 아닙니다."

신율이 조곤조곤 말했다. 손에 힘을 주고 여미를 품 안으로 더 깊게 끌어당겼다. 여미의 동그란 어깨를 쥐고 토닥였다. 여미가 몸을 떨었다. 여미가 고개를 돌리자 그녀의 하얗고 깨끗한 이마가 드러났다. 신율은 거기 입 맞추고 싶었다.

"더 이상 합은 걸어주지 않겠다고 했는데……."

신율이 끙끙거렸다. 신율의 안주머니에 버젓이 낭아구슬이 들어 있는데 쓰질 못한다. 신율은 한숨을 쉬었다. 그는 여미의 양쪽 어깨를 잡아 고정했다. 여미가 눈을 동그랗게 떴을 때 신율은 이미 여미의 가슴팍으로 고개를 숙였다. 그는 입을 벌려, 옷 위로 여미의 가슴을 입에 담았다.

"으왓! 뭐 하는 것이냐?"

여미가 버둥거리다 신율의 옷고름을 잡아챘다. 옷고름이 와르르 풀리고 품 안에 매달려 있던 금낭이 떨어졌다. 금낭 안에서 구슬 파편이 튀어나왔다.

"이런."

신율이 웃으며 말했다.

"흘렸으니 어쩔 수 없군요."

그가 손가락으로 바닥에 대충 합(合)자를 썼다. 신라만큼 능숙하진 않지만 신라가 걸어준 술을 보고 연구한 탓에 그럭저럭 쓸 순 있었다. 파편으로부터 따뜻한 기운이 퍼졌다. 여미는 뜨거운 물에 들어간 듯 편안한 기분을 느꼈다. 잔뜩 긴장했던 근육들이 풀어졌다. 신율은 조심스레 여미의 저고리를 젖혔다. 하얀 어깨와 봉긋하게 솟은 가슴이 드러났다.

"여미 님."

신율이 애타게 불렀다. 어쩌겠는가. 여미는 고개를 끄덕일 수밖에 없었다. 여미의 허락이 떨어지자마자 신율이 고개를 숙였다. 그는 양손으로 여미의 허리를 쥐어 고정하고 여미의 가슴을 입에 담았다. 여미가 허리를 뒤틀었다. 옷 위로 느껴지던 감각과 비교도 되지 않았다. 신율의 뜨거운 숨과 축축한 혀가 여미의 예민한 피부를 자극했다.

"홋!"

여미의 허리가 휘어졌다. 숨이 차고, 손끝이 따갑다. 신율이 움직일 때마다 번개 같은 쾌락이 내달렸다. 여미는 금세 훌쩍였다. 여미의 손은 신율에게 옴짝달싹 못하는 상태로 잡혔다.

손을 구속당한 채로 가장 예민한 부분을 자극 당했다. 반복되는 묘한 감각에 여미가 고개를 젖히고 다급한 숨을 내뱉었다. 아무리 몸부림쳐도 신율은 꿈쩍도 하지 않는다. 어디로도 도망칠 수 없는 상황이라 더욱 자극적이었다.

"그, 그만. 기분이 이상하다."

결국 여미가 애원했다.

"천천히 하겠습니다, 여미 님. 정말, 천천히……."

신율이 여미를 어르고 달랬다. 신율은 여미의 볼에, 입술에, 눈가에 꽃잎처럼 입맞춤을 내렸다. 여미가 물을 찾는 아이처럼 신율의 입술에 매달린 사이 그가 여미의 치마끈을 풀었다. 진달래색 치마가 떨어져 내리고 속바지가 드러났다. 여미는 어쩐지 부끄러워 몸을 움츠렸다.

"안 됩니다."

신율이 허락할 리 없었다. 신율은 바르작거리는 여미를 이불 위에 눕혔다. 여미는 다리 사이로 들어오는 한기에 몸을 떨었다.

"신율, 나는……."

"괜찮습니다."

신율이 전부 듣지도 않고 여미를 얼렀다. 여미의 눈가에 입을 맞추던 신율이 점점 아래로 내려갔다. 신율은 여미의 가슴골 사이에 입을 맞추고, 배꼽에 입을 맞췄다. 여미는 설마 했다. 거기서 더 아래로 내려가면…….

"읏!"

여미는 양손으로 이불을 꽉 쥐고 저도 모르게 입술을 꽉 깨물었다. 신율이 용케 알아차리고 여미의 입을 벌리게 하지 않았다면 그대로 피를 봤을 거다. 여미는 입안으로 들어온 신율의 손을 혀로 핥았다. 내달리던 그의 입술이 멈춘 것만으로도 감사했다. 여미는 아무거나 머릿속에 떠오르는 말을 중얼거렸다.

"그자의 검에 죽을 위기에 처했을 땐, 너를 다시 못 보는 게 아닌가 생각했다."

신율의 손이 뚝 멈췄다.

"잠깐…… 그가 여미 님을 해하려 했습니까?"

여미는 꼼짝없이 은하수 도깨비와의 일을 처음부터 다시 설명했다. 신율은 여미를 품에 가두고 이야기를 전부 들었다. 여미가 뒤통수를 신율의 가슴팍에 기대어 안긴 자세였다. 여미가 위험해지는 대목이 나올 때마다 신율이 여미의 목덜미에 고개를 묻었다.

"여미 님, 그가 아무 짓도 안 하고 떠나서 다행이지만, 큰일 날 수도 있었습니다."

신율이 희미한 목소리로 말했다.

"제발 당신의 목숨을 귀하게 여겨주세요."

"나도 죽고 싶진 않다."

"정말입니까?"

"그게……."

여미에게 검을 겨누던 무사도 비슷한 말을 했다. 금방 죽을 거면서 왜 죽음을 두려워하지 않고 은하수 도깨비를 막아서냐고.

죽고 싶지 않은 건 사실이다. 그러나 똑같은 상황이 다시 온다면 똑같이 행동할 거다. 죽음을 두려워하지 않아서가 아니다. 죽음을 피할 수 있다는 만용도 아니다. 죽음도 불사할 만큼 다른 이를 아껴서 그런 것도 아니다.

"인간들은 너무 강하다."

인간들 틈에 들어와 여미가 본 건 그들의 악함뿐만이 아니었다. 여미는 인간들의 강함도 보았고, 인간의 강함에 놀랐다. 처음엔 사냥꾼만 강한 줄 알았다. 그러나 아니었다. 인간들은 쇠를 벼려 검을 만들고 불을 붙여 산천초목을 태웠다.

여미는 도깨비 중에서도 약하디약한 풀 도깨비다. 불을 기반으로 발전한 인간의 문명은 여미에게 살(殺) 그 자체였다. 조금만 발을 잘못 디뎌도 온몸을 태우는 화마 속에 빨려 들어갈 위험이 산재한 이 인세에서, 여미가 할 수 있는 건 별로 없었다. 그저 치마폭을 모아 쥐고 조심조심 걸음을 옮기는 정도.

"제가 지켜 드리겠습니다."

신율이 속삭였다. 그의 숨결이 귓가를 간지럽힌다. 여미가 몸을 움츠리자 신율이 검지로 귓바퀴를 건드렸다. 여미가 기겁했다.

"간지럽다!"

"여미 님."

신율의 눈이 진지하다. 안타깝게도 뒤로 안겨 있던 여미는 신율의 눈동자가 어떤 기색을 띠는지 보지 못했다.

"목이 마릅니다."

여미가 위험해 처했었다는 말을 듣고 나니 더욱 목이 타들어간다. 손 안에 잡히는 말랑하고 푹신한, 살아 있는 여미의 따뜻한 감촉을 다시 느낄 수 없었을지도 모른다고 생각하니 마음이 에는 듯 아팠다. 신율은 한 손으로 여미의 턱을 고정하고, 그녀의 목덜미를 물었다. 여미는 꼬챙이에 꿰인 짐승처럼 파르르 떨었다. 신율은 여미의 흰 목에 붉은 꽃이 여러 송이 필 때까지 멈추지 않았다.

자국이 남을 때 느껴지는 따끔따끔한 통증 때문에 여미가 고개를 저으며 신율을 밀어내려 했다. 신율은 그녀의 가슴을 부드럽게 애무했다. 여미가 파르르 떨더니 축 늘어졌다. 신율은 아예

오른손으로 여미의 양 손목을 모아 쥔 다음 바닥에 고정해 여미가 더 이상 움직이지 못하게 만들었다. 여미는 속수무책으로 신율이 주는 자극을 받아들일 수밖에 없었다.

"신율, 간지럽다……."

쾌감을 표현할 단어가 궁색했던 여미는 같은 말만 반복했다.

"여미 님을 전부 마시고 싶습니다."

녹진했다. 신율이 손이 닿는 곳부터 녹아내리는 것 같다. 여미는 참지 못하고 몸을 뒤틀었다. 이불보를 손바닥으로 자꾸만 밀어냈다. 신율이 쉬, 하고 여미를 달래며 그녀의 손가락에 자신의 손가락을 얽었다.

*

신라는 기가 막혔다. 기도 막히고 코도 막혔다. 할 수 있으면 눈도 막아버리고 싶었다.

"왜 멀쩡하던 구슬 파편이 다 힘을 잃었는지 설명해 보아라."

신라의 표정이 무서웠던 여미가 주춤 뒤로 물러났다. 신율이 여미를 제 뒤로 숨기며 말했다.

"여미 님이 무서워하시지 않습니까."

신라는 할 수만 있다면 신율의 뻔뻔한 면상을 한 대 치고 싶다는 생각을 했다.

"두루마리를 전해주러 왔다."

신라가 던지듯 두루마리를 건넸다. 신율은 얄미울 만큼 능청스럽게 날아오는 두루마리를 낚아챘다.

"하부동에서 얻은 것이냐?"

신라가 사라진 걸 확인한 여미가 신율의 뒤에서 나왔다. 신율이 고개를 끄덕였다.

"낭아구슬은 이미 거둬들였는데 이 두루마리에 더 쓸모가 남은 모양이구나."

"예. 제 추측이 맞다면 이건 아주 귀중한 물건입니다."

신율이 말하며 두루마리를 펼쳤다. 종이를 감싼 비단은 한눈에 봐도 상등품이었다. 세월 탓에 변색과 헤짐은 막을 수 없었지만 귀한 물건임엔 틀림없었다. 두루마리 위를 떠돌던 여미의 눈이 가장자리에 가 박혔다. 여미가 호기심 어린 눈으로 붉은 사각형을 바라보았다.

"낙관입니다. 화가나 서예가들이 자신의 작품에 찍곤 합니다."

"이 두루마리가 화첩이라는 것이냐?"

"화첩은 아닐 겁니다. 이건…… 당대 문필가로 활동하던 굴도랑의 낙인이군요. 굴도랑은 산문을 주로 씁니다. 그는 시를 즐기지 않아요. 그의 낙인이 찍힌 시첩이라는 건, 아마 필사본이겠군요."

"필사본이 경매에 나왔다고?"

"은은 시대에는 어중간한 문인의 작품보다 명전의 필사본이 훨씬 귀했습니다."

인쇄 기술이 조악하던 은은 시대에는 필사본의 가치를 높게 쳤다. 이름 날리는 문필가들은 꼭 필사가를 고용해 자신의 소설첩이나 시첩을 만들어냈다.

두루마리를 살피던 신율의 눈이 빛났다. 그는 두루마리를 뒤집어 뒷면을 보여주었다. 뒷면에 붉은 동그라미가 있었다. 동그라미

안에 든 건 여미에게도 익숙한 글자였다. 하부동의 하(夏). 암시장에서 보관하던 상자엔 하나같이 하부동의 '하'자가 붙어 있었다.

"하부동 군수 오량의 낙관입니다. 이건 서수가 건넨 두루마리의 필사본입니다."

필사가를 고용하기는 서수도 마찬가지였다. 학자이자 시인이었지만 서예에 무지했던 서수는 낭아전설을 더욱 잘 보존하기 위해 필사에 일가견 있는 문필가를 불렀다.

"서수가 골문을 통해 낭아전설을 복구하자마자 굴도랑에게 필사를 부탁했다는 설이 있습니다. 설마 했는데 사실이었을 줄은."

신율이 두루마리를 전부 펼치자 정사각형 모양 종이가 툭 떨어졌다.

"두루마리라기 보단 종잇조각이구나."

그곳엔 다섯줄의 시구가 있었다. 정갈하고 힘 있는 필체가 종이 위에서 위용을 뽐냈다. 글자 하나하나에 신령스러운 힘이 깃들어 있었다.

시조신낭아(始祖神琅玡)

낭아부포희(琅玡夫包犧)

포희살낭아(包犧殺琅玡)

"서수가 복원했다는 낭아전설 원본입니다. 골문을 인간의 글자로 해석한 거라 여미 님은 알아보시기 어렵겠군요."

"원본 격인 골문이 소실되었다면 정말 이게 전문인지, 원래 시조가 다섯 줄뿐인지 아니면 더 있는지 알 수 없는 것 아니냐? 이것조차 완전한 필사본이 아닐 수 있지 않은가."

천천히 종이에 쓰인 시구를 살피던 여미가 물었다.

"다섯 줄이 맞습니다. 원래 고시의 형태는 완전한 정사각형을 추구합니다. 다섯 글자를 다섯줄로 늘어놓아 정확히 스물다섯 개의 글자로 이루어진 정사각형 모양을 만들면 완벽한 시라고 하죠."

신율의 손이 떨렸다. 바쁘게 윗부분을 훑으며 진위 여부를 확인하던 ㄱ의 눈동자가 아래로 내려갔다.

"화재로 소실됐다는 나머지 두 구절이 남아 있군요. 낭아산과 낭아구슬의 수수께끼가 담겨 있을지도 모르겠습니다."

낭아필재림(琅玡必再臨)
이후무무주(以後無無珠)

나머지 두 줄을 읽은 신율이 얼굴을 굳혔다.

"왜 그러느냐? 무슨 뜻이기에?"

"아직은 저도 잘 모르겠습니다."

신율은 몇 번이나 시구를 다시 읽었다. 땅바닥에 따라 써보기도 하고, 소리 내어 읽어보기도 했다. 종국에는 바닥에 앉아 초를 밝히고 연구에 골몰했다. 여미가 지루해질 때 즈음에 신율이 입을 열었다.

"원본인 건 확실합니다. 그런데 서수가 골문을 잘못 해석한 것 같습니다."

"다섯 글자, 다섯 줄, 합쳐서 스물다섯 글자로 딱 정사각형이 되는데."

"낭아가 재림할 것이며 구슬이 돌아올 것이라 쓰여 있습니다. 낭아도 구슬도, 돌아올 수 없는데 말이죠."

여미는 아까운 마음에 산산이 흩어진 낭아구슬 파편을 손으로 그러모았다.

"복원할 순 없는 것이냐?"

"한 번 깨진 구슬은 절대 원래대로 돌아올 수 없습니다."

"어째서?"

"구슬 자체가 시체에서 꺼낸 것이기 때문입니다. 죽은 걸 또 죽였는데 어찌 살아날 수 있겠습니까?"

복원할 수 없다고 말하면서도, 신율은 골똘히 구슬 파편을 바라보았다. 구슬의 복원을 가장 바라는 건 신율이었다.

⟨2권으로 계속⟩